尽管到最后，你还是成为你自己：

与大卫·福斯特·华莱士的公路之旅

ALTHOUGH OF COURSE YOU END UP BEING YOURSELF:

A Road Trip with David Foster Wallace

[美] 大卫·利普斯基 著
林晓筱 译

◆ 译序

1996年3月5日，《滚石》杂志的记者大卫·利普斯基前往大卫·福斯特·华莱士的住所，并与他一起参与了后者为小说《无尽的玩笑》举办的巡回宣传活动。利普斯基在这期间用录音机和笔记本记录下的访谈内容一度被搁置，直到大卫·福斯特·华莱士去世两年后，以《尽管到最后，你还是成为你自己》为名整理出版。《时代周刊》的利夫·格罗斯曼评论，这是一部由"四只手以二重奏的方式在打字机上打出的作品"。

两者除了有共同的名字"大卫"之外，年龄也相仿，彼时利普斯基三十岁，华莱士三十四岁，这使得两者在对谈时没有年龄上的隔阂感。此外，两人都是出版过作品的作者，只不过华莱士比利普斯基的名声要大许多。利普斯基清醒地意识到，除去这几个相似点之外，两人最大的不同在于："他憧憬比现在所拥有的还要好的事物；而我想要的恰恰是他现在所拥有的东西，同时，我也想要让他认识到，他现在的状况根本无须改变。"访谈就在这种"共同"和"差异"之间展开。

不过，利普斯基在走进华莱士的时候并没有一味地展现出仰望的姿态，想要真诚地告诉华莱士"他现在的状况根本无须改变"的愿望既拉平了对谈的姿态，又让两人得以忘却"采访者与被采访者""偶像和拥趸"甚至"作者与读者"的身份，以朋友间的方式进行沟通。更重要的是，这一次沟通是双向敞开自我的过程。

无论是华莱士所宣传的书籍《无尽的玩笑》的主题，还是他长年与抑郁症抗争的经历，抑或是利普斯基造访时的现状，这些都指向一个共同的主题——“孤独”。这是利普斯基凭借记者那敏锐的嗅觉和作家的专业素养迅速捕捉到的信息，它构成了访谈的主题。这个主题使得两人的关系迅速升温，也让这场访谈具有持续下去的可能。

有关“孤独”的主题在美国当代文学中并不陌生。华莱士的好友乔纳森·弗兰岑在散文集《如何独处》中对孤独有过全面的展示。而从利普斯基对华莱士的访谈中不难看出，弗兰岑对于华莱士的孤独，除了出于友情的关怀之外，更多的是一种客观、冷静的描写，华莱士更像乔纳森笔下的一个人物。而对于华莱士本人而言，孤独是始终伴随在他身上的“症状”，就像投射在路面上的影子，有时在身后，有时在脚下。更可怕的是，它也会落在前方，永不缺席，就算迟到，也会及时补位。利普斯基在企图捕捉这种“孤独”时遇到的问题接近于保罗·奥斯特在其频繁出版的各本回忆录中揭示的困惑：孤独一旦被言说，是否还算是孤独?

具备专业素养的利普斯基在访谈伊始为了保障采访内容的客观性，的确做到了尽可能地不去干预被采访者华莱士的状态。但随着访谈的进行，读者可以发现，对这种“不干预”感到不适应的恰恰是华莱士本人。两人相处时，华莱士往往显得较为平和。但一旦到了公开场合，有第三者或者更多的人在场时，敏感的华莱士会迅速地意识到利普斯基的存在。无论是在华莱士的课堂，还是在书店宣传现场、朋友的家中，华莱士总在刻意地寻找利普斯基存在的痕迹，并会时不时地提醒利普斯基尽其记者的“本分”。这使得整个对话显现出一种古怪的反讽性：孤独并不是诞生于独处时后知后觉的伤感，而是他人在场时即时即刻的敏感。这种对孤独的自省乃至自嘲，不仅构成了华莱士撰写游记、评论时独特的风格，也构成了华莱士独特的幽默感。读者可以借助这部采访录，寻找到阅读华莱士一系列作品的视角。

在利普斯基的访谈中，这种对孤独的自我体认首先是一种“自我聆听”。利普斯基时常会对着磁带复述华莱士说的话，这种间接引语式的重复一度让华莱士感到有趣。这种聆听他人述说自己的感受，本质上与华莱士在谈话中揭示的对糖果、大众娱乐的迷恋密切相关。糖果和大众娱乐的相似点在于，两者都不是一个人身体和精神的主要营养来源，却能让人上瘾。瘾源在于，两者都会通过强烈的感官刺激营造出一场幻觉，华莱士认为“这是短暂地抽离自我，给自己放一个假的方式”。然而，就孤独而言，华莱士借助幻觉并非为了克服孤独，而是短暂地抽离。这意味着，他最终会回到这种孤独中，怀着对幻觉的期待，开始新的循环。本质上来说，华莱士并没有因为哪个人的介入而打破这种循环，而是一直处在封闭之中，只不过这种封闭过于喧嚣。

这本该是一场艰难的对话，但幸运的是，华莱士身上具有使孤独这种瘾传播开来的社交魅力。之所以称其为社交魅力，是因为随着访谈的进行，作为译者，我发现利普斯基的发音习惯、用词方式，甚至言说模式，都开始不自觉地朝华莱士靠拢。更重要的是，利普斯基也加入了“华莱士波段”。也正是从这个意义上来说，利普斯基真正地走进了华莱士。

如果说孤独如瘾，那么一次次的公路旅行、航空飞行本质上就成了对这种瘾的扩散与传播。这部访谈录如同利普斯基所言具有公路片的特质，只不过“在路上”的体验并非冒险，也非致命的邂逅，而是一次自我抽离式的幻景体验。旅途中风景的变换和一天身处不同地点的感受，不仅让华莱士和利普斯基的对话具有了无数“变奏”的可能，也使得华莱士对自我的经历，尤其是对那些不愉快的往事的揭示呈现出了碎片化的特征。

无疑，这是最适合采访华莱士的方式，也是华莱士展开自我的最佳途径。也正是在这个意义上，两个大卫，两位作者，两个孤独的人，才能构成两个独特的声部，合奏出有关孤独的二重奏，读者才能在这种合奏方式中聆听到独特的音符。

本书得以面世，须感谢北京联合出版公司的张其鑫。他以独到的眼光发现了这本书，也因为他对我译文的信任，这本书具有了与读者见面的可能。此外，还须感谢本书的编辑王周林，她为这本书的顺利出版付出了心血。

作为译者，我从某种意义上来说是此书的首批中文读者之一。但正如利普斯基所说，书在遇到读者之前，首先会与一群朋友相遇。以上两位就是在读者之前遇到的朋友。此外，翻译此书的过程中，我多次向身边的人提起这本书。这本书能够顺利地翻译完，离不开他们对此书的关注和对我翻译工作的鼓励。

我设想这本书最适合在旅途中被人阅读，因为读者在旅途中，可以在窗外变换的风景之外，看到书中另一番“流动着的”风景。或许，只有在这两种风景中，他们才能意识到自己被另一种已被言说的孤独击中了，才能激发出对自己的关注。别忘了，本书的书名还包含着这样的信息：你终会成为你自己。

◆前言

写作若有一种标志，或许该是一只锚、一把陷入流沙的安乐椅，但自我与大卫握手的那一刻起，我们就忙得停不下来。我们踏入他上课的班级，随后开始上演一部包含着一把把车钥匙、一杯杯苏打饮料、一个个陌生人、一间间酒店房间的公路电影。还有一座座机场、一辆辆出租车，以及清晨和午后身处不同城市的诡异感受。

这篇前言是“评论声轨”——在爱上这部DVD之前，没人会来观看这条声轨。所以，我建议还是快速切回“主菜单”，按下“播放影片”键为好。这趟旅程始于大卫·福斯特·华莱士的《无尽的玩笑》巡回宣传的最后一站，当时，我以记者的身份向他提问，他将此生的故事讲给我听。大卫身上具有一种咖啡因般的社交天赋：他令人着迷，活力四射，极度清醒——他会如饮下一大口咖啡般对别人产生影响——所以，那是几近无眠的五天，我从未与别人有过这样的经历。（最后一天，我们坐飞机越过三个州，随后又在高速公路上行驶了一百四十英里[①]，我当时觉得时间还是午夜时分。“你手表上是这个时间吗？”大卫轻蔑地说，“现在已经2点20分了，呆瓜。”）随后，旅程结束，我们又逗留了一会儿，心怀感伤，难舍难分。你

① 1英里≈1.609千米。

们将会看到，我胡编了一些报道工作，就是为了能多留一会儿。

这趟旅程具有一种公路漫谈风俗画的感觉。夜已深，周围只剩一辆车，行驶在清晨冰冷的路上，朝别的司机大声喊叫。这趟旅程伴随着沿途的节奏——易怒的脾气，将就的饭菜，突如其来的前座交流；列举电影中最为精彩的部分，适宜的歌曲，将广播纳入声轨的独到见解以及一番让你豁然开朗、猛然意识到另一个人像你一样生活的陈述——这些就是你踏上旅途所寻求的东西。

若往前快进，你就会了解到，那是1996年3月5日的午后时分。暴风雨即将来临，天空灰蒙蒙的，擦拭过的黑板般的天气越绷越紧。大卫正好从他那栋一层楼的砖瓦小房里走出来。他双手插在牛仔裤的口袋里，他养的两条狗兴奋地跑过来迎候、巡视。他戴着一副圆圆的眼镜，镜片后面的神情显露出依稀可辨的几个字：**总算来了**。我对自己的情感风度颇为自信。我倾向于认为这副神情复杂、坚毅、敏锐，且善解人意，极具个人风格。其内涵显而易见：**请将我铭记于心**。在我们俩首次展开漫谈之际——我们吃的第一顿美味大餐：芝加哥风味比萨，上面铺满了芝士，馅料像山崩一样散落四处——他告诉我，他想写一篇有关一名记者的报道，这个记者已经采集到了他的信息，正在写一篇有关他的报道。“这样做我就可以夺回一些主动权，”他说，“因为，如果你想要——我想说，你可以随心所欲地编造这篇报道。而这让我极其厌烦。”采访本该是他的拿手好戏，属于一种翔实的内部调查——未经校正的镜头，在敞篷车里的导演面前摆放着的标记剪辑点和备选场记的提示。这出头脑中的喜剧，场景盛大，布置精细，架构精良，但因为是局限在头脑里的，所以一再受到羁绊。这就是本书想要呈现的样貌。这是我对他的单向度书写，我觉得大卫不会厌恶我所写的。

午后2点。我把行李丢在他起居室的地毯上，那里杂乱不堪，但这种杂乱给人一种医院角落里囤放、归置医疗用品的感觉。（无论房子里的摆设给予了他怎样的安慰和鼓舞，它们都将被贴上标签，加以整理，因为它们将得到公开解释。）我们谈起了他放在柜子上的两本女性杂志。（大卫是《大都会》杂志的订阅者，他说在一年里花大量时间来阅读“我撒了谎，要讲实话吗？”，能让神经系统得到根本性的缓解。）我还惊讶地发现了一块印着“巴尼”图案——一只紫色的恐龙，孩子们的恩人——的浴巾，它被当作帘子挂在卧室里。我还看到墙上挂着一幅歌手艾拉妮丝·莫莉塞特的巨幅海报。我将一盘“麦克赛尔”牌的磁带拆封，装入录音机。这一刻对记者来说总是惬意和理所应当的：子弹上膛，靴子擦亮，报告就位。今天早上，我于纽约时间5点起床，叫了出租车，那时整座城市还飘浮在睡梦中，街道上下翻滚着，蒸汽从检修孔中蒸腾起来。随后，我坐了两个小时的飞机到达芝加哥，签署租车协议，又开了两小时的车来到这里：如果你把我们放入一本漫画书，就可以从我的身上画出一条条运动轨迹来。大卫的头上或许会出现一团黑色的气泡。他已经出门旅行两周了，其间不停地朗读作品、签名、宣传。他越过旅途记忆中未经整理的枝节和藤蔓向我走来，站在某个不知怎么就出了名的人的防风篱笆后面向我示意。

我三十岁，他三十四岁。我们俩都留着一头长发。我刚把录音机放在他那摞杂志上，他就提了一个请求。整趟旅程中，他一直在提请求，每当他遇到令他感到尴尬或者讨厌的事物时，他就会行使这一权利。（他会说上一百件真诚到令人难以置信的私事。他一直对诗歌创作有些苛刻，这会令他临阵退缩。他认为，当诗歌的话题聚焦到朝九晚五的工作或者同床共枕的夫妻时，读者会更容易产生共鸣。他使用的动词的内涵耐人寻味。）此外，这本书自我按下录音机的那一刻开始，历经了由那一顿顿晚饭、一场场争论、一条条超车道、几个友人、一场阅读分享会、一座遥远的商场，以及他养的狗所组成的五天时间，直到大卫对我说出最后一个词为止。这是一个对他来说意义重大、含义复杂的词语。他去世之后，我又重温了这一周。当我发现他曾在讲述一场舞会的语境中使用过这个词时，我感到惊讶与感动——这非常像他给人带来的感受。

◆ 序

我想尽快进入主题，所以剩下那些有关大卫的不得不说的内容，我将放入“作者的话”中交代——那些都是重要的材料：他的外貌、他的死讯、朋友对他的印象，以及我们俩相遇时各自都是怎样的人。他所获得的成功如此巨大，以至于它会遮蔽并决定他的余生，我们将对此展开详细的论述。[四年后，在报道完2000年的大选之后，他委托他的经纪人将他写的文章带给编辑，以此表明“我仍能尽职工作（我自身的不稳定状态，我是知道的）”。]我已经出版了两本书，不久将会出版另一本，但是我从未获得过成功（对成功的体验可谓聊胜于无，我站在人群之中，而周围的人盯着那些假惺惺的东西看），而那种职业地位已经导向一种有趣的社交手段：我相信，如果我无法依靠所完成作品的数量赢得别人的注意，或许我可以通过告诉别人我的雄心壮志多么具有实干性，我的期待又是多么微小，来博得人们的关注。所以我一再提醒大卫——而他会一头扎进宏大而费思量的事物中——别忘了那些微不足道却真实可靠的快乐：一个与电视节目共度的美好夜晚，一笔完成的买卖，一杯清晨的咖啡。这就是我们之间的一个分歧：他憧憬比现在所拥有的还要好的事物；而我想要的恰恰是他现在所拥有的东西，同时，我也想要让他认识到，他现在的状况根本无须改变。这些都将在“作者的话”中展现。大卫在我们的旅途将要结束的时候，会对书籍的作用给出一段有趣的评论。针对《无尽的玩笑》，他会说："它被分为了若干块，其中有某些显见的结束语，或者作为终结的句子——它会明确告诉你，你可以去抽根烟或者干点儿别的什么事情，稍后再回来。"当你像他说的那样去抽根烟休息的时候，就请读读那篇"作者的话"吧。因为我爱大卫的作品，所以在那五天时间里，我最中意的地方在于，那段日子就像大卫写下的文字。他是天生的作家，出口成章，于我而言，他的魔力就如同观看一个人穿着西服、头戴大耳机走进球馆，站在罚球线前投进五十个球。这就是大卫三十四岁时的生活——他将此称为"充斥着法式鬈发和疯狂的圆圈"——在这样的时刻，世界将在你眼前展开。

在此，我将为他谈及的人物做一份索引。邦妮·纳德尔，他的经纪人，冷酷，颇具慈母情怀，尽管她只比他大一岁。（她曾在1989年去医院探望大卫，她到那里后做的第一件事情便是找来剪刀，剪了他的头发。）迈克尔·皮奇，他的小说《无尽的玩笑》的编辑。（皮奇是个很不错的人，现在是利特尔&布朗出版社的老总，大卫作品的出版人。）詹恩，也就是詹恩·温纳，《滚石》杂志的编辑和创始人，也是我将汇报工作的人。你们所要了解的人，我认为差不多就是这些。大卫在出版《无尽的玩笑》之前，写过两本书，分别是《系统的笤帚》（另一部不受约束的小说）和《头发新奇的女孩》[①]（短篇小说集）。"雅多"是艺术家的聚集地，许多著名的作家都是那里的座上宾。大卫说起话来带着普遍存在的体育解说员般的口音：缺失"so"这个音节，比如"wudn't""dudn't""idn't"和"sumpin"。[②]他的两条狗分别叫"雄蜂"和"吉夫斯"。

---

① 在后文中，这部小说将被简称为《女孩》。

② 原文为"disappearing G's"，其中"G's"指的是C大调中的第五个音，也就是中文中"唆"这个音。因此，后文的"wudn't""dudn't""idn't"和"sumpin"按照正常发音应该是won't、don't、i don't和shopping。

◆ 作者的话

大卫身高六英尺二英寸[①]，身体健康时体重达二百磅[②]。他长着一对深色的眼睛，声音轻柔，下巴上留着胡楂儿，一张可爱、嘴唇上翘的嘴是他最显著的特征。他走起路来像退役的运动员那样闲散——裤管卷到脚踝处，仿佛身体任一部位都是令人愉悦的。他以自己的视角和声音叙述所有人的生活，进行写作。这些都是你不曾细想的事物，是你在超市和上下班的途中匆匆瞥到的背景中的一些举动——读者则会被他无处不在的个人风格逗得前仰后合。他这一生是一张止于错误终点的地图。他曾是一名全优高中生，打过美式橄榄球和网球。从阿默斯特学院毕业之前，他写过一篇哲学论文和一部小说。他上过写作学校，随后发表过小说，全市那些惊声尖叫、言辞激烈、睚眦必报的编辑和作者全都陶醉般地爱上了他。随后，他出版了一本长达一千页的小说，获得了全国唯一用来表彰天才的奖项。之后他又创作了许多随笔，这些随笔传递出的最佳感受不分区域，至今依旧鲜活。他曾接受加州某所学院颁发的特殊教席，在那里教授写作课，结婚，出版另一部书，四十六岁时自缢身亡。

自杀是一种力量强大的结局，它回到过去，并搅乱根源。它具

---

① 1英尺=12英寸≈0.305米，1英寸=2.54厘米。

② 1磅≈0.454千克。

有一种重力效应：最终，每一份记忆和印象都会受到重力的拉拽。曾有人让我写写有关大卫的死，我将此事告知朋友（他们都是作家，听后无不感到震惊，劝我不要写）和他的家人（她是一个聪明善良的人，但我几乎不可能和她谈起此事）。他们所顾虑的其中一点在于，我该如何将大卫富有活力、讨人喜欢的一面展现出来。我曾与哈佛医学院的一位精神病学教授交谈过，他用一些简洁明了、重点突出的术语回答我，仿佛种种事实都是中性的，如果拿捏过久就会变质。那位教授做了许多专家都会做的事。他提醒我，他不会带着个人色彩看待大卫，但是可以列举一些基本原则，即没有人喜欢服药。“我的意思是说，我表示同情，”那位医生说，“我自己不会去服任何药。”我把了解到的情况告诉了他：自1989年起，大卫一直在服用一种药效极强的第一代抗抑郁药——苯乙肼。这种药会带来一车厢的20世纪50年代的副作用，最糟糕的地方在于它有引发高血压的潜在风险。到了2007年，他决定弃用这种药。医生听后在电话里一时没有说话，相当于点头默许了。“这其中有一种模式。当一种作用因素收效显著时，人们或许会误以为自己不再抑郁了。所以，这是一种虚假的安全感。他们感觉自己已经没事了，已经痊愈了，就算停药也不会有事。不幸的是，人们不仅有可能，而且经常会经历症状的反复，这种情况非常常见。随后，他们或许就不会用同样的方式对待先前卓有成效的治疗了。”

对于大卫来说，情况就是如此。苯乙肼出现在一长串禁食食品目录中——巧克力、腌制肉类、某些芝士，以及由于某种原因不能吃的过熟的香蕉。于是，他的餐盘中总会放着一些目录之外的配餐，相互搭配和优化。所有人都认为，大卫在此之前度过的五年是他一生中最快乐的时光。婚姻，宁静，加州的日落，幸福终老的海岸。2007年晚春，大卫、他的妻子凯伦，以及他的父母——吉姆和萨利，一起坐在一家波斯餐厅里用餐。其中某种食物让他感到不对劲。

他的胃剧痛了数日。当医生们听说他曾长时间地服用苯乙肼——一种尚在使用含铅汽油、观看天线电视的年代的猛药——之后感到非常惊讶。他们建议他别再碰这种药了，试试别的新药。

“于是，在那一刻，”他的妹妹艾米说，她的声音听起来冷静而感伤，“一切已经注定。‘哦，好吧，上帝啊，我们的制药业在过去的二十年里取得了巨大的进步，所以我肯定我们可以找到别的药物，将那烦人的抑郁症连同所有这些副作用一起剔除。’他们不知道，这是唯一能保他的命的东西。”

大卫随后的生活可以用惨败来形容，他本该慢慢戒掉先前服用的药物，然后慢慢服用新的药物。“他知道过程会很艰难。”乔纳森·弗兰岑告诉我。弗兰岑的小说《纠正》获得了国家图书奖，他是大卫成年后第二阶段最好的朋友。“但是他曾认为他或许可以花一年时间去适应。他曾设想可以去干一些别的事情，至少是暂时为之。他是一个完美主义者，你知道吗？他想要成为一个完美的人，而服用苯乙肼算不上完美。”

这就是弗兰岑想要强调的事情。（接受采访的弗兰岑具有一个作家对自己职业当仁不让的品质，他身上的某一部分想把我推开，自己来讲述这则故事。）大卫有一种自我批判的层面，有时这一点会让他变成一个无法与别人欢处一室的人，而现在他很开心。他爱他的婚姻和他的生活。“这是主干叙事，是诸多原因中最重要的原因。正是因为处于乐观、幸福和坚强的起点，他才能试着迈出下一步。所有的迹象都指向正确的方向。正因为诸事皆顺，他才觉得自己处于足够稳固的位置，可以做出一些根本性的改变。但是他运气不佳，这些没有起作用。”

医生们开始为他开具其他药，但每种尝试都失败了。到了10月，大卫的症状加重了，不得不住院。他的体重开始下降。那年秋天，他看上去像又变回了大学生的样子：长长的头发，紧张的眼神，仿佛重拾了阿默斯特学院时期的青涩。

当艾米打电话和他交谈时，他时常会展现出先前的那个自我。她说："去年，你最不该向大卫提出的问题是'你过得怎么样？'，但是若不这么问，你就几乎无法与一个不常见面的人展开交谈。"大卫非常诚实。他会回答说："我过得并不好。我尽力了，但我过得不好。"

2008年的状况时好时坏，时间一开始过得很快，随后放缓，情况稳定，却又遇到突如其来的低谷，头上的天空看起来是那么遥远。5月初，他和他写作班上的高年级学生一起坐在咖啡馆里。他们忧心忡忡地提出了未来该如何成为作家的问题，他逐一解答。临近结束，他的声音变得沙哑，他哽咽了。学生以为他在开玩笑——有些人笑了，这份记忆日后将令人痛苦。大卫抽噎起来。"继续笑吧，虽然此刻我正在哭泣，但是我真的会想念你们所有人的。"

所有的药都没奏效。6月，大卫企图自杀。随后，他又回到了医院里。医生们给予了十二次电击疗法，这种治疗方案一直让大卫感到害怕。"十二次。"他的母亲一再提起。"如此残忍的治疗方案。"他父亲说。"在历经了对大卫来说宛若地狱的这几年之后，"他母亲说，"他们决定再度启用苯乙肼。"

弗兰岑感到担忧，于7月坐飞机赶来，在大卫身边陪伴了一个星期。大卫的体重在那一年一共掉了七十磅。"我从未见过他那么瘦。他眼中透露着一种神情：恐惧、极度悲伤且空洞。但是，与他相处依旧令人开怀，即便他只有百分之十的力气了。"大卫会拿他自己开涮——弗兰岑之前还从未意识到——他说："电击室里的某些椅子坐着挺硬的。"弗兰岑会和大卫一起坐在起居室里同他的两条狗玩耍，当大卫点烟的时候，这两条狗就会去屋外。"我们为一些事情争论。他用他惯常的语句说：'狗的嘴如此干净，简直可以当消毒剂来使。狗的唾液也不像人的唾液，而是具有不可思议的抗菌效果。'"当他要离开时，大卫对他的来访表示感谢。"我很感激他能让我去陪他。”弗兰岑对我说。

六周后，大卫让他的父母坐飞机到西部。苯乙肼并没有起效，这是长期服用抗抑郁药物最大的风险。病人出院，再次住院，药物却不再起效。大卫无法入睡。他害怕离开这栋房子。他问：“我要是遇见我的学生可怎么办？”他父亲说：“他不想让任何人看到他现在这副样子。我确信，如果哪个学生看见他，肯定会伸出胳膊抱住他的。”

华莱士一家在一起相处了十天。大卫和他的父母会在早上6点起床，随后出门遛狗。他们一起观看DVD影片，聊天。萨利给大卫做了他最爱吃的饭菜，都是些能宽慰人心的大餐——菜肉馅儿饼、焙盘菜、奶油草莓。“我们一直对他说，只要他活着，我们就开心。”他的母亲说，“即便在那时，我也能感觉到，他马上就要离开这个星球了。只不过，他没有意识到这一点。”

他们离开前的一天下午，大卫表现得非常沮丧。他的母亲陪在他身边，和他一起坐在地板上。“我摸了摸他的手臂。他说，有我这么一位母亲，他感到欣慰。我对他说，那是我的荣幸。”

9月中旬，凯伦出去了几个小时，留下大卫和两条狗待在一起。当她那天晚上回到家时，他已自缢身亡。“这幅画面在我的脑海中挥之不去。”他的妹妹告诉我。她还对我说起了另一件令她感到难过、亲切、难受的事情：“大卫和他的那两条狗，很压抑。我肯定他吻过它们的嘴，并且向它们表达了歉意。”

作家们通常会写两大主题——他们的职业和他们的疾病，这两个主题虽是他们内心的惊涛骇浪，说起来却波澜不惊。曾有个著名的故事，说的是詹姆斯·乔伊斯去一个聚会上拜会马塞尔·普鲁斯特。你期待那是一场冠军级别的相互打趣。乔伊斯说：“我的眼睛糟透了。”普鲁斯特说：“我可怜的胃啊，我该拿它怎么办？说实在的，我得马上离开。”（乔伊斯抢过话锋，说：“我的情况也是如此，如果能找个人搀着我的胳膊就好了。”）大卫可不会那样。一方面，除了极少数几个人，他从未把自己被诊断出患有抑郁症这件事告诉过别人；另一方面，他长得不像你们想象中的作家的样子，他看起来像一个瘾君子、一名矫健的运动员。（马克·科斯特洛是大卫成年后第一阶段最好的朋友，他说，大卫曾教给他一句伊利诺伊州的土话，叫作“土炸弹”。“有些坚韧，也有些像废材的网球运动员。”科斯特洛说。）大卫看上去就像某个大学代表队里的队员，是那种用不了多久就会脱颖而出，逐渐与队友拉开档次的人。他是一个大个子，头上缠着头巾，头发披散着，就像某个会邀请你去玩沙包游戏的人。如果你拒绝，他很有可能会揍你一顿。

这样打扮是有意为之。当大卫还是个学生时，曾因为长得像一个学院作家——细腻的眼神，敏感的洞察力——而感到困扰。他把这些人称为“愣头青”。“老兄，我记得，我依旧不喜欢称自己为作家，其中一个原因在于，我不想被别人误认为是那类人。”

这一点并不便于你与他人相处——与人相处需要花大量的时间，需要极强的亲和力、幽默感以及饱满的情绪。这就说得通了。书籍是社交的替代物，从某种层面来说，你读到的就是你乐意与之结伴出行的人。章节、片段、小说和文章，这些都是接近完美的东西。即便遇到的仅仅是一个善于描写事实的作家，你还是会想缠着他们讨要事实，这就像考试时，你坐在一个头脑聪明的孩子身边，偷偷抄他的答案一样。大卫笔下的自己——这一点在他的散文中尤其明显——是你迄今为止最好的朋友，他袒露一切，悄悄说着笑话，用文雅的风格扫除那些逼你发怒、令你感到乏味或不快的东西。

马克·科斯特洛与大卫结识于阿默斯特学院。他们是通过随机分配寝室成为朋友的。“大卫曾为了选到最佳的房间，研透了其中的数学因素，用一种最佳的游戏理论来处理这事儿。他想要添加一个人。他申请了一个双人间，因为没有人会那样做。随后，我们抽到了马萨诸塞州西部最糟糕的一个住址。我们住在一个强行改装成双人间的单人间里，这间屋子紧挨着大个儿的垃圾桶。”这对室友走在校园里，交换抽着大麻，此番经历就变成了一场大卫秀。他会捕捉并模仿别人走路的样子、说话的神态以及歪头的角度，描绘他们的生活。“不是一板一眼地模仿他们的所作所为，而是取其神韵。我无法想象，在我认识的那些人里，有谁会像他那样做。”科斯特洛说，“他模仿别人的速度之快、效果之有趣，令人难以置信。大卫具有钻进别人表皮的能力。”

作家玛丽·卡尔曾在20世纪90年代早期与大卫约会，当时他正从此生最为艰难的阶段走出来。经过康复期，他的状态依然不太稳定。但他是大卫，率性而为，将一切抛诸脑后。他是那样幸福，那样善于猎取信息。“数据进入他的头脑之后，马上就会迸射出火花来，有趣到令人癫狂，电量极大。他对所处的世界怀有极大的兴趣与好奇。每过一秒，他都会比我们其余的人多获得数帧画面，他从未停止过。他在一刻不停地吞噬宇宙。”

就在那段时间里，大卫开始在《哈泼斯杂志》上发表他写的文章。当一篇文章寄来之后，编辑们“会在走廊上商定词句”，查理斯·康恩对我说，“或者，如果有人和他聊过文章中的任何一部分，他们都会相互转告。这就是这位作家带给他们的兴奋感——他所写的一切，他所说的一切。”康恩是《哈泼斯杂志》的一名编辑和撰稿人，是她把大卫拉入这本杂志的。大卫造访这座城市的时候，他们一起出去转了转，她以全屏的视角见识到了阿默斯特学院时期的大卫。“身处纽约的他本身就是一档节目。他对周遭呼啸而过的一切都备感惊讶，对万事万物都惊奇不已。他比任何人都敏锐，包括你。他的态度是这样的，大多数时间里，只要与趣味相投的人在一起，他就不会在意自己待在什么地方。他会对一切感到惊奇与好奇。如果不是无时无刻不在观察万物，他怎么能够写出那些文字来呢？而你需要进入他的感官，才能看到更多东西。他能同时调动六个半感官，这容易让人发疯。但是他会与我们分享这一点，这是他善解人意的地方。与他交谈是一次令人愉悦的社交体验，也是一次文学体验。”

一旦你意识到他将带你进入某些有趣的点，他就会把整个世界变成华莱士式的样貌——尴尬，令人惊奇，鲜活。完成《无尽的玩笑》之后，大卫就和康恩一起加入了一个小团体：这是一群产品试用者，是一个专门研读文学作品的团体，他曾把手稿寄给这个团体。她在上班的地铁上来回地读。在她的座位旁放着一摞书，是一堆叠放的小说。乘客们会看着这些书，看着她笑。“蔚为壮观，滑稽可笑。人们以为这很滑稽。而我以此为傲，我爱这么做。没人知道这是什么感觉。这种感觉很好。”

大卫是乔·弗兰岑的读者和粉丝，他是用一种最为常见的方式与后者认识的。他给弗兰岑寄去过一封称赞其处女作的信件，弗兰岑回信，安排两人见面。然而大卫没有赴约。彼时正值那段阴郁时光的中期，哪怕是简单地在日历上做出安排也变得颇具挑战性。“他精疲力竭，”乔回忆道，“他没有出现。那是他这一生中饱受药物折磨的一段时光。”到了90年代中期，弗兰岑找到了一个能轻松与大卫见面的方法：“我会抓住一切机会与大卫见面。”1995年，弗兰岑因为一部大部头作品中写作和阅读的问题，与大卫产生了争执，于是他登上火车，去康涅狄格州见大卫。“我们在一座停车场见了面，我们一起待了大概三个小时，只是坐在停车场边上。我一直在说：‘这篇东西需要引文，这篇东西需要引文。’”想象一下这两个未来会写出著名作品的作家竟数小时待在熟睡的汽车和水泥隔断物之间对谈，这画面真好看。他们达成的共识——这是大卫提出的——是，书籍存在的目的是与孤独作斗争。

在纽约为书做巡回宣传的过程中，大卫与弗兰岑共处一室。那正好是几近成名之时，一切费用都还需要作家自掏腰包。“我只能说，他过去与我待在一起的时候——那是在他把饮食进行分类之前——他靠那种从熟食店买的用玻璃纸包装的金黄蛋糕和嚼烟过活。他回到公寓后做的第一件事就是从我的废物回收袋里挑出一罐最大的番茄罐头，然后吃掉。你知道，他会对着罐头吐痰，这一点非常好。他还会认认真真地把罐头洗干净，并把它放回废物回收袋里，这一点也很好。这样一来，他离开后，整间公寓里总是弥漫着从罐头里散出的一股淡淡的冬青树的味道。”

有一次，弗兰岑曾试着拉大卫参加一场文学聚会。他们一起随众人从前门进入，等到弗兰岑到厨房时，大卫就不见了。“我折回去，整个屋子都找遍了，结果发现他为了摆脱我，刻意躲进了浴室，随后迅速掉头，径直回到前门。他回到了我的公寓。一个半小时后，我回到公寓，发现他编撰了让我和我当时的女友都感到难堪的故事。”

相遇和离别都令人不快。一方面，大卫在对话时总能听出弦外之音。大卫曾在一篇有关英语口语的散文中对离别做过详尽的展示——一半在文本中，一半散落在脚注里。他去世四年后，我又找出这篇散文，在电话里读给一个朋友听，以此来展现大卫是多么清醒、有趣。读到一半时，我想起我曾打算不再去烦他，这是多么缺乏热情。这么说倒是与我无关，但是像拍照时吸紧腮帮子、收起下巴一样，令人不自在。“假设你我是熟人，”他写道，“我们正在公寓里交谈，随后到了某个时刻，我打算结束对话，并且不打算让你再待在公寓里。这是个非常微妙的社交时刻。我想了所有我可能试着去表达的不同说法：‘哇，时间不早了。’‘我们能否以后再谈？’‘请你现在离开好吗？’‘走吧。’‘离开这里。’‘滚出去。’‘你刚刚不是说还要去别的地方吗？’‘是该踏上沙石路了，我的朋友。’‘你该动身离开了，亲爱的。’或者是那些狡猾的挂电话的伎俩，比如‘好了，我要挂电话了’……于我而言，结束对话或者求人离开总是那么艰难，有时，告别时刻会因为社交的复杂性而变得如此微妙且令人不快，以至于我不知所措……干脆直截了当地打断——'我不想再聊下去了，不想再让你待在我的公寓里了。'——此举显然会显得我非常粗鲁、唐突，或者有些以自我为中心……我确实因此失去了一些朋友。"

在写作时，他会变得犀利且谦虚，对想要精心架构的类型，他有一种建筑师般的战略意识。立志当作家的人，就该像运动员或者想要加入梦想的棒球联盟的人那样勤学苦练，积累职业经验。只不过那些数字和棒球场更加私人化：第一次出书的年纪，第一次获奖的年纪，第一次结婚的年纪，第一次危机来临的年纪，以及有时第一次、第二次、第三次离婚的年纪。（大卫会笑话我回忆这些东西的。你们可自行体会。）我们相遇时，大卫刚刚出版《无尽的玩笑》，显得非常自信，因为他知道，他对一切已不放在心上，他也尽力完成了这份差事。这是一种善意的自信。我一直在想海明威笔下的F.斯科特·菲茨杰拉德，那是在他们坐火车去鲁昂取车之前，菲茨杰拉德那时刚刚写完他最好的小说。海明威写道：

> 他问了我一些问题，随后和我说起有关作家、出版商、经纪人、批评家的事，还谈起成为一名成功的作家所遭受的流言蜚语和经济状况。他愤世嫉俗，言谈风趣，兴致勃勃，又是如此迷人，讨人喜欢，即便你会对那些变得讨人喜欢的人格外留心。他轻蔑地谈起他所写的一切，但不带挖苦之意，而我知道他这本新书一定非常适合他不带任何苦涩之情地对先前几本书的过失说上几句。他想让我读读这本新书——《了不起的盖茨比》……听他说起这本书，若不是他身上具有所有有自知之明的作家做了一些了不起的事后的羞涩，你或许永远不知道这本书多棒……

大卫去世几个月后，他的妹妹艾米写信给我。各路记者也接踵而至，问起大卫是怎样的人，但是那些问题总是绕回同一个令人焦虑的地方。他们会问起他的恐惧、他的痛处。“我自己也有很多焦虑的事。”她写道，“我哥哥是个爱开玩笑的人，拥有一个古怪、慷慨的灵魂，又碰巧是一名天才，饱受抑郁症的折磨。他这一生有过许多幸福的时光。他喜欢犯傻，他拿自己和别人开了很多优雅的玩笑。我有时依旧希望能从这件事上回过神来，但是无论我将注意力转向何处，总要面对这样一个事实，他真的已经去世了。他是否会以一个真实的活生生的人物形象存在于人们的记忆中？”

这就是本书将要呈现的另一面：记录大卫的样貌。那时他三十四岁，所有的牌面都是吉兆，一艘艘出海的船也悉数归了港。[①]

1996年2月，我接到采写大卫的任务，当时我正参加一场聚会，一个朋友扑通一声坐在我边上的沙发上。“可怜的大卫·福斯特·华莱士，”她说，“这不是他的错，这种对他的关注，太古怪了，除非你足够强大，否则无法将这一切调适好。与此同时，所有的关系都被大卫·福斯特·华莱士搞砸了。”她把脸转向聚集在房间中央的人，说道，“这些男人暗地里都想成为大卫·福斯特·华莱士，每当他出现在报纸上，他们都会发疯。所有女孩说的都一样：‘大卫·福斯特·华莱士，他真酷。’男孩子们的想法也都一样：‘我讨厌大卫·福斯特·华莱士。’我知道的每一个焦虑的作家都为他着迷，因为他做了他们想做的事。”我耸了耸肩膀，眨了眨眼睛，然后说，我不确定她在说什么。人到三十，总会万般迷信误解和被忽视的魔咒，仿佛向地心引力妥协就意味着你会倒下，抑或说出“肺结核”一词就意味着自己马上会发热、咳嗽。

① 原文为all his cards had turned over good, every one of his ships had sailed back into harbor.其中包含两则英文谚语：cards turn over good 和ships sail back，都表示前途光明、愿望已经实现的幸福状态，中文采取直译。

其实，我也有自己的困境，当时我的女朋友一直在孜孜不倦、疲惫不堪地攻读大卫的书。一天下午，她要去厨房抽根烟冷静一下，我在她的电脑上发现了一封邮件。她给她的编辑朋友寄信询问了几个问题，后者回信说：

> 华莱士先生长得很酷。他是一个高大壮实的人，留着一头稀疏的长发，看上去就像一个摇滚歌星，总是大汗淋漓的样子，头上缠着头巾，时常过着美国都市的生活。我相信他还未结婚。你还有其他的问题吗？

人生无巧不成书。（对意外的强烈信念是我在遇见大卫时正在抛弃的东西。我曾相信一个真正优秀的人会依照计划安排好此生。）全因詹恩·温纳的功劳，我才能完成这本书。他是一个有趣的人，精力充沛，雷厉风行，也是我所效力的这本杂志的老板。一个偶然的机会，他打开《纽约时报》，看到了大卫的照片。那是在1996年初，大卫的照片随处可见——一小幅照片，歪着头，头上缠着头巾，留着胡楂儿，一头长发。“哦，”詹恩说，“他是我们要采访的人。派利普斯基去。”

这就是我的情况——职业和病痛。（这倒不是说大卫能对作家生涯中华而不实、自吹自擂的部分免疫，他将这些称为谄媚的一面，并且害怕自己最终会成为一个派对常客，一个原地踏步、不再工作、只能对别的作家的照片指手画脚的名人。我将这事儿告诉了马克·科斯特洛，他听后大笑道：“是的，但是那时他还很清醒，所以，你知道，你得把文学发动机底下的一整套支架给摧毁。”他停下来，随后绷起了脸，“当别人处在万众瞩目的中心时，我不知道大卫会在这类事件上投入多少时间。”）眼下，这一点暂且不论，我还是说说我的录音机吧，就是我放在大卫客厅的杂志上的那台。当你第一次见到某个人的时候，他似乎是他所从事的工作的完美代表。正是那些几乎无法断定的标志才承载并构成了一个人的特征。大卫看上去就像一个蒸蒸日上的年轻作家。对他而言，我只是一个拿人钱财替人干活儿的记者——无论我打开的是怎样华丽的文化盒子。此外，他会把我重复他说的话，尤其是他对着磁带说出的那些尖锐的话剔除。我是一个狡猾、老练的行家，曾在各种名流游戏中拔得头筹，而现在我闯入了伊利诺伊州的荒野，为的就是再捕获一个猎物。

其实，大卫只不过是我采访过的第三个名人，也是第一个作家。买这台录音机时——花了三百二十美元——我手心冒汗，心都快跳出来了，嗓子眼儿直冒烟。在遇见大卫的二十八个月前，我遭遇了一场几乎让我一贫如洗的经济危机。这就是我的病痛。在那段日子里，我待在学校里，每天早上在一尊尊雕像下、一座座花园里醒来，一直没做好走上街、处理报账单的准备。每周我们的邮箱里都会塞满“维萨卡”和“发现卡”[①]寄来的全新申请单，所以我走出校园，去面见信托界的大人物。一场经典的罗曼史——奢华的求爱，非难的离别。我失去了信用卡、电话号码、有线电视最基本的频道，还有公寓。把钱放进我的口袋里，就像把它投入原子旋涡一样：我会马上回到原处，随后瞬间裂变。我不再随身携带钱包。这似乎有些怀旧。去自动取款机前取钱变得极富戏剧性。这就是症结所在：一个人遇见了他的命运。我成了那种羞于面对收支屏幕的客户，就像好心肠的司机会将视线从车祸现场转移一样。这种状况持续了好几年，直到我最终失去了银行账户。1994年，我去纽约租房子。我在表格上填上了我的社保号码。我不知道此举会给我亮起怎样的红灯，敲响怎样的警钟。但是，当我第二天早上现身时，房东——一个在远方的海滩构建体面人生的欧洲大块头——告诉我，他一直忍着，

---

① 美国两家著名的信用卡发行机构发行的信用卡。

才不至于把我一脚踹出去。他走上前来，站得离我很近。“你知不知道你那份信用报告看起来像什么？”“不知道。”我说。“那好，我还是别告诉你了。”

我受到胸怀大志并达成所愿这种美国电影式的主题的驱使，认为要想抵达某个地方，最好的途径莫过于按照已达成所愿的状态去生活。这是一个颇具魔力的念头，也是语言实验室运作的方式。要想学法语，就得去聆听、说这种语言，这样你才能获得进步。（这也是学院为你们预备的东西，一根根圆柱和一片片丘陵地带，你要么成为雅典人，要么变得腰缠万贯。）如果你思考和言说的东西只有小说，那么最终你的周围都是书店。放低你的眼界并非明智之举——这是一场厄运，是堕入平庸的邀请函。我像小说家那样活了七年，其间出版了两本书，随后证实了此路根本不通。

我在《滚石》杂志谋得一职。突然获得了一笔钱，我躲过了暴风雨，能够在一座明亮安静的礼堂里抖落雨伞上的雨滴了。一时间，阴霾退散，不再潮湿，不再喧闹。二十岁出头的时候，你感觉自己像“刘易斯和克拉克”[①]那样的金融探险家一样，每过一天，每遇到一次结算周期，都是在蹚一条河流，都是在绘制一幅愿景、立一面旗帜，我在临近三十岁的时候重新体验了一番。第一个银行账户，第一份投递到家里的报纸，第一张（有担保的）信用卡。人们或许会认为从事新闻工作的福利在于旅行，而不是那些装在托盘里的饭餐和天际的变化。享受特权，知道已经有人把订机票、预约车辆和酒店床位这类麻烦事给搞定了，因为在全世界范围里，他们只想让你去完成派发的任务。每一张登机牌——每一班机组成员，伴着那一副副安详的笑容和夜间的灯光——都像圆滑的恭维之举。

我从贫困中摆脱出来，就像你摆脱病毒的控制一样：疑神疑鬼，

① 美国历史上西进运动中两位著名的冒险家。

感恩戴德，不再想去测试我的运气。可以安心付钱坐公交车了，再也不用去那种连有着斜体字和感叹号的菜单都没有的餐馆了，我感到如释重负，这么多年以来，我无法对那些付给我薪水的人所说的一切表示异议。（异议或许会在我三十岁时重新成为一种可能。不，二十几岁那几年是一段顺从的岁月。）我租了自然历史博物馆街对面那套巨大的布满灰尘的公寓的一部分。我给自己留了一个专属的通道，我的室友是一对名叫贝奇施坦因的老人，这对夫妇不怎么合得来。他们会无休止地争吵，声音巨大，叫苦不迭。安娜·贝奇施坦因看电视时，想让她的丈夫阿瑟一同来看。他的需求则更小，也更容易满足。他想独自待着。她会抱怨说："你瞧瞧，你瞧瞧，你怎么能在我眼皮子底下撒谎呢？这真搞笑！"我会将这些记下来。白天，我会在杂志社的办公桌前、窗户前，以及顶级洗手间里转悠，穿行于那些穿着大夹克衫的人和嘈杂的声音中间。那里的每个人都很镇静，你在每个人的头上都会感到一种有趣的未来，这种感觉就像楼上正在举行派对，或者你待在加州时正好赶上完美的天气。随后我回到家里，试图把在头脑中想出来的几个词写出来。詹恩·温纳，留着胡须，魅力无穷，带着我落在办公室的一个文件夹来到我家。我们四人——詹恩、我、阿瑟、安娜——在门廊里相遇，我心不在焉地介绍起来："詹恩，这两位是我的室友，贝奇施坦因一家。他们是夫妻。"

但是一切会缓慢而稳健地起作用。你只须降低你眼中的温度，降低那种热度和需求。你只须慢慢地适应一切，低下脑袋，按照切实可行的安排把别人托付的事做到位就行了。

随后大卫——用他只向自己讨要的东西——把整座城市震了个底朝天。人群、掌声、焦躁的城市开足马力展开进攻。他那篇写游艇的文章于1996年1月发表，它清理场地，为小说挖好了跑道。人们将这个作品影印出来，通过传真传播，在电话里大声朗读。他做了一件随意却意义重大的事，他捕获了所有人头脑中的声音。这是一档只有一个嘉宾的脱口秀，是你在上下班经过办公大厅时的抱怨，是你在浴室里的亲吻和沉思。如果你将时间进行归档和整理，就会发现所有那些不同的思想类别——书籍、侏罗纪公园、古怪的行业术语、咒骂，事物是如何突然无缘无故地让你感到绝望或者高兴的——都是你在美化自己时头脑中或许会响起的声音。然后，他的小说出版了。他的照片出现在《时代周刊》《新闻周刊》《君子》等杂志的封面上，随后一路高歌猛进，其作品被人们称为天才之作。（此类吓人的、罕见的恭维会激发人们的抵触心理，因为其中的潜台词是："这不是你。"）《纽约》杂志给出了一个毋庸置疑的建议，它认为那一年的小说奖可以提前印上他的名字，交由第三方保管了。即便这个名字——你不得不承认，名字中的三个部分全都包含在内——被人用滥了。特别配餐，豪华汉堡：大卫·福斯特·华莱士。《时代周刊》将月刊上的文章归结为诊断式的处方笺上的声音，一种全民共有的症状。大卫是"这几年来首位能引起如此强烈的好奇心的年轻作家"。

随后大卫来到了这座城市。二月，天气糟糕，白日被压缩，人行道渗着水。一时流言四起。他正在和谁约会，又是如何拒绝《查理·罗斯脱口秀》和《今日秀》的（对于一个精炼和专营媒体出口业务的城市来说，此举就像拒绝册封骑士那样，让人觉得不合时宜，却英勇无比）。他的第一场朗读会在东村的KGB酒吧举行，人们将那里围得水泄不通，场面就像高峰期的地铁。前几排的女人不停地抛着媚眼，后排的男人喘着粗气，面露不悦之色，心生妒忌。第二场朗读会在高塔书店举行，那是出版人之夜，各位出版人从未像这次这样，仿佛走过一个个城垛般井然有序地相互点头致意。在此之后就是人潮涌动的读书派对，参加聚会的人照旧全都穿着黑衣服，看起来就像一场气氛最为欢快的守灵仪式。大卫站在靠近洗手间的门廊里，与此同时，人们站在含有酒精的功能饮料旁边看着他，眼睛里闪着光芒，与他握手，向他表达祝贺——他就像一个散发着魅力的反应堆。我近距离地看着他。我无法想象他当时的感受。他现在的情况远比我所能向世界索要的一切还要丰富。不，这恰恰是我鞭策自己不再提出的索求。他看上去羞涩、兴奋、自在，就像一个独自玩着冲浪板的人。派对间隙，他离开众人进入了盥洗室。我想（这是你在三十岁时会犯的另一个错误：你相信所有躲在姓氏和背景的假面下的人，本质上依旧和你一样）他是到盥洗室里照镜子去了，去提醒自己，他才是这一切的主宰。

随后他就启程去做巡回宣传了。（这一点我是清楚的。几年前我也参加过为自己的书举办的巡回宣传。我去过几个街区，签售了几本书。随后，巡回结束，我搭乘地铁回家，打开行李，恢复体力。）他依旧是一座城市的独特气候，让读书圈一头雾水。我对我的女友说，如果她能在我离开期间把这本书读完，那就再好不过了。随后，我坐飞机去了芝加哥，然后驱车前往布卢明顿。陌生的记者经历，浸入另一个人的生活。那些对朋友都会委婉询问的问题（罗曼史、父母、金钱、积怨），我却因拿了别人的钱财而不得不直截了当地去问。为了淡化他受人采访的感觉——这让我看起来像一个问题多到难以置信的客人——大卫邀请我睡在他的客房里。“我多余的毯子你可以拿来随便用。”他说。我在午夜时分醒了过来。他养的一条狗在重复地做一些事：嚎叫，停下，再嚎叫。随后我听到了大卫的声音，他半睡半醒，声音里好似有一块硬面包皮。他说：“吉夫斯，够了。”我感到非常陌生。凌晨2点，我正在聆听大卫·华莱士——这是一个我不认识的人——教训他的狗。

在我们的谈话中，你可以看到我在不停地提出一些睿智的、具有建设性的建议。签支票，接受协议，抓紧干，休息一下。过去的八年时间磨炼了我，让我能给出这样的赚钱教义。大卫总在谈大而无当的事情，我则一直在用细枝末节的事情反驳他：你做得很好，别多想，简单的快乐来源于一份工作和你早晨喝的咖啡。这就像弟弟试图用低年级学生学到的那一套来感化哥哥。在飞机上，我感到我最终释怀了。好吧，他比我快，也比我更有趣。我应该善待他，而不是试图与之竞争。我觉得他在车里的表现正应了亨利·福特的旅途公式：如果两人能在路上行驶超过四十英里的距离，他们就能和谐相处。

随后，我离开了。当我回到家中时，我发现我想要在他的世界里留下足迹。一周后，大卫给我寄来了一个大盒子。盒子里长途跋涉而来的是我的一只便鞋，还有一段写在芝加哥熊队的信纸上的话，他在那上面画了一张笑脸："我推测，这是你的吧？"我感觉自己就像一个光脚的白痴。

谢天谢地，没人逼我非得把这篇报道写出来。我曾试图将它写出来，并且一直在想大卫会读到它，通过它，通过我，在X光底下暴露一些有疑问的东西。随后，詹恩改变了主意。我被派到西雅图去采访海洛因成瘾者（毕竟他们的窘境比我的要严重得多），这份工作要简单很多很多。我打电话给邦妮·纳德尔，也就是大卫的经纪人。大卫对媒体的关注一直有种复杂的感受，我让她告诉大卫这个好消息——这篇报道被叫停了。（他的妹妹随后告诉我，大卫没有什么不好的感受。"他说你是个得体的人——大约在五年时间里，这算是他说出的赞美之辞——还说我也会喜欢你这样的人。"打下这些内容让我的胃变得空空的，它在我的体内戳着我。他身上有一种随意，却令人感到迫切需要的社交天赋：你想要被他喜欢。）我光脚的感觉比之前更明显了。

多年以来，我对我想要涉及的事物有自己的品位——电视、合同、畅销品目录。令我感到尴尬的是，无论我怎么努力，都无法将自己对它们的体验从大卫身上剥离开来。这似乎有些饥渴和吝啬。

我在我的脑中写了很多封电子邮件，其中有一两封确确实实写在了电脑上。我写完其中一封，把它寄给了我自己，想看看打开它阅读是怎样的感受，随后断定它看起来有些傻，并且发现最适合打开这封信的人还是我自己。我阅读他写的书，思考他的问题，除了在电视上见过他一次之外，再也没有看到过他。

大约在他去世一年前，我重新把这些天的谈话拿出来听了一遍。我们又回到了他那间杂乱无章的起居室里，又回到了庞蒂亚克车里，又一起坐在丹尼斯餐馆里。有一件事一直让我感动：我们那时都那么年轻。

但是，时过境迁。当我想起这趟旅程时，我就会看见大卫和我坐在车的前排座位上。那是在晚间，空气中弥漫着嚼烟、苏打水和烟的味道。（嚼烟闻起来就像你把一卡车的咳嗽糖浆倒在了泥泞的草坪上。）冷风从车窗的裂缝中漏了进来。车内播放着R.E.M.[①]乐队的歌曲。车轮发出那种在一堵高大的墙壁前无休止地抹除磁带的声音，听起来令人困倦。另外，我们似乎根本感觉不到自己在前进。那是我经历过的最精彩的一场对话。我们无所不谈。大卫这一生比我先前猜测的还要艰难。它更为敏锐。我意识到了，它与我的生活不同，他这一生的各个阶段完全被感觉所占据。我们都不知道生活将去往何方，当我们处在各个阶段时，都曾想断定我们将成为怎样的人。我们谈论起对于任何人而言什么才是重要的，该去需求什么，该如何成为一个好人，该如何去阅读，如何去写作，如何想象他人。他对我说的一些事改变了我的生活，加入了我的脱口秀节目，也成了我不断对自己重复的引语。**给我二十四小时独处，我就可以变得非常非常敏锐**。他与迈克尔·瑞恩度过的时刻，涵盖了雄心壮志能对你产生的一切作用。他对我的人格会有怎样的猜测？一个具有一切权

---

① R.E.M.（Rapid Eye Movement），即快转眼球乐队，成立于1979年。

利的人会期盼从你这里得到些什么呢，你又该期盼从你自己这里得到什么呢？大卫认为书籍的存在是为了让人们不再感到孤独。他将这个想法说给了乔纳森・弗兰岑。弗兰岑对我说起过一件令人难过并且感动的事。他说，渐渐失去大卫就像观看一部科幻电影，当电影发展到某一刻时，有一个小角色从气闸室里被吸了出去，就这么突然的一下子，彻彻底底、完完全全地消失了。过了一会儿，他说："现在看来，大卫是否曾拥有一切问题的答案？"我不认为大卫故去十二年这个事实改变了它对我产生的意义。约翰・厄普代克——你们将会读到，或者已经读到了我们疯狂地对约翰・厄普代克展开的争论——曾经写道，暂时的时刻，处于暂时之中的事物本质，不应该剥夺它们的资格。他写道——另一些在我脑中乱成一团的句子——"所有事物都会在天堂底下终结，如果当下过得毫无意义，那么没有什么事情会真正地往前发展"。所以，如果我还能对他说几句话，我会对他说，重温与他相伴的这几天其乐无穷。我得感谢他，我感谢他曾让我度过这段时光。我会对他说，那段时光提醒我去关注生活的本来面貌，而不是从中解脱。并且我会说，它让我在阅读时，不再感到那么孤独。

第一天

大卫家中

周二上课前

在起居室里下国际象棋

他的狗在地毯上轻轻地走来走去

1996年3月5日

你刚刚说，我们在接下来的旅途中，“我想要明确一点，如果我五分钟之后让你别加入一些内容，你就不必加入了”。[①]

鉴于我最近的疲惫程度，以及被我搞砸的事情的数量，只有这样做我才不会疯掉。

（雄蜂——他有两条狗——正在大卫坐的椅子上嚼着东西。因为粉丝，他有一个未公开的电话号码。）

我不知道“粉丝”这个词是否恰当……

（他看了看书架……拿出一个棋盘来，急切地想要杀一盘。于是我们便下起了国际象棋。）

我觉得，我在二十五岁时，还是想要粉丝来关注我的。但是……现

① 全书作者利普斯基直接对话的部分将用黑体字表明，大卫说的则用宋体字，其他说明性文字用括注表示。

在我不在意这些了。我的意思是说，我为这本书而自豪，很开心这本书能引起人们的关注。但问题是，第一，这让我感到不适；第二，这对我有害，因为这会让我在写作时拥有一种自我意识。而我的自我意识已经够强的了。噢，真是的！这让我需要一些时间才能调整好状态。我真的不知道现在做的这些事会有怎样的结果。好吧，×！（他看了看棋盘。）

利特尔&布朗出版社同时向我买了精装书和平装书的版权。我觉得，如果我提前拿了下一站宣传的报酬，或许我会赚得更多，但是我不能那么做，所以……

（他对将要出版的几部小说的稿酬不感兴趣，我的朋友们都说这是最明智的举动。我谈起了我自己的朋友——他也认识这些人——他们在为那些成功的书做宣传时，会同时把协议搞定。）

那太难以置信了。我已经签下了合同，合同上规定要等到某些事做完之后，我才能拿到钱。所以，在某种程度上来说，我被耍了。（语调缓慢，带着南方的口音）我之前就被坑过钱，我就是没办法应付这种事。

对于这本书，我别无选择，已经被赶鸭子上了架。我还有很多研究要去做，确确实实无法一边教书一边做宣传。所以我决定认命，硬着头皮去做。但是，如果我没有报酬可拿的话，那么宣传、签售这些事说不定会更有趣些。

（他打开了当地大学电台播送的流行音乐广播。我好久没有听到这首歌了，INXS乐队的《唯一的一件事》。大卫点了点头，随后说他喜欢他们那首《不要改变》。）

你要知道，我二十多岁时过得非常糟糕。我当时想，噢，不，我可是天才作家，我做的每一件事都应该是具有创造性的，等等，随后我度过了三四年相当幻灭和苦闷的时光。那段时光对我而言价值千金，再也回不去了。我知道，这种想法听起来有种盲目乐观或者自命不凡的感觉，但事实确实如此。

我当时二十八岁，这个年龄意味着不会在书写出来之前拿到预付款。就我而言，那些钱浪费得很值。

你周围的人意识到你的名声了吗？

我觉得研究生们多少有点儿感觉吧。

他们肯定会密切关注吧？

在我看来，中西部的孩子不同于东海岸的孩子。《时代周刊》和《新闻周刊》在这里简直随处可见。所以，我觉得他们多少知道一点儿。每当他们在班上谈起这件事时，我都会变得有点儿凶，以此来吓唬他们，让他们作罢。

为什么？

因为名声对他们来说是有毒的，对我也一样。课堂是我用来……嗯……我去那里是学习的，不是去谈我的作品的。而我在那里……当我教课时，我在那里就是一个读者，不是一个作家。越是……我在那里越是，嗯，越是摆出一副作家的架势来，就越会让人感到不快……

创意写作研讨班上有一种古怪的花招，老师总会变着法儿教你如何……按照他们的方法去写作。这就是请那些知名或者最受人尊敬的作家（“桌家”[①]）来包装这些课程的原因。仿佛作家当得多好，老师就能当得多好，仿佛这两者之间有必然的联系一样。我可不这么认为。我倒是觉得，我认识的许多非常优秀的作家，当起老师来却异常差劲，

① 这里是作者在模仿大卫的口音，下文括号中加引号的词语情况也是如此。

反之亦然。我认为教书……这么说吧，教书一直对我的写作大有助益……所以，也许我并不会再那么想了。但是，作家通常喜欢尽可能地把他们自己的时间保留下来。

（他一边下棋，嘴里一边哼着歌。他的棋艺算不上出众，哼起歌来却非常带劲。）

好吧，那步棋对我来说没什么意义，对吗？

见鬼。好了，我们各自再走一步棋就得出发了。我得去刷牙。

我接受这份工作是为了医疗保险。（伊利诺伊州立大学）

[浴室柜：里面有多支“洁宝”[①]牌牙膏。（他抽烟。）

两条狗：雄蜂是一条“路边领来的狗，有一次我们在慢跑时，它出现了”，他们就把它带回了家。]

我有种古怪的感觉，仿佛在说：“我这一生犯了一个可怕的错误，还不如去奥什科什卖保险算了。”（我们当时正在谈论约翰·巴斯[②]以及另一些陷入困境的作家。突然有种“不是当作家的料”的感觉，这是他在写作《无尽的玩笑》之前的焦虑。）我觉得许多作家都会遇到这种情况。

（他曾就读于亚利桑那州立大学。爱德华·艾比[③]那时在那里教书……罗伯特·鲍斯威尔[④]对他的帮助最大……）

---

① 洁宝（Topol）：美国一款去渍增白牙膏，可以去烟渍、酒渍、茶渍、咖啡渍等，现已停产。

② 约翰·巴斯（John Barth，1930— ）：美国后现代主义小说家，代表作《漂浮的歌剧》。

③ 爱德华·艾比（Edward Abbey，1927—1989）：美国作家，以写作公益类散文以及抨击公共道德缺陷的文章著名。

④ 罗伯特·鲍斯威尔（Robert Boswell，1953— ）：美国作家，获得过“欧·亨利小说奖”，曾在亚利桑那大学的创意写作班就读。除去作家身份之外，他还在休斯敦大学教授创意写作课程。

我那时候深受巴斯的影响，竟意识到这件事[1]会有点儿怪诞。（他解释了他不能去，并最终也没有去霍普金斯大学读研究生的缘由。他在他的第二本书中写出的最长一段文字就是模仿巴斯写的。）

◆◆◆

去上课途中
在我租来的庞蒂亚克车里

事情是这样的，你将不得不闲坐在那里，甚至都不能待在办公室里，因为我将不得不冲许多人大声嚷嚷。我长话短说，仅仅因为我们早上五点就得起床。麻烦的地方在于，我已经两周没有看到那些可怜的孩子了，而他们已经准备好了各种各样的问题来讨论。（他对他所有的表现都很敏感。）作为老师，我平时的课要比今天教得好，我发誓。

就像举办朗读会那样？

不。

你读得很棒。

谢谢。高塔书店那次读书会我不是特别开心。我事先特别紧张，而紧张的感觉又是那么令人难以忍受，我不喜欢这种感觉。我觉得那篇东西我读得不怎么响亮入耳，我觉得自己的样子看上去就像个疯子。主要是因为我当时正在做一件被他们吹上了天的事。我每年都会在大学里举办一到两次读书会。我做十件事情，他们会把其中五件事吹上天。

① 约翰·巴斯曾就读于霍普金斯大学，结合下文，“这件事”指的是与约翰·巴斯上同一所大学。

我在高塔书店还读了一些（“一且”）不同的东西，只是因为来自*SPIN*杂志的那位无比迷人的美女也在那里，她对同样的东西只会听一次，所以我弄巧成拙了。（他笑了起来。）我再也没有见过她。

（大卫在KGB酒吧——一家位于下曼哈顿区，以勃列日涅夫和《真理报》为主题的酒吧——朗读作品时，作家伊丽莎白·沃策尔[①]也在现场。她站在最前排。原来我们都认识伊丽莎白。）

我不知道伊丽莎白是如何——丽兹[②]通过只有她能办到的方法，搞到了屋子里的最佳位置。啊，她真不错。她是个好人，是个好人。

当你十八岁时，你会意识到——我们仍有一部分自我想要成为总统，也会有一部分自我想要依照我们各自的性取向，去和每一个尤物上床。我的意思是说，你知道……只是，我觉得她应该更——她一直抑郁，此事绝非偶然。我不知道，也许我只是把所有的怪东西都投射到了她身上……

◆◆◆

大卫的课堂

课程：“进阶散文写作”

（大卫不想录音，只宜做笔记。）

日光灯、课桌、钢质废纸篓、鞋子的味道、汗衫的味道、墙上挂着的钟、一张大卫不常坐在后面的大讲台。共有十五个学生。女生就像坐在保守的犹太教堂里一样，与男生保持着一定的距离。大卫穿着费莱牌皮靴，

---

① 伊丽莎白·沃策尔（Elizabeth Wurtzel，1967— ）：美国女作家、记者，因出版《美国的青春与沮丧》一书而名噪一时。

② 伊丽莎白的昵称。

头戴蓝色的头巾，手上拿着无糖百事可乐。

大卫这周发现了一些初学写作者犯的离谱的错误。

大卫：在开始上课之前，我们先来玩会儿“语法摇滚”①。

他们笑了起来。他是你期盼的那种理想中的教授：启人心智的作家，举的例子紧跟时代，迷人、有趣又严谨。

学生们还了解到了另一件事：他们这位戴头巾的老师，在过去几周里一下子变成了名人。他们多多少少想要来确认一下。

学生一：出名的滋味爽吗？

大卫：（脸红着笑了笑）再让我爽两分钟。

后排的一个学生突然说：《无尽的玩笑》中的一个人物——霍拉旭，我觉得他就是我身边的人……

大卫：好吧，你可以有一个参照人物。

大家对他在媒体上的表现进行了一番闲谈。这让人兴奋——这个房间和这个班级的一部分隐私突然得以公之于众了。

学生二，女性：我爱《部落》杂志对你办公室的描述。

学生三，女性：你待在迪克·维塔勒②和希拉里·克林顿旁边时会感到紧张吗？

大卫说他坐飞机时会非常紧张，脑袋里会不断勾勒出诸如坟墓之类的场景。

学生四：只要把意大利辣香肠和蘑菇放在我的墓碑上就好了。（一则有关外卖和杂货店比萨饼的玩笑。）

大卫：这样的俏皮话非常好。

---

① 语法摇滚（Grammar Rock）：美国小学生用来记语法的歌谣。

② 迪克·维塔勒（Dick Vitale）：美国著名篮球评论员。

他们又聊起了杂志给他拍的照片。大卫的脸更红了。

大卫：我不认为，我不认为——你们可以看看我咧嘴笑的样子。我当时想："真的吗？那个人就是我？"

大卫把手伸到两个废纸篓里翻找，从里面掏出一个塑料杯来，把他的嚼烟放了进去，一边还喝着无糖百事可乐。

课堂的话题从讨论名人猛然变得极为正经。

大卫：下周是办公室答疑时间。你们说不定得在走廊里候上一会儿，所以不妨少带点儿阅读材料来。

他开始点评学生写的故事。

大卫：（给出一些非常感性的建议。写小说要做很多工作，你得记录下十二种不同的东西——角色、情节、声音、速度等。）但是，你在前八页需要做的事是，确保读者在读这八页内容的时候，不会想把书丢到墙上去。

他在教室里走动，快乐而充满活力。某一刻，在思考问题时，他甚至迅速做了一个下蹲动作。学生们大笑，他们是真的喜欢他。

大卫：我知道——我真的很兴奋，兴奋得蹲下来了。

第一则故事是一个漂亮的女生写的，她长着一张罗姗娜·阿奎特[①]般的嘴。大卫在评点故事时，总会引用电视节目的例子："我不得不说，这则故事有点儿像山姆和戴安的经历，或者《当哈利遇到莎莉》。"

教室里的日光灯时明时暗，无声地闪烁着。大卫抬头看了看。

一则他喜欢的故事：放得很开，但是需要收一收。"这故事就像一个朝着我们呕吐的脑袋……"

一则他不那么喜欢的故事："这只是一篇校园爱情故事。我得告诉你，

① 罗姗娜·阿奎特（Rosanna Arquette）：美国混血女演员。

普通人对这则故事可能没多少兴趣……”

大卫现在来到了讲台边。每当故事和讨论的话题让他感到兴奋时，他就会上下点头。

此刻被讨论的作品来自一个朋克打扮的小伙子，他留着莫西干头，戴着银黄色相间的颈圈。

大卫：创作一个鲜活的叙事者真的很难，相信我。

学生们：要怎么做？

大卫给出了一个让人发笑的建议，学生们都大笑起来。

大卫：你们若想让笔下的叙事者有趣且睿智，就得让他时不时地说些有趣且睿智的话。

他说错了一句话，随后迅速说了句：“脑子短路了。”

他停顿了一会儿，稳住身子：“不好意思，我要打嗝了。”

他的讲解一语中的，优雅得体：阿斯泰尔[①]般的优质教学。

他点评校园爱情故事：“创意写作教授最害怕看到的句子是：他们的目光越过酒吧里的酒桶相遇了……”

写作的要点在于将私人的兴趣从大众娱乐中区别出来。有个辅助方法：你们对自我的关注应该随着年龄的增长而减少。但是，“我觉得我三十四岁时比二十三岁时更关注自己的事。因为我感觉，如果这件事是我所感兴趣的，我就会不假思索地认为你们也会对它感兴趣。我可以花半个小时的时间告诉你们我去商店的路上遇到的事，但是或许这些事对你们来说并不如我所感到的那样有趣”。

下课时，他再次提醒学生。合上笔记本，把书包从地上拎到课桌上，在吵吵嚷嚷的噪声中，孩子们站起身来。这周的两节课上完了。

---

① 弗雷德·阿斯泰尔（Fred Astaire，1899—1987）：美国舞蹈家和演员，其舞蹈风格以优雅著称。

大卫：永远别——不要写这样的句子："他们的眼神越过酒桶相遇了……"并且记住，"对我而言有趣的东西，你们也许并不觉得有趣。"

课后，他依旧沉浸在兴奋的情绪之中。他给我端来了一杯水。

大卫：若没有来旁听，你会在哪里？

我希望这个杯子不是装嚼烟的那个。

◆◆◆

伊利诺伊州立大学的走廊

课后与同事聊天

（"很成功吗？"同事询问关于《无尽的玩笑》的宣传之旅。）

没人朝我扔蔬菜，所以我觉得还算成功吧。

我靠它赚了一笔钱，够我花上几年了，所以还不错。

◆◆◆

取车途中

我总要回过头去把写的东西再弄一遍。（整整两部小说的草稿，他全都是手写的。）这本书的最后一版草稿我是用电脑打的，仅仅因为我需要用它来做笔记，我需要来来回回地看。

◆◆◆

晚餐

摩尼卡尔比萨店

布卢明顿

你能在这里抽烟吧？我看到这里有烟灰缸。（餐厅正在播放的背景音乐：休伊·刘易斯[①]的《摇滚之心》。大卫："对我来说，《我想要一剂新药》可以说是20世纪80年代的赞歌。"）

我觉得你得再开大概十万英里，到那里的镇上才能抽上烟。

我写《系统的笤帚》时非常年轻。我的意思是说，那部小说的第一稿是我大学时期的毕业论文。其中有些部分我觉得还不错。但是它——我退缩了。即便在签售会上，当人们把书拿给我签名的时候，我依旧觉得，它是年轻赶时髦的玩意儿，如果这么说不算是在为之开脱的话……也许你太年轻了，无法从中受益，因为那的的确确像80年代中期的产物。

那些平装本吗？

他们也做了足够多的精装本，所以他们可以……

寄给杰伊·麦克伦尼[②]。

是的……再把论文拿出来出版对我来说是件古怪的事，因为这和小说完全不同。

看到你能从发表最初那本书成长为现在的样子真不错。

是的，不错。

---

① 休伊·刘易斯（Huey Lewis，1950— ）：美国歌手、演员。

② 杰伊·麦克伦尼（Jay McInerney，1955— ）：美国作家，《企鹅丛书：美国新一代小说家》编委。

你是全国最受人热议的作家。

（听我自己这么说，真让人尴尬。）

受热议和受欢迎有明显的区别——我对待此事真的更为理智了。《无尽的玩笑》有些部分还是不错的。但是我也意识到，这是一本难啃的大部头。这本书是否真的那么好，要过几年才知道。总之，整本书的许多部分是不错的，我挺想靠这本书去找人上几次床，当然这样的事一次也没有发生过。

在这次巡回宣传中，我就没有和别人上床。有关名声的事是很有趣的，尽管我本来会很愿意在这趟旅程中找个人上床，还是没有去践行。

摇滚明星、体育明星会那样做，我不觉得厄普代克、罗斯，或者巴斯[①]会那样做。

只是因为你这篇报道会刊登在《滚石》杂志上，我才不会为此感到担心。因为我知道，整个采访会是轻松活泼的。但是，嗯，我还是会有些——因为明摆着，比如说，人们出名之后，当他们在朗读作品或者干别的什么事情时，就会有些飘飘然。然而，对我来说，我并不想采取任何行动。我不想硬着头皮说："你想回酒店吗？"我希望她们能说："我要回酒店了。你住在哪家酒店？"但没人这么做。

空中铁匠乐队就有这样的待遇，但这种事应该不会发生在阿巴·埃班[②]身上。

我觉得，羞涩和自傲通常是紧密联系在一起的。我的情况更倾向于，我无法忍受自己看上去像是在很积极地拿名声去进行性交易。即

---

① 分别指的是约翰·厄普代克、菲利普·罗斯以及约翰·巴斯这三位美国当代的著名作家。

② 阿巴·埃班（Abba Eban，1915—2002）：以色列外交家和政治家，也是研究阿拉伯文化的学者。

便当然——我会很乐意这样去做。

那样做是对你作品本身的背叛？

啊——我们得想想……

你曾认为这样的事一定会发生吗？

没有，不过我曾有过这样的幻想。这些幻想都是关于……这很古怪，因为我对大多数有关名望的事并不会上心。但是，我的确想过："也许在这趟旅途中，我可以找个人上床。"嗯，没错。这会是对我作品本身的背叛，你说得没错。回想起来，还好我没有那样做。本质上来说，这样做或许会让我变得孤独。因为这些事本来就不该和我有关系，本来就该……（"孤独"这个词，他用得颇为频繁。）

除非，如果她们这么做是为了了解你的作品，而这部作品又是非常私人的，这样一来，她们这么做就属于对你的深入了解，拿它做交易也就成了与你相遇的另一种方式……

没错，我也同意这一点。我觉得，如果这篇报道的多数内容都是你说的话，那它将会非常精彩。老兄，你可以知无不言。你不会让我难堪。

我认为我是有史以来最糟糕的采访者。这种技巧你是从哪里学来的？因为，即便没那么明显，我依旧能够看出来，其中还是包含着某些策略。

并非如此。我施展的策略就是了解你的真实情况。你的宣传之旅，两星期？三星期？

我看着那份行程安排表，发现有趣的地方在于——"你身边会有一个地陪。这个人会来接你”。当我看到“地陪”这个词时，脑海中浮现出的是一幅类似艺伎的图景。这个人会带你去发布会，跟在你后面，把你累得喘不过气来。另外，当然，这些所谓的地陪，结果都是些健壮的爱尔兰人，你知道吧，都四十岁左右。在你去发布会之前，他们会把采访者生活的方方面面都原原本本地告诉你，所以整件事令人感到有点儿搞笑。

我曾遇到过两个五十多岁的地陪。有个家住波士顿的女士，我觉得她有点儿想收养我的意思。她非常酷，在波士顿出生，在波士顿长大。——你得把那个小玩意儿按起来。（我当时无法点燃打火机。）能遇到一个和我一样有这种点火的苦恼的人，感觉真不错。

所以，这篇报道打算写些什么？你一直在说：“这不是这篇报道想写的。”那你想写什么？詹恩想要怎样的文章？

（他很警觉，想要了解和转变我靠近他的方式。比如他谈论上述有关“性”的话题时的虚晃一枪，比如在下国际象棋时，他每走一步都在观察我的反应。）

一夜成名是什么感觉——你记得拜伦写的《恰尔德·哈洛尔德游记》中的诗句吗，“一觉醒来，业已成名”？

是这样的吗？好吧。只不过，这本书出版于两周半之前，而读懂这本书至少需要两个月的时间。所以，在这之前，无论名声实际上是什么，暂时也只是那些天花乱坠的广告宣传而已。你来这里不是因为我，而是因为有关这本书的闲言碎语。我的意思是说，你是《滚石》杂志派来的大使。所以，我想我对拜伦所说的那种喜悦毫无感觉。如果两年后，有一个读过这本书三遍的家伙跑到我面前说“这本书太他妈棒了”，那么我会浑身冒汗。我会因此与别人上床。肤浅的事。我会因为这个与别人上床。这事儿现在似乎不太可能（“肯能”）会发生。这意味着，对我来说，你知道，这件事并没有那么真实。

（他把我当成了某种喜欢“遮掩”的人：羞涩，当发现需要掩饰时，会迅速地微笑一下，然后抽根烟继续掩饰下去。

我现在知道了，他这样说话是他的一种方式，他这是在猜测人们想要什么，猜测我想要什么。他也是那种试图察言观色的人。这种人通常想要独自待着，从工作的地方回到私人的房间，穿过起居室，沿途将人们推开。）

你怎么看待金钱？

当我们下棋的时候，我对你说起过的东西？我没有赚钱方面的烦恼。我已经不再有我二十岁时的那种感觉了，那种压力感，那种想要得到远超于这个世界所能给予的一切的奢望。一旦拿到预付款，这种压力就会回到我身上。而我不想承受这种压力。有一种真实的感觉——当我在做这件事的时候，我真的有一种乐在其中的感觉。嗯，教书有一点是很不错的，我感觉它就是我的营生。而我去宣传书——如果我能赚到什么钱，那这些钱都属于外快。

这么说倒不是标榜我自己是一个伟人，认为钱是万恶之源，只是因为我现在已经三十四岁了。我发现我脑中有一些固定思维让我痛苦不堪，而另一些固定思维则会让我感到的痛苦少一些。我只是，嗯，如果我现在收下预付款，也许真的可能会赚一大笔钱。如果结局证明这是一个发财的机会，而我现在将错过这个机会，那我肠子都会悔青。不过，如果我真的收下这笔钱，我就会给自己招惹一大堆麻烦。我只是——那种痛楚，那种痛楚，我害怕那种痛楚远超于我对钱的需要。正因如此，我不会拿预付款。

[我是这样看待这件事的：他出门旅行，为了保护自己，会去做一些短期内不得不做的事情，以便拖长目标的实现过程，这样做就可以不受情感上的波动。这就是他作品的原动力、张力和馈赠：不受情感波动，不被蒙上污垢。这是一个敏感的人的故事，尽管现在与之周旋，你也得做好展现出肮脏、色情的（“我会因此与别人上床”）一面的准备。整件事都与他

试图约束自己，试图营造一个他能安然处之、正常运作的短暂自我有关。从某种程度上来说，这样做的可控范围非常狭窄。]

仍然有一些海外销售途径，不同的市场，等等。

海外销售，我靠《女孩》在日本赚了两千美元。

这完全是两码事。别和我装无辜。

我玩过许多把戏，但我不会和你玩“装无辜”的把戏，我也没有装无辜。我写的这本书……嗯，我习惯于……嗯，习惯了不会赚到很多钱。如果我能靠海外销售赚一大笔钱，我会很开心的。但至今还没有人告诉我有这种迹象。

电影版权销售呢？或许无法拍成电影……

知道我永远不用看到电影成品本身，这也许会让我拿钱拿得更心安理得一些。除非它是那种时长长达四十八个小时的沃霍尔[①]式的东西，那种看的时候得带一根导尿管进剧院的实验作品。不过，当然了，你也无法靠那种东西赚到钱。不，我会拿上这笔钱，然后躲到山里去。因为，不，那样做没有让我付出任何内心的代价。

（他是一个重塑过自我的人，曾训练他自己杜绝最基本的渴求。结果，电影版权在六个月之后卖了出去。）

经纪人——邦妮——想让你做一个头脑冷静的人。

① 安迪·沃霍尔（Andy Warhol，1928—1987）：美国画家、电影制片人、作家。

弄清你说的是不是对的会很有趣。我不会干坐在这里，然后说——你这是在怂恿我起誓——“我永远永远永远也不会做什么什么”。如果我这样做了，就会变成一个懦夫。但是，我会感到非常惊讶。

（依旧是下国际象棋的套路，仿佛我正在诱骗他贸然地进行王车易位。）

我没有在怂恿你做任何事情……

如果他们说：“这是预付款，你下半辈子也不用愁，能否拿到这本书，我们不在乎。”那我就会收下这笔钱。我不会在有交稿期限的情况下接受它。

但是万一呢？

拭目以待吧。

五年之后呢？

拭目以待吧。

在美国国家公共电台那次节目中，你曾说自己是“一个非常羞涩，同时又极度自我的人”？

我想我说的是“也是个表现狂”。

还是个“表现狂”？

是的。

什么意思？

这个嘛，我觉得害羞本质上意味着一定程度的自我沉迷，以至很难与别人相处。比如，如果我和你出去玩，我甚至不知道我是否喜欢你，因为我会非常在意你是否喜欢我。这会让人压力倍增，感到非常不快，等等。我体内有上述那种羞涩的成分。

但同时，我的意思是说，这有点儿像患有广场恐惧症的偷窃狂的感觉。同时，我认为大多数——如果你不同意，可以打断我，因为你是我的同行——写作的人，其创作动机中的某一部分似乎会将他们自己的形象和感悟加诸别人身上。即便他们是在写一些——你知道，一些他们并不那么期待别人会花钱来读的东西，他们还是会抱有一种难以置信的自傲感。所以，你最终会成为这样，嗯……我觉得，那些没有羞涩感的表现狂最终都会变成表演者，最终都会靠在别人面前直接展现自己来谋生。

（他朝桌子底下看去，我在桌底晃着脚。）你是个容易紧张的人，是不是？（我停了下来。）那些羞涩的表现狂则会找许多其他的方式来表现自己。我可以想象，电影导演用的就是类似的方式，尽管在制作电影时，导演不得不与由其他人员组成的团队密切接触。不过，在一定程度上，我说得可能并不正确，因为我是在谈论自己，也许还包括我熟知的其他五六位作家。你知道吧？

（我觉得，他所说的还包括他今年写的有关大卫·林奇[①]的报道。）

约翰·厄普代克曾说："羞涩，一种想要奴役别人灵魂的狂野欲望……"

但还须补充的是，羞涩可以提供一些滋养，助你成为小说作家。比如，对我而言，羞涩的一部分功能在于，它能让我轻松地思考——你想

① 大卫·林奇（David Lynch，1946— ）：美国导演、编剧、演员，代表作《穆赫兰道》。

要什么？这对你会产生怎样的影响？等等。你知道吗？这是一种头脑中的国际象棋。在人际交往的时候，它会让事情变得非常复杂，但是用在写作上，当我细细琢磨你正在做的这件事时——写作中没有根据的句子非常少，你不但得搞明白这些句子你读起来、听起来是什么样的，还得似真似幻地表达出陌生人的意识。所以我觉得这就会有一种精神分裂的感觉，会让你无法轻松地与现实中的人们交流。对于作家来说就是这样。但它确实非常管用。

我之所以会觉得我很难应付采访这些事情，其中一个原因在于，我不太和人交往，这么说倒不意味着我没有时间。我只是觉得，这更像是一台你可以开开关关的机器。一想到我坐在那里，完全沦陷于这篇报道最终会呈现出什么样子、你对我有什么印象、我又该如何处理等问题，我就会感到精疲力竭，以至于不想接受采访了。古怪的地方在于——接受采访的过程会启动那台机器。只不过，我现在没有别的选择了，对吗？我现在得设法操控它，同时相信你，相信你会——当你在写的时候——顾忌这篇报道呈现给读者的样貌，并且读者到时也会善待这一切的。所以，有三样东西真的蛮有趣的——写作，与别人在不知情的情况下互动，以及类似这样的采访。

我很乐意像你们来写有关我的报道那样去写一份有关你们的报道。这会过于后现代主义和讨巧，以至难以为之，但也会很有趣。这样做我就可以夺回一些主动权。因为，如果你想要——在允许的范围内，你不能说些我会在测谎仪前否认的赤裸裸的谎言，但是如果你想要，我的意思是说，你可以依据你的意愿进行必要的编撰，而那对我来说是非常不安的。因为我希望能够对我将要呈现出来的形象进行审视、塑造和掌控。也许这就是作者都是非常糟糕的记者的原因吧。

真的吗？

或者，当报道最终刊登出来的时候，我敢说他们常常会感到不安。

比如斯特莱特菲尔德（指的是作家大卫·斯特莱特菲尔德[1]）曾认为，《细节》[2]杂志的那篇内容刊登出来之后，我就会和他绝交。

那么，接受采访有什么好处呢？

我会如实告诉你好处是什么。利特尔 & 布朗出版社费尽心思来运作这本书，我非常感激，并且我真的很喜欢迈克尔·皮奇，我想让这本书合他们的心意。我也——我不是布卢明顿的圣人（这是我之前在电话里提起的一个术语，他还记得）。我想让他们买下我接下来写的书。所以，我想，我正在玩一场微妙的游戏——“我不想成为一个浑蛋，但是我也不会把自己给卖了”。他们还要求我做两三件别的事情，但那些事在我看来实难为之。我拒绝了那些事，但他们又给我派了几件我愿意做的事，这就像游走在边界线上。

因为这类——你人挺好的，但是采访这类事情对我真的有害，它让我有自我意识。我感到自己作为一个普通人暴露的东西越多，作为一个作家受到的伤害就越大。但是我没有拒绝这次采访，这样一来，我就可以心安理得地拒绝其他更有害的采访了。这就是我的想法。在此之后，我想我不会再做这样的事了。

你为什么会将它当成有害的自我意识？

如果完成这个采访之后有人找我上床，如果《滚石》杂志的读者……

我肯定你会收到信件的。

他们会来拍七十张照片，还会拍一张《细节》杂志那种风格的照片。你长得很好看。我们应该让他们来拍你，然后说你就是我。这样

---

① 大卫·斯特莱特菲尔德（David Streitfeld）：美国当代记者和小说家。

② 《细节》（*Details*）：美国的男性时尚杂志，现已停刊。

就会有人来找我上床，你也会……

（他又在向我献殷勤。）

有关我的照片已经拍了一大堆，大多数拍得都很糟糕。我是这么认为的。或者我看上去就是那个样子。那倒是件好事。我可以去找我的朋友，说：“我看上去不是那个样子的，是不是？”然后他们会说：“不是那样的。”但现在，是不是真的……

但是，自我意识对你也是有帮助的？

这就像别的所有事情一样：一件事从某个特定角度来看就是真的有好处的。但情况是——我应了这次采访之后，这个叫大卫的人登上了《滚石》杂志。我现在正在学习怎么写短篇小说——“噢，不，这个登上《滚石》杂志的人写的短篇小说就这水平吗？”（这就是20世纪80年代后期发生的事：他的恐慌。）那种——这是良好的自我意识。此外，还有有害的、麻痹的、被通灵的贝都因人强暴了的自我意识。

这些事情——担心我现在身在何处、我现在是谁；我去年的女友是否更适合我，所以也许我那时候写得更好？我周围的这些角色能帮我更好地定位自己，更好地规划我的生活吗？这些都会消失的。

然而这是一种更为强烈、更为危险的自我意识。但是你说得没错，我的大脑就是那样工作的，而且我很乐意将某件事诸多可能的途径一一扫除。并且你能看到，我并不是一个离群索居的作家，我没有说要拒绝做这种事，我只是对此抱有谨慎的态度。而我最害怕的是，我会喜欢上做这种事情。那样的话，我就会成为那种招人厌的人：“嘿，又要举办图书出版聚会了，这个大卫又把自己的样子印在照片上了。”那样还不如死了算了。那样还不如死了算了。我只是——因为我不想以那种形象示人。

为什么？

因为我觉得那很——好吧，你想以那种形象示人吗？你倒是说说你会有什么感觉，先听听你的看法，我就知道要怎么来解释我的感觉了。

这样一来，你的满足感就来源于谈论你的作品，来源于像一个作家那样行事，而不是来源于作品本身。这么做非常矛盾，你获得的满足感或许不会那么强。

是的。你说得很好。这世上再也没有比一个人到处说“我是个作家，我是个作家，我是个作家”更荒诞不经的事了。这非常微妙。我不介意登上《滚石》杂志，但是我不想成为一个为了登上《滚石》杂志而登上《滚石》杂志的人。

整件事就是后现代主义之舞。所以我担心——我真的没有那么真诚正直，因为我真正担心的是，我看起来会像那些出没于各种聚会的人。现在看来，对我来说，成为那样的人和成为不想要那些东西的人之间的区别还不够清晰。

但是我确实知道，从某种程度上来说，比起细细思考利普斯基先生是否会来拜访我，以及我到时候要重点说些什么，我倒是更愿意从作品中获得满足感，这样一来，我就会写得更好，活得更开心，也更为理智。你懂我的意思吗？那么，我又为什么要让自己身陷困境呢？好吧，对于利特尔&布朗出版社来说，这是件好事，而我欠利特尔&布朗出版社一份人情，这就是原因。

当然，我身上有一小部分自我是喜欢这种事情的，但是这一小部分自我没有掌控权。

不过，这一小部分自我可能会变得非常贪婪？

这就是我最大的恐惧。如果几年之后，你看到我作为嘉宾出现在游戏节目里，我们就知道答案了。

（服务员上前。托盘很大很重，装满了中西部食物。“四片香肠、一份奶酪、两份沙拉、蘸酱、六份面包棒，还有饼干、两份无糖可乐。要是你们想再来点儿饼干，喊我就是了。好吗？”）

好极了。请问，能不能给我们来一张大点儿的桌子？我开玩笑的。

我有个朋友和我开过这样一个玩笑，说各种各样的东西都具有后现代主义的感官性。

头脑中的那一部分能被证明是贪婪的吗？

你有这方面的经历？

没有。但是我知道有这种情况。

你知道我说的是什么意思。曾经，你还是万千踌躇满志的在校研究生中的一员，而现在你已经出版了几本书，它激活了你身上的那一部分。而你无法将这一部分清除掉，但是你多少能够达到与之和解的地步。当你达到这一步之后，它就不会掌控你。我见过许多被它掌控的人，而它就那样……它将你生吞活剥。谁会愿意成为那样的人？

但是，很多才华不及你的人都会受到大量关注，这对你或许有一点儿痛苦。不过，现在你也有名了，并且你很出色，这也是你应得的。这就是系统运作的一个范例。

我不确定我——我不认为，我不认为过去几年里我有过那样的想法。我的意思是说，我一直有种古怪的神经官能症。比如我完全——我曾经对威廉·沃尔曼[①]有一种强烈的自卑情结，因为他的书和我的处女

① 威廉·沃尔曼（William Vollmann，1959— ）：美国当代作家，2005年度美国国家图书奖小说奖获得者。

作是同时出版的。我甚至读过一篇麦迪逊·斯玛特·贝尔[1]写的文章，其中提到了我，他论及我“稀薄的产出”，以及对此的自卑，以此来说明，你知道，说明沃尔曼多伟大。所以我到处说：“噢，不，沃尔曼又出了一本书，现在他出了五本，我只有一本。”我会到处说那样的话。但是我觉得，我正在想一个例子……

贝尔自己就是一个著作等身的人。

我只是在想：过去几年出版的新书我读得其实不多。比如斯蒂夫·艾瑞克森[2]的那本《黑钟之旅》——这本书太他妈棒了。我觉得布莱特·埃利斯[3]的处女作非常非常有分量。《美国怪胎》——虽然这本书出版了，但是我觉得埃利斯还是被他的经纪人和出版商狠狠地摆了一道。我只读过他这两部作品，但仅凭这些，我觉得其中就有另一种隐患：处女作让你饱受赞誉，接下来你再出什么书都会举步维艰。我的意思是说，有一部分的你会只想着一而再，再而三地去重复你的成功，这样就能继续享受源源不断的赞誉了。这恰恰从另一个层面证明了这档子事儿是有害的。

你也面临着相同的危机吗?

当然了。无论我做什么，接下来的书都会因此变得不同。如果它遭到苛责，那我就会想：“噢，不，也许再出一本《无尽的玩笑2》好了。”那样的话，还不如让人给我脑袋上来一枪得了，这样还仁慈一点儿。

---

① 麦迪逊·斯玛特·贝尔（Madison Smartt Bell，1957— ）：美国当代作家，以小说《所有灵魂的崛起》驰名美国文坛。

② 斯蒂夫·艾瑞克森（Steve Erickson，1950— ）：美国小说家。

③ 布莱特·埃利斯（Bret Ellis，1964— ）：美国小说家和剧作者。其作品《零度以下的激情》被誉为著名的邪典小说。

引用大卫·李维特[1]有关绳索的话："评论家会用我的处女作做绳索，绞杀我的第二部作品。"

我觉得情况通常是这样的。不过，写了一本糟透了的处女作，其中好的一方面在于，我可以免遭那个问题的困扰。有许多人真的很喜欢《系统的笤帚》，但不幸的是，这群人都只有大概十一岁。

（他笑了笑，随后镇定下来，脸部略微抽动了一下。）

当你看到那些没有才华的人获得成功时，不会感到难受吗？

（我递给服务员小费，她不明白这是什么意思，正打算把钱还给我。）

（他对服务员说）他打算给你小费。拿着吧。他想给你钱。他乐意这么做。

（他对我说）你不该在这里给小费，你会让他们为难的。这里的情况是——你这样做会让他们觉得你很讨厌或者不真诚。我不认为我多么与众不同。我从不会按照"更有才华"或者"才华欠缺"来想问题。有一些东西我会带着同情心去对待，也有一些东西我不会那么去对待。我看过许多出版的书籍，其中有一大堆东西被贬得一文不值，我一样会摊开这些书阅读。我把它们当文学，而不是垃圾。你知道，你可以想见那套措辞——我只会想："老兄，也许这本书里有一些可取的东西，只是我无法领会到。这本书只是不对我胃口而已。"

然后就是，我真的——我觉得忌妒之火已经把我烧了个干净，以至于都熄灭了。

这把火是如何燃起来的呢？

---

① 大卫·李维特（David Leavitt，1961— ）：美国小说家和传记作家。

在我写的东西还不能出版的那段时间里，我看着其他人——你知道，一下子冒出了一个文坛新贵，比如唐娜·塔特[①]女士冒了出来，你听说过吧？我读了《秘史》，我的感觉是，你知道，这本书非常好看。但是有了这种感觉之后，我就会想：“见鬼，现在我们这些人要被取代了。现在文坛上又有新宠了。”当意识到自己是可有可无的角色之后，那感觉……真是可怕极了——“我曾经写出过一些东西，现在没有出什么东西，别人就取而代之了。”随后，我就会想到……

（大卫停下来，留了个悬念。

服务员还是返回来，把我给她的小费全都还给了我。大卫接着往下说。）

我就会想到那种可以变得极度贪婪，以至于将你生吞活剥的精神状态。而我——你是知道的，我遭受过这种精神状态的折磨。我只是……这很古怪：我一点儿也不想把血液输送给大脑的那个部分了。这么说不是想标榜我是一个伟人，而只是——我真的会为此感到沮丧，再也写不了东西了。

另外，细细一想，我是认真的，不去关注新书这一举动带我走出了这个怪圈。百分之九十以上的新书我是不知道的。就像我刚刚说的那样，我甚至不知道杰恩·安妮·菲利普斯[②]出新书了，直到那个芝加哥的地陪告诉我。这种错过已长达四年之久。而脱离了新书世界，我却并不觉得遗憾。我只是——整件事只有忌妒，外加一些类似吹捧的东西在里面。这么说并不意味着我已经超然其上了。只不过，它给我的伤害，远超给我带来的任何好的感觉。

引用海明威曾说过的有关绦虫的话：“纽约的文学圈就像一个装满

① 唐娜·塔特（Donna Tartt，1963— ）：美国女作家，后文提及的《秘史》是她的处女作，《金翅雀》则是她的代表作。

② 杰恩·安妮·菲利普斯（Jayne Anne Phillips，1952— ）：美国女作家，代表作有《甜心》《隐秘国度》等。

缘虫的瓶子，里面的所有虫子都在吞噬他者果腹。”

没错。抑或说就像在浴缸里缠斗的一群大白鲨，你知道吧？空间如此拘囿——我们所谈论的名作家的数量和他们的收入，若与真正的娱乐界相比，都是非常微不足道的。而那些令人敬佩的知识分子，其座次却由那些为争夺一小块蛋糕而大打出手的自大狂来排定，这也太……没错，这看起来确实有点儿荒唐。但是我跟你说，《君子》杂志上的东西刊出来的时候，我正好待在纽约。（我想，他指的是1987年那篇有关“文学宇宙”的文章[①]：在一张地图上，他处在地平线上，被称为众多“临近的彗星”之一。不，他指的应该是《君子》的文学编辑威尔·布莱斯针对他的书写的一篇毁誉参半的书评。）它伤害了一部分的我，伤害了我作为作家自豪的一面。然后我马上想，比如，我想去会会他，他怎敢如此大胆？就那种想法，就好像——但是此时此刻，我会更倾向于这样想：“哈，窗外刮起的是一场多么有趣的风暴啊。还好我待在屋内，这多么令人欣慰。”

你在那个圈子里待了多久？

我不知道……我去过图森，随后去了雅多。我曾两次造访雅多。我说不定会去纽约一趟，举办几次读书会，参加几次聚会。我在雅多时，结交了一些作家。他们比我大五岁的样子，个个都像超级巨星，而我则像……

（杰伊·麦克伦尼、洛丽·摩尔[②]，以及其他作家。）

这么说，你在雅多时，身边尽是些文学界的重量级人物，而你则陷

---

① 《君子》于1987年8月刊登了一篇惊世骇俗的文章。这篇文章用三页篇幅描绘了一张包含太阳、行星以及上升和下降的星辰在内的宇宙天体图，以此来标明当时作家的地位。

② 洛丽·摩尔（Lorrie Moore，1957— ）：美国当代女作家，以幽默和凄美的短篇小说著称。她创作的短篇小说获得过欧·亨利短篇小说奖。

入了那种赌场般的精神状态？

（关掉录音机：他很谨慎。）

有时在聚会上是这样的。情况更像是，你知道的，你是一个学生，一个学习写作的学生。你很年轻，顾名思义，你就是个不成熟的人。你头脑中会冒出这样一些想法来：为什么这群人会处在这种游戏中？他们想要什么？这些想法大多数会堕落成——发展成——这样一种意识：其他人会怎样褒奖你？所以你会关注那些饱受赞誉的人，把他们当成已经成功并拥有一切的人。我不知道《滚石》杂志的读者是否会感兴趣，只是——对于最聪明的人来说，你在将近三十岁时会发生一些事，你会意识到他人……意识到无论他人怎么评价你，其实都并不会给你注入多少能量，并不会让你保持清醒；你会意识到你需要找到另一种方法，达成另一种和解。

（他的朋友马克·科斯特洛恰恰就是这样看待在大卫身上发生的一切的。马克一开始就抱着好奇心，想要了解大卫会如何看待这个领域的事，他与大卫分享——定位及评价行规——这种看待文学生涯的视野。大卫刚步入这个圈子时，曾称之为"出版界的主教制度"——一个充斥着主教和相互竞争的教区的世界。

他的朋友乔·弗兰岑看到的是他的另一面：一个想要步入成年却感到困难重重的大卫。

在相互评价以及触及名望时，作家有时会变得非常糟糕。纽约流行着一则著名的故事，说的是一个知名小说家的作品——诸如得过普利策文学奖——要改编成一部电影。这部电影拍摄到一半时，小说家的经纪人接到了从拍摄地打来的电话。电话是一个助理代接的。这个小说家开门见山地说："你知道某某吗？"——此处提及了一个著名女影星的名字——"我和她上了床。"作家观察并衡量着名流的世界，但是当那个世界的一部分降临在他们头上时，他们并不知道该怎么处理，因为他们出售的并不是他们的外形、体格或者魅力，他们出售的是更为私人的东西——

他们的头脑、他们自身。他们会为此感到焦虑，就像年轻女明星为鼻子和腰线感到焦虑那样——我该如何善待给我带来荣誉和金钱的事？我该如何保护并扩大这份产业？人们喜欢的又是我的哪一点呢？）

我极度脆弱，又极度容易遁入这一个个琐碎的圈子，而意识到我再也不属于这个圈子了，那对我来说真的非常好。

现在，《无尽的玩笑》登上了杂志，刊在了书评杂志的封面上，你的朗读会又被围得水泄不通，有了这一切，你谈论起这些来会不会感到更轻松些？

我认为你错了。以下是我做好的心理准备。我为这本书感到骄傲，我也为此付出了巨大的努力。我曾经非常确信它会在媒体那里碰壁，但那应该是在三四年以内的事情，然后就会改观——就像《女孩》现在的版本比第一版卖得好一样。我曾经盼望它能畅销，至少能让利特尔&布朗出版社觉得："好吧，我们终于能把本钱给赚回来了。"这样他们就会买下我接下来的书。我非常真诚地告诉你，以上就是我的预期，就是我做好的心理准备。

负面影响是何时出现的？

当*Vogue*①和那些时尚杂志……

（磁带此面录满了。）

那些阅读*Vogue*、*ELLE*②和《时尚芭莎》等杂志的人，当他们花四

---

① *Vogue*：美国时尚杂志，内容涉及时装、化妆、美容、健康、娱乐和艺术等各个方面，被奉为世界性的时尚圣典。

② *ELLE*：是一本专注于时尚、美容、生活品位的法国女性杂志。

镑半的钱买了一本难懂的作品时，你得信任他们对此产生的想法。你知道吗，当他们说《新闻周刊》想要派一名摄影师来的时候，我一听就觉得——我觉得利特尔&布朗出版社已经……

我的第一感觉是害怕，因为我想："哇哦，他们还真的开动了宣传机器。我就要被玷污了。还有那些屎一样的评论，其公开的程度远比我之前想的要大。"这种感觉就日积月累起来了。

（简单的道理：每个人眼中的他都是不同的。邦妮·纳德尔，他的经纪人，就把他当作一个需要保护的敏感的人。弗兰岑则将他视为一个友善的对手和一位或许能够从略微同步的社交转换中获利的专家。只要他能说服足够多的人接受他那些不同的方面——他似乎在按步骤给人们展现这些不同面——他们就会在任何需要守卫的地方给予他庇护。只要持续展现下去，他的方方面面就都会受到保护了。）

迈克尔·皮奇做过一个报告。他走进图书销售部，在他们的会议上说："这就是我们出版书籍的原因。"

我当时不在场。我知道他是真的喜欢这本书。我知道他读得非常认真，因为他帮助我——我的意思是说，这本书得以面世有他的功劳。他说服我对该做出删减的地方进行了删减。但与此同时，编辑和经纪人在和你交谈时，情绪会越来越高涨，其程度之夸张，让人无法准确判断他们到底多热情。你不知道他们表现出来的感受中有多少是他们的真情实感。

我又不是白痴，我的意思是说，我知道他们做出这样大幅度的删减会大大降低他们的销售成本，因为纸张很贵，诸如此类。我知道他们不得不真心喜欢上这本书。这一半让我感觉很好，另一半会让我觉得，我的意思是说，我的运气真的非常好。我知道这样说听起来很官方。但是我觉得，作为一家出版社，这些人——有些出版社里会有许多真正爱书的人，也有些出版社非常善于运作宣传机器。但是，要想找到一家能将两者结合在一起的出版社，并且他们又真心实意地爱你的书——我只能说，我真的走了大运。

听起来像是这么回事。不过，情况是什么时候开始变糟的？几个月前来着，你之前说的，四个月前？

是在十一月。随后，啊，就在同一周，《君子》杂志上的文章登了出来，《时尚芭莎》上的文章也登了出来。我当时想："真烦人，接下来会尽是些关于炒作的负面评价。派发那些明信片[①]的人都是蠢货。"

（在这本书出版之前六个月，利特尔&布朗出版社曾给书评人和书商寄去了明信片，提醒他们留意马上要出版的那本小说。明信片上没有写书名，然后，几个星期过后，类似"无尽的作家"或者"无尽的乐趣"这样的说法就出来了。再然后，他们公布出版"大卫·福斯特·华莱士的《无尽的玩笑》"。）

哦，我忘了说了，我曾去洛杉矶报道了林奇拍摄的一部电影，是为《首映》杂志写的。明年秋天就可以看到这部电影。它叫《妖夜慌踪》，是一部非常酷的电影。

林奇对成名也有他自己的苦恼之处。《双峰》[②]，《时代周刊》封面。

他在这之前拍过许多片子，他拍过《沙丘》[③]。

离开拍摄地之后，我就会回酒店。酒店的答录机上总会留下大约四条留言，总有各种人想来采访我。

我出过——我的意思是说，我出过三本书，其中有一本是限量版。

---

① 美国的出版社在新书出版之前，会向书评人和杂志社派发一些用以宣传的明信片，希望博得他们对新书的关注。这已经成为美国出版界的惯例。

② 《双峰》：是1990年播出的美国系列电视剧，由大卫·林奇执导。

③ 《沙丘》：是大卫·林奇执导的于1984年上映的美国科幻电影。

你知道吧，为此我拿了大约五百美元的预付款。在出过几本书之后，我意识到，除非出版界发生剧变，否则某种……所以我认为，我认为那是在一月，当我正待在洛杉矶的时候。

一月份发生了什么？

（长久的停顿。）

你知道吗？我觉得很难向你描述，因为——我要说的不会让你满意——这一切发生得太快了。我一周前还在回答《新闻周刊》的提问，下周就得去回答《时代周刊》的提问，其间还有大概十五个不同的人打电话来约访谈文章。只要这些人不是特别惹人厌，我就会接受他们的访谈。随后，如你所知的那样，事实核查员[①]就会打电话来。而那时，我正在写那篇有关林奇的报道，写得艰涩、冗长。我记得我是一月中旬开始写的，当时意识到我不能经常回家去，因为如果我回家，电话就会一直响个不停。此外，我记得我当时有种兴奋感，但是也害怕……因为我真心觉得，我真的已经做好它不被人喜欢的准备了。

我的意思是——你读过这篇报道吗？其中有些东西是相当难懂的，相当难懂。我当时越来越认同角谷美智子[②]女士的观点。（角谷美智子，《纽约时报》的首席评论家。）所以我有点儿……既谨慎又兴奋，因为我感觉这篇报道就算不会受到广泛的赞誉，也至少会获得更为广泛的关注，你知道，最起码也会受到热议。

随后，虽然我没有读过，但迈克尔打电话来告诉我说，有一篇书评登载在……啊。哦，我在聚会上见过那个作者。那个人娶了麦瓜恩的女儿。他叫沃尔特·基恩[③]。随后，查理斯·康恩打电话来对我说：“沃

① 事实核查员：美国各个杂志都设有事实核查员，他们只做一件事，那就是查对所有来稿中涉及的事实，复按所有来稿中的引文、注释和参考文献，以保证杂志所传达的知识是准确无误的。

② 角谷美智子（Michiko Kakutani，1955— ）：日裔美国评论家，长年在《纽约时报》发表评论，并于1998年获得普利策奖。

③ 沃尔特·基恩（Walter Kirn，1962— ）：美国小说家和评论家，《在云端》是他的代表作。

尔特·基恩基本看不上任何东西，但他喜欢你写的这本书。”随后我就想，哇哦，我的意思是说——“人们看起来真的喜欢这个东西”。

你知道他说了什么吗？

我没有读过他写的那篇书评。我的意思是，我是听别人说的。别人告诉了我他说的几句话，那些话在我听来非常愚蠢（*说话的声音被烟草堵住*），因为如果我是评奖委员会的成员，我说不定会生气，因为他说的……

（*沃尔特·基恩，《纽约》杂志，12月2日：“明年的最佳图书奖已经有主，奖章可以交由第三方保管了……这部小说篇幅巨大，破坏力极强，极为引人入胜。”*）

你难道没有把这篇文章找来读一读吗？

我看了《大西洋月刊》，因为我对斯文·比克兹[①]有所忌惮。听着，我并不是……我并不是某种佛陀一样的人，只是，我之前也看过别的评论，他们对我不善，总和我过不去。而我会读这些评论的。但我得先把一本非虚构的书写完，并在四月底交给迈克尔。写完这本书之后，我就会去读那些书评，然后被整件事吓个半死。我现在真的不能去面对那些东西。

但是，有人说了“仿佛这本书已经摘得了国家图书奖”这样的话，你对此有何感受呢？

我赞赏他的品位和观察力。这个回应怎么样？你想让我说什么？你

① 斯文·比克兹（Sven Birkerts，1951— ）：美国散文作家和评论家。

会有怎样的感受？我无法描述，它不可描述。你不妨揣摩一下，我再来描绘。

（他恶意/狡黠地微微一笑。）

我会觉得，自始至终都觉得，这事儿没什么大不了的，有人说出了我希望听到的话。

除非你也知道——你自始至终都知道某样东西真的那么好。但是还有一个方面，也就是说："噢，不，这对别人来说简直毫无意义——我就是个自命不凡的自大狂。别人只会来嘲笑我。"

所以，这就好比，嗯……还有另一个方面，这一点你会喜欢的，因为它会让我看起来一点儿也不具有吸引力。如果你喜欢阅读一些非常严肃的文学——我们拿鱼子酱来打一个通俗的比方，这玩意儿不会很畅销，对吧？人类作为一种有自尊心的动物，会通过以下等式找到一种方式，来迎合我们的自尊心：如果某样东西卖得很好，吸引了许多人的关注，那么这种东西一定是垃圾，它充其量是被宣传机器给捧出来的。

当然，随之而来的终极讽刺在于：如果你自己的东西得到了许多人的关注，并且卖得非常好，那么，在你的作品卖得不好的时候，你常常拿来支撑自己的同一套机制，现在却成了"黑暗联系"的一部分。而我依旧在应对这种事。我依旧会……依旧会担心，是的，这本书很有趣，读起来会非常有趣，但它读起来之所以有趣，部分原因在于，我想尝试写一种非常艰涩和先锋的东西，而它非常有趣，足以迫使读者按照作品的预设进行阅读。我觉得我担心的是，那种一时轰动（他一再使用的一个词）只和这部作品的娱乐价值有关，而人们正是因为这一点才去买了这本书。

为了那个原因去买书——这点很好，因为利特尔&布朗出版社可以赚钱。但是，当他们读了一百五十页之后，就会觉得："哎哟哟，你看看，这和我之前想的根本不一样嘛。"随后就会把它弃置一边。就这一点来说，我……好吧，随它去吧。先锋作家——或者随便你怎么叫，比如实验小说家——我们不是为了钱而写作的。但是，我们也不是圣人。我们写的东西需要有人来看。你懂我的意思吗？至于那种——好吧，这本书卖了好多钱却没人读过，这对我来说是非常令人心寒的宽慰。尽管我对钱确实不在意，然而……你懂我说的吗？所以，一年以后再看看我。从现在算起，一年之后——比如，如果我能和西尔维布拉特（迈克尔·西尔维布拉特，美国国家公共电台《书虫》栏目的主持人），或者文斯·帕萨罗、大卫·盖茨，以及某些细细读完了这本书的人交谈，嗯，如果这样一群人说这本书很好，那么我就会觉得这本书是真心实意的好。至于现在，我渐渐有了一种会错意的恐怖感觉。

我会……会以一种消遣的心态去尝试着区分对这本书来说什么是好的，什么是一时轰动，以及……嗯，这种一时轰动与利特尔&布朗出版社启动的那架强劲的机器有什么关系。但就目前来看，情况很清楚，是那架机器本身在嗡嗡作响。你看，当某人在纽约问起另一个人是否读过马丁·艾米斯[①]的《信息》时，那个人回答说："这个嘛，没有亲自读过。"对吧？就是这样，你知道的。

有一则老笑话，我母亲听20世纪80年代斯坦福大学的学生们说的——"你读过《包法利夫人》吗？""这个嘛，没有亲自读过。"你怎么看？

宣传机器把你带来这里，让你来问我对某种现象的看法，而这种现象又主要是由你们这些记者组成的——这句话当然不能写在文章里，但是，我的意思是说，这非常古怪。

我喜欢这首歌，"谁人乐队"的《奇幻巴士》。

① 马丁·艾米斯（Martin Amis，1949— ）：英国当代著名小说家。

他们的歌我喜欢的不多，这算是其中一首吧。我对“谁人乐队”向来没有那么喜欢。

文学界的重量级人物，你和他们在雅多……

是的，我忌妒他们，想受到人们对待他们的那种待遇。嗯……我们想要说什么？

现在，你成了他们的一员？

是的。这很奇怪，老兄，这一点我可帮不了你，这种感觉与其他任何事情都不一样。这让我很高兴我再也不是二十五岁了。我感到其中有某种讽刺的意味——我二十五岁时曾认为，为了达到这一目的，我恨不得从不常用的那只手上掰下几根手指来。而现在，一切都很好，都很好。但是我想说，老兄，如果我是为了得到这些，那么我根本不可能写完这本书。你懂我说的吗？我写得很投入。我不觉得我是世上最有才华的人，但是我写得非常努力，你知道吗？我之所以这样努力地写，其中一部分原因在于，我是为了追求更好的东西，你知道吧？我的意思是说，就像……

你成了一个更好的文体家？

我认为我现在写得更努力了。我不知道你是怎样的情况，但当我二十二岁或者二十三岁时，我真心觉得从我笔端流淌出来的每句话都很棒。我无法忍受与之相反的情况，因为那样的话，我就会崩溃——你知道吧，你要么很棒，要么就糟透了。而现在，我觉得——是的，我知道这话听起来会有点儿过于伤感或者政治正确——我真的沉浸在作品当中了。我的意思是说，这非常——而且我觉得这样做很好。因为，你知道，我们还得这样再干四十年，对吧？所以，我得找到某种能乐在其中但不会被它吞没的方式，这样一来，我就能去干一些别的事情了。

因为我现今三十四岁，孤身一人坐在一个放着纸张的房间里，这对我来说才是真实的事。这个（*指了指桌子、磁带和我*）很棒，但这不是真实的。你懂我的意思吗？

（*长久的沉默。*）

我们得留意一下时间，明早要在大约5点起床。我的意思是说，我可以应你的要求与你交谈，只不过，如果我今晚只睡四个小时的话，我明天的状态就会很糟糕。我之前就吃过这种苦头。

你刚才说了两个方面。显然，一方面，你觉得很好，觉得你胜利了，要不然你就不会完成这本书，对吗？

不。要想写完一本书，你得调低别人会如何评价这本书的那些想法的音量，你知道吗？

但是，在你调低那种声音的过程中，会有一个中间点，到了这个点，你就会变成某个制作室派来的陌生人，来进行收尾工作，是不是这样？我向来把这种情况看作，你开始一项工作时像大卫·里恩，或者弗朗西斯·科波拉[①]，但是干到某种程度之后，你受到干扰，最终成为唐·布鲁克海默或者西德尼·波拉克这样的人，来接手完成了这份工作。

呃……老兄，我不知道，你意识到——

你就成了一名枪手作家……

① 大卫·里恩和弗朗西斯·科波拉都是著名的导演，后面提到的唐·布鲁克海默和西德尼·波拉克则是名气一般的导演，作者在此进行了反讽的类比。

我一共写了大约四到五部作品——有些短，有些长——在我看来，只有等它们写到一半之后，才能算是有存在价值的。这本书也是写到一半之后，我才觉得它是有存在的价值的。而我依旧能听到这样的声音——“这是迄今为止最好的作品”以及“这是迄今为止最烂的作品”。但是这就好比，你知道电影中会有这样一组对话，这组对话会越来越轻，随后另一组对话会渐入进来……我不知道该怎么说，这种情况应该有某种专业术语。只是，声音会渐渐轻下去的。而现在，我还有另一本书[①]要写，我还没到达调低那种声音的地步，就已经把它完成了。我只是一个雇佣文人：“真该死，我得把这个东西写完。”

关于这本书，我真的对它很感兴趣，我真的投入进去了。所以，对这种一时轰动——而不是我或许会在阿克伦找人上床或者干别的事情——我大体还是抱着愉悦的心情去对待的，我为此感到自豪。从某种程度上来说，我对《系统的笤帚》没那么自豪。我觉得这本书展现出了某些才能，但都是用各种方式表明自己狗屁的进取心而已。我当时写得很快，修改得又很草率，一些充分的编辑建议夹杂着一份长达十七页的有关文学理论的信件同时寄来，这真是一种非常乏味的方式……真是一种让我无法去完成写作的方式。

对此，我只是……我根本不予理睬，你知道吗？我的意思是说，在大约1992年至1995年间，这是我所能写出的最好的作品了。我还认为，如果人人都讨厌它，我不会感到兴奋，但我也不会觉得自己被压垮了。这——这和我是一个雇佣文人无关，而是因为，对我来说，它有存在的价值。

也许“枪手作家”这个说法过于玩世不恭了。

在我看来，这个词一点儿也不玩世不恭，但是我与你有分歧的地方，听起来恐怕会有些玄奥。在我看来，那些想象中的声音更像是，

① 根据上下文，指的是要交给迈克尔的那本非虚构书。

我感觉别人正在对我说话，我感觉这就是……这就是活生生的一样东西。对这些声音，对这件事情，我得小心与之维持一种关系。我感觉，不——我与之相处就不再孤独了。说实话（嘴里塞满了东西），对于些许事情，我曾经有那种感觉，最终却发现这些事并没有那么好，或者说人们并不那么喜欢它们。但是，嗯……我觉得那让我很受伤。我觉得我的忍痛能力非常低。我觉得诸如“我会大显身手”或者“人们会很喜欢这本书”之类的想法常常让我非常受伤。一旦……嗯，一旦我那样想，我就会停笔。

这种思绪会抵达某种狂热的地步，随后爆发出来。为了让我能够动笔——不是找回原来的状态，仅仅是动笔去写——我就得找到某种能让那些声音轻下来的方式。我觉得我更害怕——在我看来，你好像有一些玩世不恭，好像能够很成熟地去接受那种思维模式的不可避免性。而根据我惯有的经验，我觉得从某种层面上来说，我是一个情感较为脆弱的人，所以让我以那种方式思考，无疑具有毁灭性。我愿意去做许多工作——以及许多情感上和心理上的训练——来避免那样去想。

那封有关《系统的笤帚》的十七页的信，你后来读了吗？

哦，当然读了。那上面说，整本书是维特根斯坦和德里达之间的一场对话，是存在与不存在之间的一场较量。我的意思是说，格里（格里·霍华德[①]，《系统的笤帚》的编辑）不想让这本书就这样结束。我们有一整套角色，他们担心这些角色的名字不会以符号的形式显示出来，词语和所指在缺席状态中结合，这就意味着德里达……你知道吗？这是一篇非常出色的理论文献，不幸的是，它导致了一个屎一样的令人失望的结局，不是吗？

其实，这是一篇非常玩世不恭的文献，因为有一部分的我——那是在我写完这本书一年半之后，我意识到那个结局，其中有一些好的东

① 格里·霍华德（Gerry Howard）：兰登书屋的一名编辑，他是大卫·福斯特·华莱士的伯乐，并帮忙编辑了华莱士的前两部作品。

西，但是过于卖弄聪明了。那都是有关“头脑”的事，你知道吗？格里总是对我说：“孩子，你根本就不懂。”比如，“如果你没有创作出这个叫里诺尔的女人，而她看上去有那么一点儿迷人和鲜活的话，我们就根本不会有这次谈话。”我听不进这些，我真的听不进这些。我听不进去。我当时沉浸在……大卫的世界里。

我头脑中曾装着多达四十万页的欧陆哲学和文学理论。我对上帝起誓，我当时打算用这些向他证明，我比他聪明。结果，我的整个后半生都得绕道而行……你知道，我在签售会上还时不时地见到那本书。我意识到我过去是多么自负，从而失去了将这本书修改得更好的机会。我希望我再也不会犯这种错了。这就是我不会对自己写的东西做出文学批评的原因，甚至连谈几句的想法也没有。

最近，我的阅读兴趣越来越倾向于现实主义的作品了，因为大多数实验性质的作品读起来不仅劳心费神，还了无生趣。

因为主题先行，这样写出来的作品很糟糕？

我不确定这样写是否是拙劣的：读者需要付出很多的努力来理解它，而收益显然是非常不对等的。这看起来——当我是那些东西的读者时，我说的是那些高负荷的实验作品，其中有一些作品我之所以不得不去读，是因为我得和一些报道实验作品的媒体合作。我感觉，作为一个读者，我就像一个小孩，成人一直在我的头脑中谈话：这本书真的是为别的作者、理论家和批评家写的。并且，任何类似“天哪，这本书读起来真有趣，我现在宁可不吃饭也要读”这样的魔咒已经完全消失了。

所以，看到这本书引起了一时轰动，我感到很兴奋的一个原因在于：我在这本书中想要展现的是某种非常实验性的古怪的东西，但同时它也是有趣的。当然，它也势必非常吓人。因为我一度认为这是无法做到的——或者说，它最终呈现出来时会是一场可怕的溃败。但是我为它感到自豪，因为我觉得这是某种方向正确、英勇无比的事情。并且我认为，我认为，一大批先锋的东西之所以会被人们所忽视，其中一个原因在于：它们值得受到这样的待遇。许多诗歌也是如此。有些诗歌是写给那些作诗的人看的，而不是给那些读诗的人看的。我不知道，这样说起来有种完全是在夸夸其谈的感觉。

我同意。洛丽·摩尔是为读者，而不仅仅是为作者写作。马丁·艾米斯……

但是，还是有一些……还是有一些实验性的和先锋的作品，可以用来捕捉并且谈论我们的神经末梢对这个世界的感觉，从某种程度上来说，这一点是传统的现实主义的东西办不到的。

这我就不同意了。我是一个现实主义的粉丝，你同意吗？

现实主义作品强行植入一种秩序、感受，并且弱化了对在现实生活中绝不可能遇见的经历的解释。我所谈论的是那种东西，你知道，就是那种读起来很艰涩，或者结构看上去非常古怪——或者形式怪异——的作品，我的意思是说，这样的东西有些还是非常酷的。

但是，比起其他任何人来说，托尔斯泰的作品更贴近于对生活的感受，并且他写的都是传统得不能再传统的作品。

是的，但是我们现今的生活已经和过去完全不同了。你的生活给你的感觉是线性叙事的吗？我谈的是你对它的感觉，以及我们的神经系统对它的感受。

（长久的沉默。）

你的意思是说充斥着电视和计算机的生活？

其中有一些和电视以及虚拟有关。视频节目你看得多吗？音乐电视呢？其中有许多花哨的剪辑。有许多看起来前后不搭调的垃圾镜头，最终却给人一种彼此相连的梦境感。我不知道你的感受如何，但是它有种——我的意思是说，上帝啊。嗯，你坐飞机到了这里。你开车来了。你一边开车到这里来，一边说不定还在写另一篇报道。你把电脑带在身边。你来了，你和我交谈。你和我稍微聊了几句。随后我就得去给我的学生上课，我脑子里想着上课的事，你想着打电话的事。随后你和我就去了我上课的教室。天知道你在教室里做了些什么。现在，我们待在这里。现在，你心情不错，因为你凭借各种关系网和承诺，搞定了某件事……

我的意思是说，它更像是——生活像闪光灯一样对着我闪闪烁烁，用一连串意见来将我淹没。而我所做的大多数工作就是给它强加某种秩序，或者使它具有某种意义。从某种程度上来说——也许我非常幼稚——我能想象托尔斯泰在早晨起床，蹬上他那双自制的靴子，出门去和被他解放了的农奴们交谈（*表明他对结构和主题有所了解*），你知道吧。他坐在他那个僻静的房间里，一边远眺那些精心打理的花园，一边拿出鹅毛笔，然后……沉浸在平静之中，回忆着某种情感。

我不知道你是怎样的，我就是——情况就像那样，我喜欢阅读，但是它给我的感觉一点儿也不真实。我把阅读当作从现实中解脱出来的一种方式。我把读书的过程当作解脱，这让我不用再想诸如“我今天收到了五十万块散乱的信息碎片，其中也许有一半的碎片是重要的，我该怎样对它们进行分类呢？”这样的事实，你懂吗？

不过，就在刚才，你随口便对我们俩之前做的事做出了一份线性叙事。这些事都是你不假思索说出来的。我认为我们的头脑就是为线性叙事而打造的，以便对那些重要的事情进行压缩、集中和区分。

如果这是一场辩论的话，那么你，你就赢了。这是一场你将会胜出的辩论。（*奇怪，这竟是一场竞争。*）我打算以这句话来回应你所说的话：“我不知道你在说什么。”

让我一直感到印象深刻的是相反的一面：间断性的缺乏，而不是连贯性的缺乏。

哈，你我之间就是无法达成共识。也许我们俩对世界的感受不同。这又回到还没有完全说清楚的事情上面了：先锋的东西是非常难读的。我不是在为之辩护，我只是说——这听起来会非常抽象——某一套有魔力的东西只有小说才能呈现出来。也许共有十三样东西，谁也不知道其中哪些东西是我们能够谈论清楚的。但其中一样东西与“捕获”的感觉有关，也就是捕获我们对这个世界的感知，凭借这样一种方式，我觉得读者才可以说“另一种类似我的感受是存在的”。另外的人会对另外的事情抱有同样的感受，这样一来，读者的孤独感才会减轻。（他又提到了“孤独”这个词，有意思。）

市面上有一些非常非常差劲的先锋作品，是为了忸怩作态，为了艰涩难懂而写出来的。我并不觉得一切纯属偶然……如果你去看看小说的历史——这就好比在摄影技术发展之后回过头去看绘画史——你就会发现小说的发展史表现出了一种持续的争斗，凭借这种争斗，小说才能够不断呈现那种富有魔力的东西。它是一种结构，是我们变动不居的生活的一种认知结构。并且它也是……嗯，一种不同的媒介，我们的生活凭借它才得以展现出这种变动不居的特性。只有先锋或者实验性的作品才能让它继续发展下去，这就是这类作品珍贵的地方。

而我之所以会对大多数此类作品质量低劣、无视读者的现象动气，原因在于，我觉得这类作品非常非常非常珍贵。这类作品应该表现出生活本该有的感觉，而不是将人们从这种感觉中解脱出来。

（他深吸一口气，打了一个响嗝。）

我不知道你的情况是怎样的，在我看来，我的人生和我本人跟线性叙事中单向发展的角色没有一点儿相似的地方。我或许有精神病，你或许没有。但我估计，瞧瞧那些掺杂着越来越花哨的剪辑的类似音乐电视或广告中的新时装之类的东西，抑或那些只有在针对人们自身的生活状态去做病理类别鉴定和树状分析图时才能有点儿用的与计算机有关的标志，我觉得那些东西会让许多人认为——他们不会被大量不得不去做的事情压垮，但会被他们所拥有的多种选择，以及散乱的不同的事物给压垮。并且还有一小部分的……因为它们是数量庞大的系统中的组成部分，所以会附带着一些力道很小且持续不断的拖拽力，这股力量来自各种不同的系统和方向。那与我们的父母或者祖父母的生活方式相比，是否在质量上有很大的不同，我无法确定。但是，我大体就是这么认为的。至少从某种程度上来说——就它给你的神经末梢带来的感受来说，就是如此。

泰德·穆尼[1]的书中称之为“信息疾病”。

我们现在进入了“德里罗之城”，对吧？那里的体系越庞大，干扰就越多，就是这样。我不是在说体系，而是在说鲜活的感受是怎样的，以及在先锋作品中，形式和结构上的东西会撼动此时此刻鲜活的感受，并将它呈现在纸上。但是，这是小说才能做到的其中一件事，我不是说这是它能做到的唯一一件事。我在很费力地向你解释，试图赋予我说给你听的这些事物意义。如果你的生活对你来说具有线性意义，那么，你要么非常古怪，要么就有可能是一个神经病学意义上的健康人——这种人会对接踵而至的那些事物进行自动的压缩、整理和分类。

你是在写这本书时体会到这些的吗？

我不知道。我只能说其中一部分让我感觉是这样的。我的意思是说，这本书的结构有些古怪，我指的就是这一部分。写这本书令人感到恐怖的是，以那种方式来安排结构会对读者提出很多要求。它会给读者一种报偿吗？读者会感到这其中有一种报偿吗？读者会不会把书

① 泰德·穆尼（Ted Mooney，1956— ）：美国小说家。

丢到墙上去？你能想到吗？我不知道。这种感觉非常——谈论它，我感到非常兴奋，也非常焦躁。

你可以把各种碎片化的感受组合在一起，但是需要一定数量的——这个词该怎么说——戏法才能完成。我觉得，你会发现，这一点很令人恼火。

如果我可以清晰地将一种感受说出来，那就根本不需要为此编写一个故事了，是吧？我总会那样想，直到脑中突然冒出了一个人，而我一直很喜欢这个人，我想让他印象深刻，就会试着把事情清清楚楚地说给他听。（挫败）我觉得，也许我现在意识到我再也不能这样做下去了。

我的脑海中同时有许多团思绪在缠绕，此刻我的感觉就是如此。这是一场美妙的演出——台上的表现无比美妙，但此刻我的感觉并非如此。你觉得这合理吗？

能再多说一点儿吗？

作家具有坐在那里——坐在那里，攥紧拳头，极为痛苦地感受那些我们只有在特定的程度上才能感受到的事物的权利，当然还有自由。如果作家想把这份工作做好，他最起码得提醒读者：他们是多么聪明的一群读者。也就是让读者一直清醒地记住他们感知到的东西。这倒不是说作家与普通人相比拥有更多的才能（餐厅的音箱系统里传来的背景音乐是詹姆斯·布朗的歌：《我感觉好极了》），而是作家愿意将自己从某种事情中摒除出去，发展成……然后就非常努力地去思考。并不是所有人都有这个闲工夫那样去做的。

但是我得告诉你，我朝这间屋子望去，会不自觉地假设别人未必像我这般有洞察力，或者不知怎的，他们的内心活动不如我这般丰富、复杂，不如我感受到的那样强烈，以至于让我觉得我并非一个合格的作家。因为这就意味着，我将要面对一个看不见脸的观众进行表演，而不是试着和一个人交谈。

如果你觉得那显得假惺惺的，那就随你怎么想吧。但是，我，嗯……我想到的是，我想到的是对一种特定方法深深的恐惧。我觉得有某一类东西，它并不那么复杂，而是一种我将要继续这样下去的信念——我为何要做这件事，它为什么又是值得做的，为什么它不仅仅是一种能让人来膜拜我的实践。你懂吗？这种方式能让妈妈为我感到骄傲，这种方式——你懂我说的吗？另外，这就是你的一个好策略，你稍稍惹我生气，这样我就会透露更多的东西，就会进一步放松警惕，但是这就像……

（他想起——想到了《哈泼斯杂志》上的文章，我告诉过他，我喜欢这几篇文章。）

登在《哈泼斯杂志》上的你喜欢的那些文章，其中包含着一些伪装出来的人格，那比我本人还要痴呆和愚笨。处在人群之中，比如在那些朗读会上，我感觉我的职责是最大限度地展现出我本来的面貌，用不着伪装，用不着在那些或许会对我很不友好的人面前赤身裸体。我不会像普通人那样去低声下气地讨好别人。其实，我真的非常想——我非常珍视我作为普通人的一面，我开始认为它是我作为一个作家最大的资本，我觉得我和别人也没什么不一样。但是我不——你知道吗，算了。我不想再说了。我不想再对你说些假惺惺的话了。

这就是我不想接受采访的原因，一周接着一周，没完没了。如果我能做假惺惺的事情，那这就是小菜一碟了。

我肯定你会对此不屑一顾的。一旦这一阶段结束，你就会回到写作状态中去。但是你所说的假惺惺的事情，指的是不是你刚刚举例说的那件事？你不想冒风险把完整的自我展现出来，并为此承担后果，是不是？

我不知道你是一个好人还是一个居心叵测之徒。不——显然，我所说的你压根儿一句也不信。并且，你觉得那也是假惺惺的事的一部分，鉴于此……

我的意思是说，有许多事我自认为是我的弱点，结果却成了长处。

（餐馆里的歌单：《果酱女郎》，“你是否愿意与我入睡”。事实上，我确实要睡在华莱士的家里。）其中一个弱点是，我不是……我不是一个特别杰出的人。我觉得我是一个出色的读者，也是一个好的倾听者。此外，我非常乐意努力工作。但是，我或多或少又是一个普通人。这就像斯特莱特菲尔德所说的：“你是普通人，普通人，普通人吗？”总之，从一定程度上来说，我觉得自己是一个与众不同的人，我不会与读者展开对话。这样一来，正常而普通的东西对我来说就显得极为珍贵。也许我正到处说，诸如：“我是个普通人，看啊，看啊！我是个普通人。”但是，我做这件事是为了自己好。并且，嗯，我不是——我没有和你玩任何把戏，也没有做任何假惺惺的事的脑细胞。

第二天

早晨

我们正在整理行李，准备飞往芝加哥

再从那里飞往明尼阿波利斯

那里将举办大卫的最后一次朗读会：宣传之旅的终点

现在是大约早上6点。我极度困倦，这种感觉就像在飞机场边上的停车场里从陌生人的旅行箱里爬出来一样

（我告诉他，我要靠香烟而非咖啡才能彻底醒过来，他听后笑了。）

我们俩真是“烂肺”兄弟。

（他递来他做的早餐点心。）

我的点心你随便吃。

（一座孤独的堡垒，一个塞满奖杯的箱子，这就是他的客房给人的感觉。他的书全都堆在一起……

大卫洗澡时，我打电话给《滚石》杂志，为了核实有关他酗酒的传言。“我的感觉是：‘这不会让任何人感到意外……’人人都会想到有关海洛因的事。格里·霍华德对他的‘问题作家’圈略感得意。他很喜欢那样的事。不管你想知道什么，他都会非常乐意稍作修饰后告诉你。你向他提问的时候，把这个问题隐藏在其他问题中……

“比如：‘做他的编辑感觉怎么样？你怎么看待他的成功？嘿，那你对毒品怎么看？’他非常乐于透露消息，也许已经达到好心办错事的地步

了。你小心行事。”）

◆◆◆

布卢明顿民用机场
冰封之地：整座机场都被冻住了，就像跑垒员[①]被困在了一垒之上
与此同时，教练和投手则在投球区土墩上商量战术
我们正等着听我们那班飞往芝加哥的航班是否被取消了

我所能想到的是，无论航班晚点到什么时候，都意味着有些事情我就不必去做了。

（他再一次试图向我展现他多么不喜欢抛头露面。要不是他是一个天才，还真找不到其他充足的理由去读他写的小说。你不会因为听说这个作者人不错，就去打开一本长达一千页的书。你之所以会去读这本书——一旦你将它摊开——是因为你明白，这本书的作者才华横溢。他所学到的经验是错误的，在他看来，人们喜欢媒体，就好比小熊维尼喜欢蜂蜜罐一样，看上去很蠢。但是，那些仇视媒体的人也有自取其辱的隐患，因为读者知道好的媒体给人一种怎样的感觉，这种感觉就好像学校里的校花对你嫣然一笑，好像整个国家的人都匍匐在你脚下，对你顶礼膜拜。）

这里都结冰了。

我觉得他们可以在跑道上喷洒些什么，就是类似泡沫的东西。

（一个穿着连体衣，名牌上写着“马克”的人从边上经过：“你们俩更

① 棒球术语，指的是已攻占在垒包上的攻击球员。

应该去关心一下地区偏见[1]的情况。”

我们去的每一个地方，饭馆也好，便利店也罢，如果有人问起：“你们俩是一起的？”大卫就会说：“是的，但我们不是在约会。”当我们站在布卢明顿机场“美鹰航空”值机柜台前的时候，他又这样说了一次。）

“不是在约会”——每当遇到服务员、售票员、接待员等时，你总会这样说。中西部的人更仇视同性恋……？

这是一个笑话，但它也表明——我不知道，我在这里有一大堆同性恋朋友。他们身上发生了一些可怕的事，并且……

这座城市不太常见黑人。

他们都生活在城市的西边，靠近普瑞纳种植园，住在改建的房屋里。

这里的政治倾向呢？

受过良好教育的共和党员：种族主义在这里比较消停，非常有条不紊。

（我们坐在机场的休息厅里，等待着航班起飞或者取消的消息。）

这是一个有许多大学活动的城镇。就像我说的那样，这周边有一些小镇子——从这里驱车三十英里穿过一些小镇子，你可以看到一些人待在角落里，露出三根手指在屁股口袋外面。那里的人都会那样站着。

（他给我演示：小指和拇指放在口袋里，另外三根手指露在牛仔裤外面。）

① 如下文所提到的那样，当地人对同性恋抱有偏见，此人误认为大卫和作者是一对男同性恋者。

我刚来这里的时候，曾听别人解释过这个现象。你知道这是什么意思吗？这代表着三K党。

真的吗？

是的。这很奇怪——这似乎是美国最早的帮派标志。他们不是光头党，他们会认为光头党都是怪胎，也是麻烦的一部分。他们较为低调，并且多代同堂，你知道吧，由巫师和宗主之类的人组成。

（中西部的老镇子，有着每个镇子独有的规则……）

这是一个不寻常的城镇，因为它一直以来都是伊利诺伊州最富有的城镇之一。现在这里到处都是国家农场。之前囤积了许多不义之财。课税基数极高。国家农场非常有钱。一种蹩脚的黑手党的勾当。国家农场之于这座镇子，从某种古怪的方式来看，就像阿尔伯特·芬尼在《米勒的十字路口》[1]中所表演的那样。国家农场就是片子中爱尔兰的帮会老大。只不过，在我看来，国家农场的处事方式不会像电影里的老大那样细致，把市长和警长叫到他的办公室里坐着，对着他们怒吼。

阿尔伯特·芬尼手拿一把冲锋枪追逐着那些人：“那个老家伙依旧是使用汤姆逊冲锋枪的行家。”

（片刻沉默之后，他纠正了我说的话。）

这个——这样说更好：“他依旧是莫扎特，他依旧是使用汤姆逊冲锋枪的艺术家……”

---

① 阿尔伯特·芬尼（Albert Finney，1936— ）：英国演员。《米勒的十字路口》是他于1990年参演的一部影片，该片由科恩兄弟导演，主要讲述的是发生在一个小镇上的黑帮的恩怨故事。

现在就开始聊会不会太早了？

我们得在某个时刻停下来，看看我们的航班什么时候起飞。

你能和我稍微说说你的成长背景吗？

我成长于——我于1962年出生在纽约的伊萨卡。我父亲当时在康奈尔大学的一所研究生院里工作。在1964年，我们搬去了厄巴纳——香槟市的孪生城市，随后就住在那里。我在那里上了小学、初中和高中。我是在阿默斯特学院读的大学——1980年进入阿默斯特学院，我休了一年学，所以又在1984届里待了一年，于1985年毕业，那年秋天去读了研究生。那使我有点儿像四处游历的作家。

你的处女作是在亚利桑那大学就读第一年时出版的吗？

这怎么可能？不是，因为我在读第一个学期的时候还在修改其中的一部分。我记得那本书的版权被买下来是在1986年的年初，出版的时候是1987年的年中。我那时不知道出版作品意味着什么。我读研究生的第一年就被买下了版权。他们那时打算把我开除……（沉思，微笑）是的，他们当时认为我疯了。

（这里也可以抽烟。伊利诺伊州到处都可以抽烟。）

我的意思是，从某种程度上来说，我做了一个愚蠢的选择：那是一所高度注重务实的非常难缠的学校，而那时我又在做着十分不切实际的事，其中大多数事都很糟糕。但是也很有趣，因为那里真的是一块追逐名利的好地方。后来，他们不得不打消把我开除的念头，转而绷起脸来对我笑笑说："我们为你感到骄傲，"你知道吧，"因为你是亚利桑那大学的一分子。"那真是——我真为他们感到尴尬。

他们现在会拿你做招牌吗?

我不认为他们会拿毕业生做招牌。罗伯特·鲍斯威尔——他是一个非常不错的人。他们数次邀请他回校，并为他在亚利桑那大学举办出版聚会。

他们不喜欢我，而我觉得其中很大一部分原因在我。我觉得我曾经是一个刺儿头。我是那种难教育的学生。我的意思是说，我做了我想做的，然后因为一次次受到批评而变得越来越倔强。他们和我说的某些话还是非常有道理的，可当时的我根本听不进去。我认为我在课堂上并没有刻意找别扭，但是，我觉得我看上去摆出了这样一副架子，你知道吧，就好像："如果这个世上还有公平可言的话，那就该是我来给你上课，而你则来好好听课。"你知道——那种会让你想去扇他们耳光的样子。我现在每隔一段时间都会回去一趟，因为我妹妹住在图森。我想我办过——我大概在1989年还是什么时候举办过朗读会。

亚利桑那州是唯一一个——它是我第一个真正意义上生活过的地方，我真的非常爱它。我喜欢那里的地理环境，温暖宜人——哦，你去过那里吗?那是一座有趣的城市，就算你什么都没有，也可以在那里生活，因为那里所有的房屋背后都拖着房车，当地居民以每个月大约一百五十美元的价格将房车对外租赁。并且它是一座伟大的——它简直就是一座为放荡不羁的艺术家量身定做的城市。整个地方非常酷，就像一个左翼文化的乐园。因为那里的许多研究生最终都会选择在亚利桑那大学兼职教课，并在那里生活大约十年或二十年。真的棒极了。

你的家人都在大学里工作吗?

我的父亲在伊利诺伊大学的哲学系教书。他现在多数时间在医学院教书。

他教的是伦理学吗?

是的，他教伦理学和美学，但是因为写作，他对伦理学涉及得越来越多。随后他又涉足了生物伦理学领域。而现在他居然得去论证类似“掐断一个人的生命维持机是否是错误的”这样的命题。我不知道，父亲秉持——父亲是一个亚里士多德学派的信徒，他对一个人怎样才算活着有非常复杂的定义。总的来说，我觉得他会被请求去证实某个问题，但他们不会再请他去证实别的问题了，因为他得出的答案太过复杂，以至于他们根本无法说服评委会。

而我母亲则在一所名叫帕克兰学院的学校教书，这是一所两年学制的学校——就像社区大学，这是一所社区学院，但它与初级学院不一样。

（食物送达。）

我说的关于我的教育经历的大话，你可以随便写进去。

（我点了一份豪华汉堡套餐：芝士片、脆脆的生菜、切块的炸土豆。大卫盯着汉堡看。）

早上7点就吃汉堡，这个想法我从未有过。在我看来，你得吃鸡蛋，这是一种潜在的形式，表示你的身体正在醒来。这是很有意义的，因为你本质上也是食物，而你得去吃一些对你有益的东西。

我猜这也是遵循着生命的轨迹的：早晨吃鸡蛋，晚上吃肉。从生到死。

然后，如果你吃东西基本上都挑食，到最后你只能挑一些腐烂的动物尸体吃了，所以……

你和父母在家做些什么？会读很多书吗？

是的。我父母——我有很多奇怪的早期记忆。我记得我父母在床头大声地向对方朗读《尤利西斯》，他们读起来非常酷，会握住对方的手，两人都狂热地爱着一些东西。

我记得当我五岁、艾米三岁时，我父亲读《白鲸》给我们听（笑了起来）——未删节版的《白鲸》。直到——我记得，读着读着，我母亲把他拉到一边，向他解释说，嗯，小孩子可能不会觉得“鲸类学”是非常有趣的东西。嗯，所以他们——但是我记得，最后艾米被禁止听这些了。而我用类似“爸爸，我爱你，我想要坐在这里听你讲故事”的方式坚持了下来。我父亲有一副非常适合用来朗诵的嗓音，就算他读的是类似蒙哥马利·沃德公司的产品目录这样的东西，我也爱听。

你是在迎合他吗？

我意识到了——这很古怪，我注意到同种症状也会发生在电台采访中。那些人的嗓音非常迷人，无论他们说的是什么，我都只会关注他们的声音，而不是……我记得我当时真的非常喜欢我爸爸的声音。但是，我记得，我之所以记得这件事，多多少少也有艾米的原因，艾米被禁止听这些了，而我会不会被禁止？我记得我试图博取爸爸的垂爱，我对他说：“不，爸爸，我想要听这个。”其实当时我对内容一点儿也不感兴趣。

你还记得什么？

我记得那时我极度无聊。我记得我曾用笔将棉球从肚脐眼中抠出来，我爸爸也在这样做，他说这些工具是用来掏鼻孔的。我的意思是说，当时我才五岁。

（我们谈起了那种类似幻灯片盒子的东西。我们找到了它的名字——

小V博士[①]。)

我当时的年纪有点儿大了，无法接受这种催眠的幻景……

你是在哪里长大的？你父亲是干什么的？你父母是老来得子吗，还是年纪轻轻就生了你？（他把问题抛了回来，不想给我这个采访者留下一个自大狂的印象……）

（我父亲：20世纪70年代的广告人，在麦迪逊大道的天联广告公司工作，为“右后卫”牌男士除臭剂、百事可乐设计过广告，创作了“百事一代”的一些歌曲。）

他为百事可乐工作过？那些歌都是他写的？或者他是主创人之类的？“你的生活还有很多精彩”？这些歌词写得真好。

那则有一群小狗在其中的广告——

如果你把声音关了，看上去就像他在被小狗攻击一样。

没错！我爸爸是这样给这则广告定基调的：“我们得安排一个小孩，让他被这群小狗肆意蹂躏。”

这真的是一则非常有效果的广告，因为我觉得百事可乐并不如可口可乐好喝。百事可乐喝起来有股恶心的化学成分的味道，它与可口可乐竞争的实情，原原本本地在它的广告里反映出来了。

飞机库的味道，棒极了。

---

① 一种特制的儿童观光眼镜。

是啊——它喝起来就像孩子们用的化学试剂之类的东西。

你是什么时候开始阅读的?

我以前和你一样——我阅读——我读过很多书。我记得我十一岁时把《哈迪男孩》系列丛书读了个遍。不过，我也看了海量的电视节目。

我在书中所引用的例子越来越落伍——我提到的那些电视节目，现在的孩子们很快就会不知所云。尽管现在可以通过有线电视……

我读过很多书，但是我的喜好并不那么复杂。我的意思是说，我读的都是些类似《哈迪男孩》系列和“汤姆·斯威夫特”系列的作品。我爸爸非常喜欢读科幻小说，我记得他曾给我推荐埃德加·赖斯·巴勒斯[①]的作品，关于火星人的书，但我并不像他那样着迷。我记得我非常喜欢读托尔金[②]的作品。事情常常是这样的：我爸爸会朗读一些东西，如果我喜欢，他就把书给我，让我自己去读。总之，我很早就开始阅读了，但我不是一个早慧的读者。

你父母看电视的情况呢?

他们会在晚上看电视。这很怪，因为我意识到我有我的学生所不具有的优势。比如说，在吃晚饭之前，嗯，就会有一段那种古怪的时间，黄昏时分，你知道吧，晚餐差不多还在那里炖着。房间里会放音乐，他们会在那里读书，我们都在那里读书。我们围坐在客厅里，各自读各自的书。每过一会儿，我们会对各自读的东西聊上几句。我记得，在很长一段时间里，我以为所有家庭都是这样的，而没有意识到……

---

① 埃德加·赖斯·巴勒斯（Edgar Rice Burroughs，1875—1950）：美国科幻作家，代表作有《人猿泰山》《火星公主》等。

② 约翰·罗纳德·瑞尔·托尔金（John Ronald Reuel Tolkien，1892—1973）：英国著名作家，系列小说《魔戒》的作者。

你什么时候意识到的?

我上学之后，遇到——阿默斯特学院有很多孩子，我遇到了许多非常聪明的人，他们都很会考试，在科学之类的事情上非常有天赋。但是，你会意识到，他们不阅读书籍，且非常不喜欢阅读，他们不会把大把时间花在阅读上。

但是，你在家里还是被鼓励去阅读?

你或许是这样的。显然，我不是这样的。在家里只有我才这样做。我记得我比艾米更喜欢阅读。我记得艾米喜欢画画、玩玩具，并且偏爱打电话。而我则更喜欢拿本书独处。我的妈妈和爸爸基本上只会说："哦，真酷，你快看：大卫和艾米是不同的人。"他们是那种典型的20世纪60年代的家长，而我不认为——我会有意识地不给自己定下明确的方向，尽管到最后，你还是成为你自己。

他们是否希望你成为一名作家?

噢，不。我当时想成为——我小的时候，最想成为一名正儿八经的学生运动员。你知道吧，我小时候打过全市范围的美式橄榄球赛。别看我年纪小，我身强力壮。

随后又过了四五年的样子，我非常想当一名职业网球运动员。这就是我伟大的梦想。阅读只是那种令人感到愉悦、古怪的闲事儿。我的意思是说，我那时没有艺术方面的雄心壮志。

《哈泼斯杂志》发表过一篇你写的文章，叫作《网球和三角学》。

这篇文章我写得很好，但是《哈泼斯杂志》改了不少地方。它和最初那版有着很大的不同。最初那版的主题是数学。编辑把它改成了一篇简洁明了的文章，主题变成了失败。我真的不善于保留自己的意见。

我缺乏协调能力。

你参加的是少年橄榄球联盟——波普·瓦纳[1]联盟？

波普·瓦纳联盟的参赛年龄要稍大一些，而且是全国性的联盟。我参加的是一个古怪的联盟，它叫“Gray-Y”，是由基督教青年会组织的。你可以把它当成少年橄榄球联盟，但它的名声没那么大。不过，我表现得非常出色。我的意思是说，当我还是个小孩时，我表现得非常不错。上了初中之后，我们市出现了两个比我更好的四分卫。（*即便是年轻时，他的竞争意识也很强，连有几个人都记得清清楚楚。*）随后，队员相互之间的动作越来越狠，而我发现我不是特别爱去打别人。这让我感到非常失望。在我十二岁的时候，我接触到了网球，随后完全被它迷住了。

但这个年龄想成为职业球员已经太迟了吧？

随后我就意识到我起步得太迟了，还意识到我并不是干这个的料。我的意思是说，我一直觉得，如果起步得再早一些，我是可以成为一名出色的大学生网球手的。我从未——今年夏天，我接触到了迈克尔·乔伊斯（*那名网球明星*），近距离地观看这些人打球，我意识到，他们打的完全是另一种比赛。我的意思是说，这就好比你和我这种业余下棋的人对比严肃、专注的棋手。

与乔伊斯接触是否加深了你对网球的认识？

显然，他有某种应付媒体的策略——他有十三个层面的意识，但他只会向我展现其中一个层面。我写得最好却不被各大杂志接受的非

① 波普·瓦纳，原名格伦·斯科比·瓦纳（Glenn Scobey Warner，1871—1954），著名美式橄榄球教练，他倡导并发起了少年美式橄榄球比赛，因此该项比赛就以他的名字命名。

虚构类文章是针对特蕾西·奥斯汀[①]的书写的一篇长评。整篇文章都在谈论哪种心态能让人做到“好吧，我必须拿下这一分。我得专注起来，全力以赴，不能分心”。我还谈到了怎样培养这种心态以及它究竟是一种天赋还是一种愚蠢，然后给出了我的答案。我还解释了奥斯汀的书何以成了一部如此糟糕的作品。

在一本论述运动的书中进行风格反转：这是一篇约稿性的文章，但处处按散文的风格来写，这非常酷。

这一点我做不到……有人写过。

你在布朗大学读书时，上过霍克斯的课吗？

（约翰·霍克斯，大学写作课程的带头人，有时驻校，有时在外。我提到了霍克斯的问题——情绪阴晴不定，大卫猜到了他服用的药物的准确名称。大卫手头备有PDR，也就是《医生案头参考》。）

11月，我花了一周的时间拜访作家，与此同时还在修改《哈泼斯杂志》上的那篇文章……我学习——

（机场广播：“4432次航班——搭乘美鹰航空4432次航班飞往芝加哥的乘客请注意，我们抱歉地通知您，截至此刻，我们依旧没有收到布卢明顿机场跑道可供起飞的消息。故此，本次航班将继续延误。截至此刻，我们依旧无法预估起飞时间。”）

好消息是，我们可以在这里再抽几根烟。

---

① 特蕾西·奥斯汀（Tracy Austin，1962— ）：美国著名网球女星。这里所涉及的是她退役后写的一部自传作品《远离中场：我的故事》，华莱士针对这部作品写了一篇名为《特蕾西·奥斯汀如何伤了我的心》的评论。

你打网球取得过怎样的成绩？

我并不如我写的孩子们那样出色，但是我的成绩也算不错。先得参加当地的锦标赛，取得一定的成绩后，就可以参加赛区赛，然后是选拔赛。我好歹也是参加过选拔赛的选手。然后，在选拔赛最初几轮里，我会笨手笨脚地赢下其他像我一样的笨蛋，再荣升为种子选手。这些选手通常来自芝加哥郊区、圣路易斯富有的郊区，抑或是密歇根州的格罗斯波因特等地。和他们过招就完全是笑话了。他们会以6∶0、6∶1的总比分击败我们。他们玩的简直就是另一种运动。自从我开始写作，我就一直想把自己投射到这些孩子的脑袋里，创作出一篇故事来。于是，书中的这些孩子比那些人还要厉害。（这些孩子指的是《无尽的玩笑》中恩菲尔德网球学院里的人——都是全国范围内赫赫有名的选手。）

你过去一般几点钟开始练习网球的？3点？4点？还是5点？

（耸肩）和艾米斯[①]打上一场球会很有趣。

我并不想把这些写成一篇文章，我只是想成为最好的作家兼网球运动员。击败我其实很难，因为我有很多锦标赛的经验。我看上去没那么厉害，实际上很难缠。我知道这听起来有些自负（这是他第二次提起这个词：他对身体方面的事总会不自觉地流露出自豪感，这些事是可以被衡量的，不管怎么说也是他的副业。比起他一流的散文，他谈起二流的网球技术来显得自信很多）。但这是真的。我是一个介于天赋良好和天赋优秀之间的运动员。一个人要想成为一名真正出色的网球选手，就得满足几个条件：第一，起步要早；第二，有足够的运气接受跟踪式训练；第三，天赋异禀。而网球运动需要——我不具备……我没有那样的移动速度和反应能力，你知道吧？这些是必备的素质。也

---

① 指的是英国当代著名作家马丁·艾米斯，他也是网球爱好者，写过一些评论网球的文章。华莱士在这里把他也当成一名作家兼网球运动员。

正因为这样，我才无法成为职业联盟选手。我的移动速度和反应能力都不够快。

我直到——嗯，我一度百思不得其解，因为我很晚才步入青春期，到那时才意识到这个问题。这也是那篇写网球的文章所要谈论的部分内容，我真的有一种被我的身体出卖了的感觉。我总会认为："好吧，如果我十五岁就开始像来自皮奥里亚的那些人一样练习，我就可以……"但事实上，我办不到。

沙赫特的问题？（泰德·沙赫特，小说中恩菲尔德网球学院里的人物。）

不，沙赫特是有膝伤。

这很怪，有很多这样的事，我都不记得了。

（对服务员说）我们大概还要在这里再待一会儿。

有关这些人以及他们和网球之间的事还有很多。我的意思是说，我写过许多草稿。其中有一份，我寄给迈克尔之前大刀阔斧地删减过，我甚至意识到——这些有关网球的材料必须得用上，但它不能单独地存在，因为很少有人会觉得那种东西是有趣的。

对了，沙赫特的特点在于，他会排山倒海般地拉大便，还有一个糟糕的膝盖。

那就是奥林[①]。

没错。

奥林也有你这样的打美式橄榄球的经历，他们不得不像坐飞机一样进入体育场，而那时的红衣主教队正在……有关这样的小细节，我很喜欢。

---

① 《无尽的玩笑》中的一个人物。

迈克尔非常希望我能删掉这一部分，可我很喜欢，而且它只有一页半的篇幅。我当时说："就让我留着它吧。"

书中最终有许多有关毒品的内容，我原本打算或多或少地加入一些现实的成分。[①]

书中的事发生在2015年吗？

我必须把日期设定正确——我觉得应该是2009年，但别引用我的话。你知道，我得掐准日子，让那些孩子刚好处在青春期。

（有趣而令人伤感的是，他所设定的小说时间是在他去世之后的下一年，这多少让人感到难受。他当时根本不知道自己将不久于人世。）

我认为书里的时间没有2015年那么久远。

你刚刚说你很晚才步入青春期，那时你几岁，十六岁，还是十四岁？

我所说的可不是梦遗的年龄，我所说的是体格发生变化的时候。用男孩的身体打球，还是用一个男人的身体打球，对于少年选手来说有很大的不同。我读大学之前，根本没怎么长过肉。所以我一直在用男孩的身体打球，直到十七岁为止。

在那之前，我退出过一段时间——

我十五六岁时经常抽大麻，抽完之后很难投入训练。你的体力根本没有那么旺盛。（大笑）所以，我当时，就像——你知道吧，我依旧会去参加锦标赛。但是大多数时间里，我都会和一群伙伴出去玩，参加聚会。当时我只能闯到四分之一决赛，进不了半决赛。这种情况通常就是状态下滑的表现。

① 这里指的是《无尽的玩笑》中涉及的戒毒过程，华莱士本人也有过类似的经历。

那时你读高二？

是的，十五六岁的样子，慢慢变成了那样。还有，我还服用了许多甲喹酮。顺便说一句，类似这玩意儿的许多东西我是不会谈的。但这玩意儿本身，我倒是不介意谈几句。

海洛因呢？

不。我不怎么喜欢那玩意儿。我没有那样的体格去服用它。而且，我是认真的——我不是那样的人。一旦你吸海洛因成瘾，你就绝不可能像那样努力工作了。

你能打消人们对你这方面的流言蜚语吗？

也许吧，除非他们觉得我在撒谎。

纽约人听说过这样一个流言——传到我们耳朵里的版本是，你在波士顿时曾染上毒瘾，几乎为此破产。

你把海洛因戒了，它才会让你破产。我不知道我是否破产了，当时我非常抑郁，不得不住进波士顿的自杀监护病房里。这和毒品无关。这和毒品无关。在那之前，我对毒品的兴趣就已经没那么强烈了。

你会不会担心这个流言在出版界传开？

不，尽管我有所耳闻——亚当·贝格利（来自《纽约观察家》报纸），他曾报道说我吸食可卡因成瘾。他说这是沃尔曼告诉他的，我压根儿不信。在我看来，这非常可笑，因为我记得我确实在一次聚会上吸食过可卡因，但我发现这玩意儿给我带来的感觉难受极了，就像一口气喝下五十杯咖啡。

这事儿对我来说非常奇怪。有一些非常有名的作家，我不仅仅是指巴勒斯，还有当下那些大腕儿，比如以D.J.打头的某作家，人人都知道他曾公开承认自己是海洛因瘾君子，而人们都不把这当秘密来守着。如果我曾是一个海洛因瘾君子，我会觉得说出来一点儿问题也没有。

这很奇怪……我想，就像——我的意思是说，我是一个大半辈子都泡在图书馆里的人。我……嗯，永远不会过那种铤而走险的生活。我的手臂上一个针眼儿也没有。

你觉得流言是怎么传开的？

谁——这些流言你是从谁那里听来的？

不知道。

（我能说什么？难道说“今天一大早，当你用香波、梳子和毛巾洗漱的时候，我从我的办公室那里听来的”吗？）

那就奇了怪了，我不知道流言是怎么传开的，一点儿线索也没有。我觉得我唯一能够想到的有问题的东西就是大麻，而在我像书中的霍尔这么大的时候，大麻对我来说可是一个极为重要的东西。而一旦我进入大学，我的意思是说，读大学很累，以至于没时间去享受毒品带来的快感，读书都来不及。我慢慢地也就戒了。

戒毒这档子事你不愿意谈，比如你是否加入了某个戒毒疗程，抑或是什么让你戒毒的？

（他看了看我，关掉了录音机。）

（休息片刻。）

我没有参与某个戒毒疗程，我也不愿意像那些参与这种疗程的人一样，这一点我必须坚持。（去戒酒匿名会）向你的朋友寻求帮助——你的朋友会帮你解决这方面的困惑，找他聊聊。我知之甚少，但我觉得，与普通老百姓谈论此事的感觉会完全不同。我对此不太了解，但是我知道第十一条准则[①]是这么写的：“对于报纸、电台和影视媒体，我们恪守不透露个人姓名的原则。”这是他们坚守的诸多事情中的一件。我再说一次，我对这些知之甚少，真的知道得不多。

你高中时抽烟抽得很凶，大学时抽得少了，随后在哈佛大学染上了酒瘾？

嗯。我读研究生时酒喝得挺多的，在雅多时也喝了不少。但是人人都这样。你知道吗？这非常奇怪。我不知道——也许五年之后情况有所不同了，但是年轻作家的这档子事不会变：出去和各种各样的人打交道，兜售点儿名言警句；然后，为取得的成功心花怒放；再然后，搞一些类似我的生殖器比你的大的竞争。

我的名言好过你的警句。

正是。从某种程度上来说，这与讨论生殖器的尺寸有着令人不安的类比关系。

这段时间，从1987年持续到……

什么意思，你指的是滥饮的时间段吗？

这个……这个……我并不是在敷衍你，我是真的不记得了。我……我可以和你说实话，如果你把这些写成——“随后，他一头栽进某种可

---

① 指的是美国戒酒匿名会的十二准则，该协会意在帮助人们戒除酒瘾。华莱士在隐晦地指明自己的戒毒过程。

怕的酒精饮料中，不能自拔”，那就有失精准了。

当时的情况仅仅是，我越来越颓唐，而我越是颓唐，就越贪杯。喝酒其实没有任何乐趣。它给我的感觉更像——那是一种真真切切的麻醉。我的意思是说，我只想一直保持着迷迷糊糊的状态。但是，我感到颓唐的缘由，和毒品或者酒精没有多大关系。

话说回来，你1985年从阿默斯特学院毕业，1987年离开亚利桑那大学，随后进入哈佛大学……

是的，我读研究生时开始频繁出入各种聚会。

1987年夏天，你在雅多？

是的。

那年秋天去了哈佛？

不是，我回图森住了一段时间。那时我的短篇小说集快写完了。让我想想。我和我父母一起住了两个月，随后去了图森，在那里住了一阵子。

用的是你父母给你的补助基金？《头发新奇的女孩》版权页上写的那句笑话。（这句话夹在“雅多社团”和“吉尔斯·怀廷基金”之间——“吉姆和萨利·华莱士为一事无成的孩子准备的专项基金”。）

“为一事无成的孩子准备的专项基金”——是这样的吧？没错，就是这样写的。

是的，他们俩对我很好。他们……你知道吧，我一直在楼上写作，而他们不仅给我准备饭菜，有时还去店里买食物。你懂了吧？这为我省了很多时间。

虽然他们给的仅仅是两个月的生活费。

没错。但是我——你也许已经体会到了——不是一个容易相处的人。

随后，我记得，我在1988年被哈佛大学和普林斯顿大学同时录取了，我决定去哈佛大学。

为什么？难道那时你还没有对学院的环境感到彻底厌烦吗？

没错。我当时真的一个字也写不出来。并且，嗯，诸如支撑我写作的原因，以及许多让我认为写作很酷的事情，已经不能再给我蓄力了。我那时真不知道……不知道……应该怎么办。我不知道我是否真的喜欢写作，也不知道我是否只是对早早成功感到兴奋而已。许多人不太喜欢《头发新奇的女孩》这则故事的结局，但它是有意写得如此悲观的，就像某种自杀前留下的笔记。我觉得，当我写到那则故事的结局时，才发现我再也不会往下写了。

起初我认为写作是虚无的，仅仅是一场游戏。后来，我意识到其虚无感是令人绝望的，也的的确确是一场游戏。写完那部小说，正在进行编辑的时候，我记得我就变得非常颓唐了。

这听起来非常奇怪，但是我觉得，这更像艺术和宗教危机之类的情况，而不像你说的那样是一种崩溃。我只是——所有支撑我活下去的理由，以及我认为还算重要的事情，都只存在于勇气层面，不再对我起作用了。这样说对你个人而言有帮助吗？

（他非常具有绅士风度。他觉得把我当成他的同路人能够讨好我。）

就你向我述说你的历史来说，它也对我有帮助。但是，还是多说点儿你的私事吧。

就我的历史来说是什么意思？

好吧，我的意思是说，你曾经打过一段时间的美式橄榄球，随后你退出了，因为出现了比你强壮的人。后来，你又打过一段时间的网球——我猜大约有五年时间吧。

是的。只不过，关于这些事情，你想知道自己干得好不好，可以通过外部的测量来看清楚。而写作这种事纯粹是内在的。

但是，你仿佛给人一种感觉，就好像你行事总有一种模式——你会花五年时间干一些事，然后出于某种原因又被迫停手？

是的。我还花了五年时间刻苦研读语义学和数学逻辑，随后才转向写作。没错，你说得对，我觉得我真的是那种半吊子类型的人。嗯，我不知道，你是对的吧，我之前没有意识到这一点。我欠你六十美元。

那么，出于这个原因，你每过五年都会遭遇一次转变危机，也就说得通了。只不过，没有身体或者智力的原因来阻止你写作，于是你得以坚持下来。

不过，古怪的地方在于——我曾憎恨我做过的一切。我的意思是说，我写过……我记得我在《向西行》之后写过两部不同的中篇小说，写得非常艰难，其结果也差到令人大跌眼镜。这两部小说比我刚进入大学读书时写的东西还要差。我迷茫到近乎绝望，绝望地向它们妥协，以各种……

不过，嗯，话说回来，我记得我选择读哲学研究生的原因在于，当时是我与学院环境处得最融洽的时候。于是我就想，我可以……嗯，我可以读哲学，研究哲学，把写作当副业，这样能写出更好的作品来。

因为，你明白，在这个时刻，我把我的自尊全投放到写作当中去了，对吧？我只能抓住这根救命稻草，去达到我想要达到的程度。

所以，我感觉被困住了，就好像："噢，天哪，我的五年期限就要到了。我得挪地方了，但是我不想挪到别的地方去。"我完全被困在了原地，喝酒部分是因为这个。我再也不喝酒了，这是实话，但是，这并不意味着我被困在原地是因为我喝了酒。我的意思是说，原因要复杂得多，并没有社交性喝酒过度这么简单。当时的情况就好像，我感觉这一辈子就要终结在二十七岁或二十八岁了。而这感觉糟透了，我并不想去感受它。

这样一来，我就会去做各种各样的事情。我的意思是说，我会狂喝滥饮，我会找陌生人上床。哦，天哪，或者在那以后，两个星期不喝酒，每天早上跑十英里。你知道吧，这种类型的绝望非常具有美国特色——“我会采取一些极端的行动，来解决这个问题”。

而这种状态，你知道的，持续了……持续了好几年。

这样做有点儿像詹妮弗·比尔斯[1]在《闪电舞》里解决匹兹堡难题时的表现。

这很奇怪：我觉得很多像这样的问题都可以靠运动训练来解决。你明白吗？（*模仿施瓦辛格的声音*）“如果有问题，我会通过训练自己来将问题解决掉。我会起得再早一些，练得更刻苦一些。”当我还是个孩子时，这方法还挺管用，但是你知道……

我所知的所有人——还有类似迈克尔·沙邦[2]这样的人——都会在出第二本书时遇到危机。

但是我的第二本书，也就是《向西行》，很奇怪，它本身很好，只是……

这就是让人尴尬的地方。我知道这本书并没有那么强力，但我真的感觉被打败了，真的败得体无完肤，完全失去了写作的方向。嗯，它

---

① 詹妮弗·比尔斯（Jennifer Beals，1963— ）：美国女影星。《闪电舞》是她主演的一部电影，展现了一个热爱舞蹈的人的奋斗历程。

② 迈克尔·沙邦（Michael Chabon，1963— ）：美国作家，普利策奖获得者。

既有一种向巴斯致敬的意味，同时也是一本向他表达弑父情结的作品。他不是唯一一个我钟爱的后现代主义大师。但他是……我的意思是说，他的《迷失在游乐场》是某种——该怎么说来着——号角，吹响了后现代主义元小说的号角。

这本书的构架同样令人叫绝。

你之所以这么说，是因为你真的喜欢它，还是在说客套话？没有多少人喜欢这本书，别人告诉我说，你不能指望读者为了读懂你写的东西而去阅读那些与之有关的二十年前的作品。这样说显得我自命不凡，但是……

（他觉得我说的是他的书，而不是巴斯的。）

嗯，既然你提起了，我想说我已经说过三四次了，关于我感觉某种东西在我面前活了过来，开始自动书写其自身。那本书就是其中一例，尽管写作这本书并不是一场愉悦的体验。

我有一些朋友，他们藏在学院环境之中，在写作随后的书时，没有了自我约束，头脑也不甚清醒。

问题非常明显，你知道吧，这意味着，某一刻你真的得……真的得成熟一些。你得加强自我约束——你已经不在讲习班里了。

我的意思是说，我的头两本书多多少少是在教授的监督下完成的。嗯，那非常艰难。你的第一本书就是一场游戏，充满了各种可能和愿景。随后，当你写第二本书时，你会有这样的想法："好吧，第一本书很幸运。你有机会来试试新的东西了，要不要去试试？"这整个——我不知道，是的，在我看来，我的经历与别人的也没有什么区别。唯一的区别在于，我的情感体验非常剧烈，非常……这个过程持续时间很短，我的意思是说，它持续了不到两年的时间，但它异常——这是我所经历的最糟糕的岁月。

（他手表上的蜂鸣器一直在响。）

对此，我们再多聊几句。这是1988年的事吧——最大的区别在于，它当时发生在你身上，而不是发生在别人身上。

当然。

你是在1988年至1990年这两年间受到自杀监护的吗？

你是问，我是什么时候进医院的？

是麦克莱恩医院？

你是怎么知道那里的？

我认识一个来自波士顿的人——不是麦克莱恩医院的人，他认识你，但是他——

不，波士顿有很多地方，但麦克莱恩医院是……说实话，我最终是去了麦克莱恩医院，因为那里是哈佛大学的医保定点医院。

丽兹·沃策尔也去了那里。

天哪，她和我很有可能是坐同一辆摆渡巴士去的。

你从未服用过抗抑郁的药吗？

我早就服用过，我在大学里服了近两个月的抗抑郁药。只不过，那是为了别的事情——哦，不，我当时患有严重的失眠症。而我不想服用氟西泮，因为我也酗酒。所以我把病史说给医生听，他们就让我服药，让我服用三环抗抑郁药。就这个东西来说，我不知道抗抑郁药本该有怎样的疗效，但是它对我起了反作用。它让我感到冷冰冰的，如临地狱。所以，不，这完全行不通。

他们稍微谈起了一点儿有关电击疗法的事（*就像《无尽的玩笑》中凯特·贡佩尔这个角色*）。随后我决定将它写进小说里——以某种古怪的方式，小说中有一整章的内容，写的是凯特·贡佩尔躺在那里，医生在边上说话，只不过与我经历的有所不同。

她想要接受电击治疗。

她想要接受。而我知道，我知道，如果病情严重起来，我会……这就像某人……

（*磁带录满了。*）

◆◆◆

我们要搭乘的飞机有消息了，航班取消了

我们应该马上到美鹰航空的值机柜台去吗？

我们可以等十分钟，因为那里会排队。

我们可以开车去芝加哥。

让我再嚼会儿烟，然后我得打个电话给霍利，我得按照霍利说的去做。好在我不是老板。她拿主意，她会告诉我该做些什么。

我并不担心——我的意思是说，我并不介意有人知道我在麦克莱恩医院接受自杀监护的事。我所担心的是，这段经历会被人渲染成一个浪漫、绮丽、受尽磨难的艺术家的故事。我想告诉你的是，这件事更像——我的意思是说，这不是化学物质失衡，也不是由毒品和酒精导致的。

我觉得我过的是一种不可思议的美国式的生活，也就是说："哇，如果我能够实现X、Y和Z，一切就会迎刃而解了。"而我觉得我非常……我觉得我非常走运，我在大约二十七岁时就遇上了中年危机。这在当时算不上一件幸运的事，现在看来却非常走运。我知道，你并不怎么相信我所说的一些事，比如我为何不会靠这本书赚钱。但是，也许你现在能理解了。在那段时间之前或之后，我都没有活得那样糟糕过。只要能再也不回到那样的状态中去，不管要做出多大的牺牲，我都愿意。

如果我放弃靠这本书赚很多钱的机会——这是一个可以接受，完全可以接受的代价。这么说并不是因为我是一个大好人，而是因为我觉得我真的非常走运。就感觉这一次，我获得了去写作、去生活的其他种种理由，而我不想搞砸了。我不会的。所以我活得——所以，我现在活得非常谨慎，这也是我培养自己处在正常状态的原因。

（听他这样说，会让人难以保持镇定：正常状态无法培养，同样，就如同大卫在书中指出的那样，你不可能试着去真诚。你要么真诚，要么就不真诚，这需要自然而然地流露出来。）

嗯，关于电击治疗的事是这样的，我从未被电击过，他们也从未给我电击过。但是我意识到……我意识到，我感觉自己正处在某种差异数列[①]中。你明白吗？其中一边是我通常的状态。而我可以看到——这本书中有许多有关抑郁的内容，并不都是来自我的亲身经历。那些事就好像发生在离我有四分之一英里远的地方一样，我的意思是说，我能看见滤光镜过滤着我的视线，能看见某种扭曲的影像。

---

① 差异数列（continuum）：华莱士惯用的一个词，这个词在后文中会多次出现，大体指的是一种局部相似但整体有差异的情况。华莱士在此强调的是书中的抑郁症状况和他的亲身经历相比，虽有相似之处，但总体差异很大。

在某一刻，我会想，我见过这些人吗？实际上，我见过某个接受了电击治疗的人，他被吓傻了。你知道，和你一样，我也是靠大脑吃饭的，而大脑受损的念头——但是我明白，在某种情况下，你也许会巴不得这样，就像《异形》中他们说“杀了我吧，杀了我吧”一样。你懂吗？因为那样会——对吧？我在书中写到了一件事，我喜欢这件事：人们之所以从一幢着了火的摩天大楼里跳出来，不是因为他们不再害怕摔死，而是因为不这样做的话，结局会更糟。这会引领你去思考——那些引你跃向死亡的非常可怕的事情，你知道吗，看起来却像是在帮助你逃脱死亡。

我承认，我曾对这样的事情抱有一种残酷的迷醉感。我不是伊丽莎白·沃策尔，我得的不是那种由生化反应引起的抑郁症。但是，我感觉我在试探性地尝试着那件事，嗯，再也不到那里去，这对我来说比什么都重要。这是最糟糕的事，我不知道你是否有这样的经历，这比任何肢体上的损伤还要糟糕，抑或是某种——这在早年间或许会被称为精神危机或者别的什么。这种感觉就像是，你整个人生的所有公理其实都是错的，其实是一片虚无，你什么也不是，一切皆是幻影。你之所以比别人好，那是因为你看得出这是幻影；而你同时也比别人差，因为你知道了真相，无法正常生活。而这……这实在是太可怕了。身在哈佛大学，一边和约翰·罗尔斯一起阅读《意志自由》，一边以这种方式思考，那实在是太令人不舒服了。

不管怎么说，事情就是这样的。而我不介意——这不是私人事件。我所顾虑的是：我不想让人觉得我是某种浪漫主义或者别的样子的人。（不知为什么，这是最令人难过的。）

听起来一点儿也不像那样。你为什么不愿意打乱你的节奏，现在我算是搞清楚了。

（咬一口冰块，并把它吐到杯子里，这是典型的换东西吃的动作——他打算嚼烟草了。）

只限于你我之间，这样我才不会觉得在对牛弹琴——你是否有过类似的经历？

◆◆◆

随后

有一部分的我觉得，我从未生活在我认识的所有人所处的那个世界里。我之前完全不知道，不知道我写的书中，百分之九十我真正喜爱的内容其实都有一种围绕孤独展开对话之感。

（我们站在布卢明顿机场的入口处，立在电动门旁抽烟，聊起了学校和写作。）

我曾想，我真的曾经认为我只不过是一个脑袋，只是一个脑袋而已。现在想起我将近三十岁的那段日子，当我的脑袋受了重创时，我不得不去找到身体的其他部分，你知道吧，为了活下去。我甚至从那时候开始怀疑——而我并没有任何经验，也没有得出任何结论，更像是我把许多东西都给扔了。

这其中莫大的讽刺在于——也许你能理解，我，我，我并没有不坦诚，这本书引起的一时轰动（这是他在谈论此事时，不断地为它涂抹的一层柔光釉：“这本书引起的一时轰动”），以及人们认为这本书写得很不错，这本身是好的，但我真正喜欢的地方在于，这些对我来说并没有那么重要。你知道吗？就好像，好像我真的很喜欢写这本书，我尽我所能地去写这本书，比做其他任何事都要努力。你知道吗？我只把这当成一次小小的实验。我要为这本书本身而努力。无所谓。如果这本书连卖都卖不出去，无所谓。你知道吗？我真的有点儿——你知道《小偷》[1]这部电影的结尾吗？詹姆斯·凯恩破釜沉舟，撕碎了他的生活。

迈克尔·曼的电影。我没有看过。

真的吗？这不是一部烂片，不过结尾有点儿蠢。

对我来说，这就像是发生在我身上的事。你知道，很有可能也曾发生在你身上。你看，你是布朗大学的学生，那里的学生谁能成功，谁会失败？随后你可以，比如，你可以开始自食其力了。于是你从外部获得了所有的肯定，你还年轻时，觉得可以把一切摆平。这听上去有简单化的倾向，并且有一种类似通俗精神病学的感觉，但你会意识到——如你所说，当这些发生在你身上的时候，你自己就会意识到："真见鬼，这根本摆不平。"嗯，对我来说，它把我那种"形而上的生活"搅乱了，搅乱的程度之深，让人难以置信。

而我觉得，对你我来说，最幸运的方式莫过于，早早地获得成功，早早地发现成功其实不算什么。这意味着，你会早早地动手去找到那些有意义的事情。说句掏心窝子的话，当下我最喜欢的事情是——你看，你真的非常棒，因为现在我开始喜欢你了，所以我才会说这些事，这听起来也许有些疯狂。我真的很难喜欢那些对我来说既不重要，也不会起什么作用的事，而现在在做的这件事——非常棒。

不过，我记得最清楚的还是我非常刻苦地写这本书的日子。我真的是拼了命地写，你知道吗？我推掉了一些事情，这样做就是为了这本书，不去想大卫·利普斯基或者迈克尔·皮奇是否会喜欢它。我感觉我在体内练出了某种肌肉，我可以用它来撑过余生。我的感觉就好比："好了，我现在似乎就是一个作家了。"是不是一个成功的作家，我不知道。但是，这就像，我就是这样的人，这就是我要做的事。我现在知道该如何为作品本身而活着了。这样说听起来会有一种非常狂妄自

---

① 迈克尔·曼于1981年导演的电影，詹姆斯·凯恩在电影中担任男主角。

大的感觉。同样，人人都会说这样一句话："啊，别的事情不重要。"

我想和你说的是，我经历过一段非常糟糕的岁月，而我必须从那种阴影里走出来，不然的话，我的脑子都会炸开。我差点儿就一败涂地了。抑或说，我差点儿就尝试了那种会极度摧残自己的方式。

（休息片刻。）

◆◆◆

唯一的解决办法：我们今晚如期抵达明尼阿波利斯

从布卢明顿起飞的所有航班都取消了，所以我们只能回到我租来的庞蒂亚克车里，开上滑溜溜的道路，朝芝加哥奥黑尔机场开去

（此刻，我们在机场自动门前又抽了两根烟。一边搓着手，一边抽烟——门外寒风凛冽。）

我怀疑——我并不是说我在这方面已经很成功了。但是我觉得，先锋的东西想达成目的，不仅困难极大，而且也没那么容易理解，无法引诱读者花非比寻常的精力去读。而那种魔力是真正伟大的艺术才有的。

但最佳的效果在于，用书本优于电视的方式，展现电视无法办到的东西。

当然，只不过，难就难在将这两者同时办到。因为一本书必须教会读者如何阅读它，所以，类似结构这样的东西在小说一开始就得展开。

我们坐在这里，对电视如何毁了观众的阅读说三道四，而实际上，电视让写作更加困难这个现象对我们来说是弥足珍贵的。你懂我说的意思吗？对我而言，让读者觉得你写的东西是值得读的，这件事越难做到，你就越有机会创作出真正的艺术。因为只有真正的艺术才有这个特点。

但是，随着书变得越来越复杂，读者将会有这样一种感觉：他们走进教室，却已错过了最初几周的课程。

你得让读者觉得他比他想象的还要聪明。我觉得电视使你觉得你是愚笨的，这个潜在的教训是一个“元教训”①：你能做的只有看电视，看电视不费劲儿，而你就是只想坐在椅子里，干点儿不费脑子的事的那种人。而实际上，从某种程度上来说，某一部分的我们野心不止于此。我觉得，我们需要——并不是说我就是去做这件事的人，但我觉得，我们需要的是介入性较强的艺术，这种艺术会让我们再度领会到我们是聪明的，让我们意识到有些东西是电视和电影——尽管它们在很多方面相当不错——无法给予我们的。但这种艺术必须激发我们去做额外功课的动力，你知道，就是让我们去了解别的类型的艺术。我觉得这一点你可以在视觉艺术以及音乐艺术中看到……

我觉得，这要更容易一些，能让他们更快地意识到这会带来更多的乐趣。

这做起来很微妙，因为你需要的是去诱导读者，而不是去迎合或者操控他们。我的意思是说，一本好书得教导读者该怎样去阅读它。

（随后，为了将注意力从自己身上转移开，他提起了放在伊利诺伊州立大学办公室桌子上的一张便条：“大卫·福斯特·华莱士因一些经授权的古怪的个人紧急事由，将在1996年2月17日至1996年3月3日以及1996年3月5日至1996年3月10日期间离开本市。”）

老一套的技巧已被用烂了，我觉得语言需要另辟蹊径才能吸引读者。我个人觉得语言应该多从声音方面下功夫，在作者和读者之间营

① 原文是meta-lesson，亦即“有关教训的教训”的意思。在文论中，meta一词多译作“元”，比如meta-fiction，就被翻译成“元小说”。译文在此保留正式的译法。

造出某种亲密的感觉。这样会……鉴于当代生活的孤独感和分离感——那就是我们的开场白，那就是我们的馈赠。这是非常个人化的事情，共有十七种方式可以达到。

（随后）

莱斯特·邦格斯[①]在《精神病反应和汽化器废料》当中写道，某种特定的音乐会让你心灵勃起。这个说法深得我心。《气球》就让我的心灵勃起。（《气球》，唐纳德·巴塞尔姆[②]的短篇小说。）

对我来说，有相当数量的美学体验都是……色情的。我觉得这其中有相当一部分与它们的创作者保持着一种古怪的亲昵感。

其他的媒介不能给你这样的感觉吗？

是的。不过在戏剧中，你会感到与演员们有着某种古怪的亲昵感，但这稍微有些不同。这更像是给你一种可能，让你幻想你是他们，或者让你对他们的身体或者别的什么产生渴望。这很有趣：关于不同艺术中不同种类的引诱，书写这一主题的真正的好文章，我倒从未读到过。

有关成就的想法呢？

我对成就的想法更为模糊一些。我猜，当我二十五岁的时候，《纽约时报》上能有一篇关于我的相当好的评价，那就是我——怎么说来着？青年时期——二十五岁时想要达成的成就。有趣的是，如果是在五年之前，我或许会……我觉得我或许会嗤之以鼻，说："啊，这是多么市侩啊。"其实，现在我已经意识到，我们都是一样的人，我们都有各

---

① 莱斯特·邦格斯（Lester Bangs，1948—1982）：美国当代著名乐评人，曾给《滚石》等音乐杂志写稿。

② 唐纳德·巴塞尔姆（Donald Barthelme，1931—1989）：美国后现代主义小说家。

自的攀爬架，你知道吗？你成长于其中的这个世界，它是成功的。而在我成长于其中的这个世界里，我的父母对钱并不在乎，他们只在乎他们在所处圈子里的专业威望。如果你去写哲学书籍，你基本上就会非常在意其他哲学家的想法，情况就是这样。

我的母亲是一个画家，她所处的那个世界有另一种代码……

你崇拜她吗？

是的。我现在依旧崇拜她。痛苦之处在于我难以融入其中。你知道，这是发生在我家里的事，你知道我的意思吗？所以很难……

我当然懂。我敢说她一定也为此感到非常伤心。

（一种古怪、温暖、小镇咨询师般的语调。）

她风趣幽默，只看爱默生和尼采这类人的书籍，所以我觉得她在这些书籍中找到了某些有趣的东西。但是，这些书籍很难读懂。我的意思是说，你知道……

（柔和的声音）是的，我知道你的意思。这会很有趣——我敢打赌，我的意思是说，我不知道你会怎么想，但是我敢打赌，终归会有这么一刻，你会意识到你总会得到你想要的成功的。那样就好了，到那时你就能对成功这件事松一口气了。也许不会一直很轻松——只不过，这类似于，这是此时此刻我们所谈论的最棒的事情。我有一种感觉，就像："你知道吗？这一切没有把我束缚住。"《滚石》杂志能派你到这里来，我备感荣幸。但是，这件事对我的意义已经与十年之前不同了。我意识到这一点是很宝贵的。

为什么这么说？

因为如果我把这件事看得特别重，那我就会非常脆弱，非常不堪一击。如果你没有来呢？或者，如果你不喜欢我呢？再或者，如果你写的这篇报道收到的评价很糟糕呢？你懂我的意思吗？到那时，我就会想——我到底是怎样的一个人呢？这么说吧，到那时我就会成为一个玻璃做的人，若不轻拿轻放，就会碎掉。对吧？我的意思不是说……我指的是，我并不是一个精神导师，不会受到类似的事的影响。这些东西之前对我的意义，我记得非常清楚。

如果是十年前，这些对你来说有什么意义？

我觉得如果是十年之前，这些东西也仅仅会加速促成一些事情。因为这种感觉体验起来会非常棒，我当时说不定会拼了命，用大概一千种不同的方式给你留下好印象，搬出一大套虚情假意的玩意儿。你走后，我会坐立不安地等待这篇文章刊登出来。如果这篇文章没有什么恶意，我肯定会短暂地对它产生一种油腻腻的兴奋感。紧接着我就会产生一种极度空虚的感觉。这种感觉就是：“现在，我又回到玻璃做的状态中了，接下来又会有什么东西能将我舒舒服服地安放好呢？”你知道我的意思吗？

这并不是说我现在就不会有这种感觉了。但是，我知道，当这种感觉淡下去之后——我知道我大体上还是期盼这种感觉能淡下去，这样我才能继续写作，这才是顶顶要紧的事情。而写作是好的，因为我能依靠写作活下去。我无法——如果我依靠这种感觉活下去，那么除了每过五年能有一次幸免的机会之外，我其余的日子将过得非常痛苦。你懂我的意思吗？

（他绷起脸来。）

说得很好。

但是，这不仅仅是说得好听——我的意思是说，这是千真万确的事，我确实在对你说实话。

这有点儿类似于，经验丰富的高级妓女身价下跌了……

是的，这个例子很恰当。这就像一个技术一流的妓女知道自己时日无多，她所拥有的本钱也将很快耗尽。

你恐怕得打电话给霍利了。（霍利，他在利特尔 & 布朗出版社的编辑，正在考虑我们该怎么去明尼阿波利斯。）

（"欢迎来到布卢明顿民用机场，"机场里的一个标语这样写着，"我们专营布卢明顿民用机场周边的地产——阿姆斯特朗不动产公司。"

我们站在开开合合的自动门前，谈论起研究生院的事。）

争论——研究生院的教授会说，不要用流行的事例，因为，第一，它们平庸且愚蠢；第二，它们会让你的文章留下时代的局限性。而在我看来，我不知道你怎么想，也不知道你写怎样的东西，单说我和许多我认识的年轻作家，我们引用那些事例的方式，就像浪漫主义诗人引用湖泊和树木一样。我的意思是说，它们是我们头脑中惯常的见解，早已挥之不去了。

莎士比亚用同样的方式引用古希腊神话。

但我也意识到——文化与其流行的一面，或者说与诸如此类的东西之间，保持着一整套古怪、复杂的联系。比如，当我在课堂上引用《吉利根》[①]时，所有人都笑了。班上有些骚动，他们太熟悉这个例子了，为此感到不舒服。我的意思是说，由此可见，人们会对类似的例

---

① 于1965年开播的一部情景喜剧。

子神经过敏。但我在写作时是不会太在意这些的。这些东西对我来说只不过像是在……描绘一种风景什么的。

（我对大卫说，我对有关婚姻关系的问题很感兴趣——人们是如何保持情感和身体的吸引力的。）

这就是你三十岁了还没结婚的原因吗？是那种令人不寒而栗的……？

那你为什么三十四岁了还没结婚？

你先说。

嗯——我觉得很难去扮演那个角色……去挑选，去扮演，当你知道这段关系得维持三四十年……而另一半，无论你的心理状态如何，也得融入这个角色中去，你需要一个能够适应你任何状态的人。

我倒没有彻底地想过这个问题。我有好几次差点儿就结婚了，你知道，每一段恋爱我都谈了三四年的样子。当关系破裂之后——如果你有好几段关系都没有结果，那么随后你就会处在某种“逃亡在外”的状态中长达九年或者十二年，这样一来，你当然就没结婚了。我觉得更大的原因可能在于我……我偏爱那些最终被证明无法与我和谐相处的女性。至于那些我能与之和谐相处的女人，我对她们的感情与爱情无关。所以，我结交了一大堆非常要好的女性朋友。但是，我和女朋友相处起来总是很艰难，因为能吸引我的人，你知道吧，按通常情况来说，只会在几个星期里给我带来无穷的乐趣。若按日常状态来看，诸如“我们去逛街吧”这样的事，我们往往难以处理妥当。

为什么处理不好呢？

我不知道。我的一些朋友说，这是值得你和你喜欢的人共同去研究的事情。但是，这也像——其实，我不认为……我无法像你那样把这种事情当作某种心理状态，我只知道我这个人很难相处。因为当我遇到类似想独处的情况，比如去写作时，我就真的只想一个人待着。我就会独自走开。女人不喜欢这样。除非她们自己也是作家，若真是这样，我可不想看着她们独自走开。

那是——不是我们租的车。

不是我们俩的车。你错了……

（车结了一层冰，就像蝙蝠侠的战车。车的轮廓看上去很平滑。大卫从汽车行李箱中拿出刮刀，开始干活儿：挡风玻璃，大块喷雾，后窗。）

这是一次冒险。别忘了提到我的刮刀。这是我的幸运刮刀。一个中西部的好男孩与他的刮刀之间难割难舍的关系。

（我们坐上车，驶离了机场的混乱场面。大卫买了一罐萨伐仑咖啡，用罐子来装他的嚼烟。车辆急转弯时，萨伐仑咖啡罐翻倒了。）

痰盂罐里装满了东西时，你转弯可不能那么急。

（我们开上了泥泞且拥挤的I-55公路，驶向芝加哥。）

在《无尽的玩笑》中，你为什么会对电影产生兴趣？我很难关掉电视。

我很难把这个话题说得有滋有味，好让你能写出一段报道来——天哪，今天的人们都是怎么了？

（路况：一辆辆加塞的车并入我们的车道。）

这人他妈的有病吧？

有关电影的念头，是一开始就有的，还是后来才冒出来的？

你写作时会想这么多吗？

（我们谈起了菲利普·罗斯。）

罗斯写书要两年时间，大多数时间里都在寻找灵感，这耗费了十八个月，最后六个月才用来写作。

类似的情况也曾发生在我身上。只不过，我的感觉更像是，先让我用三年的时间去做其他烂事，随后安排我来做这个。这件事非常古怪，因为它始于第一页，终于最后一页。我是按照顺序来写的。这有点儿……

写的顺序和现在的版本差不多？

是的。这部小说的改动来源于迈克尔做出的删节，我不得不把写的东西删来改去。这个版本比最初那版要短一些。

之前的那个版本是现在的两倍长？

不。没有那么长。最初的版本多了大概五百页。其中四百页清晰明了地需要删除，剩下的一百页则令人头疼。

这简直像删掉了一整部小说。

这其实并非一部小说，它不该成为一部小说。

小说的定义是……我从未想过把它看作一部小说，我以前把它看作一个很长的故事。

你写的时候，把所有时间都花在上面了吗？

不全是那样。它最初的标题是《一场失败的娱乐》。我的想法是，这应该是一部写娱乐没起作用的书。我认为，娱乐最终会导向这部叫作《无尽的玩笑》的电影。我的意思是说，大方向就是这样的。娱乐的主要目的是让你被它深深吸引，无法将目光从中移开，这样一来广告商才会投放广告。而这本书的张力在于它既想要具备非常高的娱乐性，同时也做出了一些扭曲，某种程度上会提醒读者对娱乐当中一些危险的东西保持警惕。

比如呢？

哦，天哪。

（他停顿许久：按下转向灯，雨刮器刮了几下。）

你喜欢吃糖吗？

是的，当然喜欢。

如果你一直吃这玩意儿会怎么样？这样做有什么坏处？

对牙齿不好，容易快速长胖。

糖果能令人感到愉悦，但并没有多少营养。食物中包含的那些维系生命所必需的成分，糖果是缺乏的，尽管它为这种缺陷做出了补偿，也就是咀嚼和吞咽它时会带来成倍的快感。这在我看来与那种极具诱惑力的商业广告有某种类比关系。这其中没有什么危险的东西，危险的是它带给你的快感是用来补偿某种缺失的，这种快感让人上瘾，无法自拔。但让我们幸免于难的原因是，大多数娱乐并没有那么好（笑）。

如何让人上瘾？或许，类似《虎胆龙威》——最好的动作电影那样？

《虎胆龙威》第一部吗？我觉得这是一部非常好看的电影。

非常精彩，不是吗？剧情跌宕起伏，比大多数艺术电影还要巧妙。

但也非常程式化，并且相当世故地重复了许多套路。

泰伦斯·拉弗提[①]写道："一部套路化的动作电影，但其套路格外有分量……"这部电影是动作电影的巅峰……其影响力不断攀升，同类电影不太能做到这一点。

哈哈。

就像那种电影吗？或者是MTV？电视剧？

我猜娱乐会描述出一种差异数列来——我现在谈论的是娱乐和艺术之间的较量。娱乐的本职工作是，以某种方式赚取你的钱财。娱乐真的就是这样的……而我不是……这一点本身并没有错。而它对此做出的补偿是，它兑现了钱的价值。它给你带来某种快感，我认为这种快感是非常消极的。这其中并不包含丰富的思想，它所包含的思想通常是幻觉，类似于"我就是这个人，是我在冒险"。这是短暂地抽离自我，给自己放个假的一种方式。我觉得这很好——就如同我觉得糖果是好的一样。

（当然，一件有趣的事：他会买点心这类东西吃，还会吃许多糖果。）

① 泰伦斯·拉弗提（Terrence Rafferty），美国电影评论家，所写的评论多见于《纽约客》杂志。

在我看来，问题在于，在娱乐当中，至少在这本书当中——天哪，如果这本书最终以对娱乐的控诉为主题而面世，那它就是一部失败之作。它写的是我们与娱乐的关系。这本书的重点不是毒品，以及戒毒方面的事。毒品在这里只不过是一种隐喻，讨论的是我们作为一个群体，该与活生生的事物之间保持怎样的联系。

（大卫说着话，雨刮器刮着车窗，别的车辆在我们前面像一支渐行渐远的守灵队，此番景象就像对娱乐进行严肃思考的可视化景观。这就是他所说的我们每天接收到的那种信息碎片。）

所以，这就像是，我们差不多——我们巴不得让自己屈服于某种东西，为了逃离，为了得到解脱。其中有几类逃脱的方式——类似弗兰纳里·奥康纳的方法——最终会发生反转，会让你遇见更为透彻的自己。另外还有一些方式会告诉你："给我七美元，我就让你忘记你叫大卫·华莱士，忘记你的脸上有粉刺，忘记你该交煤气费了。"

少量接触这样的东西，问题不大。但我们身处的关系网会运作机器，让浅尝辄止的我们——我们不会浅尝辄止。

你刚刚在聊到哈尔以及其他人屈服于某种纪律时，谈到了激情是娱乐的对立面。

（哈尔是书里网球学院的主角。与此同时，我很想把车停靠在路肩上，把冰块从发出扰人声音的橡皮雨刮器上敲下来。）

我并不是说娱乐是错的，或者其中有更为邪恶或恐怖的成分。我想说的是——它是一个差异数列。如果这本书有主题的话，那主题就是一个问题：为什么我会看这么多垃圾玩意儿？这个问题与垃圾无关，而与我有关。为什么我会去看？我所做的这件事又有什么是如此具有美国特色的？

我唯一确定的事情是，我想要写的东西不仅仅是高雅的喜剧，它还要与美国保持非常非常密切的关系。对我来说，此时此刻，在临近千禧年之际，非常具有美国特色的东西不仅与娱乐相关，还和某种古怪的、令人上瘾的……嗯，让你想屈服于某物的东西有关。以至于，我最终想到的是某种扭曲的宗教冲动。书中大多有关戒酒匿名会的内容都只是托词，我想去描写——继陀思妥耶夫斯基之后，在书中探讨人和任何神之间的关系已变得异常艰难。我的意思是说，现在的文化和宗教已经完全不对路了，你知道吗？不，不。那些能言善道的现实主义者不会坐在那里谈论类似的问题的。

所以……我不知道。但我一谈起这个问题，就发现它听起来：第一，非常模糊；第二，非常片面。整件事在我看来非常复杂，以至于这本书花了一千六百多页，在写了一些拐弯抹角的古怪东西之后，才只算是开了个头。所以谈论它，让我感到自己很愚蠢。

为什么？

我毫无准备。从这个角度谈起这个问题让我感觉自己很愚蠢。因为这就像，我没有诊断书，我没有处方系统，我没有看出哪四样东西有毛病，我没有对此形成四种不同的治疗方案。在我看来，它更像是一种感觉，一种意味。

比如，为何我们——我说的“我们”指的是像你我这样的人：主要是白人，处在上层中产阶级或者上层阶级，惹人厌地受过良好教育，从事着非常有趣的工作，坐在非常昂贵的椅子里，用着钱能买到的最精密的电子设备观看节目——还会感到空虚和难过？（这也是《哈姆雷特》中的问题，只不过那里面不会来回切换频道。）对于这个问题，如果你只是随口一问，那么你最多能得到“对啊，对啊，对啊”这样的回答。而这本书想要做的事情是，用另一种方式来思考这个问题，让问题更加深入你的内心，让你对它有所感触。你会发出这样的感叹：“嘿，这有点儿像我。”这样一来，这样一来……

不至于片面化和简单化。

（停顿。古怪的是，那个找到切口、觅得方法来谈论宗教问题的作家是斯蒂芬·金，大卫认为他被低估了。斯蒂芬·金在《末日逼近》中进一步探讨了这一问题。）

这番话不是对录音机说的，而是对你说的——因为他切中了这个问题。（在《末日逼近》中）你得仔细寻味才能发现金很酷的地方，因为我觉得大多数内容都是愤世嫉俗的狗屎。

他试图用人们真实的言谈方式来发声，尽管用了两三个技巧。他的范围非常有限，他会一遍又一遍地重复设置同一种角色和头脑中的声音——如果他不是一年写两本书的话，这就没有问题。

（我们又多聊了几句斯蒂芬·金。他对金的作品出人意料地了如指掌。）

从“被恶灵附身的车”到《伴我同行》，后者是一本趋于成熟的作品，其中有讨人喜欢的成分。《凶火》中的那个孩子……只有这个女孩才是真正有趣的。他对孩子几乎有一种塞林格式的感觉……

哦——我之所以认为你应该写一本有关电视的书，其原因在于，这个问题不会过时。我不知道你是怎么想的，但是在未来大约十年或十五年内，我们将会迎来虚拟现实色情片。现在，如果我不能培养出某种能够关闭纯粹快感的机制，好出门去杂货店或者去付租金之类的，那么我不知道你会怎么办，但我就得离开这个星球。虚拟。现实。色情片。我说的这些，你听得懂吗？科技会日益完善，其功能会越来越好，会诱导我们进入极为依赖它的境地，这样一来，广告商就会越发自信地觉得我们会去看他们制作的广告。作为一种技术体系，这是不道德的。

科技没有……没有责任来关心我们的感受，哪怕超过一丁点儿也不行：它有它的功能。道德是需要我们自己来维持的。我为什么要每天花五个小时来看电视？为什么我摄取的百分之七十五的卡路里来自糖果？我的意思是说，这是小孩子都会做的事，没有什么大不了的。但我们是过了青春期的人，对吧？按照年龄来算，我们都是成年人了。

但是，若是那些最富有才智、最有前途、学历最高的人来包装糖果，那就不可能戒掉它了。

那么，我们就得来说说土耳其软糖和C.S.刘易斯了。问题在于，娱乐是依附在某种让人上瘾的差异数列上的。我们现在是安全的，因为它还没有那么好。

但是，如果你注意到，诸如，我会看五六个小时的电视，我会在电视机前神游五六个小时，随后我就会感到压抑且空虚。我想知道这是为什么。而如果我吃五六个小时的糖果，然后觉得不舒服，我知道这是为什么。

我之所以会感到糟糕，原因在于罪恶感。我的父母奉行NPR[①]、PBS、《纽约客》颁布的清晰有效的宣传条文：电视是有害的，观看电视是浪费时间，你无须去充当别人的观众。而家则是一块让你成为观众的便捷之地。

观看电视既没有害，也不是在浪费时间。这就相当于说，你知道吗，手淫是有害的，或者说手淫是在浪费你的时间。它让你花十分钟来快活。但是如果你一天来上二十次——或者你主要的性生活都靠你的手来解决——那么这就有问题了。我的意思是说，这是度的问题。

没错。但是如果你去手淫，至少还会动动手。你可以指着它说：是的，我还是能做点儿什么的。

好吧。如果你打算把我说的这些刊印出来，并把这个类比加上去的

---

① NPR：National Public Radio，美国国家公共电台。

话，那就会让我看上去像个十足的蠢货。但其中是有相似之处的。是的，你在手淫的时候，确实是在进行肌肉运动。但你脑中也在播放一部影片，在与一个不真实的人物发生一场幻想出来的关系，这样才能激发出一种真正的神经反应。

我觉得我之所以会在长时间看电视之后感到空虚，并且电视之所以会那么具有诱惑力，其中一个原因在于它提供了一种与人相处的幻觉。这是一种让他人与你共处一室，相互交谈、相互取乐的方式，但是它不需要你做任何事。我的意思是说，我可以看见他们，但他们看不见我。此外，他们是为我服务的，而我呢，我能从电视中获益，我能收获娱乐和刺激。我无须回馈什么，只须投以间接的关注即可。这一点非常具有诱惑力。

问题在于它也非常空虚。与真人相处和看电视不同的是，第一，我得付出一些努力。比如，他来关注我，我也得去关注他。你懂吧：我观看他，他也来观看我。这样一来，压力就会倍增。第二，与真人相处需要培养情感，因为我觉得作为活生生的人，我们得为如何共处一室花费一些心思。

所以电视像糖果的地方在于，糖果与真正的食物相比，快感更为强烈，获取也更容易，但它同时不具有真正的食物所提供的营养。这本书要探讨的问题恰恰是，我们究竟怎么了，以至于现在——我也一样——竟会纵容电视夺去我们大量的社交感以及对他人的关注？但是我不愿意忍受与真实的人相处时所带来的压力、尴尬以及潜在的烦躁感。

随着因特网日渐强大，随着我们相互联系的能力的增强，比如，我们通过电子邮件就能把这次采访完成，我用不着与你见面，这对我来说会变得更容易些。对吧？从某种程度上来说，我们将不得不在我们体内建构某种机制，来与科技和谐相处。因为科技会变得越来越、越来越、越来越强大。它会变得越来越容易，越来越便捷，越来越具有快感，让我们独坐在屏幕前，给我们播出一些不爱我们、只想要我们的钱的人的图像。浅尝辄止的话，我们就没有什么损失，对吧？但是，如果你把它当作主食，大量摄取，你就会死去。你将会以一种意味深长的方式，死去（情绪激昂）。

你建立起了一些抵御机制?

没有。也许每一代人都会遇上不同的事件来迫使他们成长，这是时代的伟大之处。对于我们的祖父母这一代人来说，他们摊上的是第二次世界大战。你明白吗？从某种程度上来说，我们所面临的境况是，该不该放弃幼稚的玩意儿，规训自己花多少时间来被动接受娱乐？以及，我该花多少时间去做那些每分每秒都不那么有趣，却会让我作为一个成年人和人类，在体内锻炼出某种肌肉来的事情？如果不去做这些无趣的事，那么第一，作为个体的人，我们就会死去；第二，文化的发展将会变缓，直至停止。因为我们会沉迷于娱乐当中，不会再去从事那些能够增加收入的工作，而这些收入是用来购买产品的，花出的钱又可以用来支付传播娱乐的产品的广告费用。（他喜欢用A-B、1-2这样的结构。）在我看来，最终将会发生非常冷酷的事情，届时，整个国家会瘫痪、灭亡，而且不是被别人灭掉的，是我们自取灭亡（笑）。

真的会到那一步吗?

不，再说一次，我们谈论的是一种差异数列，我谈论的是终结点。我谈论的是逻辑推演。

我所谈论的是一个微妙的问题，也就是说广告商会突然意识到，他们不得不把节目的娱乐性降低，因为人们不去上班，国民生产总值就会下降，这会让他们的收入大打折扣。这样一来，那些公司也许就会陷入一个进退两难的境地。

也许正是这个原因，日间的电视节目才如此草率，他们想鼓励你待在办公室里。

不。现在我们面对的是最乏味的两难境地：节目越来越乏味，电视广告相较之下更有趣。抑或，节目越来越像电视广告，以至于电视广告的植入变得不那么明显了。这些都是显而易见的，并且是不那么有趣的两难境地。

真正有趣的两难境地将由有线电视带来，而最初的，最初的——直接性的广告收益动机将荡然无存。实现这一点的方式会越来越多，现在它可以通过“按次付费”或者“订阅”的模式来实现。

就像十五年后的那种网络，也就是你书中所写的那种“交互网”？

是的。如果你想制作电影或者将类似的东西捆绑在一起，重要的是进入交互网络。交互网将成为功能强大的守门员，将会像某种来自地狱的出版社一样。你能看什么，不能看什么，全都由它来决定。

至于因特网会变得非常民主这种观点，我的意思是说，如果你曾经上过网，无论时间长短，你都会明白它是不会变成那样的，因为网上的信息简直铺天盖地。会有四兆比特的信息朝你涌来，其中百分之九十九的信息都是狗屎，而分类筛选信息也将是一件非常棘手的事。

所以，显而易见，用不了多久，那些守门员就会获得有利可图的工作岗位。或者，你会怎么称呼它们，威尔斯公司[①]，还是各种各样的互联网交换机制？不仅有利可图，而且保质保量。接下来的事情就很有意思了。我们会去乞求它们介入。因为，如若不然，我们将会花费百分之九十五的时间在每个小丑——他们不是专家，如同你昨晚所说的那样——于地下室里炮制出的垃圾中冲浪。我告诉你，二十年之后的人们的生活将是有史以来最有趣的。未来将会——你会看到，整段人类历史将以非常快的速度再次上演一遍。（奇怪——他在这里举了一个非常消极的有关电视的比喻，以此来结束这番富有激情的言辞：我们将会观看到这一切。）

为什么？具体什么意思？

① 指的是亨利·威尔斯（Henry Wells，1805—1878）所创立的一系列快递公司，这些公司主要负责跨境的货物运输和投递业务。华莱士在此用这个公司隐喻互联网信息的交互行为。

如果你去看霍布斯的书，去了解为什么我们最终都会乞求，为什么处于自然状态的人最终都盼望有一个统治者来掌管他们的生杀大权，你就会发现，我们不得不把权力完全让渡出去。因特网也会这样发展。除非有防火墙、站点以及守门员站出来说："好，你想在网上找到真正优秀的小说吗？我们来替你挑选。"因为但凡有一点儿好的东西存在，你就得花上四天的时间，才能从一大堆垃圾中将它找出来，是吧？

我们会期盼有这样一个东西，我们会心甘情愿地为它掏腰包。但是，一旦我们这样做了，所有有关因特网的振臂高呼的民主梦想就将随之付诸东流。我们会回过头去寻找三四家好莱坞制作室，或者四五家出版社，成为……对吧？所有我们这些发牢骚的人，所有抱怨媒体精英掌控了权力的无政府主义者，都将会意识到真正掌控着一切的系统是什么。同理——我坚信——霍布斯所写的专制暴君其实就是对自然状态的合乎逻辑的推演。

（随后，在飞机上：大卫在读航班销售目录，他看到了一个不会伤害犬类的脊柱的狗盆。）

五千万年以来，狗进食的姿势对它们来说没有一丁点儿好处。

（他说话喜欢用俚语，就像一个长大了的读了博士的哈克·芬[①]，一个有着博士头衔的哈克。）

◆◆◆

坐在庞蒂亚克车里

依旧行驶在奔向奥黑尔的I-55公路上

① 马克·吐温的小说《哈克贝利·芬历险记》中的人物。

（对录音机说）**大卫说他这几天注意到他刷牙时不用右手，而是用左手，这一点他越想越有趣。**

（他嘴里塞满了烟草，“未系安全带”的指示灯在仪表盘上跳动。）真不知道你把这句话放到什么语境里才会有趣。“在开往芝加哥的路上，大卫展开了自由联想，其中有一部分联想的内容一路跟随至此。”

（停顿片刻。）

（打算追踪路牌上写着的奥黑尔驶入真正的奥黑尔，却得出相互矛盾的结果。）

这就是大卫·华莱士的驾车策略，过于依赖路牌。

（停顿片刻。）

（我问他，英俊的长相是否帮了他的忙。）

如果我开始动这个念头的话，你得过来把我打翻在地。

那你动过什么念头，怎样把书卖出去，或者考虑书的质量？

或者美食，抑或——我的意思是说，一部分的我会不停地纠结类似的问题。你要不要接受《滚石》杂志的采访，你要不要做这件事，你要不要做那件事——担心我此时此刻在做的事情会让我沦落为一个妓女，你知道，通过出卖自己给自己揽一点儿名声，这样一来，就会卖出去许多书。好吧，你可以引用我说的这些话。如果你要引用，我希望你能将其放在恰当的语境里，好让我看上去不会只是个书呆子。

不，其实我可能会把整段删掉。这段内容有些过了。

你无须——我的意思是说，如果我总在担心我会沦落为一个妓女，那么为什么还要去做这些呢？这说起来容易，只不过——就像……我没有在装傻充愣，我更像是在，把一只爪子——一只老虎的前爪伸出笼子，悄悄地去试探正在发生的一切。

（停顿片刻。）

有一部分的我依旧不那么成熟，这种担忧，就像，我宁可不被人阅读，不去抱怨，这样就不会有那种压力了，你懂吗？你懂吗？我满脑子都灌满了先锋的、不受人重视的、“如果你广受关注，那你就是一个妓女、一个傻瓜”这样的意识。这些，我已经说过了，这些需要一定数量的——我很想重新规划我的版图，好不再轻易地去反复纠结这些问题。

（因为雨刮片上结了冰，雨刮器发出了古怪的摩擦声，这是中西部特有的麻烦。）

但那是不可能的，你知道……我的意思是说，这些事还是很有趣的，也还没有对我造成过伤害，而且可以促使我去思考许多东西。我做这些又不是为了——这不代表我就专门做这些了，你懂吗？也不是说我接下来就会，你知道，按照电视节目《恋爱关系》那样发展下去。所以，我不想到处去倒苦水。

（停顿片刻。）

小说会步诗歌的后尘吗？

我觉得先锋小说已经步了诗歌的后尘。它变得难以理解，把读者晾在一边。这样说吧，有少数非常优秀的诗人会因诗作的枯燥乏味和晦涩难懂而感到苦闷，但是从绝大部分的诗人来看，我觉得美国诗歌得到了它应有的评价。并且，嗯，当诗人开始对那些不得不交房租、不得不三十年来脔同一个女人的人言说时，诗歌就会再度复兴。这句话很下流，不宜公开。

你是否会担心小说重蹈诗歌的覆辙，成为可爱的业余爱好者的一块隐秘之地？

如果真变成那样，那不是读者的过错，也不是电视的过错。

（他又打开了一罐无糖可乐，发出嘶的一声响：一缕二氧化碳的叹息。）

我不同意你的观点。我觉得这很容易成为读者和电视的过错。

我有一种信念——你听到会有一种很蠢的感觉——认为艺术完全就是魔术，五年来我对此坚信不疑。

好的艺术可以做到太阳系里别的东西无法做到的事情。好的东西将会幸存下来，被人阅读。在漫长的筛选过程中，垃圾将会沉降下去，佳品将会浮出水面。

（他的手表鸣叫起来，我总以为是我的那只在响。）

但是，哪有人会去训练自己的阅读技巧呢？我的意思是说，你所需的不是电脑使用技巧，而是小说阅读技巧，这种训练将是徒劳的。

但是，你需要意识到时间、空间和历史情境的局限。你刚刚是在说，不会有人训练自己按照我们俩的阅读方式去读书。这意味着，如果人们用更为直击要点的方式去阅读，那么艺术就会在读者头脑中形成声音，或者用他们的语言来与之交流。在一段时间内，当他们进入，你知道，怎么说来着——这是尼采还是海德格尔说的？——“昔日的诸神已经退隐，新的诸神尚未降临”的阶段，那将会是一段晦暗的日子。

但我的意思是说——天哪，如果阅读作品能跳出口语阶段，你知道，就是吟游诗人的歌谣，进入印刷文本中，我觉得它就会——

“奥黑尔河路”，我们要往这里去。所以，你得在某个路口向左转。我们显然不可能在中午之前到达了，是不是？

不能。现在已经是12点4分了……

见鬼。下一班航班下午1点15分起飞。我们得去值机柜台改签。她说1点15分那班还挺空的。

（停顿片刻。）

你对这本书的接受情况有过什么样的顾虑吗？

我担心读者会觉得这本书写得很草率，很烂，也就是说它读起来像一团乱麻，且不是一种有意识的、经过细心处理的乱麻。它看上去会……不过，她居然认为我是把过去三年的思绪一股脑儿地写在了纸上，真是给我浇了一盆冷水。（她指的是角谷美智子。）

我写作这本书的时候，确实在经历极为黑暗的恐惧。正因为这样，它最终才会呈现出那个样子。所以，看到她如此喜欢厄普代克（厄普代克的《圣洁的百合》），这对我来说是一针功效强劲的强心剂。

为什么这么说？

因为，在我看来，厄普代克的想法向来都会公布于众。并且他有一种能力，能将这些想法诉诸优雅且简洁的散文。但是这样做的厄普代克呈现出了一个浓缩了的因特网问题，也就是说，百分之八十的东西是垃圾，只有百分之二十的东西是无价之宝。你得越过许多华而不实、空洞无味的语句，才能在其中找到有生命力的东西。另外，我觉得他有精神疾病。

你真的这样认为吗？

是的。我觉得他是一个下流的人。如果你认为我讨厌他，我不妨和你说，去找乔·弗兰岑聊聊——向他提提这个名字。

（停顿片刻。）

◆◆◆

12时45分，我们终于到达目的地
把车停在奥黑尔机场
我们——只剩下二十分钟——向联合航空公司的售票柜台、登机道和飞机飞奔而去

好家伙，如果这架飞机会坠机，那我们现在这样跑着去是不是很蠢？

（我提起联合航空柜台的那个女人只盯着他一个人看。那个名声在外已有三个礼拜的大卫正在散发名人的光芒，人们向他投来目光，他则给人留下身体结实、容光焕发的美妙印象。）

是的，那是因为我在流汗——她是在看我脸上流下的汗。这会让她们欣喜若狂。

（在布卢明顿时，航班取消，我们在机场和票务交涉，他把头撑在柜台上，发起了牢骚。还有车前座上他的嚼烟散发出的冬青树的味道。车上的冰块，打翻的嚼烟罐头。）

这只不过是我在进行巡回朗诵的时候，给人留下的又一个混乱的印象而已。

（之前在车里，他和我讲了一件在艾奥瓦州朗诵作品时发生的有趣的事。此外，他也和我说了理查德·鲍尔斯[①]的故事：被要求删除四百页的内容之后，他去找作家寻求帮助，有趣极了。他想要筹钱，把这本书的版权赎回来。）

（我们步入登机道：大卫仍旧在犹豫我们是否应该登机。）

我总在担心，当我真的把意愿投注在某样东西上面时，宇宙会来惩罚我。

◆◆◆

现在，我们登上了飞机
他随手翻起了放在座椅靠背袋里的一些资料：礼品目录、《波音747安全乘坐指南》。

（他看得入了迷：他真的在认真看。我认识的每一个人都会把这些材料当作放在酒店里的免费的《圣经》：压抽屉的、你不会打开的东西。）

这东西会影响你的安全感吗？毕竟你正坐在飞机上呢——这门看上去需要两块异常有力的肌肉猛地用力才能打开。嘭，嘭，嘭。这上面一定有某种类似粘连物的东西，对吧？

此外，看起来就像飞机才刚开始滑行，他就已经厌烦得待不下去了。

没错。他就像：“你知道吗，既然我们踩在草上了，既然我们踏上草地了，那就一起散个步吧。”“让我们体贴地等在快要爆炸的机翼边

① 理查德·鲍尔斯（Richard Powers，1957— ）：美国作家，2006年凭借小说《回声制造者》获得美国国家图书奖。

吧，等人们从里面滑出来的时候，我们就可以帮上忙了。”

（我想起在布卢明顿机场时那个叫马克的人说的话。）

当然，问题在于机翼里装满了燃料。

是的，所以坐在机翼边上可不好。（他依旧沉浸在阅读《安全指南》之中。）我的表现会是这样的，类似：“好有趣，一副氧气面罩掉了下来。”快看，她的眼睛里完全没有恐惧感：“我想还是把它戴上吧。为什么——不，我还是把它给我的孩子戴吧。”就是这样……

（他合上指南书，看了看封面。上面印着云彩和天空。）

我最讨厌的是这本书的封面。

（机组广播：“乘务组，请就位，准备起飞。”）

那是不是在美国航空的航班上才看得到？云朵系统，看起来几乎千篇一律。

（他开始阅读747飞机的安全手册。）

哦，真有趣。那你想要什么样的封面？

哦，我曾有过许多——有一张非常好的照片，拍的是弗里茨·朗①在导演《大都会》时的情景。弗里茨站在那里，大概有一千个剃光头发的人排成排，组成一个方阵，而他拿着一个喊话器站在那里，这张

① 弗里茨·朗（Fritz Lang，1890—1976）：德国导演，《大都会》是他的代表作。

照片你有没有看到过？要不是……迈克尔说它过于杂乱，过于概念化，需要读者花费很多的脑力……

这张照片有某种隐喻？

不，我只是觉得它很酷。

他们在看到我的书的英国版封面之后，决定用它来做封面。那是我喜欢的封面。

哈！（他感到震惊，干巴巴地失望地叹了一口气。）

你不喜欢那个封面吗？我觉得它挺好看的。

是，它确实蛮好看的。只是，你为什么可以影响到封面的选择？我——

（停顿片刻。）

（我去洗手间记笔记。他用那样的句子开始谈话："我一直觉得这挺好玩的，他们看起来一点儿也不担心。你知道吗，只是把它打开而已。"他指的是画在飞机安全指南上的门的插图。）

（他看着机翼：飞机带着我们在跑道上剧烈震动。）快看机翼，看到它如何轻微地颤动和发抖了吗？随后你就会去想，你知道，机翼的那些冶金材料，以及他们对压力的计算有多精准。

（这是他害怕坐飞机的表现。）

我高中时的物理成绩不怎么好。而我们要——我们的生活本质上要依靠物理学。怎么了，我们起飞了吗？

广播里传来机长的声音：女士们，先生们，下午好，欢迎搭乘美国航空公司1453次航班。

（我问他为什么更喜欢疯狂的女人，为什么感觉交往过的都是疯狂的女人……）

精神病患者，只要你说出你想要从她们身上得到什么，就可以迈出第一步。

这是一句非常非常棒的话。（对录音机说）**这是在说与他约会过的女人。因为他害羞。**

（停顿片刻。）

养条狗要更容易一些。你没有性生活，但你也不会有一种一直在伤害它们的感情的感觉。

（我笑了起来。）

不过，你不会把这句话写进去的，对吗？

他说："这事儿是这样的，养条狗还容易些。"

我是在强调与狗保持的柏拉图式的关系。

（停顿片刻。）

（他对美国航空公司的女乘务员又说了那句话："我们不是在约

会。”“我们只是一起出行——不是在约会。”）

（飞行员折回来检查了一下机翼上的冰冻情况，当他随后跟我们解释他的行为时，他直勾勾地盯着我们，说：“先生们，你们知道我真正喜欢的人是谁吗？是我。”

（他似乎以为我们在好奇为什么他要来折腾一下。有些令人躁动不安。）

他说什么来着？“你们知道我真正喜欢的人是谁吗？”我们刚刚在说我们喜欢谁吗？

（暂停片刻。）

类似刚才那样的事能不能让我们突感不妙，迫使飞机停在起飞道上？

我觉得太迟了。我觉得我们只能接受。

嘿。看，读读包装盒上的话：我们离自由只有两个手臂动作。只不过，当然，有人会从坠机中生还，但是总归会存在类似《相约萨马拉》[①]的疯狂。那个故事让我肚子疼得难受，抑或是《迷离时空》中的一集。

（他带了一本海因莱因[②]的书，用来在飞机上读。）

你曾在纽约朗读会上给出了一个让伊桑·霍克[③]感到不快的评论。

不，不，不，不，不。我只不过——

---

① 美国作家约翰·奥哈拉于1934年出版的一部小说，讲的是一位富有的车商崩溃、自杀的故事。

② 罗伯特·海因莱因（Robert Heinlein，1907—1988）：美国科幻小说家。

③ 伊桑·霍克（Ethan Hawke，1970— ）：美国电影演员，出演过《爱在黎明破晓前》等电影。

那一举动让你看起来非常迷人……

不，没有。不，这样做——好吧，我和你说实话。但是，如果你要用这段材料的话，也得实话实说。真相是，我当时非常紧张，脑子突然短路了，激发出了那种一闪即过的灵感。你嘴边涌起了言不由衷的话，随后你就把它说出了口。那一整句话是这样的："他是一个不成功的演员，这样的演员放在十年前应该出现在专题广告片里。"这些都是在可视电话互动环节里说的。随后，我还插了一句："还包括理查德·林克莱特[①]的电影。"我以为我这样说，他或许就不会觉得我是恶意的了。(为他当时做出的决定摇起了头。)是的，一个电影明星光临了我的朗读会，我却用某种古怪、恶意的拍马屁方式弄巧成拙，嗯……

你是在可视电话互动环节里说这些的？

是的。但是，这只不过——我只不过是随便插了一句，只是大声地把它读了出来而已。我的意思是说，我没有把这句话写进书里，就好像："哦，我要把它写进书里，这会很有趣。"但是据查理斯[②]所说，他是真的被惹毛了。随后我的感觉是："天哪，这个可怜的人。他甚至都不愿意来后台，不愿意来把事情搞清楚，他本来只是想来听一场朗读会罢了。"而我因为紧张，对他说了一些居高临下的垃圾话，我觉得自己就像一个浑蛋。一个十足的浑蛋。如果你当时在场，能让我意识到我是一个十恶不赦的浑蛋的话，我会感激不尽的。

我错过了朗读会的那个环节，因为那时我正待在那家书店的角落里。

相信我，我觉得换作你，你会避免这样的失误。

---

① 理查德·林克莱特（Richard Linklater，1960— ）：美国独立导演，伊桑·霍克参演的《爱在黎明破晓前》就是他执导的影片。

② 理查德的昵称，指的是理查德·林克莱特。

（停顿片刻。）

……我每次住酒店都会带着自己那件白色的睡袍，这样才能判定我是真的安顿下来了。

哪一家，在旧金山？惠特尼酒店？

不，我——我不知道为何我会说“惠特尼酒店”。等等，我查一下。

他们会在浴室里放一件浴袍，这值得我为他们宣传宣传。这一举动在我看来非常舒心和体贴。（他打开宣传计划表，读了起来。）“参观沙龙。劳拉·米勒[①]。”在普雷斯科特。

（停顿片刻。）

在西雅图，他们还有——

亚历克西斯，亚历克西斯酒店。

（他解释说：亚历克西斯酒店是个把动物的头挂在墙上的地方。）

（停顿片刻。）

啊，你可以放心了。晚间房价是一百二十美元。（他在查看晚间房价，想看看这个价格会不会让我破产。）

（停顿片刻。）

① 劳拉·米勒（Laura Miller，1958— ）：曾是一名记者，于1998年开始从政。

（他掏出科迪亚克嚼烟来。）

现在我可以好好过过尼古丁的瘾了，你就不行。

他准备嚼科迪亚克烟了，和我聊道："乘机守则，无论飞机上的食物有多恐怖，他们也不会鼓励人们去嚼烟草，因为少数知道怎么咀嚼烟草的人会一直在那儿嚼。"

（他笑了笑，为我把他说过的话再录进录音机里而感到兴奋。）

少数知道怎么咀嚼烟草的人会一直在那儿嚼。

（停顿片刻。）

这本书的草稿写了——大卫说，用打字机打了——两份，是用一根手指打出来的，因为他打字技术很差。这本书的两份草稿都是用一根手指打出来的。

但我的手指动得很快。

"但我的手指动得很快。"

（停顿片刻。）

他又要了一个一次性泡沫杯——他说他对塑料过敏——因为他想把烟草渣吐到杯子里去。他知道如果用透明的塑料杯的话，里面装的东西会恶心到别人。

（他在翻看海德街礼品目录。）

嗬，这里面有一些有趣的玩意儿。

（飞机上的海德街礼品目录：他说他每次在飞行途中都会来来回回地翻看这个，以此来了解商家都在卖些什么。

他正在看一个加长的园林工具，它可以帮你移除树上或者屋檐下的蜂巢。）

哦，我喜欢这玩意儿——我喜欢这个人在这则广告里的表情。他看上去就像是在国家安全局或者类似的部门上班的一样。“这个工具会解决问题。”哦，等等，这里还有另外一个产品，有个男人在用健腹机：他看上去就像在拉屎。我们这是到哪里了？

（乘务广播：“请注意，安全带提示灯又亮了……”）

你看他的面部表情。他看上去就像一个孤独症患者达到了性高潮。是啊，用那玩意儿玩上几个小时应该很有趣。

（乘务广播：“请务必保证您的安全带已经系紧。我们衷心感谢您今日的一路陪伴。感谢您搭乘本次航班，希望在不久的将来我们能再度相会。”

如同所有人一样，我们的机乘人员也需要进行一些宣传工作，做一点儿带推销性质的事情……）

（停顿：我们着陆了。）

他们告诉过你，你在畅销书排行榜上排在第十五名。

哦，是的（紧张，假装不在意）。

你作何感想？这很令人兴奋，不是吗？

我想是吧……（略显不确定）我真不知道这意味着什么。我不认为会有很多人购买精装书，所以我不认为进入那个榜单有多难。

但也有很多书没有进入那个榜单。

这倒是真的。我正在为自己建造一种机制——如何心安理得地接受这些东西。

马丁·艾米斯的《信息》——你昨日吃晚饭时聊起过——从没有进入过那个榜单。

那什么样的作品进入了榜单呢？类似《三原色》[1]这样的作品？或者，嗯，《男人来自火星，女人来自金星》[2]？

那部作品在榜单上待了大概两年。不止两年。

（对录音机说）**大卫说，当他和出版商开始制作他这本书时，他们达成了共识，一致认定“有些信息我还是不要去了解为好”，而这就是原因。**

我不想受其影响。如果我再强大一点儿，就可以坦然接收这种信息了，随后……

你曾经想过你会出一本畅销书吗？

不。没有。一部分的我会感到非常……高兴，且惊喜。这不是说……我的意思是说，我不会故意拉长着脸来对待它。

① 美国作家乔·克莱因依据真实事件改编的一部政治题材小说，后被改编成电影。

② 美国公关专家约翰·格雷写的一部科普读物。

（停顿片刻。）

发行量有多少？这是第四版了？

现在是第六版了吧？他们每一版的发行量都很少，现在所有的库存都空了。这样一来，书店老板就不干了，因为他们担心人们等上几周之后就不会再来买了，所以他们用尽一切手段……

发行量有多少？

（当他意识到要说一些难以驾驭的、不完全真诚或者真实的事情时，当他想掩盖一种复杂的感觉时，就会惆怅地、含含糊糊地提高声音。）我不知道。大概每个版本一万册或者一万五千册的样子？

（正常语调）我觉得这本书成本太高了，邮资又那么贵，印得多了他们会担负不起的。

（但他确实知道发行的数量和规模——消息会不胫而走。）

他（迈克尔·皮奇）同时需要编辑十五本书，我这本书他逐行编辑过两次。我们开讨论会时，他染上了流感，卧病在床。我的意思是说，他真的——我知道这听起来像是在拍马屁，但是他做事确实非常老到……就比如，我知道这不容易……为了让出版社接受我的这本书，他一定做了很多担保，毕竟书的篇幅太长了。我的意思是说，我觉得他算是个英雄，如果他能因为这本书得到一些注意力，那是一件很好的事情。

（停顿。）

这本书有点儿重……

我的朋友说，当这本书掉落在他家门廊上时，发出的声音听起来就像汽车炸弹爆炸了一样。

（停顿。）

（我们聊起了他的朋友乔·弗兰岑的封面故事《偶尔做做梦》——这篇故事随后将以“《哈泼斯杂志》散文”的样式为人熟知。文章探讨的是：一部小说想要在课堂上引起电影和电视剧那样的注意有多难。）

这篇文章将刊登在《哈泼斯杂志》上。文章里有德里罗说过的一句非常精妙的话。德里罗说，嗯……

[乘务广播：“（新的声音）女士们，先生们，我们已经降落在明尼阿波利斯的圣保罗国际机场。当地时间约为2点28分。您仍然处在中部时区。（装腔作势）我们还得在跑道上滑行几分钟……”]

（笑）她平时就这么说话吗？

[乘务广播：“（引擎正在关闭，发出一阵巨大的、低沉的、像吸尘器一样的声音）温馨提示：双子城机场全面禁烟。在室外只能抽烟。”]

（纠正她）应该是“只能在室外抽烟”。在室外除了抽烟之外，还有很多事可以做。

（作为一个苛求语法的人和烟民，他被激怒了。）

有趣。

德里罗曾说：“如果严肃阅读从这个国家消失了，那么将意味着无论——它将意味着，无论我们怎么看待身份这个词，它都已不复存在。”

这句话很棒……是弗兰岑引用的，还是……?

我觉得是这样的。我只知道，嗯——我只知道，这是乔散文里的话。乔和德里罗一起吃过几顿午餐。

这么说，你读过这篇文章了（即将发表在《哈波斯杂志》上的那篇）**?**

嗯哼。

你喜欢吗?

是的。它有点儿……

（停顿。）

（我们聊起了由布卢明顿刮来的暴风雪：留心一切的大卫显然已经知道它会到来了。）

当你露面时，我不想告诉你，风暴已经离开达科他州两天了。

◆◆◆--

地陪来接我们，我们驾车穿过城市，住进惠特尼酒店

（长时间的驾车，当地的风光，密西西比河边上曾是一家大型轧棉厂的酒店。大厅里有一架巨大的螺旋式楼梯。）

[女招待（对我说）：“你定了一间双人间。”]

是的，安妮塔和康斯维拉[1]。

（停顿片刻。）

◆◆◆

在明尼阿波利斯市吃午餐

（将近一个月内，大卫乘坐不同的车在十个州里旅行：他自己的那辆车已使用了十年。这就像他还没有结婚，到处去火速配对，看看有没有合适的对象。所以他脑袋里经常会冒出一个声音——一个鼓励消费的声音，这让他感到惊讶。）

“搞辆新车，搞辆新车”——但是，在我想好怎么处理这辆车之前，我是不会去搞辆新车的。这就和婚姻差不多。

（女服务员来到我们身边。）

只有这种廉价的茶吗？我听说这个很难喝。

（菜单上有一个“V”字，意味着素食。大卫问女服务员——）

你们会把鸡肉算在素食里面吗？因为鸡很蠢。

（我们聊了几句有关电视剧的事。他喜欢看《宋飞正传》，认为《老友记》“有一点儿多愁善感”。他说，在经历了20世纪80年代后期和90年代初的长期破产状态之后，在布卢明顿置办房产是很可怕的事。那是他的

① 双人间是“Twins”，本义是“双胞胎”，华莱士在此开起了即兴玩笑。

第一栋房子。我们聊起了他的狗。吉夫斯是他养的第一条狗："我养它是因为它长得太丑了，别人都不想要它——现在它变成了一条封面女郎般的狗。"每当杂志社的摄影师登门造访时，吉夫斯就会不断来抢镜，还曾企图吞下《新闻周刊》的摄影师的镜头盖。

他对明天的美国国家公共电台节目，以及今晚在"饥饿之心"书店举办的最后一次朗读会感到紧张。)

这是我精神世界中的攀爬架。但我是那种在上面摇摇晃晃的人。

◆◆◆

去"饥饿之心"书店举办朗读会的路上
那是一家非常有名的、风光无限的独立书店

（地陪："我不知道此刻是否合适，也不知道你俩是否愿意，我可以带你们去玛丽·泰勒·摩尔[①]向空中抛帽子的那个广场看看。许多客户都会想去那里看看。"）

（大卫拒绝了。
朗读会的组织者打算把这场活动分为三个部分，增加问答环节。）

如果我只出席两个环节，那就要花二十分钟；如果出席三个环节，那就要四十分钟。

[地陪：（他们对朗读会的时间账了如指掌）"那么，你可以做二十分钟的两个环节，他们可以把问答环节的时间缩短。"]

① 玛丽·泰勒·摩尔（Mary Tyler Moore，1936—2017）：美国著名女演员。

我的主要目的是避开问答环节。那太折磨人了。

你之前做过问答吗?

哦，做过。至少这次还有人提前来和我通气。你知道吗，在艾奥瓦州的那一次，他们安排了广播问答环节，事先都没有和我打过招呼。

哈。你不喜欢这样?

是的。“你的那些想法都是从哪里冒出来的?”这样的问题真的——这些想法是我从“终身订阅”系列服务里得到的，这项服务一个月要花费17.95美元。机智而有趣地回答问题是充满压力的，而那时我的脑子……就像你脑中突然灭掉了一个灯泡?类似这样的?就像……一闪而过。

（我们笑了起来。他越来越有趣了，他具备那种能够吸引眼球的能力和表现力，他朝舞台走去，我们则是他朗读会上的跟随者。这让他自然而然地变得神气而有趣。不知为什么，几乎一切都很迷人。

我们将跟大卫的两个朋友见面——一个是贝茜，她是他在亚利桑那大学读研究生时的同学；另一个是朱莉，她是《城市篇章》——明尼阿波利斯的《乡村之声》——的编辑。“我的朋友们，”大卫说，“是一群枯燥到一成不变的人。”我们停下来，车门打开，门外是圣保罗市寒冷的天气，朱莉挤了进来。大卫和她聊了几句《城市篇章》的报道。在我们去朗读会现场前，她对他进行了采访。）

你喜欢朗读会吗?

一旦我忘了自己是谁，我就会喜欢。而现在情况很糟，朗诵的前十分钟是“我能感觉到我的心跳，每个人也都听得到”的可怕时刻。再过一会儿，我就会破罐子破摔。我不介意来参加朗读会的其中一个原因是，每当进行了二十分钟，在我开始慢慢享受这一切的时候，它就结束了。

我曾几次在有关独立书店店主的文章中读到这家书店的情况。

（我现在说起话来就像大卫：被传染了……

大卫现在已经去世了，这家书店——“饥饿之心”也已经转让，关门大吉了。长达一千页的小说，有人陪同的朗读会之旅，这些也都过去了。惠特尼酒店消失了，达尔顿也是，这是一段消逝的时光。只有他的作品需要这些来触发。）

书店有专属的简报，我觉得它深受好评。（这么说“非常”像大卫的口气。）

（地陪：“是的，它叫《饥饿之心评论》。我觉得它深受好评。”）

那么，这场朗读会在这座城市里已经广为人知了吗？

[地陪：“是的，他们——负责此事的那个女孩（“Gal”——地道的明尼阿波利斯口音），劳拉·巴拉图，她是做宣传的行家里手。每个人都认识她，所以只要是“饥饿之心”书店的事，人人都会知道。你知道，就是新闻稿。它的声誉很好，我觉得人人都会来的。这份简报非常棒。”]

他们接下来要为迈克尔·查邦[①]做宣传了。我知道他两星期后会来这里。

为《神奇小子》做宣传。

---

① 迈克尔·查邦（Michael Chabon，1963— ）：美国小说家，曾获得过普利策奖，《神奇小子》是他发表的第二部小说。

（大卫现在正在和朱莉聊天，他们谈起了这些地陪是怎样被雇用的。）

我有点儿晕了。我想到的是艺伎，头上插满了发簪。但是我去的第一个城市的地陪是一个六英尺五英寸高的爱尔兰人。

（朱莉："哦，真的吗，是哪座城市？"）

我当时在——对不起，好像是第二座城市。是在波士顿。一个高个子的凯尔特人。

（停顿片刻。）

（大卫在抽烟。我们的地陪谈起了名人。我所追逐的一些名人。她注意到了大卫的香烟。）

（地陪："我不会批评你抽烟的。我只会，只不过……"

雪莉·麦克雷恩[1]在明尼阿波利斯各地办朗读会。还有荣·伍德[2]。

地陪："他会把名字签在任何地方，人们的衣服上、手臂上、腿上。皮特·奥杜尔[3]……"）

皮特·奥杜尔也来宣传书？

他还活着？

（地陪："他写了一个三部曲。我不知道这个三部曲究竟怎么样了。他办过巡回书籍宣传，表现得很棒。他非常出色。"）

---

① 雪莉·麦克雷恩（Shirley MacLaine，1934— ）：美国女演员、导演和制片人。

② 荣·伍德（Ron Wood，1947— ）：英国著名摇滚乐队"滚石"的吉他手。

③ 皮特·奥杜尔（Peter O' Toole，1932—2013）：英国戏剧演员。

我能想象到。

[地陪：“他看上去风尘仆仆，疲惫到了极点。但是，天哪，他非常棒。我们是钻桥洞过来的，他想看看圣保罗市……以及那些尖叫的少女。（对我说）你打算把烟蒂给我吗？”]

哦，是的。当然。

（我们到了，走下车。

大卫正在聊为《系统的篙帚》和《重要的说唱歌手》办的朗读会，后者是他写的一本有关嘻哈音乐的书。）

用希尔斯礼品购物卡充当图书预付款，这事儿我还是头一回遇见。

（我们站在“饥饿之心”书店外面，那里白雪皑皑，茫茫一片，再加上路灯，此景就像在摄影棚里为一部电影搭设的场景。电影以西北部大学城里的一家书店开场，由一个精神十足的人来演主角。太美了，我无法接受它存在于电影之中。

我趔趄地向前走去，透过窗户看大卫。他在不情愿地走着，想要知道一些讯息——做一些侦察工作。来了多少人？他们有多少耐心？）

除了正前方还有位置之外，场内已经座无虚席。

有没有看起来凶神恶煞的人？

嗯……没有。

（地陪：“明尼阿波利斯人很好，非常友善。不用担心。”）

（她把他的登台恐惧误认为是缺乏自信的表现，这让他略微有些不快。

在这趟旅程的剩余时间里，她会一直向大卫保证朗读会进行得很棒。她会说：“我旁听过许多次朗读会。相信我，你的表现很棒。”她没有意识到，他其实具备某种完美的自信。她不去回忆皮特·奥杜尔或者赞赏约翰·厄普代克有多迷人的时候，就会说起那样的话来，这让大卫感到厌烦。）

里面的那些人看起来就像坐在诺德斯特龙商场里推销产品的模特……他们展示的都是些既厚重又肥大的衣服、靴子和手套。

是的。（他增强了我刚刚说的那句笑话的效果。）这比你说的还要严重。他们看起来就像在等待高潮。这太棒了：我会在8点准时向他们开炮……

（停顿片刻。）

（我们走进“饥饿之心”书店的一间类似读者休息室的房间里，和一个负责朗读会保障工作的女人聊了起来。大卫想点一杯饮料，来润润嘴巴，随后点了一个比饮料更绝的东西。）

你们这里有人造口水吗？

（所有人都笑了起来。）

不，它叫零度润滑剂，是实打实存在的制药产品。

真的吗？人造唾液？

是的，但是效果更好。马克·雷奈尔[1]为零度润滑剂公司写过产品

---

① 马克·雷奈尔（Mark Leyner，1956— ）：美国后现代主义小说家。

目录。这玩意儿比水要好，因为它能起到润滑的作用。你不会听到那种咔嗒声。

（负责朗读会的女人：“我会记住的。”）

我现在正慢慢变成用这玩意儿的行家。下一次做宣传的时候，我会带一箱来。

（负责朗读会的女人：“那你想喝什么？”）

水。不加冰。

（负责朗读会的女人：“啊，好的。”）

否则我就会对着话筒咔嗒咔嗒地嚼冰了。

（我们走出去抽烟。）

（看着读者）**哈尔的父亲是不是拍过有类似场景的电影？**（《无尽的玩笑》里的桥段。）

是的，那部电影叫《玩笑》。我们需要一个巨大的屏幕来播放这部电影。

（他摇了摇头，微笑。）

你得明白，这和这趟旅程一样性感。

（我们俩的鞋子和靴子在雪地上发出了类似摩擦双手或者挤压气球的声音。）

（负责朗读会的女人："这些会写进文章里吗？"）

肯定会。但不是应你的要求才写进去的。

我们可以进去了吗？哦，等一下——（我的围巾掉了，雪地上有一个看不清的水坑。）

（书店里，大卫正准备去做"头等大事"，也就是"找洗手间"。负责朗读会的女人说："穿过屋子，到后面去。"他满怀好奇，非常兴奋，在经过洗手间的时候突然回过头来。负责朗读会的女人将他送到了洗手间门口。）

到这里就可以了。

（停顿片刻。）

（某个人从书桌上拿起一本我写的书，翻开看了看，又放了回去。）

（停顿片刻。）

（在开始朗诵之前，大卫抬头看了看，咬了咬手指，确认了没有问答环节，问了问有关读者的情况，试了试给他准备的水，确保它不会"飞溅出来"。）

（他环视整个房间，自言自语）这是最后的演出，这就是结束。（这是《无尽的玩笑》宣传之旅的最后一站。）

（负责朗读会的女人："你想让我怎么介绍你？"）

那些人，就是那帮人，是负责朗诵音效的吗？麻烦告诉他们，我要一种硬朗单调的音效——我能办得到。

（负责朗读会的女人：“他们可不是为艾尔·弗兰肯[1]而来的。他很棒。他上周来过这里，征服了所有人。”）

你想让我们就这样从后台走上前去，还是？

（负责朗读会的女人：“这要看情况。有些人不介意隆重登场，而有些人会感到非常不自在。”）

这说的就是我。

（负责朗读会的女人：“只要你感到自在，怎么来都行。”）

可不能这样惯着我，因为我只有走了才会感到自在。

（每个人都发出了惊讶的笑声。）

[地陪（圆场）：“他的意思是说，回到酒店里去。”]

你在介绍我的时候，我该做些什么？

（负责朗读会的女人：“你站着就行。”）

我就盯着地板看吗？介绍应该不会是那种令人厌烦的、长达十分钟之久的……

（负责朗读会的女人：“哦，不会的，不会的。我要做的一眨眼就过去了。”）

① 艾尔·弗兰肯（Alan Franken，1951— ）：美国作家、戏剧演员和政客。

（随后，他开始朗诵作品。他读得小心翼翼。他开始朗诵后，透过话筒，可以听到自己的声音中带有明显的呼吸声。）

这个声音听起来还行吗？听起来像不像在给话筒口交？我和话筒保持的距离是否合适？

（他朗诵作品。他是个喜欢舔手指的人，翻页时会把指尖舔湿。

若把这趟出行当成一次演出，那么整场表演堪称惊艳：驾车去芝加哥，坐飞机去明尼阿波利斯，住进酒店，从酒店出发坐车——所有的行程都安排得非常专业，只有这样，他才能抵达这个房间，与别人分享那些他用基本的、私密的、孤独的方式写出来的句子。

朗读结束后，大卫起身想要离开，负责朗读会的女人盯着他看了看，飞快地插了一句。）

（负责朗读会的女人："如果你们有什么问题要问，我敢肯定大卫不会介意回答的。"

第一个问题：你的那些想法是怎么冒出来的？）

◆◆◆--------------------------------

朗读会结束后
"饥饿之心"书店
人们排队等候签名
队伍很长，排队的人很兴奋

（这不是一个轻松的过程。人们总想要和他聊上几句。他们靠近桌子时会变得非常兴奋：红着脸，激动万分。大卫会在每一个签名后面画上一张笑脸。有个女人盯着给她的签名皱起了眉头。她搞不清楚这是什么，以为他画的是一台电脑。）

这是一张笑脸。如果你需要，我可以用修正带改一下。这是你的书。

（有人带来了一本《系统的笤帚》。）

哦，不。这是一本老书。

（签上名之后，他像吹生日蜡烛那样吹干了上面的墨迹。）

利特尔 & 布朗教我这样做的。

（有些读者想要在签名的时候和大卫展开一场思维辩论，他们会灵机一动，努力试图把他们是谁、他们对他的印象，以及对他的书的看法压缩成几秒钟能说清楚的事。这很奇怪，而这就是名作家和网球明星、电影名人的不同之处。写作是人们一整天断断续续地进行的交流，写作是对他们一整天所做的事情的专业性描述。那些看网球比赛的粉丝，常常会戴着护腕，穿着网球衫，出现在看台上——在签名的短短几秒钟之内，读者如同和大卫一起走进了场地里。

在这些令人脸红的片刻里，人们会有一种想留下印记的渴望，想要尽量使自己的精神状态像夜晚的诱惑一样富有魅力。

一个慌张、兴奋、局促不安的读者来到队伍前头，和大卫相遇了。他是一个高个子的男人：蓄着山羊胡，穿着背心、牛仔裤，留着一个巨大的白人式的爆炸头。）

（男子：“你红了吗？难以置信。《城市篇章》，那是我们当地的报纸。另类新闻。太他妈精彩了，老兄。你接下来有什么打算？你写出了许多不可思议的内容。”）

（大卫签名）谢谢。我去过差不多十个城市了。

（男子：“不，我是指，有关书的事儿。你听懂了吗？此刻你心里在想什么？”）

如果你把它说出来，那你就不会去做了。

（男子：“没错。非常正确。但是，你的下一个计划里，是不是已经瞄准了什么东西？或者，你会不会考虑——”）

（这让人感到痛苦。害羞、慌乱，这个男子想要让人觉得他善于交谈、平易近人，又非常酷，他在以这种方式与人交流。他没有意识到不能这么做，当下并不适合做这些。）

是的。我的意思是说，我是在差不多两年前写完这本书的，所以……这是——这其中有时间差，当一本书面世时，我们的注意力总是在另外一本书上了。

（男子：“你写诗吗？”）

不（回答得干净利落，紧张）。

（男子：“非常感谢。”）

谢谢你。（一个女人重重地把《无尽的玩笑》放到桌上。）你好。（盯着我看）有事吗？

哦，没事，没事……

◆◆◆

在车里
随行的还有贝茜和朱莉

（他谈起与摄影师一起工作的经历。）我当时希望有人叫我“宝贝”，希望有人会说这样的话：“配合点儿，大伙儿！”

（《城市篇章》的那个男子说他对某人谈起过这本书，他说如果他能把手上要写的一切推掉，然后手抄各种版本的《无尽的玩笑》，并将之送给他的朋友们，他就能为小说做出巨大的贡献。这话在大卫听来是多么奇怪啊，和我们说起这个故事时，他的脸上挂着一副古怪的表情。

车里很冷。我们靠着窗抽烟，车窗裂开了，冰冷的空气顺着缝隙溜了进来。大卫称之为“我们的中西部低温抽烟之旅”。）

◆◆◆

第二天早上
我们赶赴明尼阿波利斯公共广播电台的采访
坐在地陪的车里

（早餐前的电视节目对大卫来说极为奢侈：他家里没有电视机。）今天早晨，同时播出的电视节目有《鹰冠庄园》《夏威夷神探》，以及《霹雳娇娃》：一部放荡的垃圾电视剧。

（地陪似乎并不赞同大卫的穿着——牛仔裤和高领毛衣，一头长发在后面扎了个发髻。她正柔声细语地说着约翰·厄普代克，说厄普代克穿粗花呢外套、系领带，等等。

今天早上的录音将作为《全方位观察》节目的一部分，在五大州的地方电台播出。）

我立志不让自己感到尴尬——如果你了解我，就会明白这可是我非常严肃的志向。

（地陪：“相信我，你会表现得很好。你只需要放轻松就好。”）

没有电视看的好处在于，当真正能看到电视时，你就会沉浸于其中。一场观看的盛宴。昨晚我看了高尔夫频道，看到了安诺·庞玛[①]、杰克·尼克劳斯[②]。一些老镜头，死板的发型。

（我们在外面抽烟。大卫的头发洗过之后还是湿漉漉的，在冷风中冒着热气。）

◆◆◆

国家公共电台的录音室里

电台主持人：个子很高，留着克里斯·埃塞克[③]般的鬓角，穿黑色的高帮匡威鞋，手指纤长。他看上去似乎曾在大学里打过棒球。

（电台主持人："我们将采用数字化记录手段。希望这对你来说没有什么影响。"）

所以只能回答"是"或者"不是"吗？

（一个简短、出彩的笑话，我把它写了下来。）

（大卫看见我在写东西，朝我转过头来。）

你要是敢把一些不好的东西写进去的话，我有二十年的时间可以来报复你。

（他们在广播里聊起许多药物是如何命名的。）

---

① 安诺·庞玛（Arnold Palmer，1929—2016）：美国职业高尔夫球手，同名服装厂牌的创立者。

② 杰克·尼克劳斯（Jack Nicklaus，1940— ）：别名"金熊"，美国高尔夫球手。

③ 克里斯·埃塞克（Chris Isaak，1956— ）：美国摇滚歌手和演员。

我从很久以前就是重度的阿司匹林依赖者。把拜耳公司产的药放在舌头底下服用，这是我父母教我的。

（大卫聊起了治疗头疼的指压法：用大拇指和食指朝一块肉上按压下去。就像往常一样，当采访者一再问起药物的名字时，他总能掌控局面。他笑了笑。）

你透露了许多有关你自己的事。你对药物学真感兴趣。我可以送你一本《用药指南》。

（这些药物听起来很像托尔金笔下的人物：塔尔文、希尔登尼、帕希尔、霍多尔。都是半兽人和精灵的名字。）

（当我们要走时，电台主持人："二十一号那天你就不在城里了，对吧？我们会燃烧雪人。这是明尼阿波利斯市的传统。消防员真的喜欢火。"）

◆◆◆

回到地陪的车里

回惠特尼酒店

和这些广播员打交道的问题在于，他们的声音太好听了，你只想听他们说话，而不想让他们来问你问题。

（地陪有些难受，提起了那些对她非常粗鲁的作家。大卫表达了同情，代表他们向她道了歉。）

出门在外都不容易。我很想对那些无法伤害我的人粗暴无礼和恶语相向，但实际上，我会回到家里，对我养的两条狗发脾气。

（回到酒店后，他立刻打开了电视机。电视里放的是《警界双雄》。我走进他那间整洁舒适的浴室里。我回来时，TBS电视台或者别的什么台正在为即将播出的《霹雳娇娃》做预告。）

又要开播了吗？我们以前训练完美式橄榄球之后就会冲回家看这个。

（这集内容是“萨米·戴维斯二世绑架卡佩尔”，其中萨米·戴维斯分饰两角：他自己和一个街头骗子。第一个场景里，他正在和他的会计争执。“我难道没有和你说过，别在吃饭的时候讨论税务问题吗？”萨米对着屏幕这样问道。）

（我们沿着旋转式阶梯下楼，离开了惠特尼酒店。大卫在半途停了下来。我说这就像《飘》中的塔拉庄园。随后，他又一次升级了我的笑话。）

我一直想要一件宽大的、费雯·丽同款的礼服。

◆◆◆

我们丢下地陪
朝全美商场走去
随后看了一部电影：大卫喜欢的“有爆炸场面”的电影

一部不用动脑的男生看的电影。一部坎普艺术作品，就像飓风灾难片。

（我们待在全美商场的露台上，看着下面的史努比乐园[①]。）

---

① 史努比乐园是美国自1983年起开设的以卡通形象史努比狗为主题的公园。

这里的湿度也高了几个点。湿气一定混合在空气里了。

（对磁带说）**大卫正在说全美商场里的游乐场情结——史努比乐园。这里的湿度很高，空气中有股氯气的味道。**

（停顿片刻。）

（有趣的是大卫的世界在这周时间里吸收了多少外部信息：他所说的五十万比特的额外信息不断地敲打着你。焚烧雪人、商场过山车、飞机上的礼品目录、药品名称、电视剧里的对白。

我们朝下看着某种封闭的洞室，耳边不断传来人们在史努比乐园里玩漂流时发出的尖叫声。

对面有一家饭店，胡克·霍根[①]开的“百事达”比萨店。）

每当我想起意大利面，我就会想到胡克·霍根。

（随后，既然他来了——尽管他通常会有一种独特的商场恐惧症：“我不能在三十秒内走进又走出这里。”——大卫说他应该利用一下这个地方。）

其实我也需要去买双球鞋。我一到商场就会这样。我想去买一件维京人队[②]的汗衫，再买一件浴袍和一双球鞋。维京人队的汗衫够俗气的。

（大卫现在正朝下看着乐高主题公园。）

用乐高玩具一定有办法做出便宜的家具。

---

① 胡克·霍根（Hulk Hogan，1953— ）：美国职业摔跤手，于20世纪90年代中期开始投资经营“百事达”比萨店。

② 指的是美国橄榄球联盟中的明尼苏达维京人队。

◆◆◆

去看在全美商场里放映的电影
《断箭》
约翰·特拉沃尔塔[①]和克里斯蒂安·史莱特[②]主演

（他坐在影院的座位上，向前伸出手，对着银幕比画着：大卫是一名爱发表意见的、情感高度投入的观众。当电影中的一个人被人从火车上扔出去时，他会说“哦，天哪”；当克里斯蒂安·史莱特打算跳到铁轨车上去的时候，他会说“哦，老兄”；而到了影片最后，特拉沃尔塔和史莱特离得越来越近，随后特拉沃尔塔被一枚核弹刺穿的时候，他会说“哦，天哪。哦，哇哦。哦，老天”。他会皱起脸来，转过头去——他有一张略显柔软的脸，当脸部扭曲时，他的脸颊会挤在一起。脸上会挤出一道道褶皱。随后他说：“特拉沃尔塔被那玩意儿刺穿的镜头拍得很酷。”要记住，他喜欢这种有爆炸场面的电影。

我已经看过这部电影了，所以我就在边上看着华莱士看这部电影。到最后，当扣人心弦的情节出现时——克里斯蒂安·史莱特驾驶着直升机跟在约翰·特拉沃尔塔、萨曼莎·玛西丝和那个已被激活的核装置所在的火车后面——他再也不插科打诨了。在那之前，他一直像演《神秘科学影院3000》[③]那样唠叨个不停。）

◆◆◆

随后，在他的朋友朱莉的家里
一个类似学生公寓的地方，位于圣保罗

① 约翰·特拉沃尔塔（John Travolta，1954— ）：美国著名影星。
② 克里斯蒂安·史莱特（Christian Slater，1969— ）：美国著名影星。
③ 美国于1988年开播的一部情景喜剧。

[装在碗里的薯片，泡泡水（大卫对苏打水的称呼），沙发。爱看电视的那个华莱士显然已经完全苏醒了：简直就像一头怪兽。在上午的狂欢、午餐时的休息，外加一部电影之后，我们又在他朋友的家里看了一部由HBO出品的、华莱士的同学参演的电影——《晚班》，它讲的是一个叫莱特曼的人和一个叫李诺的人之间的较量，一出为争夺《今晚秀》的主持权而展开的龙争虎斗。

随后，就在我们所有人活动四肢、打起哈欠起身离开电视机前的时候，华莱士，这位不知疲倦的电视虫，还想再看几部电影。

他认识《晚班》这部电影的领衔主演——约翰·迈克尔·希金斯，他曾在阿默斯特学院就读。大卫并不喜欢那时候的他。]

（朱莉：“为什么？”）

实话实说，因为他非常酷，很受欢迎，是人们追逐的对象，而我不是。

（大卫还未过瘾，所以我们又看了一部1963年拍摄的圣经题材的史诗电影，名叫《所多玛和蛾摩拉》，全片长达一百五十四分钟。）

◆◆◆

翌日早晨

准备离开

（这是他自写这本书以来第一个清闲的早晨，不再有具体的与《无尽的玩笑》有关的事儿等着他去做了。他看上去有些茫然，略显惬意。书写完了，出版了，宣传之旅也结束了。

大卫正在替打扫房间的女服务员整理房间。非常好心。没有给自己点早餐。）

（对磁带说）**他不想再叫一些额外的客房服务了，因为他不想再受**

利特尔＆布朗出版社的牵制，再去做一些有关媒体的事。他转过头来对我说：“说实话，我们现在在做的这事儿就和媒体有关。”

（随后，在飞机上，他扣紧安全带坐定，慢慢睡去。他睡得很沉。他拿出了自己的书。他微微翘着嘴，蝶状的嘴巴略微张开。英俊极了。他的头发有一层淡淡的银色，散落在耳旁。侧脸后方涂上了一层粉红色的阳光。）

◆◆◆

回到芝加哥
奥黑尔
周五晚上

（取回行李，踏上泥泞的路面，外面的风很大。）

（我们自从着陆，一直在聊合同的事儿。他不想签小说合同，哪怕是五年期限的。）五年时间，那太痛苦了。我就会拿着别人的钱，被迫承受痛苦。除我之外——我已经领会到了——没人会来长期照顾我。我已经领悟到，没人比我本人更适合来长期照顾我自己。我们只有痛过，才能领悟。

◆◆◆

坐在车里，这辆车在我们抵达的时候已经全部冻上了
它在冰天雪地里待了三天

（在我们不在的时候，这辆车盖上了一层冰，前保险杠上挂着冰柱，挡风玻璃上有一撇灰色的冰碴儿。它就像被我们遗弃在停车场的一个年龄

极大的瑞普·凡·温克尔[①]，看起来和之前那辆车完全不一样了。

开门的时候，车门发出了一阵开裂的声音：车内放着的所有东西都冻上了。我们存着的百事无糖可乐完全冻上了，我的斯纳普果汁的瓶子已经冻裂了，流出的果汁在地毯上结成冰，留下了一摊褐色的雪泥。烟盒冰凉冰凉的，就像从冰箱里端出来的珍馐美味。车里冷极了，车钥匙的插孔结了一层冰做的保护罩，费了一番功夫才打破它，把钥匙插进去。车光溜溜的。整辆车包裹在一块光溜溜的冰块里。它一直在这里不离不弃地等着我们。）

（停顿片刻。）

他过了一会儿才听出广播里放的是R.E.M.的新专辑。

这张专辑听起来不像他们的——很酷。

《奇怪的货币》异常悲伤且甜美。

（停顿片刻。）

（我拿过他那个萨伐仑罐子——存放吐出的烟渣的罐子——用它来当烟灰缸，这个想法被他否决了。）

香烟、烟蒂，当你俯身去吐烟渣的时候，这些东西会散发出极臭的味道。

大卫补充说：“俯身去吐烟渣是嚼烟美学的一部分。”

（笑了笑）某个人把我说的话再说一遍录入磁带里，此举真的让人

① 美国作家华盛顿·欧文的同名小说中的人物。他在山上睡了一觉，醒来后发现时间已过了二十年。

觉得无比虚荣。我真该雇一个人来做这件事。

（停顿片刻。）

（我聊起了他书中呈现出的细节、这本书的前言，以及最初作为《哈泼斯杂志》上的文章是怎样的。他说他的老师，麦克阿瑟奖的获得者布拉德·里斯豪瑟[①]也说过一样的话。）

他也说过你的字句里缺少足够的感知力或者情感细节吗？

不，《系统的笤帚》的初稿是我的论文，他是论文答辩组的成员，他说那些有关物理学的东西看上去非常简略。他还提起了——我那时还没有看过《普宁》（纳博科夫在《洛丽塔》之前发表的小说）。他提起了《普宁》中的一个场景，以此来解释他所说的我的小说中缺失的东西。

他提到的是雪的场景吗？

什么雪的场景？

就是那个人走过图书馆时雪的场景？

不，我忘了。他也许还提到了玻璃碗的场景，我记不起来了。

（我们之前为在圣保罗市的“饥饿之心”书店中的细节打起了赌，但是后来我们都忘了。他打赌事情会搞砸，结局会很可悲，我不这么认为。）

我们别去核实玻璃碗的细节。此刻，你得相信我所说的。

---

① 布拉德·里斯豪瑟（Brad Leithauser，1953— ）：美国诗人、小说家。

我愿意相信你说的有关玻璃碗的事儿。你看起来——你对读过的东西的记忆我是相信的。这一点有点儿了不起。

（“有点儿”这个词——我喜欢这种用词的精准。并非“全部”：“有点儿”。）

哦，多谢。我也会一遍遍地重读，所以……

不，我相信哈罗德·布鲁姆有关“误释”的理论。所以，或许我的误读实际上……

（我为他重复播放了那首《奇怪的货币》，直到我们驶出奥黑尔残骸般的停车场，亦即机场那种堵车堵到水泄不通的场景，人们要么心不在焉地飞速驶入，要么心不在焉地慢慢驶出，同时与重逢的爱人聊着天。我们可以一边抽烟，一边以某种速度行驶在路上欣赏这番景象。）

你之前谈起过，你非常喜欢艾拉妮丝·莫莉塞特，对吗？

（笑了笑）我对艾拉妮丝·莫莉塞特的迷恋始于对梅兰尼·格里菲斯[①]的迷恋——那是一场持续了六年的迷恋。这种迷恋是被某种我不妨说被取笑了很多次的东西所指引的，亦即对玛格丽特·撒切尔[②]的疯狂迷恋。我对她的迷恋贯穿了整个大学生涯：海报上都是玛格丽特·撒切尔，脑海里也都是玛格丽特·撒切尔。

性幻想吗？

不确切是……性幻想。也许是感官想象。

---

① 梅兰尼·格里菲斯（Melanie Griffith，1957— ）：美国女演员，曾获得过金球奖影后。

② 即铁娘子撒切尔夫人。

你得提醒我把这一点写进去……

这更像是——与玛格丽特·撒切尔一起喝茶。想象她欣赏我说的话，俯身向前，把她的手搭在我的手上。（*我笑起来。*）非常……

（*我们跟着R.E.M.乐队一起嘶吼，这样做会让我轻易忘掉我是在工作，这让我感觉像是在载着一个朋友一起出行。这也是他想要的，他很自然，很好相处。你会感觉乐意与他在一起工作，抑或心甘情愿地为他工作，你会感觉受到了他的重视。*）

我的意思是说，我直到十九岁才算真正度过了青春期，所以一直对世事懵懵懂懂的。

青春期，你指的是随着你的性腺之类的东西显著发育之后，你的身材变得更为高大的时期，对吗？

我到十九岁才开始变声。我记得我大概在十七岁时梦遗过。我告诉了所有人这件事。

我直到二十二岁才梦遗。我曾发誓大概三个月手淫一次。我当时觉得，若是做不到，我就再也不会梦遗了。

（*他纠正我*）人人都会梦遗，即便他们有手淫的习惯。否则的话，就没人会梦遗了。

这个嘛——

不，不，不，不，关于你说的——利普斯基先生说，他为了能够梦遗而停止了手淫。此话背后隐含的意思，没人会觉得惊讶的。

嗯。认识我的人都不会为此感到惊讶。

（停顿片刻。）

（现在我们行驶在I–294号公路上。夜已深了，路上空无一人。他手里拿着录音机。车里鸦雀无声。）

旅程结束了。你感觉如何？

我昨天的心情很好。今天我感到一丝阴郁，因为我意识到我得回家去，并且开始……真真切切地感知一切，而不只是梦游度日。

梦游度日是什么意思？

这个嘛，当你见到的是一群生面孔，并且得硬着头皮去做一大堆事情的时候，你就处在——我就处在一种持续的轻度焦虑的状态中。它会催生肾上腺素，并在某种程度上关闭我的感官——这和短暂的、因人群而激发的焦虑感有所不同。这种感觉有点儿像某种深层的、存在主义式的恐惧，你知道吗，这种感觉会充斥着你的全身。这种感觉，我……我独自一人时就会有这种感觉。

这会导致什么确切的后果吗？

我不知道。我的意思是说，有可能会遇上类似现在这样的访谈，或者《纽约时报杂志》的采访。我觉得最大的后果是，我只能，只能……我和贝茜吃午饭时还聊起过这个。也就是说，如果我，如果我把访谈搞砸了，那这件事就会存入我的期望银行里。我接下来要做的事情，就是得获得等量的欢呼声。或者说，你知道，我必须要让等量的人来喜欢这本书。

但是，一旦我那样去做，那么做所有事的时间都将会变长。这会变得非常痛苦，我会与强悍的、带有心灵上的自我意识的种种个体进行搏斗，以一种我希望我不会再使用的方式。

你说的“我希望我不会再使用……”是什么意思，你过去与他们较量过吗？

哦，是的。那是——那是在将近三十岁时发生的一件恐怖的事情。你知道，情况是这样的：就靠这样坐着把书写出来，这本书就能出版吗？它会以怎样的排版方式呈现出来？人们会怎么评价？

我知道这听起来非常乏味。而我猜许多人都知道该怎样马上忘掉这样的想法。但是，我，嗯……在第二本书出版之后，这个问题变得异常严峻。其严峻的程度就好比——我的意思是说，第二本书效果不怎么好。它卖得不好。但是我依旧觉得它是本非常好的书。与其说我为它是一本非常好的书而感到高兴，倒不如说这本书提高了我对自己的期待。某种程度上来说，这并不是……这并不是，你知道，一种声明，类似说：“我们向上帝发誓，下一次会做得更好。”它更像是一种麻痹感，一种下嘴唇颤抖着的感觉。我现在必须——我得把车窗关上，这样我才能把烟草抖出来。

（停顿片刻。）

*（他谈论起他称之为“其中的痉挛感”来。）*没有这种痉挛感是不可能的，你要做的是使这种感觉越短暂越好。

你说起过——飞机落地时你有什么感觉？你知道，我指的是，这趟旅程——你觉得它有趣吗？其中有让你感到有趣的地方吗？我的意思是说，到处奔走有让你觉得兴奋吗？说实话。我的意思是说，每个作家都会坐在屋子里，不停地写作，边写边盼望读者越多越好，盼望整个屋子都因你的书和你而感到兴奋。你会盼望，会盼望像我这样的人，或者别的什么人来拜访你——我的意思是说，你一定这样期盼过。

是的。但是这很奇怪。我不太喜欢我自己的一点在于，我获得满足感的能力较差——对那种实实在在发生的事情的满足感。因为我会把几乎一切事情都变得可怕起来。我盼望的是，当我们俩深情告别时，当这个阶段真正结束时，我不仅仅有颤抖而已……

比如，我在KGB首次举办朗读会时，那里被围得水泄不通，以至于我都无法走进去了。或者说，有许多闪光灯在闪闪烁烁。那个时刻令人害怕，我可不是随便说说的。我曾经——我曾经在纽约举办过两次不同的朗读会，来参加的人不是很多……这就像某种，某种简单明了的证明。

你那时候感觉怎样？你感到自豪吗？开心吗？感觉自己已经成功了？

（我时常听不清他说的话，因为他经常——我们经常——打开车窗玻璃，让烟散去。我倒不在意车里烟雾缭绕的。我们这趟低温的充满路途噪声的旅程。）

不。问题在于，那一刻我真的感觉到了恐慌，因为那里的所有人都盯着我看。我真想成为那种能够即时享受关注的人，而不是留在记忆里等待事后再去回味。

……你难道不觉得，那些无法真正享受关注的人才能够真正获得成功吗？因为那些为短暂的成就而沾沾自喜的人是走不远的。

你所描绘的就是他们所说的“安于现状”。我觉得这其中一定有某种差异数列（这是他惯用的一个词）。我觉得存在一种能力，让人能够去品尝并且满足于现有的成就，又不会因此停滞不前。

我猜你可以安坐于现状中了，对吧？

安坐于现状中……（重复了我的笑话，随后让这则笑话更搞笑。）

或者是安坐在现状旁边，深情地盯着它看。

但是，也会准备好继续向前走，对吗？而不是……

是的，会有一种方式让你利用现状把作品写得更好。只不过，如果……我害怕我做不到。我害怕我会把它搞砸，从而重蹈覆辙。

有没有人妥善处理过这种事情呢？肯定不是我们这个年纪的人……

我们这个年纪……你崇拜的厄普代克在我看来就是一个非常好的例子，他就可以单纯地……单纯地沉浸在作品中，一门心思地写作。窗外或许有纷扰，或许没有，他都只会单纯地写作。不过，不，在我们这个年纪，我还没看到过有谁能高度集中注意力。因此，不管它是否有趣，我们都会不断地为这件事——这件事中的这个部分，设立严格的界限。

你是否对最坏的情况有过噩梦般的想象？

好吧，最坏的情况……这件事噩梦般的情况是——尽管我并不感觉功成名就了，也仍然真的，真的乐在其中。随后，我就会渐渐变成某个每周末都会飞到纽约去参加出版聚会的人，在别人的照片里探头探脑，变得如此这般荒诞不经、欢呼雀跃。我觉得我对此事的恐慌足以让我远离它。那就是最坏的情况。

你一点儿也没有动摇过？

没有。

你走进一间房间，在这里你显然是关注的焦点，你也是你所属的文学界关注的焦点，这种感觉一定很不错。我的意思是说，迄今为止已经有五到六周的时间了，除了《三原色》这本一直被人谈论的书以

外——这本书甚至称不上一本严肃的书，你知道我的意思——人们谈论的都是你的书。这是你之前从未有过的经历。

（国家公共电台的小说访谈、朗读会、地陪、书店门口的人行道，图书出版界隐秘的地下铁道，以及内部图书室的光亮和恶劣的品质，外加大出版社对类似电影和电视剧这样的东西进行的公款款待的廉价模仿，这些就是那个世界的全部。一个隐秘的社会，有其独特的规矩和仪式，现在大多变了模样，抑或早已消失了。）

这是真的。我觉得用“不错”这个词来形容很恰当。它不让人觉得……我不知道，用“不错”这个词来形容很恰当。它没有不错到令人“难以置信”，或者足以改变你的人生，也不可怕。但是——不过你也知道我要说什么，但是，或许你的读者不是这样想的。在你沉浸于作品中和作品出版之间，有一种时间上的延后，以至于我现在——我的意思是说，我现在最大的担忧是，我是否能准时把下一本书稿递交给利特尔＆布朗出版社？他们计划加急出版，我觉得这样他们才能——

（风声听起来就像微风敲打在帆布上：忽起忽落，车辆上下颠簸。）

转化为资本。

是的，将其转化为资本。我该怎么去处理这件事呢？如果我发现其中有些东西没有用，我需要花费一个夏天的时间重写一遍，那又该怎么办？我的意思是说，这对你来说并不陌生。

（他又在试图把我拉到他这边，提醒我，我们共有一种匠人气。他在下着一盘国际象棋，但是每走一步都不是为了打败对手，而是把所有的棋子都弄到相同的一侧，或者把所有棋子变成同一种颜色。）

不……这是否就像结交一个一度让你迷恋的朋友，然后在你不

再……不那么喜欢她之后，把她介绍给别的人？

也许是。我不知道“不那么喜欢”是什么意思。

你感到与她没那么亲近了。

我不会——是的，你不会感到那是你的一部分。

但是，当你一心扑在上面的时候，你会觉得她就是你的一部分吧？

是的。

怎么讲？

这么做会很难。随时把如此多不相关联的信息碎片在头脑里整合起来，这样的事情我从未做过。

你有没有看过《非常任务》这部电影？（*他为提到一部基努·里维斯的电影而笑了起来。*）里面有个情节和我说的差不多一样……我的意思是说，他头脑里塞满了数据，他的耳朵流出了血，而这种情况让他与女友的交往变得很难，让他与朋友的交往变得很难。

为什么？

因为“我”的部分就所剩无几了。而不是因为：“哦，一个孤芳自赏的艺术品。”情况就是，我一直都在想着它，我一门心思扑在它上面。

在那个阶段里，你有没有和别人约会过？

有。

那你是否觉得那段关系因为这个而遭到了破坏？

是的。

你会不会想对她说"听着，我现在状态不佳。请迁就我一下，不要离开我，等个一年或者两年，一切就会过去的"？

哦，不，我从未那么想过，我绝对不会说那样的话……

你从未想过说那样的话？

是的，尽管我也——哦，不……

（收费站到了。）

我包里有一些零钱……到下一站要十五美分。

（我们点了点钱：我们得在埃克森美孚加油。）

不，但我想到了一个不错的办法。我的意思是说，你或许跟我一样，我会这样做：我知道，从现在开始，六个月之内，我会把这种意识转到别的事情上去。

是的。

我最大的顾虑是，我沉浸在这件事情里时是否会遇到困难？（笑）你知道吗？

是的。而且，其实你希望能沉浸在其中，不是吗？

没错。但是，我快要三十五岁了，也该娶妻生子了。这档子烂事我都还没开始做呢。看起来你比我处理得好多了。

这个嘛……你会在怎样的时间段里写作？

我通常会以三四个小时为轮转，到时间了就停下来睡一会儿，或者完全转到那种“和他人一起干点儿什么”的状态中去。所以，我会在大概11点或者正午时分起床，一直写到下午2点或3点。

（磁带录满了。）

（我们停好车，走进了丹尼斯餐馆。我们都点了汉堡：这个时间吃肉有点儿晚了。

我们坐在吸烟区的一张桌子旁。这里看起来就像山谷里起了雾，雾气时不时被卡车司机戴的帽子组成的山峰所阻隔，他们对着盘子和咖啡不断地点着头。）

大卫，那些采访你的人想要了解的许多事情貌似都基于评论，而非你写的书。

我正想说这一点。

（对录音机说）**这家餐馆烟雾缭绕，我们去过许多中西部地区的餐馆，到处都是这样烟雾缭绕的。我惊讶地发现每个丹尼斯餐馆都有吸烟区。我们坐下之后，大卫补充说：“丹尼斯连锁餐馆里甚至设置了连锁吸烟区。”**

（环顾四周）而且绝大多数人都戴着帽子。绝大多数人都戴着帽子。

引用原句为——在某些丹尼斯连锁餐馆里，甚至设置了连锁吸烟区。

所以，我惊讶于他们也提到了……我在想，书中是否有一些内在的线索？他们问过你类似的问题，是不是？

（我们谈起了《时代周刊》认定这本书设定的时间是2014年。）

其实不是，但我做得很好。我的意思是说，我之所以记得日期，唯一的原因在于，我当时不得不，你知道，不得不去找来一个万年历，确保日期和星期能够对得上。

……我们能看到，小说开始于“温柔总统”执政的第一个任期，所以……

我觉得你们应该——它要么是在2008年，要么就在2009年，我们回到我家之后，我就给你看放在家里的万年历。到时候我就能确定究竟是哪一年。这又是一件年代久远的事，如果你在三年前问我，我说不定就会滔滔不绝地聊起来；而现在我不知怎么的，有点儿记不起来了。

我还是想聊一下那种消遣性的化学药品。“野火鸡”酒，以及你抽的那种烟，嗯——小说开篇有一个抽大麻的人。

（恼怒）为什么这个问题特别值得关注？我们在机场等飞机的时候已经聊过了。

我们确实聊过了，我想让你对此再聊几句。仅仅因为，我们在明尼阿波利斯的时候，我给某个在纽约的人打了一通电话，得知所有人都听说你……

我猜——我不知道你相不相信我，总之你听说的不是真的。就一点——因为首先，除了我身体素质很差这一点之外，其他理由都是毫无根据的。如果我真的吸过毒，那毒品会在很长一段时间里把我搞得一团糟。我不能——我的意思是说，我知道那些可卡因和海洛因的重度上瘾者是什么样的。这些人具备的身体素质是我所没有的。

那么，你曾经服用过哪些消遣性的化学药品？

我高中时服用过一些迷幻药物。我大量地服用了大概六个月，随后——我在服用这个之后觉得我和之前完全不一样了。它搅乱了我。我要劝告那些还未进入青春期的读者远离那种东西，至少要等到——比如说，至少等到第一次梦遗之后。别去碰这些。我不认为小孩子们会故意……在上大学时服用大剂量的裸头草碱，但是我会在假期服用。学期开始后，我就不会再碰任何这样的东西。（有趣。非常合情合理，像回家做作业那样嗑药。）我抽过适量的大麻，尤其在读本科和研究生期间，并且……嗯……也喝了很多酒。

你是什么时候戒掉大麻烟的？你不抽可卡因……或者？

我曾两次吸食可卡因。我觉得那些喜欢这东西的人很奇怪——我的意思是说，我觉得毒品和酒精对我来说是一种能够“关闭系统”的东西，而不是“重启系统”的东西。比如说，我现在不是一个重度咖啡上瘾者，嗯，而可卡因并没有给我带来极度愉悦的感觉，我丝毫没有那种激发了灵感的感觉，更像是喝了二十杯咖啡之后感到了一种让人难受得牙颤的胃疼……那种，嗯，胃部的灼疼感。

我之所以难以忘掉这个话题，是因为我感到有关毒品的事儿另有隐情。有些你没有提起的东西。我的意思是说，我能理解你说的原因，但是这本书里有太多有关毒品、酒精，以及上瘾的内容了。一定还有更猛的……比你说出来的更猛的内情。

有关这一点是……是……我指的是，这就是那种令人沮丧的事情。书中有关毒品的内容原本只是一种隐喻。我的确正经地把它当成了一回事来做，我的意思是说，我对它展开了非常独断的研究，耍了一些花招。我指的是，我出门转了转。波士顿有十二家过渡教习所[①]，我在其中三家里度过了几百个小时。结论是，你只需要坐在起居室里听他们说话就好了，没人比那些近期才戒掉毒品的人更健谈。而我在那里的经历——我获得了——我指的是我收获颇多，我做了许多类似你现在在做的采访的事。差别在于，我花的时间更长，调查得更细致。嗯……我觉得我非常善于创造种种特定的印象。我曾经不是，也永远不会是一个海洛因瘾君子。

好的，总结毒品这件事：你吐露出你的经历，我显然无法用绝对的权威来谈论这些。但是，比如说，在奥林和哈尔之间，你赋予了哈尔你嚼烟草的习惯。你还说哈尔的"基因里带有不可改变的对化学物质的瘾头"，这些文字激发了我的好奇心。

（哈尔，这个角色和他最像……）

好吧，我觉得很显然我也是那样的人。唯一让我慌张的事情是什么样的实体伴随着我。我觉得，我的意思是说，我记得抽过大麻，老实跟你说——我抽过黑焦油海洛因。你知道那是什么玩意儿吗？就是你涂在烟上的那种东西。我曾在一次聚会上抽过。我非常非常喜欢这玩意儿。那是——那是在我将近三十岁时发生的事。古怪的地方在于，我当时开始去那种戒酒会，并相信这就是他们所说的某种神经性状况。而我知道如果我去了，如果我去要更多这种东西，我就会——我就会沉迷其中。

这样说来，我听说的有关你的传言是假的。有人说你在20世纪

① 过渡教习所：在美国，成功戒毒的人在开始正常的生活之前，会被安排到这样的地方适应生活。

80年代后期去了哈佛，在那里发生了一些事情，也就是说你在那里就读期间有涉毒的经历。

这完全是瞎编乱造。我在哈佛期间喝了很多酒，这倒是真的。

你是什么时候开始不再抽大麻的？

我不再抽大麻——我觉得我是在研究生毕业之后停止抽大麻的。你知道，这算不上什么重大的决定，算不上，算不上一劳永逸地关掉系统。这只是在建构一种系统，而这段经历让这个系统变得更加令人不快了。我指的是我自己的系统。

（服务员：“请问有人给你们点过单了吗？”）

一个人都没有。

（停顿片刻。）

为了避免这个话题转变成公诉书里的陈述——不是怕你这样觉得，而是怕以后的读者读起来觉得无聊——我想说，我觉得这本书中没有琐碎或者不重要的东西。其中一个原因在于迈克尔——我的意思是说，迈克尔给予这本书的帮助真的很管用。

你建议我去跟谁谈谈这本书？你的经纪人？迈克尔？还有谁？

我想说，有一个人……有一个编辑给予我的帮助挺大的。在我房间里的时候，你有没有注意到贝茜对那本杂志说“你想借来看吗”？他的名字叫斯蒂夫·摩尔，他在道尔基档案出版社工作，D-A-L-K-E-Y，这家出版社坐落在诺默尔镇。他是那种理解我的工作是什么，并会向我详细说道的人。他是我某篇评论的编辑，他会在很早的时候就问我要手稿读。其实——我不知道他是否建议去删节，他帮我调整了许多内容。那是我自认为即将付梓的一版——他把后面的某些内容调到前面去了。这真的非常古怪，真的是一个非常棘手的建议，却非常有用，因为它帮我用另一种方式架构起了这篇文章。但他是那种只读手稿的人。嗯……

我会找他谈谈。还有别人吗？你觉得，我该怎样联系上马克·科斯特洛？其实，有可能的话，我想找你的父母聊聊。（大卫摇起了头。）**你不想我去找你的父母聊聊？**

他们是非常非常注重隐私的人，很难应对采访这种事情，因此我建议你还是别去为好。他们还——

你不必说下去了。

好的。我只是想告诉你，他们对你的帮助不会很大。他们读我的书，是在——

我想去问问他们你小时候的情况……

我想对你说，我可以——我可以给你——我可以给你马克的联系方式，邦妮可以告诉你更多你想知道的事。（思索）科斯特洛，科斯特洛……

打电话告诉我吧。我们不必占用在丹尼斯餐馆的时间。

把这关一会儿。（停顿片刻。）刚刚那些太理性了——

你觉得你已经不那么理性了？（大卫点了点头。）**我也觉得。**

但是，我觉得很多——也许，至少对于那些出自更偏向理论性的先锋传统的人来说，成长就是不断溶解的过程。我觉得你懂我说的。

不过，有些人永远不会溶解。

曼努埃尔·普伊格、马尔克斯、科塔萨尔，他们都已溶解。

（服务员：“你们需要什么帮助吗？”）

……即使是纳博科夫，也不善于处理这种问题。《洛丽塔》成名后，他说的第一句话是：“当然，一切早在三十年前就该发生了。”得到了关注之后，他变得疯狂起来。

真的吗？

他去世前二十年里……我读过他的书信。1959年之后，他的信件里充斥着某种封建领主般的声音……一则危险的名人的故事。我不是想告诉你去读什么书，只是……

这本书的名字叫《书信选》？

最初的信件写得非常迷人。那时候他还是个年轻的作家。在随后的信件里，那些迷人的内容就硬生生地被挤掉了。

“封建领主般的”是什么意思？

……就像某种男爵的腔调，邀请你去屋外走走，绕着花园转转……因为现在他要展示他的权威了……

不过，在这之前他就非常有权威了。

是的，但只在一个很小的读者群中才有。如果你对他有异议，他就会用非常非常不同的方式来对待你。

（服务员：“麻烦你们动动手，腾点儿空间出来。你们的食物准备好了，我马上端来。好的，谢谢。”）

（桌子上又堆满了食物：三个杯子，其中一个不那么透明的杯子是用来装大卫的烟草的，一个巨大的中西部瓷盘里面装满了卷心菜沙拉、粗炸薯条、肉汁、牛肉、焦纹小餐包和冰冻西红柿。他真的非常喜欢吃。）

（停顿片刻。）

所以，我刚刚逼你说起了有关消遣性毒品的事。

是的。

喝酒的问题是不是更让你头痛？

我是那种喝酒品尝不到乐趣的人。我的意思是说，我觉得我喝酒只是为了麻醉自己。我记得我真的会买醉——我不知道你躲避了多少。我意识到与你相关的部分会被删掉。总之，在读研究生期间写一本书实在太难了。把一大堆，你知道——把一大堆你少年时期做的梦全都快速实现，也太难了。

我觉得我曾有过一个念头……你知道，我去过雅多几次。我看到那里的作家个个都是生活艰难、豪饮烂醉的文人形象。你知道，摆出滑稽的姿势躺在阴沟里之类的。而这一切……我觉得当你还是个孩子时，你其实并不真的知道该如何成为你想成为的人，你只会拜倒在那些文化偶像面前。关键在于，我的胃或神经系统消化不了酒精。我会烂醉，烂醉如泥，喝完一次难受两天，卧病在床，就像感染了严重的流感。感觉就像虚脱了一般。

你那几年是怎么过的？你酗酒的那几年……？你是那种喝完就倒的人吗？还是一觉醒来发现睡在马路牙子上？顺便说一句，我们能不能多要点儿纸巾？我讨厌麻烦你……

不，我要说的已经说完了。我对这件事大多会保持缄默，就觉得它并不值得说道。因为我再也不会那样做了。

（我也开始像他那样说话，会用类似“dudn't”和“真的”这样的词。他对身边的人的影响力就是这么强。）

当时的情况是——喝六小杯“野火鸡”，再加两罐蓝带啤酒，随后大病一场，呕吐不止。一晚上剩下的时间都在呕吐。第二天大多数时间里也都在呕吐。最后躺在床上，什么也干不了。

我得消停一会儿，不能再那样逼你了。这本书包含着你散落在各地的所有情感经历：波士顿、图森、新英格兰……以及你生活中其他的一切都包含在内。

但不是的。其实，大致情况是这样的，但是——

我并不是说这是一部自传——顺便说一句，自传这个词在我这里绝无贬义……

我希望——别听信这些，因为这个情况你自己也是知道的。我的意思是说，我不知道《艺术展》[①]是否是一部自传，但你的母亲，她作为一个艺术家，以某种方式存在于这本书中，就这一事实来看，你就不应该听信那种言论，说这是某种包含“个人信息”以及“个人经

① 此书是本书作者利普斯基写的一部书。

历”的故事。

我不认为这其中包含着“个人信息”。我觉得过去三十四年里，那些让你觉得有趣和感动的事情都包含在了这本书里。既然这部书的其中一个主题是上瘾，那么我或许会去假设上瘾是让你感兴趣，或者说吸引着你，抑或说和你保持着天然的亲和力的事。

不过，我也意识到……有些瘾头更具有刺激性。于是就会冒出这样一种念头来，你知道，就是写那种海洛因上瘾的事。我觉得在我的生活中，对电视的瘾头是最大的。虽然我住的地方没有电视机，但我喜欢坐在电影院的第二排看爆炸的画面——这绝非偶然。但是我意识到，对于读者来说，与吸食海洛因的念头，或者某种恢宏想象，某种认定作家是手握特权的泰坦巨神的神话相比，我对电视上瘾的事情显然就没那么有趣了……

你知道我不相信那套神话。

我知道你不相信那一套。但我也知道，你现在想拼尽全力写出最佳的报道来。你想怎么写就怎么写，但事实是，我不是一个虚伪的人。我不是——我不是一个有趣的、福斯塔夫[①]式的、标榜传奇色彩的瘾君子。

我的情况是——这在我看来是同一回事——贝茜几天前问过我：“你是如何在互相关联的文化和精神状态下工作的，那种互相关联性又是如何起作用的？”你的情况或许也是如此。当一名作家，其中一点在于，你可以——通过文字，或者在字里行间——给人留下这样一种印象：你知晓许多事情。你知晓并且与这些东西有着亲密的接触。因为你想让这些事情在你的神经末梢达到某种效果，仿佛——这是我特别擅长的事。也就是说，我觉得我在读者眼中可能是一个知道不少事情及

---

① 莎士比亚在《亨利四世》中塑造的著名喜剧人物。

其真谛的人，而实际上我只是把所有我知道的都写了进去。这是一件特别战术化的值得研究的事。

昨天在边上观察你的举动挺有趣的，我们看完电影之后，你大脑中的某个部分似乎苏醒了。随后我们去你朋友家看了电视。在第一部电视电影播完之后，你还想多看几部。再然后，我们回到你的房间里，又看了一会儿电视。

这不是，你知道，这不是什么有害的或者致命的事，而是——我是说，在我看来——与上瘾的思维定式和差异数列相关，我觉得其中有些东西就是我的真实写照，因为我看得到。

比如，我明白我在这趟旅程中吸食了尼古丁。我的意思是说，我一天通常会嚼五次到六次烟草，并拿它来写作。我抽烟又嚼烟，嚼烟又抽烟，并且想让你买一罐“百事无糖可乐”，这样我就能朝里面吐烟渣了。我的意思是说，我看得到。这种方式能让我作为一个有机体去对抗焦虑。

但是，我不认为我有多特别。我打赌，你写作时也有三四件你喜欢同时做的事情。我在过渡教习所曾注意到，我和一个自十一岁起就吸食海洛因，身患艾滋病的二十岁的妓女之间的差别是纯属偶然的。只是选择的物质不同。只是上瘾的行为不同。还有别的不同，你知道吗？我的意思是说，我非常喜爱读书和写作，而许多在那里的人却永远也不会去找别的爱做的事情。

在我问起这个之前，对于喝酒是否是一件你无法控制的事，抑或说它从某种程度上来说是否是一件已经失控的事，你的态度一直摇摆不定。

（他朝录音机点了点头：想要先试探性地回答一下。）好吧。（停顿片刻。）

你喝酒的事儿……

我想说你说得没错。因为，本质原因在于，我那时候一事无成。喝酒并没有帮助我去写作。并且酒精还会……让我一直萎靡不振。这样一来，如果你说的“失控”的意思是想要戒酒……或者意识到我一喝酒，就总会生病——并且喝酒毫无作用，那么答案是肯定的。如果你的意思是说，我是喝得踉踉跄跄的人，那我不是那种拿着酒瓶喝得踉踉跄跄的醉汉。情况和《失去的周末》不同。[①]这不是——也和作家都是酒仙的浪漫说法无关。

喝酒毫无乐趣?

不仅毫无乐趣，还浪费时间。我越来越觉得，我当初并不是以成年人的方式去喝酒的。我的书中有一个叫沙赫特的人，他就是某类——他就是某种速写类型的人物，因为我不是很清楚他的精神状况该是怎样的。

我想把他写成某类普通的成年人。我指的是，他偶尔会用一些东西去培养情调，使还算过得去的日子锦上添花。你知道吗？这就像，就像我父母的生活。我父亲会在晚餐前喝一杯金汤力酒。他喜欢喝这个酒。这让他感到舒心，让他松弛下来，帮他放松身心。

我不知道你的情况如何，我从不那样喝酒。你知道吗？我会喝……我不记得自己是否有只喝一杯“野火鸡”酒或者啤酒的经历。通常我一喝就是十二杯。你知道吗？随后那种生不如死的感觉就会挥之不去，并且我会不断叩问心灵，问自己为什么要这样做。一周后，我又重蹈覆辙。

那么，那种状态持续了多久?

① 《失去的周末》是比利·怀尔德执导的一部影片，讲述的是一个醉鬼在女友的帮助下成功戒酒，重燃生活希望的温情故事。

大概一年半，或者两年。随后，恐怖的事情发生了。我不介意对你说起这些。

恐怖的事情是……我指的是，我当时有很多写作上、艺术上，以及与之相关的疑惑。我想戒酒或许能帮我渡过难关。

这让事情变得更糟了。我在戒酒期间变得越来越沮丧，越来越恐惧，越来越麻痹。那让我感到恐慌。真正让我觉得黑暗的那段时光——

（服务员："你们俩还需要什么吗？"）

我指的那段时光你是知道的，也就是我受到自杀监护的时候，是在我戒酒几个月后发生的。

那是由什么引起的……

（不耐烦）我们早就说过这个了，在机场时你就问过我了。

我们说了一半，还没完全说完。这是个冷酷的话题，另外，随行采访就是这样，谈话都是断断续续的。你提起过你看电视上瘾，这让我很感兴趣，因为我也不得不面对这个问题。看电视上瘾。只要我活着，我就不得不面对这个问题……

我认为，我们这个年纪的人都有这个烦恼，不管我们是否觉察到这一点。

我好奇一个有能力专心致志地写完一部长篇巨著的人会不会有特殊的短板……看电视的问题在于，一看就没有尽头。所以你具备那种长时间认真去做某事的能力，或许这种能力已经稍许超越了有用的层面，它被用于……

是的，你说得没错。其实我有些朋友——比如说，贝茜。我惊讶于她家里竟然有电视机，毕竟她在这之前一直都没有。我们在读研究生期间基本没有共同话题，这就是原因之一。我的经验大多数来源于电视，我说的东西她听不明白的。

哈。当你还是个孩子时，一天会看多长时间电视？

我看电视的时间是受到限制的。周内我一天只能看两个小时，周末只能看四个小时。并且我只能看一个粗暴的节目。我父母在我七八岁之前，会规定哪些粗暴的节目是我能看的。我记得一旦我犯了大错，比如狠狠地欺负了我的妹妹，抑或把房间弄得一团糟，周六早上我就没有卡通片可以看了。那种感觉就仿佛要死了一般，仿佛被剥夺了一切。那时我在……香槟市，所以我当时大概四到五岁。

你看的什么卡通片？

那时候有什么卡通片来着？（声音瞬间变得开朗起来，自我嘀咕着，听起来就像盖瑞森·凯勒①，有些诡异。一种回忆往事的声音。）我记得有《幽灵空间》。《乔尼大冒险》是一部恢宏巨制。但是那时也有一些非常劣质的垃圾卡通片。古怪的是，我还记得我们搬去厄班纳之后我看的卡通片，比如《史酷比》，或者《超级朋友》——泰德·科奈特配音。但是那时我年纪大了一些，已经有八九岁了。当我还是一个小孩子的时候，某段时期里我和卡通片的联系非常紧密。就像朱莉说过的那样，这就像小孩喜欢玩汽车和卡车玩具。但是我不记得卡通片的具体内容了。我记得《飙风战警》这部电视剧。

哦——我非常喜欢那部电视剧。

① 盖瑞森·凯勒（Garrison Keillor，1942— ）：美国小说家、演员和配音演员。

我记得，越战期间我过得非常苦闷，因为他们一直在那部电视剧中插播战况，更新战争的讯息。暴力、战斗，以及那场战争，这一切当然一点儿意义也没有。这些画面不会让人感到兴奋，大多只是一些摇摇晃晃的镜头罢了，你知道吗，非常糟、非常糟的镜头——就像一部劣质的电影。里面的人穿着某种难看的卡其色衣服，我从来没有看懂过。

（我问大卫他小时候还喜欢看什么，他说他喜欢大型的、令人浑身不自在的家庭剧——《贝弗利山人》《明斯特一家》——以及类似《碟中谍》和《蝙蝠侠》这样的动作片。）

你的父母是如何监督你只看两个小时的电视的？

这个嘛，他们都待在家里。母亲直到我快上六年级时才去工作。

所以他们会说“时间到了。时间到了。大卫，已经两个小时了，不能再看了”这样的话吗？

不，情况是这样的，我回家后，他们会帮我制订计划，规定好我该怎样去观看那两个小时的电视。我的意思是说，这是一件经过严格规定的事。

会不会与你争论该看什么？比如……

我一周只能看一个粗暴的节目。我记得他们让我看……我记得，《飙风战警》就是一部给小孩看的节目——是一部——对不起，它是一部粗暴的节目。我每周的粗暴节目基本都是看这个。他们不认为《蝙蝠侠》是一部小孩子可以看的粗暴节目，当时我认为他们犯了个大错。但是现在回过头去看，《蝙蝠侠》其实就跟卡通片似的。

它是不自然的。那超人节目[①]呢？我的意思是说，你提到过《霹雳娇娃》，那是同一个时期的……

《仿生人》是在我十岁或者十一岁时播出的。所以，我那时候又长大一点儿了。我的意思是说，我记得我看过那些节目。我记得即便在那时，我也能看出来李·美佐斯[②]是个毫无希望的演员。并且，我记得我一直在想，他以每小时六十英里的速度奔跑，为什么头发会一动不动。

哈！这个问题问得好。

从某种程度上来说，我对这一点的认识是很有意义的。因为这意味着我完完全全地、欣喜若狂地、不加甄别地陷入电视里的奇幻世界的日子快要结束了。比如，我记得我看《史酷比》时注意到塞尔玛总是会在某一刻遗失眼镜。此外，总会有一个穿着戏服的游乐场工作人员到处转悠。我感觉很气愤，这也太小儿科了吧。

但是你所描述的一切听起来完全不像是对电视上了瘾。你的父母似乎管束得很好。随着你年龄的增长，你看的电视是否越来越多？

听着，我谈论的不是……这个问题——我的意思是说，某种程度上来说，这个问题是我在书中所要探讨的。它并不意味着“要不是他的膀胱受不了了，他就会一直看下去”之类的——它更像是对某种事物的依赖。

我想要说的是，我母亲会开玩笑说，我成年后如果有自己的电视机看，那将会非常危险。我会在周五晚上9点开始看电视，把人们撂在边上等我，一直看到周六早上两三点钟为止。

---

① 指的是曾风靡美国的以超能力英雄为主角的电视剧。

② 李·美佐斯（Lee Majors，1939— ）：美国演员，以出演《无敌金刚》闻名。

是的。我和你差不多。

我想说，我早上会把要去做的事情规划好，然后一边穿衣服一边看电视，结果会一直看到晚上10点或者11点钟。所以我不得不把有线电视给处理掉。

是的，是的。

你是什么时候沉迷于看电视的？

在读大学期间，我们从没有——我们的房间里从来没有电视可看。马克，他是我的大学室友，他不喜欢看电视。我读大学期间完完全全就是一个两耳不闻窗外事的书呆子。但是我记得——嗯，我的意思是说，我很怕在校园里遇见人。我记得，我在电视室内坐着就会勇气倍增。大学里有一个类似电视中心的房间——我在那里看《希尔街的布鲁斯》，这部电视剧对我来说真的很重要。在读研究生期间，我住在公寓里，房间里有自己的电视机可以看，嗯，我记得自那时候开始我就一发不可收地越看越多。但我下定决心，电视开着时绝不写作。你知道，我绝不可能一边看电视，一边修改东西。这——你是否有相似的经历？

是的，我也做不了。我的意思是说，我曾想过一边开着电视，一边排查错别字，但是我知道我办不到。我记得在我读高中期间，就在麦肯罗和博格在温布尔登球场展开抢七对决时，我曾打算写一点儿东西。那是1981年左右的事吗？

（他的声音盖过了我的。）

第一场是在1980年举行的。博格赢下了那一场。随后麦肯罗赢下了全美公开赛。

我们谈论的是1980年……

所以那时你十四岁。

我记得，我还记得我尝试着边看边写，并且很高兴我能同时做两件事情。但结果不那么如意。

读高中期间，你如果去朋友家里，会不会看更长时间的电视？

我去朋友家时，我们会玩骨牌。我去朋友家就是为了玩这个。

比起我母亲的住处，我更喜欢我父亲住的地方，其中一个原因在于，父亲家没有针对电视制定的清规戒律。但那里没有地方可供你自由地——

你知道，并且意识到，这一点，你知道，并不是……我只是担心。我并不是说“电视是恶魔”，或者“小心！美国的年轻人已经……”

它更像是，它和这种状态有关——放松、被动，我能感到房间里还有别的人，但是我不用做任何事。（笑）那真的，非常放松。我觉得，我这一辈子都有一种真正的愿望，想要远离繁重的事，专挑轻松的事儿做。此外，你知道，我们之所以要谈这个话题，部分原因在于想知道如何不过量地看电视。归根结底，少看的话会稍稍减轻痛苦。我知道这听起来像是一种虔诚的信念，但是……

不。这是一句不错的总结性的话。别擅自将它删掉。我觉得这是一句非常好的评论。哪部电视剧是你看得最多的？

长时间观看的吗？我记得那时我长期观看过所有杰瑞·刘易斯[①]演

① 杰瑞·刘易斯（Jerry Lewis，1926—2017）：美国著名电视剧演员。

的长篇连续剧。但是这样做就好比，仅仅想看看我是否能坚持看下来。

那时你多大？

十五六岁。

那办到了吗？

是的。我看完了他演的所有电视剧。

你是如何办到的，你父母不是对你看电视严加管控吗？

到了我十六七岁时，他们就不管我了。只有在我还是一个年龄非常小的孩子时，他们才那样做。在某一时间，尤其是——我和艾米都一样，我们开始读小学，一级一级升学，我父母终于发现我们能够把家庭作业做好，能管住自己，发现我们虽然会去参加运动队，但也会看大量在他们看来完全是摧毁心灵的电视节目。他们最终完全放下了心。我记得在大约八岁或九岁之前，我一直受到管控。

你父母是否想要或者规定你去参加运动队？

没有。我只是想说……我的意思是说，艾米打垒球，而我打网球。我觉得妈妈和爸爸的噩梦是——你得记得，那可是巨变的四年。我觉得在20世纪60年代中期，电视开始慢慢成了文化无处不在的一部分。而那时——就在那时，我正在慢慢长大。我的父母对此毫无经验，你知道吗？

所有那些听着公众广播和国家公共电台长大的父母，那时候都在管控他们的孩子。理由还非常充分。

是的。

如果你的父母曾有过什么才是你应该做的这种想法，那他们就跟艾薇儿和詹姆斯（小说里的父母）**一样。**

不，说真的，我父母是和运动不沾边的人。我父亲曾在高中以及刚进入大学那会儿玩过摔跤，但后来就不玩了。我是自己发现网球的乐趣的，我独自在公园里练习。我还是个很小的孩子时，就是橄榄球的超级粉丝了，即便到了十二岁也是一样。不过我与其他孩子相比没有什么身形上的优势，随后只能转向其他运动。

不，他们只是看到——我父母是聪明人，他们意识到情况不是这样的，他们意识到他们把对电视的某种恐惧投射到了他们的孩子身上，还意识到我们对他们撒了谎。我的意思是说，我父母从未了解过我和艾米的学习成绩或者在运动队里的表现，我们俩都是那种非常有自控力的孩子。

好吧。那么，除了长篇连续剧之外……你坐着观看的时间最长的节目是什么？即便现在，当我计划好看什么节目后，我还是会狂欢一番。当我决定要去看电视时，我就会去狂欢一番。我会从周五晚上看《X档案》开始，一直看下去，直到我意识到……

不过，情况还会类似于——我的意思是说，先持续看一段时间，随后你变得坐立不安，或许你会在电视放着的时候去打个电话，或者你会去——（我在摇头）不是吗？

我不是那样的。

看吧……也许我们是有些不同。

不。如果我进入那个阶段后，有人打来电话，我会尽可能地以最快

的速度挂掉……

现在，如果我深深地沉迷于某件事，那随后我就会睡去。你知道吗？因为我会彻底放松下来。我觉得，我坐在那里盯着电视看持续时间最长的一次是在高中快毕业的时候，大概持续了八个小时。

哈。自那之后，你就再也没有看过那么久的电视节目了吗？

你指的是一动不动地坐在那里看吗？我记得我曾感染过几次流感，你知道吧，然后就待在女朋友家里看电视，就那样开着电视躺在那里看。意识恍恍惚惚，有时清醒，有时模糊，你知道吧。但那是——在我看来，你所说的观看电视好像指的是另一回事。也许就像摆出那则广告里用手拍话筒的姿态来，那个人就是以这样的姿态坐在椅子上的吧？（展示：盘坐在椅子上。）

（笑）**你没有这样做过。**

我也……比如——就好比最近让我欲罢不能的一件事情一样，也就是浏览频道。因为我总担心别的频道会有比现在看的还要精彩的节目。这样一来，我就会把时间全部用在来来回回地调换频道的过程中，不能专心致志地锁定任何一个节目观看。

但是问题在于，总会有比当下观看的还要好看的节目存在。所以你总可以找到别的东西看。

没错，但会有一种可怕的焦虑感，一种慢慢啃咬你的焦虑感。昨晚就很好，我下定了决心看《所多玛和蛾摩拉》。这部电影很酷。

不，当你换到别的频道时……换到下一个频道……总会有下一个频道出现……

没错。

我的意思是说，我可以现在回家看上十个小时的电视。

告诉我一件事情……（关掉录音机。）

（停顿片刻。）

……读上几个小时的书也是一样，如果有姑娘在场，这会变得更为艰难。因为她们会来打扰。不，我跟你说，我的意思是说，从某种程度上来看，我有一点儿——但是，我觉得我看书的情况就和你看电视的情况一样。我是说，我经常会连续三四天读书，只在吃饭和睡觉的时候停一停。

（停顿片刻。）

所以，当你说起看电视上瘾的时候，你只是在夸夸其谈。或者说，你有上瘾的潜在倾向，但你从来没有百分百地上瘾过。

我觉得，我觉得我们对“上瘾”这个词存在些许理解上的不同。我觉得对你来说，上瘾就是那种喋喋不休的慢慢耗尽生命的事情。而对我来说——并且也是这本书想要说的——它是某种差异数列，包含着某个基本的方向。它在寻找外在于我的轻松愉悦的事情，以便让一切顺理成章。我并不是说其中有什么不对的地方。我就想说它是一个差异数列，我们在其间滑动。

（最终，我回家后做的第一件事是，找出字典，查了查“差异数列”这个词，去搞懂它原有的意思，以及他所说的意思。）

这本书的内涵不仅仅是这样——这就是我担心这本书不会被人读懂

的原因之一，因为我不确定还有谁会以这种方式来读这本书。我的意思是说，我开始看到某种重要的联系——一种明显的相似性，它介于我和电视的关系，以及某些待在过渡教习所里的人和海洛因的关系之间。

抑或说，你知道，如果你曾经去过类似——我曾去过一个叫作SLAA的活动。哦，就是匿名性爱戒瘾会。那里的人会去找妓女，你知道吗？然后留下巨额的信用卡债务，因为他们根本停不下来。在我看来，其中唯一的差别——当然这种差别相比之下不那么重要——也就是说，其中有一种非常强烈的饥渴感，有一个想要去填满的无底洞，并且有一种强烈的出门寻找类似的消费品的冲动，以此来获得满足感。在我看来，这就是最为动人的美国特色。

在这本书里，当你写到穆拉特……？

是马拉塞。

……他对斯坦普利说：你的国家……如果你去了解这个国家，就会发现，美国人有个可悲的地方在于，他们会采用一种娱乐至死的方式来对待一切。这就是《无尽的玩笑》是一部出色的电影的原因。

因为只要你提供选项，每个人就都会采用这个选项……别的文化对电视的迷恋和我们一样……有时更有甚者，他们无法看到真实和虚构之间的区别……

（即便如此，他依旧有强烈的欲望，想要给人们一阅读就停不下来的读物：《哈泼斯杂志》的编辑将他的作品描述成文学可卡因。所以上瘾也是一个隐喻，用来形容你对读者喜欢、痴迷一本书的渴望程度。这是一名艺术家的雄心壮志，忘了你生命中的其他事情：家庭、工作、室外的一切……只关注我。一个作家寻求的赞许和喝彩的程度：我为你放下了一切。）

奈保尔也是如此……

在我看来，这件事……我现在再说一次，这是我的一己之见，我无法——我无法说服你。但是，我觉得其中还是有些不一样的地方，它与某些令人伤感的事情有关。若是把我们自己让渡给某些事情，这是令人绝望的，从而成为——怎么说来着？有一个德语词是用来形容这种状态的，它的意思是“瓦格纳式”沉入进去，我觉得我们的文化在一味地鼓吹这种状态。我觉得其他的文化——尤其是那些更为压抑的文化——会轻而易举地将它禁掉。那种文化会找到某种机制来断绝它的源头。那种充分的需求并不会自动导致其可获得性。其中的种种因素会激发出——激发出更为严峻的问题。但从另一个方面来说，我的意思是，这部电影不仅仅是一部“麦高芬”[①]片，它还是某种隐喻性的设置……它会给你展现出这种差异数列。

（这是他的战术讲解，是他对这本书的内容进行的推销。他口齿伶俐，效率极高。）

……我记得我曾在空白处写道，所有的文化在观看电影这件事上都会做出同样的选择。

斯坦普利，斯坦普利也有过相同的论点。但是这个论点很糟糕，因为马拉塞本质上是一个法西斯主义者。你说的那种文化会教人们如何做出道德选择，这样一来，这种文化就会轻而易举地变成……一种极权主义、独裁主义文化。

但是那种不会那样做，并以自己不那么做为傲的文化——类似我们的文化的做法，或者说最近……我觉得我们现在正开始看到，在这种差异数列的另一边会有非常惨痛的代价。

那你没有给出这个问题的答案……

---

① 麦高芬：电影术语，指的是引导电影情节向前发展的元素，这个元素看似重要，实际上随着剧情的发展或许会消失，其作用主要在于让观众沉浸在电影中。

我不认为这个问题有答案。你的意思是说，是否应该推行某种法律？抑或说我们应该进行公民教育？我个人怀疑，那些非常重要的问题没有答案存在，因为答案是因人而异的，你知道吗？我的意思是说，没有哪种文化……我是指，文化就是我们，你知道吗？国家就是我们。

所以没有答案，无论是自由的文化，还是严管的文化。

我觉得整件事就是一场规模浩大的《小红帽》游戏，你试图找到什么才是对的。而你，你知道——怎么说来着？——你只有触碰到两端的墙之后，才能找到中间地带。你知道吗？这个国家真正让我感到惊恐的地方在于——我再说一遍，我希望你能帮我强调这一点，我是一个个体公民，不是某个权威——我觉得我们正在把自己往压迫和法西斯主义上面推。我觉得我们的渴望，我们对别人来告诉我们该怎么做的渴望——或者对某种确定性，对逃避某些事情的渴望——正在变得异常强烈，嗯，以至于我觉得……哈耶克甚至写了《通往奴役之路》，从经济方面做了类似的论证。但是我觉得，你知道，在帕特·布坎南[①]眼中，在拉什·林堡[②]眼中，西方世界的地平线上已出现了隆隆的响声，你知道吧。并且，再过几十年，情况将变得非常吓人。尤其是经济不景气的时候，人们就会，比如——那些从未挨过饿的人，或许就会挨饿，或者受冻。

克里夫·罗伯逊[③]。《英雄不落泪》。

（他笑了起来。）

---

① 帕特·布坎南（Pat Buchanan，1938— ）：美国政坛风云人物，同时也是著名右派政治评论家。

② 拉什·林堡（Rush Limbaugh，1951— ）：美国电台主持人，以保守主义的立场闻名。

③ 克里夫·罗伯逊（Cliff Robertson，1923—2011）：美国演员，《英雄不落泪》（又译《秃鹰72小时》）是他出演的一部政治惊悚片，讲述的是中央情报局的小探员揭露国家丑闻的故事。

（停顿片刻。）

那种吸引力会一直存在，但是我设想……我的意思是说，你上过一所不错的大学，你学过路易斯·哈茨[①]和自由盒子。（我点头。我不知道他说的是什么。）总会有一些伟大的……路易斯·哈茨是政治科学家，他谈了很多美国政治和……比如……欧洲政治之间的差别。我们国家不会利用政治影响力来获得欧洲国家所寻求的那种极端主义。其中一个原因在于，我们国家有一种特殊的自由温和主义，也就是我们对极端的做法会感到非常紧张。

我不知道你怎么想，我也不知道你的朋友们都是怎样的人，但是在我看来，我们就是更悲观、更饥饿的一代人。我所惧怕的是，当我们掌权之后，当我们四十五岁、五十岁之后会发生什么。那时候真的不会有人——不会有年纪更大的人——不会有比我们的年纪更大的人记得我们曾为大萧条或者战争付出过的巨大的牺牲。然后，不会再有人对我们的贪念和将一切拱手让人的欲望进行审视。我意识到——再次强调，我现在是站在个体公民的角度谈论这一切的，我不知道其他年龄段的人的情况是怎样的。我谈论的是我自己的感受，这是我心底的某种感受……

你觉得这一代人更倾向于——

我觉得这一代人或许会比其他年龄段的人好，也有可能比他们糟。因为我觉得我们将不得不去做一些编造。我们必须要编造我们自己的道德观和价值观。我指的是，老一代人——20世纪60年代和70年代早期的人干了一件了不起的事，他们表明了老一套的类似“父亲总是对的”“不要质疑权威”这样的独裁教条有多么荒唐和虚伪。但是没有人能真正站出来告诉我们该拿什么来取代这种价值观。里根给了我们

① 路易斯·哈茨（Louis Hartz，1919—1986）：美国政治观察家和学者，代表作为《美国的自由主义传统》。

一种——我指的是，对里根总统的不耐烦本身就是一则故事，它讲述的是想要回到那个年代的强烈渴望。但是里根出卖了过去。里根铸造了一种幻景，让我们觉得过去的四十年根本没有存在过。

我们是第一代——从我的出生年算起，也就是生于1962年的这一代人。我们这一代人成长于旧体制的碎片之中。而我们知道我们不想回到那个年代中去。但类似于——对认同的困惑，或是认为快乐和舒适就是生命的终极目标和意义的想法……我觉得，我们正慢慢见证一代人的死去……他们会死于上述那种想法的毒性。

死于何种方式？我的意思是说，真正的死去？

我说的是那样一群人——我说的不是那种死于街头的瘾君子。（*他的手表又响了。我老觉得是我放在包里的手表在叫。*）我说的是那群享有特权、智慧超常、积极规划职业道路的人，自读高中或者大学时起，我就很熟悉这样的人，如果你去看他们的眼睛，就会发现里面空空如也，充满不幸。你了解吗？而且这群人不相信政治，不相信宗教。他们相信公民运动或者政治行动要么是一场闹剧，要么就是幕后掌控着这一切的人获取权力的方式。再或者说，他们只不过……什么都不相信。他们总有一些稀奇古怪的理由不去相信任何事情，他们是可怕的讽刺家，是只会说风凉话的人。他们这样做没有错，只不过，在我看来，还有别的事情可以关心。

如果你去看，比如——有一篇写电视的文章，其中有些材料我写进了书里，我的意思是说，我引用了其中的一些材料。但是我相信，如果真的有一个拥有这种心智的大天使存在的话，那这个人就是莱特曼[①]。你知道吗？他是一个大师，不动声色地、带有讽刺意味地附和着老一套的自明之理，将他们的虚无感暴露得淋漓尽致。并且，他具有那种看透一切的精明老练，以及拉我们加入他那种凌驾于一切之上的

① 大卫·麦克尔·莱特曼（David Michael Letterman，1947— ）：美国脱口秀主持人、喜剧演员、电视节目制作人，以制作充满讽刺意味的荒诞喜剧和脱口秀著称。

召唤感。而那——莱特曼在我看来就是一种完美的反例……我的意思是说，在我看来，他就是这个时代的原型。除了极端主义者，我还没有看到过有什么人、什么事能超过他，你知道吧？拉什·林堡，他用莱特曼式的讽刺来奚落自由主义的立场。但是那种机制，那种思维定式依旧存在。我不知道在这之后会发生什么，但是我觉得一定会有事发生。我的意思是说，必须要有什么事情发生。

你觉得会发生什么事？

我猜测可能会发生的事是，会有那种英雄般的人物站出来履行职责。他们会展现出一种看起来平庸不堪、严重倒退的真正的激情。你知道，比如，有人会登上电视，真诚地说："以下这点极为重要，亦即，我们这个全球课税最低的国家将支付更高的税收，这样一来我们就不会让社会底层的人忍冻挨饿了。"做这件事极为重要，不是为了他们，而是为了我们。

（这很有趣，这是一种真正脱离实际的想法，几乎达到了美学层面。他不认为这样做是为了那些忍冻的人好，而是为了我们好。我没有把这话说出来。）

你知道吗？我们能否幸存，取决于我们忽视自身和我们自身的利益的能力。而那些人将看上去——在这种气候中，在这种由我们这代人、音乐电视和莱特曼所组成的气候中，他们看上去将非常怪异。他们看上去会像，怎么说来着？盲目乐观的人。或者像，嗯，你知道，临时小讲台上的女权主义者。他们将展现出空谈、虚伪、追求己利、沾沾自喜，以及诸如此类的一面来。

但从古怪的一面来看，我觉得他们……从某个层面来看，我觉得，这一代人的痛苦、疲劳会达到某种标准化的程度，你知道……现在有药物处方、性处方，还有成功处方。你知道，如果我可以在某个年龄达到某个目标，那么某种有魔力的事情就会……你知道吗？我们会像所有年龄段的人一样，发现事情并非如此。

从某种程度来说，我们会去寻找一些东西。就我来说，问题是，此后会发生什么？会出现像拉尔夫·里德[①]那样冥顽不灵的原教旨主义者吗？你知道，就是那种贪图安逸、一味想要回到过去的垃圾，他们压制自由，并且彻头彻尾地自以为是、心胸狭窄，会出现这类人吗？还是会发生某些事，你知道，类似开国元勋和联邦制拥护者所做的那些事情？你知道吗？我们是否会反省自身，并且认定我们已经把事情搞砸了，从而制定出让所有人受益的规则来？

……自从周二你我会面以来，我注意到了你对两件事的反应，我想就这两件事与你探讨一下。第一，当我由于上述某些类似的事情，提起我对帕特·布坎南的感受时……

当你提起……？

当我因为布坎南至少在谈论处在那种状态中的人，从而表达出对他的喜爱之情时，你对我露出了微笑。第二，当我提起波琳[②]时，我说："这就是波琳·卡尔为《回到过去》的结局振臂高呼的原因。"比尔·默瑞[③]扮演了多年滑稽可笑的讨厌鬼角色之后，再度现身，发表了那番诚挚的演讲，她为此写了一篇热情洋溢的文字。而你却认为这部电影糟糕透顶。我觉得，你对求真的态度或许是矛盾的，并且也能够看透这一点。这两个极端在你身上非常非常非常强烈，从某种程度来说，你都没有意识到——

（我也开始像他那样说"非常非常非常"。）

---

① 拉尔夫·里德（Ralph Reed，1961— ），美国保守主义政治活动家。

② 波琳·卡尔（Pauline Kael，1919—2001）：美国电影评论家，曾经为《纽约客》杂志撰稿。

③ 比尔·默瑞（Bill Murray，1950— ）：美国著名演员，在《回到过去》中扮演弗兰克·克罗斯这一角色。

我知道，从某种程度来说，我并不完全属于我这一代人，这一点我无法否认。而且我并不是说我是我所诟病的这一代人的例外。我想说的是，这是我们的工作，这是我们必须要做的事情，你知道吗？这是我们——我同意你所说的，我之所以这么认为是有原因的——《回到过去》的结尾设置了太多推肘、傻笑、比尔·默瑞冲着镜头做鬼脸的场景，这让我觉得这部电影以某种胆小怕事的方式，消除了在最后做出陈述的企图。

波琳·卡尔发现的勇敢和激情恰恰就是你所追求的。原因如出一辙。她写的关于那部电影的影评，谈的恰恰就是你所说的……因为比尔是我们在飞机上所谈论的事情的模范：这是他首度出场以来就有的问题——他的拿手绝活是"自知而滑稽的真诚"还是"滑稽而自知的真诚"？

波琳·卡尔的问题在于：她读的书不如以前那么多了。但是波琳·卡尔是我所谈论的那种声音之一。波琳·卡尔有一篇卓越的文章，指出许多电影影响恶劣的一点在于塑造的坏人形象与普通人完全不同。他们让这些电影转变成了夸张的卡通片，以至于让你感觉你是凌驾在坏人之上的，而不是让你觉得，坏人的某一面其实就存在于我们自己身上。你知道吗？她是……她是某类事情的好榜样。我的意思是说，你这个年纪的人，或者比你再年轻一点儿的人当中，是否有十个像波琳·卡尔这样的人存在？她是那种可以去追随的人，对吧？

之前你说话的时候，我想起了下面这句话："我们生活在旧有的道德的暮光之中，它足够让我们感到内疚，却不足以控制住我们。"你怎么理解这句话？

这句话是谁说的？

你是怎么理解这句话的？

这句话是谁说的？

厄普代克说的，是他于1962年写的作品中的一句话。所以，也许任何一代人都有同样的感受。

让我感到不舒服的是“所有的道德”这句话，我猜——

对不起，我想说的是“旧有的道德”。

好吧，我猜——（*所以，我们最终看起来就像《与安德烈晚餐》中的华莱士·肖恩和安德烈·格雷戈里一样。*）

（*磁带录满了。*）

◆◆◆

丹尼斯餐馆
I—55公路南边
威洛布鲁克，伊利诺伊州
奥黑尔和布卢明顿之间

（*大卫观察到，一旦我坐在桌子旁*）你就可以随心所欲地去构造一切。

我在写类似的报道时，最喜欢做的事就是引用别人的话，我喜欢人们对话的节奏。

但是你知道把某人大声说的内容写下来并不等同于抄写。因为将某人大声说的内容写到纸上，并不会把这种大声说的效果呈现出来，只会显得疯狂。

……类似珍妮特·马尔康姆[①]**做的事，她在《记者和谋杀犯》中为引用的杰弗里·麦克唐那**[②]**的话整理了一篇附录。**

这又是你读过，我却没有读过的东西，你说的是什么？

珍妮特·马尔康姆写的书，你曾经引用过。和杀手杰弗里·麦克唐那有关——

杰弗里·麦克唐那？有关那个作家和杰弗里·麦克唐那的事。是的，我很久之前读过。

（检查磁带）**我们得确保这玩意儿还在转，确保我们的话还能录进去。**

得令。我是你能干的上尉。

我们每四十分钟检查一次就好了。

嗯，嗯，嗯，嗯。这种……这种推销你自己的事儿，没什么不对的。除非我们觉得这事儿……这事儿就是这样。这就是要点，这就是目的，你懂吗？这就是我们进行访谈的原因——因为那非常空虚。你作为一个作家，知道——如果你作为一个作家，认为你的工作就是尽可能让许多人来喜欢你写的作品，并且觉得你很不错……那我是否可以，我们是否都可以说，对于作家来说，那就是显而易见的写作动机？这会毁了作品。每次都会。也许一部作品中有百分之五十的原因是这个，但作品会因此丧失一切魔力。并且它虽然会丧失魔力，但不会让你感

---

① 珍妮特·马尔康姆（Janet Malcolm，1934— ）：美国作家、记者，长年在《纽约客》杂志上发表文章。

② 杰弗里·麦克唐那（Jeffrey MacDonald，1943— ）：美国精神病医生，曾在1970年谋杀了一名病人的妻子和两个女儿，此事件一时间激起了轩然大波。

到危机。或者说，比如，它不会让你变得脆弱。或者……不，你看，我不是……随便吧，随便吧。

（他重击桌子。）

我们刚才谈到了电影。我们具体谈谈某些导演吧：伍迪·艾伦。

我从来都不怎么喜欢伍迪·艾伦。

为什么呢？

不知道。我想部分原因在于，我在阿默斯特学院的时候——我指的是，我当时从来没有听说过他。但是我记得我看过《性爱宝典》，看之前感到非常兴奋，因为我以为这会是一部非常香艳的电影。结果并不是这样的。总之，在东海岸，他当时非常时髦。我在看到他之前，已经听到了太多有关他的事。我也认为——我不认为他的幽默都是那么巧妙，那在我看来就像一场滑稽戏。但是我知道，我那些来自纽约的非常聪明的朋友都认为他是不折不扣的天才。那有点儿……

好，言过其实的导演们。你不怎么欣赏沃尔特·希尔。理查德·唐纳呢？

不是很了解理查德·唐纳。

他导演过《致命武器》《超人》。好吧，斯皮尔伯格呢？

我觉得斯皮尔伯格最初拍的几部电影具有非常强的魔力。他真的有一种直觉……知道该如何拍出挑动你神经末梢的电影。你知道，就是追逐场景的连续拍摄镜头，即便在类似《侏罗纪公园》这样的烂片中，也还有那个卡车追赶他们到树下的场景，对吧？

我爱这个场景。

他有那种讨好观众的技巧，嗯，就是把你放在情绪的过山车中。他在我看来就是好莱坞电影导演中把最擅长的事物表现得淋漓尽致的最佳范例。只要往上面砸钱就好了，你知道吗？钱对于他来说极为重要。我觉得，他和卡梅隆是最为鲜活的两个例子。如果你给卡梅隆的每部电影投七百万或者八百万美元，并对他说“尽你所能”，那么他拍出来的电影会更好。你知道吧？别把你的喜好投注在那些特别酷炫的特效上。去编一个前后不矛盾，并把观众当成年人来对待，且富有意味的故事吧。

我们刚刚谈到的……《侏罗纪公园》里那个场景的运作原理——这个原理也是好的小说扣人心弦的原因——基于细节……滴着水的树，我们一看就知道那里下了一整晚的雨。当看到卡车卡在一棵树当中时，我们就知道树要倒下来了。这些都是细节的呼应。

细节也带有各种各样的意义。细节会让观众产生“他们历经了千难万险”的疲惫感，你知道吗？这种细节越多，越会让观众发出“哦，又来了！”这样的感叹。它会让你有点儿想笑，让你铆足精力去期待下一次出现的树枝断裂的声音。然后是不可思议的结局：“好，我们又回到车里了。”它让你想笑——仿佛斯皮尔伯格知道该往你的血液里注入多少剂量的肾上腺素，并且他收放自如……但是这样做的危险在于，真正的操控性究竟在哪里？我的意思是说，他是一个大师级别的操控师。有好几次，我都觉得他比实际年龄更年轻，更像是一个天真无邪的理想主义者——就如《第三类接触》展现的那样，即便这部电影传递出了非常愚蠢的主题：“政府是恶毒的，他们会朝你们扫射，只有外星人才是好人。”即便如此，它依旧有那种天真……亦即，看《大白鲨》《E.T.》时，观众会有一种不可思议的感觉：“天哪，我们又变成孩子了。”但随后就出现了，我不知道，类似《铁钩船长》这样的作品，或者——

《直到永远》。

或者——好吧，《直到永远》里有些情节让我看哭了。比如“现在，我可以把一切告诉你了”，以及“他回来了，依旧爱着他的女人，但她再也不能见到他了”这种桥段，我总会……这种烂俗的桥段总能打动我。第一版——《祖儿小子》的第一版也让我叹为观止。但也有这种……在《辛德勒的名单》中，当他……这部电影真正依托的是对辛德勒道德蜕变的一连串图景式的展现。而我们领会不到。我们看到了几个瞬间，非常震撼的瞬间。我们看到他从那种粗鲁的人转变成了一个哭哭啼啼的好人，但没有连贯的故事来展现这种转变是怎么发生的。

也许恩泽是不可见的。

也许恩泽是不可见的，但是艺术之所以充满魅力，其中一个要素在于它能搭建出一个语境来，于其中我们能够在一定程度上将自我代入进去，并理解我们会如何受到这种恩泽的感化。那部电影，从许多角度来看都是一部引人入胜的电影，就像很多坎普作品会让人毛发直立一样。但那部电影有一颗娼妓的心，就是一场骗局。而且，那个结局，让那些幸存者都回去了的结局，虽然非常令人感动，很酷，却又多么玩世不恭啊。你知道，就像在说“你们要像我一样，因为我是非常高贵的人”，而不是传递出艺术感。我的意思是说——卡尔写过这部电影的影评吗？

不，她在她的访谈中谈起过。她也说过这样的话。

她也这样说过？好吧，这让我感到轻松了许多。因为我觉得我是唯一一个——我很担心我这样讨厌着一部电影，因为随后我就会担心人们觉得我是一个反犹主义者。

有一部电影是少数让我落泪的电影之一，名字叫……你小的时候看

不看漫画——

《勇敢的心》是我非常喜欢的一部电影，因为它是我祖先的故事。威廉·华莱士好像是第一个有名的华莱士……嗯……他好像是个孙子辈的人。他在阿盖尔的父亲其实是从威尔士过来的移民。那是兄弟俩。华莱士这个词在苏格兰的盖尔特语中的意思是“从威尔士来的人”。不管怎么说，我看这部电影——我想我一共看过四次，只是想去听听那些穿苏格兰裙子的男人说：“华莱士，华莱士！”（笑）

尽管我这么说……这么说也许不是最严谨的，然而有一种类比，我觉得差不多就像，如果你是个犹太人，你会把种族的整个历史融入你的意识里，斯皮尔伯格就用不着费多大的劲来刺激你。至于……我指的是在《勇敢的心》里，当他高呼“自由”时，我哭了。我确定在别人看来我哭的行为太虚伪了。

我喜欢那个场景，真的。我喜欢那种结尾。

不过，他是完美的：他从不示弱，从不胆小，从不……这里面没有，没有什么可类比的——我根本无法在他身上看到我自己，你知道吗？

他完全是另外一个人。从某种程度上来说，辛德勒太……你小时候看漫画书吗？

不是特别喜欢看。

因为这很滑稽。斯皮尔伯格的景别设计来自D.C.漫画，脸部被推到画面的中央位置，我小的时候讨厌这样的景别，但是它在电影中很管用。

好吧，我不知道这种景别是什么，我从未喜欢过——我真正喜欢的是那种给孩子读的系列书籍。《哈迪男孩》系列、“汤姆·斯威夫特”

系列，所有署名“富兰克林·W.狄克逊”的书。弗兰克·奥哈拉是一个大作家——还有弗兰克·奥康纳，他写了许多短篇小说，比如《我的俄狄浦斯情结》，诸如此类。不，富兰克林·W.狄克逊，这个名字在后来被证明是某个委员会的笔名，这个委员会还出了署名为“凯若琳·基恩”的《南茜·朱尔》系列。而我也把该死的《南茜·朱尔》系列读了个遍。

是吗？

是的。我不知道为什么，就喜欢看那种类似肥皂剧的连载书。

（就像他写的这本长长的书，简直可以说是一整个世界。）

好吧。在过去的两三年里，你特别喜欢的电影有哪些？

在我过去的日子里，1986年的春天是我看电影最多也最为重要的一段时光。那时我在读研究生，看了大卫·林奇的《蓝丝绒》。那段经历有些奇怪，我可以谈谈，因为我刚刚写完一篇谈论这一切的文章。但是——

（他关掉了录音机。）

（停顿片刻。）

你读研究生时的情况是怎样的？

好吧。当时有——我们这届有五六个学生，他们是阿默斯特大学里的实验主义者和先锋主义者。阿默斯特大学是那种食古不化、推崇厄普代克在《纽约客》杂志上发表的现实主义作品的地方。他们骨子里认为我们都是些混混。令人难过的事实是，我们确实是混混。我们装腔作势、冷漠，没有情感。但我们不相信解决之道是回归19世纪的写作。我的意思是说，有些人势必会住在上流社会的房子里，养一只猫，你懂吗？我所谈论的东西出自我个人的经验。

我记得看《蓝丝绒》时的情景。我是和三个女人一起看的。其中一个女人走了出去，另外两个走出去时对这部电影破口大骂。而我那时没有勇气说任何话。因为我……我……这部电影完完全全地震撼到了我。我第二天又去看了一遍。

我有一种感觉……那时，我第一次隐隐约约地感到，作为超现实主义者，或者作为一个古怪的作家，并不意味着你可以推卸掉身上的某些责任，事实上这些责任被升华了。《蓝丝绒》的魔力在于，它如此清晰地——我要指出的是，对此我有一整套你不愿意听的理论。林奇是一位真正意义上的表现主义者，像《卡里加里博士的小屋》[①]那种风格的表现主义者。或者说，他非常善于在电影中表露他的内心世界，这正是促使他拍摄电影的一个非常病态的动机。

但是那部电影的魔力在于……比如，就我知道的来说：最后一个场景，杰弗里待在公寓里，那个黄衣人站在那里，并且他已经死了，但是他就这么站在那里。最终表明这是林奇曾经做过的一个梦。他亲口承认的。这完完全全是一场梦境般的体验。但它同时也是完全正确的。它只不过——并且它在每一个景别里完整地呈现出了那类细枝末节的东西，而没有让人感到那是多余、愚蠢的，或者装腔作势的，完全让那些景别把全部的意义展现了出来。这是我首次意识到，实现那些现实主义者的主张还是有方法可依的，也就是说，可以通过超现实主义和表现主义的方法来实现。但是那样做非常恐怖。因为，比如说，在我看来，《我心狂野》就不怎么好看。里面所有的一切都是在转移视线，它们显得空洞而无所指，那些角色也是可以相互替换的。不过，《我心狂野》和《蓝丝绒》这两部电影，许多场景之间的区别非常小。

---

① 由罗伯特·威恩执导的一部惊悚片，其画面和布景都有强烈的视觉效果和象征意义。

（银器的声音，鸣叫的声音，忙碌的餐馆：谈话声和嘈杂声。）

这就是他拍摄电影的机制让人感到有趣的地方。他会在拍完一部很烂的电影之后，很快又拍一部电影出来……我同样好奇的是，他在拍完电视剧和《蓝丝绒》之后，获得了怎样的关注。我的意思是说，他都登过《时代周刊》的封面了。这一定让他感到奇怪和伤感。我指的是，我觉得这肯定与那些失败的电影有关。

我觉得，问题大多出在《双峰》第二季，以及《双峰：与火同行》上。事情是这样，林奇已经有过80年代早期拍摄《沙丘》的经验了。这部电影我觉得是他真正意义上受到的巨大的考验，拍摄这部电影要么能毁了他，要么他就——

他拒绝了一大笔钱和许多别的什么屁事，选定了德·劳伦蒂斯制作公司。你看，预算只有这么多，你还得省着花。我觉得他称得上一名英雄。但不管怎么说，这部电影对我来说是一部巨作。

我碰巧喜欢《沙丘》。里面有肯尼斯·麦克米兰。

碰巧喜欢什么？

《沙丘》。

《沙丘》很好。但是《沙丘》——我的意思是说，你也许知道这一点，《沙丘》被剪了百分之五十的内容，不是林奇剪的，而是事先就决定好的。这部电影的情节是断裂的。我的意思是说，那个一开始出现的叙述情节的女人，我们再也没有看到过她。嗯，就是那个矮个子女人，那个扮演妹妹的糟糕的女演员，嘴形和台词根本对不上……但还是有些许能打动人的地方的。肯尼斯·麦克米兰无可挑剔。还有什么——哦，还有那些保水装置和虫群。你有没有观察过电影里的那些虫子，它们大张着三角形的颚，是不是和《橡皮头》里的虫子一模一样？是不是就是《橡皮头》里那些他非常喜欢的拿来玩耍的衣橱中的虫子？这一点非常非常非常非常奇怪。

（在影片中，那个人不断地把这些虫子丢到灯光调配器上，让它们在上面跑来跑去。）

他是如此不喜欢它，以至于当这部电影在电视上播出时，他把导演的名字都给拿掉了……然后把导演归在了艾伦·斯密西[①]的名下，这个人显然拍了很多电影……

我并不知道。我不知道。

……电影的导演成了他……在电视上，这部片子就成了由某个叫斯密西的人执导的。

这一点也很有趣，因为，就是在1986年，《妙想天开》面世了。这又是一部把梦境拍得如此震撼、如此连贯的电影。我觉得我写的东西——我的意思是说，我总会运用一些梦境的材料。但作为一个年轻作家，我还从未想过我竟然依旧有义务去做某种叙述性的工作。这是现实主义真正的目标，超现实主义的目标也是如此。这两者是无法说清楚的。但是，可以说它们是两条目的地相同、构造完全不同的高速公路。这一点我之前一点儿也没有想过。

我觉得，正是大卫·林奇以及当时上映的《蓝丝绒》挽救了我，让我不至于退学，甚至挽救了我的作家生涯。因为我总会想，我是否可以在那段时间里拍一部电影？我的意思是说，一有风吹草动，我就会坐不住。

其中还包括一个事实：这部电影实在太恐怖了。这部电影讲述的不是一个孩子发现了城市中的恐怖。这部电影讲述的是一个孩子发

---

① 这个名字是美国导演用来隐去真名时惯用的一个假名，许多导演都曾用这个名字来掩饰自己对所拍电影的不满意。

现……他自己身上有许多地方和弗兰克·布斯是一模一样的。（他不担心这样说算是陈词滥调，在事情过去这么久之后，再这么说只能算是一种讽刺。）并且这是一部奇怪的电影，因为全片高潮在第二幕的结尾才出现，弗兰克在车里转过身，看着杰弗里说："你和我一样。"但这是唯一一个——除去窥视的场景之外——从杰弗里的视角拍摄的镜头。这非常——

但是，我觉得这个镜头有一点儿做作，因为这就是这部电影的关键点。

是的。但是许多批评家都没有意识到这是电影的关键点。许多批评家没有意识到这是一部开创新纪元的电影。你知道，他们只认为这是一部讲述"一个惊呆了的孩子发现了潜在的堕落"的电影。你知道吧？你看到了过度饱和的色彩，以及挥舞着手的消防员，而在表象下面——他们完全忽视了。我的意思是说，我为了写这篇文章看了所有的相关材料，结果发现貌似只有少数几个批评家知道这部电影拍的是什么。

波琳并没有看懂。

是的，但是她的评论写了大概有一页半这么长。她更感兴趣的是这部电影事实上有多么不真诚。她的核心观点是，观众和林奇在这部电影中所展现的心理问题之间鲜有艺术性。你知道，她觉得这非常像是在观看某人在屏幕上投射出的自我。

那在这部电影播出之前，你在写什么呢？

我想想，我能清晰地记起来。嘁嘁嘁嘁[①]。我写了——我当时正在学习古英语，我用古英语写了一个有关英国农村的故事。我还写了一部

① 这里是大卫在模仿自己的大脑思考时发出的声音。

长篇小说，后来登在了一本杂志上，它讲的是一个祖先是英国新教徒的美国人，他一直把自己伪装成犹太人，甚至和他的妻子在一起时也是一样——直到他的妻子到了癌症晚期，他才把自己的本来面目露出来。但是这两篇小说本质上都是我用来炫耀各种技巧的产物，比如惟妙惟肖地模仿犹太人的声音和对话。这更像是我想要做的事情，而现在，我怎么能够为了表明我能架构一篇故事而去架构一篇故事？

我的意思是说，我曾经就是这样，非常自负。我会为自己辩护，当那些教授说他们不喜欢我写的这种东西时，我会觉得这只不过是因为他们不明白我架构在这上面的庞大的概念性框架而已。但是我当时并不愿意觉察到，我得把这些庞大的概念性框架架构在一种必要的潜在结构之上才行。“我应该怎么用X这种方式来炫耀？”“我应该怎么用Y这种方式来炫耀？”这是我在……比如，雷奈尔的小说中发现的。他在我看来非常有天赋。他也是我时常感到有共鸣的人：关键在于马克·雷奈尔是个聪明且有趣的人。关键在于马克·雷奈尔是个聪明且有趣的人。这很好。并且他全凭自己的本事吃饭。

但这就像，你砍掉了百分之三十——艺术中有一种无形的东西，你知道吧，为了这种东西，你可以舍去看电视的时间。

为了这种东西，可以舍去看电视的时间？

很好，我觉得为了好的东西值得。但同时，我的意思是说，艺术需要你动手去实践。但我们并不具备一刻不停地去实践的能力。比如对我来说，流行小说或者电视一度是最对我胃口的两样东西。它们给了我创作的素材，并且我也愿意花时间去看这些东西。问题在于，当我试图从那些东西里汲取我自身精神的、情感的、艺术的养料时，它成了一种类似节制地吃糖的体验。我知道我在一遍又一遍地重复这个说法。我发现没有别的类比能够更准确地说明这一点。

这一点你写进了书中……

这一点我写进了书中，但在书里是和小孩子有关——家长是否应该让孩子少吃糖果。是的。我也——这又和我本人相关。也就是说，你有没有发现，我在这趟旅程中吃了很多糖果？我有低血糖症。如果我吃糖果，我就会头疼，会感觉一团糟，我不该吃糖果。但只要吃一点儿，我就会吃更多更多更多更多。（我点头：我也是如此。）是的，这很有趣。

你从《蓝丝绒》和《妙想天开》里学到细节很重要，即便是不现实的事物的细节。

是的。如果超现实主义当中有百分之九十九点九的东西是完全真实的，那么无论它的表现手段是什么，都会取得更好的效果。你不能只是——你知道的。有些事情……如果我不教书的话，根本无法清晰地述说出来。我通过教学发现我的学生，你知道——“这还不够真实。”“但这本就该是超现实的。”“是的，但是你没有抓住要点。”超现实主义没能起到作用。我的意思是说，超现实主义这个词大多数时候就是现实主义的意思，你知道吗？它是超越现实主义，凌驾于现实主义之上的某种东西。它是透过林奇的景别展现出来的某样东西。如果与之相关的其他所有东西没有完整的架构，没有得到完美的描述，那么它就无法起作用，不会让观众受到心灵的震撼。

你为什么不买一台电视机？

因为我会一直看下去。去朋友家看电视挺好的。这种情况非常像服用安塔贝司什么的。我的意思是说，此举降低了我观看电视的总量。

所以你会打电话给朋友们说：“你们都走吧，我要来看电视了。”还是说，你会和他们一起看电视？

我会制订计划。我会说，比如：“你们要看电视了吗？”如果有我想看的电视，我就会过去。

若不是这样，你就会一直看下去？

是的，我甚至不知道我是否真的在看。你的情况很有可能也是一样，电视会一直开着——这在我看来就像一个壁炉，一个放在角落里的光源和热源，我时不时地会身陷其中。

（停顿片刻。）

（账单推到我们面前时，大卫说了“詹恩会给这顿饭买单吗？”那一系列的问题。同时，他又对服务员说了起来：“我们是纯友谊出行，”或者，“我们不是一对，等等，等等，不是那种关系。”我指的是，这是他标准的幽默。）

大卫认为凯文·史派西和安东尼·霍普金斯是过去四五年里不分伯仲的两个出演精神病人的演员。那么克里斯托弗·沃肯能排第几？

哪个克里斯托弗·沃肯？

演过《黑道皇帝》《陌生人的慰藉》的那个。

这样啊，我好像没有看过这两部电影。我觉得他在《真实罗曼史》中的表演非常精彩。尤其是那些小细节，比如“那场哑剧”“男人有十七个，女人有二十一个”。

（他模仿沃肯还算不错。他非常有模仿的天赋。）

哈。

“我父亲是西西里岛谎话大王比赛的超级冠军。”

那个出色的场景：他要去揭发斯拉特尔和帕特丽夏·阿奎特的藏身之处——

不然他们就会毒打他，逼他招供。所以，他知道他得激怒他，让他想把他杀了……我的意思是说，塔伦蒂诺百分之九十的时间里就是个蠢货。但在那百分之十的时间里，我看到的是这个人身上闪耀出来的天才气。

但是那个场景：这是令人信服的英雄主义，它以某种电影几乎从未用过的方式表现出来了。

但是，随后就一直是那种名字贴在冰箱上的古怪手法。（笑）那太……

你看过《终极尖兵》吗？

布鲁斯·威利斯演的吗？是不是那部他在最后跳起了吉格舞的电影？哈，我看的时候——我看这部电影时没怎么留心。我记得我是在某人家里的录像机上看的。

我很喜欢布鲁斯·威利斯。自从我看过《蓝色月光》这部电视剧，他就深入我心了，我非常喜欢他在《低俗小说》里的表演。

◆◆◆

回到车里
突然间

（抱怨）我他妈太被动了。

◆◆◆

在埃克森加油站

（站在油泵旁的醉汉："你们两个不会是在约会吧？你们是欣斯代尔人？"）

没接上。

（随后，我们把油盖放在油泵上面。这一举动让全国租车公司的人不是特别理解。）

◆◆◆

回到车里
行驶在I-55公路上

（我让大卫开车。）

我想问你一件事，满足一下我的好奇心。在第十街道会所举办的那场令人眼花缭乱的图书宣传聚会上，你走进厕所时，是不是看了一眼镜子？你是为了照一下镜子才进厕所的？

什么时候？

就是你进厕所的时候。我们那时正在聊天，而你走进了厕所里。你貌似摸了摸一边的头发，把头发往后捋了捋，随后就朝镜子看了看。我是不是看错了？

我去厕所是为了把我的烟草拿出来。其实，我给自己立下了规矩，聚会时不去照镜子。因为我知道有许多人在看我，如果我知道我当时的样子，我会疯掉的。

但这一点势必让人感到疑惑了……我的意思是说，你甚至不和聚会上的任何人进行互动……

（*发火*）我当然互动过。我没有——聚会期间，我有一半的时间待在楼上的办公室里，先是和查理斯，随后是和马克·科斯特洛在一起。那里有一个很棒的小角落。我们在那里可以看到所有人聊天，简直可以说其乐无穷。

（*手握方向盘*）这很棒，我开着一辆多缸汽车。真是一辆不错的旅行车。

（*停顿片刻。*）

迈克尔——这个名字我总发不准音——不是迈克尔，而是恩菲尔德网球学院里的那个亚洲网球选手的名字……

帕缪里斯。他不是亚洲人。

不，不是帕缪里斯。

哦，哦，哦。拉蒙特·楚。

这就是为什么我要带这本书去丹尼斯餐馆，尽管我们没时间看。这个人物，拉蒙特·楚，他对名声有一种复杂的反应。这就是他去找莱尔的原因。

哈哈哈。

（他很开心。他一直在等人把这一点说出来。）

和我聊聊这个吧。你知道我这么问的原因，你就是因为知道才发笑的。所以，告诉我吧。

当然。不，整件事是这样的，嗯——是的，当一名年轻的研究生作家就是这样的。这样的作家肯定会敬畏某些老一辈的作家。你会感受到一种幻觉，感到在所有因忌妒而起的痛楚中，有一种反向的满足感，这就是被你忌妒带来的快感。而我……记得当一名网球选手时的感受。我对那些老一辈的成功的网球选手怀有同样的感受，这一点……

但是，实际上，现在你就处在一种反向的满足感里。

嗯……真的吗？

是的。

好吧，那我告诉你，从非常可靠的一手经验来看，没有什么——没有哪种强烈、敏感的快感能与忌妒某个前辈所带来的强烈、敏感的痛楚相媲美。他们写出了一些东西，或者赢过某些锦标赛，这些都是你非常羡慕的。

让我们来谈谈那些简单粗暴的事……

先告诉我后窗的除雾器在哪里。

嗯，我读这本书时，一边做笔记，一边意识到，这本书是你遇到写作瓶颈时阅读别人的作品后的产物。

哈哈哈哈（阴沉、毫无遮掩的笑，夹杂着被人发现的快感）。

这就像，只有那些三十岁以下的作家才会意识到……这是苦涩的真相带来的结果。事实上，有一个片段被迈克尔大刀阔斧删减过。因为它在不停地唠叨着一整套有关成名的理论，以及成名的幻想之类的东西。

你说的是几个人在玩射击游戏时发现石油的那个片段，对吗？我觉得，你其实想表达的是作家发现名声的事儿，对吧？

哦，你指的是我们这一代的年轻作家之类的吗？这更像是那些老一辈的作家——就好像看到你的照片登在了杂志上的感觉。你说得对，整个过程中有一些美妙的反讽，我甚至都没有……这就是我需要回家，并且为之感到颤抖的其中一个原因。这是因为我还未想过会发生任何类似的情况。

我现在打算给你读一些东西。我在这里面发现了一些内在的闪光点。所以我要给你读一些引文……

让我看看到哪儿了……哦，“南方”“乔利埃特……”

是那个监狱，对吗？

这是当地迷人的景观之一。

《福禄双霸天》在这里取过景？

是的。这也是《骗中骗》第一部分中的场景。

乔治·罗伊·希尔……伟大的导演……那部有关冰球的伟大的喜剧。

冰球……哦，《火爆群龙》？是的，那是一部很好的电影。

……我爱里面的汉森兄弟。

是的，是的。“你最好看好你的孩子，在你还没反应过来的时候，他早就把别人的鸡巴含在嘴里了。”

剧本中包含着这种对同性恋的迷恋，这种迷恋非常古怪且刻薄。

是的。这是一部低劣的电影，但是它很有趣。（我们的车道上投进了尾灯的光亮。）前面那个开车的家伙真是个傻×。

这部电影真的很有趣，它在我还是个孩子时把我给征服了。随后，这个导演的导演生涯就结束了。

顺便问一句，他的导演生涯是怎么结束的？

他拍了——《滑稽农场》是他拍的最后一部电影。他在切维·切斯这个地方进行了一次血本无归的房地产投资。20世纪70年代古怪的大导演……《情定日落桥》……

《情定日落桥》是他拍的？这是一部伟大的电影。

《骗中骗》和《虎豹小霸王》……获得了史无前例的巨大成功。

那他的职业生涯怎么会结束呢？

我觉得他就是拍不出好东西了吧……《情定日落桥》里的戴安·莲恩……美极了。

哇！是啊！我知道，我同意你说的。更别说她长大后，变成了一个他妈的天使。她出演过《棉花俱乐部》，但那之后几乎没演过什么了。

……还出演了《狼将奇兵》……

我讨厌这个："车辆之间比看上去更亲近。"

所以，你料到了人们会这么做，对吧？

什么？

某人会把这些东西读给你听……

你想读多少就读多少，只要我不用回应。

你得知道，当你写出了那个孩子，以及莱尔谈论想要成为名人的片段后……会有人说……你就是会写出那种东西的人。你知道某人会回过头来问你那些桥段。

只有作家才会这样问。由你来做这件事，有好的一面，也有不好的一面。我是认真的，老兄，如果你……如果你不是一个写小说的人，那这次采访一天前就已经结束了。

好，我很感激……

必要时我会变得非常严苛。说实话，要想让我，要想让我喜欢一个人，我就会变得非常被动，会去担心他的感受和诸如此类的东西。

……你一直在担心我的感受？

你知道，这是由各种事情组成的混乱的一部分。正因为如此，这种担忧才会让人感到疲惫。是的，同时，我有一种不可思议的忍耐力。我的意思是说，我会揉搓双手，然后在六七个月之后联系你。在你和别人取得联系之前，我会一直等下去，想要听到你的看法——这一切如此有趣。

没什么大不了的，在你身上发生过的事情每隔五到十年也会发生在年轻作家身上。

可能不会隔那么久。但是你肯定知道——我指类似我这样的情况——一本新书出来以后，盛大的表演是怎样一副场景。

这是真的。但是你所获得的这种关注……也许对于我们这个年纪的人来说，每隔十年才会有一次。

不，这……这是两码事。《纽约时代周刊》是一回事，《滚石》杂志则是另一回事。

（他略微有些不真诚。）

我会去关注那些变得更好或变得更坏的作家，当他们获得某种程度的成功时，当他们的书获得某种类型的关注时……类似这样的情况真的很少很少发生。

哈！

哦，你也是知道的。得了吧——你在笑！你知道你也是清楚的。你也会关注这种烂事，得了吧。

我会关注烂事，但是我更会铆足劲对抗关注烂事的诱惑。我会在一定的距离之外关注这些事情。是的，我对这些事心里是有数的，但还是会带着某种怜悯之情。我的意思是说，我已经和你说过了，对于这些东西有多少进入了我的内心，我会非常谨慎。因为我要回家，要花一个月的时间把手稿写完，然后去忙别的事儿。这种烂事越真实，我就越会满脑子想着它。此外，你手上正拿着录音机，所以我最终会在这篇报道里读到我说过的话。这会让自我意识继续循环下去。（笑）就好像，我需要成为——所以我并不是，我并没有在和你周旋，我并没有把你当猴耍。

你得意识到，我必须严格把控有关我的事情的真实度，同时我不愿意去过度吹嘘它。我觉得，真相就存在于你说的和我说的之间。我的意思是说，艾米·福尔摩斯正在为《艾丽斯的终结》举办巡回宣传，与我的巡回宣传相比，她的规模更大，接受的采访也更多。你知道吗？所以，或许一年会出来十本书，十本由年轻作家写的文学书，这些年轻作家——

这是出版商愿意看到的局面。他们会在钩子上挂各种各样的东西。他们会在钩子上挂很多马肉——或者别的他们会拿来挂的东西——抑或只挂一点点马肉——

我觉得应该是贝壳肉，这种肉可以完美地切成方块。

我刚刚想的是某种大块的肉类。

哈哈！

他们会把诱饵扔出去，但并非总能引鱼上钩。我的意思是说，他们把诱饵抛出去，但他们不知道谁或者什么东西会上钩。

那么，这一次有东西上钩了吗？

一条马林鱼。

鱼竿正在朝下弯曲。正在弯曲。

一条巨大的马林鱼。一条具有史前生物规模的马林鱼……

哈哈（试图忍住心中的喜悦）。

这种情况非常非常少见。

这可能是那种让你欣喜若狂的鱼，你俯下身去，想用鱼叉把它叉起来，但接着它会把你的胳膊咬断。

是的，但就目前的情况来说，这条鱼已经被叉了起来，进展很顺利……

啊，我们——你为什么不打电话给——我告诉你，你可以去找他了解情况，这会很有趣。你为什么不打电话给杰伊，问问他对这本书的看法呢？麦克伦尼。

（杰伊给予了这本书一个好坏兼有的评价。例如：
"我感到……一种夹杂着焦躁的钦佩之情，它朝着令人难以相信的方向猛转……如果华莱士先生才华不够，你可能在读到《无尽的玩笑》大概第四百八十页的时候，就会想要把他给毙了——也有可能想把你自己给毙了。事实上，不管怎样你都会这么做的。"）

好的，我会打电话问他的。还有一件事：你知不知道，在过去十年里，《滚石》杂志采访过多少个年轻作家？

哈哈。

一个也没有。

真的吗？

我核实过，一个也没有。

只不过，我们得意识到，是的，没错，我觉得我写了一本不错的书。我觉得是出于某种原因，比如时机恰当之类的。但是《滚石》杂志对我感兴趣，与我本人或这本书关系不大，是这本书周围弥漫着的那种乌烟瘴气的大肆宣传让它名声在外。

好吧，不，但是……我的意思是，你说起……你想要了解这趟宣传之旅是怎样的。其中百分之四十的访谈是有趣的，百分之六十的访谈者是非常有魅力的人。这些人会说："我得承认，这本书太厚了，我只读了五页。我真正感兴趣的是，你是如何获得这么多关注度的？"你知道吧？我只是——这种现象并没有从我这里消失。基于这种事实，外加另一个事实，亦即，我曾花费了很多精力尽量从这种关注中抽身出来……所以，我只是想向你解释——如果你觉得我在玩一些装聋作哑的把戏，那我没有，我并没有试图在你面前装腔作势，抑或把你当猴耍。我只是，只是不想与这种事情有一丝一毫的关联。

懂了。

因为，因为，你知道，我已经三十四岁了。我终于发现我真的很爱写这类东西。我真的很爱努力写作。我非常害怕……这样的事情会在某种程度上扭曲我，抑或说将我变成那种渴望被认可的人，这种渴望会使写作变得索然无味，你知道吗？

（解释原因。）

我想要能够——我的意思是说，你知道，我觉得《无尽的玩笑》是一本非常好的书。我希望，如果我再坚持不懈地写上十年或者二十年，能写出比这本小说更好的作品来。这意味着，我得非常小心，你知道吗？因为，你知道，你知道，我不想成为一个参加游戏节目的人。你一直在谈论这个话题，同时一直开着录音机，没人会不把这个放在心上，没人能从容应对的。我的意思是说，这种事对任何人，对任何人的写作前途都不会有任何帮助。所以，如果我不玩各种各样的心理游戏，或者放下了防御的架势，你知道，我就成了一个傻瓜。

这样做非常聪明。你说一些话，引起我的兴趣，然后我就开始滔滔不绝，这很好，因为我喜欢你这个人，所以我就和你滔滔不绝。但是录音机开着……

但是，我刚刚在想，你所谈论的是你对这份工作的热情。在厄普代克论述“自我意识”的散文中有一个片段，他说——

他写过一篇名为《自我意识》的散文吗？

他以这个为名，写了一本书。

我以为这本书叫《和盘托出》。

不，《和盘托出》是其中一篇文章……

老天，迄今为止你已经给我推荐了六本书。雷纳塔·阿德勒、《匿名女仆》、纳博科夫的书信——

我不确定你是否真的会冒险去读那些书，因为你是一个更以自我为中心的人……我很抱歉用“以自我为中心”这样的词，你不认为——我说“以自我为中心”这个词时，你在摇头。你不认为自己是这样的人吗？

是的，我不认为。

为什么呢？

我自认为是那种不是被别人而是被自己给耗得一干二净的人。但这样说并不代表我以自我为中心。我不……我不按那样的方式来理解自己。如果我感到自信满满，足以把采访处理妥当，我就不会对这种事情小心翼翼了。我意识到这一点会成为一个非常好的材料，成为这篇报道中出彩的一部分。但是，这也极有可能——你知道，我感觉我们某种程度上已经算是朋友了，并且……能够理解这一点。我指的是，这种事非常吓人。我觉得如果我们处在完全相反的立场上，你也会说一大堆类似的事情。这很好。但是，与此同时，这也非常非常吓人。因为我得……你知道，我想要的是再写大约四十年。

哈。你是否有大体的志向？

是的，我觉得我有。这志向彻底改变了我。我的意思是说，我现在真的很害怕这样一种志向，亦即希望被别人善待。仅仅因为，这种志向把我送进了自杀监护室。

除了发表一些含糊、装腔作势的艺术评论之外，我现在无法说清这种状况到底是什么。

比起某些因此待在自杀监护室里的人来说，会不会有人对此更有心理准备？

我觉得待在自杀监护室里的人在心理上要么准备得更好，要么就没什么准备。因为，我不觉得我们会有所改变。我的意思是说，我确定我身上依旧有类似的一部分存在着。我得找到一种方式，不让这部分驾驭我。我能要——我能要一罐百事无糖可乐吗？（先喝，然后吐烟渣。）

你说过你会严格对待上瘾的行为。你能训练自己戒掉这种行为，你不会按照既定的步骤去喝酒。你难道不觉得你能训练自己……？

可以这样说。只不过，“既定的步骤”这个说法我不喜欢。

（路上安静下来了，只听得见轮胎摩擦路面的声音，还有挡泥板和车窗穿过空气时发出的嘶嘶的类似飞机飞行的声音。）

我会在报道中说，我注意到你不喝酒……我们去各个餐馆吃饭，我原本可以点一杯啤酒或者别的什么喝的，但是我没有。

你想喝什么就点什么。

我有几个做过访谈的朋友，他们说他们一直很谨慎。当他们第一次做访谈时，他们不想让人们当着他们的面喝酒，所以我也一直不……

好吧，我在任何访谈中都不是什么权威。但是，就我对访谈非常浅薄的认识来看，参与过几次访谈的人都是……都是非常平易近人的人：你可以在他们身边吸食手背上的可卡因。只要他们有相当合理的理由和你待在一起，你就不必有顾虑。

我能把这个（车内灯）关掉，或者……？老天，这样很容易把车开得飞快。

才七十五迈。你可以把定速巡航打开……

好吧，定速巡航让我紧张。

在书里，我看到你把张德培也给打败了。

（他笑了起来。）

好，我要读第一段引文了："沉迷于将来时的名声，让一切变得惨淡。"你不再贪杯，远离电视……你不得不训练自己远离它，因为你很清楚，接触它或许是有害的。

啊哈。（*他那有待商榷的“啊哈”。*）

这一点就和你在一段非常痛苦的时间里训练自己远离关注度一样，对吗？现在，这种关注度被推到了你的面前，无论你是否需要它。

没错。

那有关……呢？你能规范并且控制自己做其他一切事情的度，只是这件事不行。

好吧，你得意识到，我确实不是那种有自控力的典范。我有极为严重的尼古丁成瘾问题。这让我觉得我真的要把尼古丁给戒了，至少得把嚼烟给戒了。它快他妈的要把我的下巴给弄掉了。你知道吗？我也有糖果上瘾的问题，而且我……你知道，曾与历任女朋友闹得非常不愉快。我的意思是说，这不是，你知道，我不是……不，不，不，不——但是我想说，你知道，这不是，这不是……不过，确实，名声这种东西，名声这种东西真的很吓人。我对此非常困窘，因为如果我完全回避掉这些，我就在辜负利特尔＆布朗出版社，他们真的花了巨大的心血。但是我也——这会是一个非常好的借口，因为我身上有那么一小部分确实非常爱做这些，你懂吗？

如此大的一份杂志会支付所有的费用派你来——他们又不是傻瓜或是无所事事的人——把我录在录音机里的话再重复一遍吗？我的意思是说，这一点让我非常困惑。

而我正试图做出类似“这个可以做，那个不可以做，我这样做的原因是什么，我那样做的原因是什么”这样的决定。这就是我想要结束这个阶段的其中一个原因。这是你头脑中异常艰难的一件事。并且我觉得，这就是我想，你知道，每天抽三包烟、嚼两罐烟草的其中一个原因。（笑）这只不过——这很好。但是它之所以很好的其中一个原因在于，它要结束了。从明天的某个时刻开始就结束了。并且，我已经和利特尔＆布朗出版社确认过，再也没有这样的事了。这就像，我一直是一个非常好的小演员，但再也没有戏可以演了。

让我感到恐惧的是，我在未来的两周时间里都会沉浸其中。我会希望你带着你的录音机回来，你知道吗？随后我就不得不，你知道，我就不得不从受到万众瞩目当中平复下来。因为这就像往你的大脑皮层注射海洛因。而我需要鼓起勇气去做的是：坐在那里，熬过去。此外，还要提醒自己，你知道……你知道一切没什么两样。而真实的场景是，我待在一间房间里，面前放着一张纸。一切……一切间接相关的东西，其中一些让你感觉很棒，另一些却不会。但这就是全部……那就是……那就是真实的东西，其余的一切只不过是围绕着这一点展开的交谈罢了。

我现在想来，这件事是挺可怕的。这种感觉势必像一个宇航员回到他的家里：他一直受到别人的指示，待在另一个国度里，被发射到了某个地方，与世隔绝地做着一切事情。随后他开车回家。他的生活已经受到了某种程度的入侵，突然间就没有这种入侵了。于是你就不得不回到……

是的，生活受到了入侵。与这种入侵相比，我究竟在多大程度上是这场入侵的帮凶？这一点则更让我担忧，你知道吧？我写了这样一本书，谈论这种景象多么具有诱惑性，并且竟存在这么多方式，能诱惑我脱离任何有意义的途径，因为现今的文化就是这样运作的。但是，如果，你知道，如果我成了这本书中所写的那种情况的怪诞效仿者，那会怎样？当然，这种事情会让我发疯的。

再聊几句上瘾这个隐喻。你是一直在抵抗被人接受的渴望的人，你以同样的方式对抗着你与物质或者电视的联系。

是的。

而你通过让它们与你的餐柜保持距离这种方式解决了这些问题，

但是——

餐柜？

不把它们摆在桌子上，这样一来这些东西就没有那么容易被拿到。而这种东西已经放在你的桌子上了。我好奇的是，你是否会担心你克制自己戒掉的那一部分突然杀回来。酒鬼们同样担心如果他们喝了一杯酒，就会狂喝滥饮一顿。

我会有一点儿担忧。但是你知道，把这个东西从餐柜里拿走，转移其所在的物理位置，与你把它从心里拿走，转移其心理位置相比，似乎重要性要小得多。你懂我的意思吗？更进一步的复杂点是：我是否应该因为我对这一切感到担心与顾虑而沾沾自喜呢，因为这表明我没有受到诱惑？当然了，如果我对此感到满意，随后我就会失去控制。我的意思是说，那些细小的法式卷发般的疯狂会无边无际地蔓延开来。

关于图书宣传，有一点我挺喜欢的——利特尔＆布朗出版社做得非常体面。他们想要赚钱，他们想要这部书引起轰动。而我的任务是做许多能帮助这本书成功的事情，这一点没问题。但是，他们已经……他们没有说类似“哦，这本书现在真的很热，我们已经和伊利诺伊州立大学通过气了，你这学期可以不用去上课了，你得去欧洲进行扫荡式的图书宣传”这样的话，我的意思是说，他们似乎……似乎适可而止了。你知道，我和几个人谈过，他们都对我说：“你说得没错。你知道，你得去教书，你得把这份手稿准备好，然后交给迈克尔。宣传到此为止了。”

真的吗？

是的，是的。这说明——所以，一切都非常复杂。他们不是圣徒，因为他们更希望我能登上《人物》之类的杂志。但是他们……他们也不是浑蛋，不会只想着榨干我，掏空这本书的一切价值，尽量赚足钱，然后把我撂在一边。我的意思是说，事情没有那么简单。

所以你承认这本书很重要？

什么意思？

这本书是不是很重要？

对谁来说？

它是不是被当作一本重要的书来宣传的……我只是想听你说说这个。这就是你住在布卢明顿的原因吗？

我之所以住在布卢明顿，是因为我在这里找到了一份工作，而我最终……我会告诉你这是什么情况，它提高了我的——能在布卢明顿居住，我感到非常幸运。住在布卢明顿，我能过得更好。

为什么？

因为我每次去纽约，都会有一种——你是怎么说的来着？现在，你看，你可以把它当作我的说法——你一直是怎么说的来着？

你的说法指什么？

我只是……我只是在想，在膨胀和气馁的各个阶段中，自尊发出的那种巨大的嘘声。整件事——我记得当我在纽约时，威尔·布莱斯的书评刊登在《君子》上了。我看到之后，你知道，真的想哭出来。我想要冲过去，给那个家伙的鼻子来上一拳。“他怎么能这么说我？”回到家一周后，你知道我意识到了什么吗？他想要——天花乱坠的宣传惹毛了他，他想要做点儿什么，但他发现自己真的有点儿喜欢上了这本书，所以这个可怜的家伙能怎么做呢？但当我待在纽约时，到处都是有关我的消息，他怎么能这样做，把我推到——你知道吗，他讽刺我说，我处在艺术宇宙炽热的中心，类似这样的话，嗯——

《君子》杂志。

你说什么？

《君子》杂志。你记得吗，那种措辞出自《君子》杂志里的那篇文章，名叫《文学宇宙》。

是的，这种言论出来之后，你或许会觉得自己就是个新生儿！这种言论出来的时候，我正在雅多。当时所有人都在问："谁是冉冉升起的新星？""那个处在猎户星座的人是谁？"整件事就像——嗯，天哪，太疯狂了。

所以你那时真的是一个学徒？

你这么说是什么意思？

你那时密切关注着自己文学声望的波动。

那是在1988年——不，是1987年。《君子》杂志——不，事实上，我记得很清楚，那是在1987年7月，因为我记得，那年夏天我和洛丽·摩尔以及杰伊·麦克伦尼（抄写者并不知道这些名字：文学声望真正的参数）坐在同一张桌子旁，一起看那本《君子》杂志。我没有进……没有进……我直到1987年才进雅多。

你当时就在雅多的圈子里面。

我当时“正在冉冉升起”。（*微笑*）我当时正在崛起。

你感觉怎么样……

哦，我记得，这让人欣喜若狂。简直让人欣喜若狂。但我忘了是哪个人——哦，是爱丽丝·特纳。她说：“好了，孩子，你正在冉冉升起，那我们现在就来瞧瞧你能做什么。”

（*磁带的一面录满了。*）

所以，目睹这一切令你感到兴奋？

是的。

（*窗户被关上了：我们又抽起了烟，嚼起了烟草，喝起了可乐。*）

……洛丽和杰伊也……

是的，我记得他们从某种程度上来说更加有名。你能按一下按钮，让窗户开一条小缝吗？谢谢。你要不是为了百分百引用我的话，还是把录音机给关了吧，因为这让人很难专注地开车。看来不行，你想要听到更有趣的东西。我记得……我的意思是说，这是比较能说明问题的一个例子，诸如你所知的那样，我指的是，我……你知道，我也许和别的任何人一样，都喜欢出名。但是这非常糟糕，因为整件事——让我想想该怎么说，出名这件事既刺激，同时又很恐怖。因为这就像：“哦，不，这意味着再遇到类似的情况时，我就得……你知道，就得更上一层楼才行了。”而且，但愿不会发生别人都更上一层楼了，我却在原地踏步这样的事情。这样一来，整件事——

如果你是“安德森&安德森”公司的一名会计，我觉得情况并不会有任何不同，你明白吗？也就是说，假设你在某个大规模的会计公司里工作，而四五个你认识的初级会计师在你之前得到了提拔。抑或说，和你一起刚刚从法律学校毕业的那些人，他们在你之前找到了合作对象。我想说的是，这些事情当中所包含的疯狂是一样的。我是说，我不觉得……我不觉得这些事情之间有任何不同。如果类似的事件发生在《君子》杂志上，那么这种疯狂就更为猛烈，你懂吗？并且，这是不可避免的。我只不过——我现在说的并没有那么富有戏剧性，我只不过懂得，我离这种疯狂越远，它对我就越有利。

如果你的情况有所不同，那我会非常惊讶，除非你是一个异常坚强的人。

（他在拍我马屁。）

……就我所知，那些经历过这些的人，都有过一段异常艰难的过渡期……随后——

然后呢，会遇到什么？做什么才能让接下来的事情变得尽可能顺利些？类似这样的事情对我没什么帮助。（停顿）

……我已经认定我需要，我真的需要找到一些我相信的事，这样才能活下去。其中一件事情就是——我能够从事这样的工作是非常幸运的。感到幸运的同时也会有极为重大的责任感，要求自己做到最好，尽我所能地做到最好。

这意味着，我不得不去规划我的生活，你知道，这和任何献身于某件事的人一样。尽我最大的努力写出好的作品。这不会让我成为一个伟人。这让我成了某个厌倦了其他生活方式的人，你知道吗？并且这些生活方式，真的真的已经被证明是行不通的了。于我而言，当时的生活就是待在一间没有家具的粉红色房间里，地板中央有个排水管。当他们觉得我会自杀时，就把我扔在那个地方一整天。那里什么也没有，某个人会通过墙上的一条缝隙暗中观察你。

当你遇到这样的事之后，你就会有一种巨大的——你就会前所未有地想要去检验另一种活下去的方式（满足地大笑）。

我们说得太靠前了。当你还在亚利桑那大学时，你的第一本书就出版了。

不，第一本书出版于——是的，它是我在亚利桑那大学的最后一个冬天出版的。

第二年夏天，你去了雅多，然后发现你在他们的名单上，对吗？

很有趣。是这样的。

那跟我说说从那时候开始到住进那个地板上装着排水管的房间这期间发生的事情吧。

我尽量吧，相信你压缩内容的能力。因为我无法——我们都无法线性地罗列出我们自己的经历。

文章写出来后会极其简短，包含着你说过的一些非常精彩的话。

（我们的车停在丹尼斯餐馆外时就快没油了。这说明我们的注意力一直集中在谈话上。）

哦，你瞧，你觉得车外那个东西是什么？

我觉得是某人出于业余爱好，依照《银翼杀手》里的一个场景建造的一个按比例缩小的模型。

（笑）要么是你说的那样，要么就是弗里茨·朗又活了过来，正好待在伊利诺伊州的腹地。（停顿）大卫·韦伯·皮普尔斯还写了《不可饶恕》的剧本。

我本不想问有关《银翼杀手》的问题，太显而易见和令人难堪了。我的意思是，人人都喜欢这部电影。

戈弗雷就很喜欢，谁不喜欢呢？但波琳·卡尔不喜欢《银翼杀手》。

是的，她不喜欢。

（停顿。）

这是一部有关组织文化中的英雄主义和救赎理念的电影。我指的是，正是这一点促使它成了一部伟大的电影。那个机械装置是这部电影中最赤裸裸的最露骨的隐喻：鲁特格尔·哈尔就是我们。这就像，我不知道怎么说，此刻你让我想到——在围绕着我们的各种各样的垃圾流行文化中，充溢着如此美丽而深邃的东西。

就比如住在布卢明顿，我要做的一件事是，我不得不去听一大堆垃圾乡村音乐。因为当地的电台放的尽是这种音乐，当你听腻了，只能在一个校园频道里听听绿日乐队的歌。那些乡村音乐实在是太——你知道，都在唱类似“宝贝，自你离开我，我就活不下去了，只能整日借酒消愁”这样的东西。我记得我真的听得烦死了，住了大约一年时间才听习惯。突然间，我意识到，如果你把他们唱的那个失去了的恋人想象成一个隐喻，那会怎么样？想象那些歌手其实是唱给他们自己或者上帝听的，你知道吗？“自从你离开我，我空虚得难以再活下去了，我的人生失去了意义。”从某种古怪的角度来看，那些歌都是些不可思议的存在主义式的歌曲。他们得在这些歌曲中加入离别的感伤气氛，以及一些浪漫的狗屎东西，这样才卖得出去。但是歌曲唱出的一切凄婉和真情，其实都是在唱那些更为基本的东西的缺失，以及失去这些之后的不完整感。而不单单是指，你知道，某个穿着紧身牛仔裤的女孩或者别的谁。

而这多么古怪，仿佛你就完全活在这类事情里，非常像弗兰纳里·奥康纳的风格。然后，你时不时地会意识到，这些东西本质上都是一样的，全都是一些深邃的狗屎。随后，出于商业考虑，它会以各种各样的方式做出调整，以适应各种各样的人群。但是，如果你竖起耳朵，仔细聆听，就会发现这很深沉，你知道吗？

这种从垃圾流行文化中诞生出来的美好事物，你还在哪里看到过？

哇喔。哦，上帝啊，哪里都有。甚至包括——我俩曾开过《爱之船》和《海滩护卫队》的玩笑。这些非常非常商业化、简单化的节目，我们都非常爱去鄙视。但这些节目又极度引人入胜。因为流行文化的可预见性，以及那种非常程式化的东西，这种不会引发好奇或者呈现某种艺术性的节目会令人感到无比宽慰。即使最愚蠢的或者最疲累的人也能猜出接下来的情节。它会给你一种井然有序的感觉，让你感到一切都会好起来的，让你感到这种叙事会照顾你，绝不会以任何方式来挑战你。这就像被裹在羊毛毯子里，依偎在一只硕大的慷慨的乳房旁，你知道吗？而那些，好吧，有艺术感的东西可能不是最伟大的艺术，但它提供的功能从某个特定的方面来看是深沉的。

所有这些东西一直都是异常严肃和深邃的。我指的是，这并不意味着你应该当个流行文化的专家来拆解这些东西。而是指，我们找到——艺术找到了一种能够善待我们并融入我们的方法。有种不由自主的意味。这就是卡尔厉害的一面。也就是说，卡尔写的是某种奇迹……所有可能性堆积在一起对抗深邃性的奇迹。你知道吗？她写出了好莱坞的体系之类的东西。就像杂草，或者就如同《侏罗纪公园》里的杰夫·高布伦所说："生命会自寻出路。"你知道吗？

类似于，那种酷的东西，那种具有魔力的东西，它们会一直冒出来。你知道，如果有一件事是严肃的艺术能做的，那这件事就是，它能够将你带入一个你能以更鲜活的姿态去聆听一切的地方，你知道吗？可以引诱你去关注你难以集中注意力去关注的东西。

（轮胎在沥青路上开过，发出愉悦的声响，就像不规则的厚块相撞，就像在柜台上擀面团。我们不断地听着轮胎从不同的路面驶过发出的声音，车身轻微地晃动着……现在很冷，冷风一如既往地从打开的窗缝吹进来。风吹进来的时候，声音很吵。）

……有没有例子？电影或者电视剧？二者都受到了《银翼杀手》里那个场景的启发。

好吧，我们之前谈论了……我们之前谈论了《真实罗曼史》里的场景。我们可以把它当作一种高级的坎普。你知道：他真是一个傻瓜，他把自己干掉了，然后号码……然后号码在冰箱上。这恰恰是那种令人难以置信的存在主义式的东西。它意味着……它意味着保护儿子的目的不是那样的。这与英雄主义有关。事关选择你如何死亡。当他忍受着这一难以言喻的东西时，脸上浮现出了令人难以置信的悲伤，这真是悲伤极了——我的意思是说，这事关一切。

个中美妙之处，你可以看得到。他掏出了那根切斯特菲尔德烟，他知道这是他最后一根烟了。他朝它笑了笑。

他抽得很享受。他将烟吸进去，握着它的样子就像握着烟枪。过了一会儿，你知道，你会觉察到——色彩更为明亮了，声音变得更为尖锐了，他开始……我觉得你之所以会喜欢《天使》，其中一个原因在于，在最后，这个男子走进了毒气室。他只是谈论，你知道，他想要——他朝他的狱房外望去，看天上的云，并且意识到他生命中的最后一天对他来说多么宝贵，而这一点又有多么残酷。但他也意识到，如果这不是他的最后一天，你知道，那它就不会那么宝贵。这一切……这一切都非常真实。《天使》不是一本伟大的书，但是书里到处都有类似的时刻。

那些非刻意的高雅文化……

我和你说，把录音机关一会儿，让我想想——（停顿片刻。）

（他让我提示他，从我们谈论过的电影中挑选一些出来说。）**《最后的莫西干人》。我女朋友经常嘲笑那个场景，就是丹尼尔·戴-刘易斯正在逃跑，留下孤立无援的玛德琳·斯托……“不管怎样，都要活下去。我会来找你的。”……我觉得那个片段非常感人……还有那个有点儿讨人厌的英国军官，那个穿红色大衣的人，他也爱上了玛德琳·斯托……他们被印第安歹徒抓住了，两人里必有一人要死——**

然后他去死了。我和你说，这种转变比辛德勒的转变合理。这其中包含着一些能打动我的东西。也就是说，他和奈缇经历了太多太多，相互之间已经建立起了足够的尊敬，所以这个人非常清楚地认识到，奈缇值得活下去，他则没有活下去的资格。是的，我觉得这一点非常……我不知道——随后奈缇仁慈地用他的长枪，杀了他。无论这种男性生殖器的象征有多么直白，你知道，我指的是，这个情节或许非常庸俗，并且——

举例来说，你说过不喜欢《直到永远》这部电影。但是，就我自己来说，他在霍利·亨特无法再看见和听到他的时候对她表示了感谢，这个隐喻棒极了，用来说明：千万别去感激你所拥有的东西，你知道吗？爱上某个不在的人，他们在你身边时，你不会有满足感，但是他们不在了，你就会感到他们的不在场感有多么强烈。并且，与那种一直伴随着的快乐相比，那种痛楚更为强烈，因为它触碰到了更为剧烈的边缘。

或者，有一个时刻——有一部电影叫作《广播新闻》。这部电影从许多方面来看，都是一部非常——詹姆斯·L.布鲁克斯有着一颗妓女的心。但是，艾伯特·布鲁克斯说威廉·赫特是个恶魔，这个片段他演得很出色。你记得吧，霍利·亨特说：“哦，你说的是什么意思？”然后布鲁克斯说：“好吧，你觉得恶魔会是怎样的一个人？某个穿着——”你知道，我只看过这部电影一遍，却记忆犹新。“他会是怎样的一个人，会穿着红色斗篷吗？哇哦！不，恶魔会是举止优雅、惹人喜欢的人。他们会逐渐降低我们对美好事物的判断标准，你知道吗？这就是他的本职工作。而他会捕获所有的——”

“好女人。”

没错。詹姆斯·布鲁克斯当然无法抗拒他。他无法抗拒艾伯特·布鲁克斯将自身的多愁善感代入角色里。你无法让布鲁克斯拥有纯粹的激情，在詹姆斯·L.布鲁克斯的电影里，没人可以这样。

所以，这就很奇怪了。这就像，怎么能，比如……事实就是，你知道，你得到了一大坨屎，然后一朵玫瑰从中长了出来。随后你意识到，这坨屎越腐臭，它的养分也就越充足。这并不是说：“哦，流行文化是伟大的，我们一直被美包围着。”但是，其中的技巧在于——你是否能在头脑中摆正它的位置，并且用一种恰当的精气神，集中所有注意力，去做与之相关的事情，去看其中包含着的美的东西。

自相矛盾的是，流行的玩意儿在训练你别去这样做。它在对你说，你什么都不必做。

（停顿片刻。）

（我们谈起了《拜金一族》——“过去十年里又一部不折不扣的佳作”。他还谈起了安东尼·明格拉导演的《英国病人》。）

顺便问一句，你看过同名小说吗？

……不是很对我胃口……

不，南恩·格雷厄姆（斯克里布纳出版社的主编）把这本书寄给了我，并说这是过去二十年里出版过的最好的一本书。我还没开始看，但是我会抽空读一读的。

……读过前几页……

它并不那么本土化？我觉得它大概非常——

（停顿片刻。）

……我会邀请别人和我一起看那部电影……《真实罗曼史》……想要看看他们是否会被影片里突如其来的美好瞬间打动……

我们现在……我们此刻所做的事情非常具有波琳·卡尔的风格，因为我们完全像她那样敏感。她所擅长的恰恰是寻找那些细微的闪光处。我想告诉你，我们之前谈论了《辛德勒的名单》，我不太喜欢这部电影。但是，他为了制止阿蒙·歌德的杀戮，采取了唤起他的自大感这一诱导性的方法，并且纵容他的宽恕……还有那一幕——对不起——拉尔夫·费因斯盯着镜子看，试图在那里面看到自己是一个宽恕者。当他看着自己那张脸时，在那一刻——这原本会非常容易惹人发笑——“不，我要杀了那个人”。但是，他从他的眼睛和他的灵魂中看到，那个人并不是他，你知道吗？他看到的是一个非常可悲的自我。他无法忍受，这就是他去开枪杀了那个男孩的原因。我的意思是说，在那短短的十到十五秒钟里，发生了非常多的事情。它存在于一部主题是不光彩和欺骗的电影之中。但这恰恰是其了不起的地方——我的意思是说，这或许就是长篇小说和电影作为一种艺术形式优于短篇小说的终极原因所在。如果短篇小说的核心主题是不光彩，其中就少有能够让你继续读下去的细微闪光处。而在长篇小说或者电影中，即便其主题不那么吸引人，也经常有十到十五个非常非常非常好的东西。

……在《大白鲨》里……我喜欢罗伊·施奈德和孩子共进晚餐那一幕……

就是他们互相做鬼脸那一幕吗？是的。只不过，你可以切实感受到斯皮尔伯格知道这一幕非常精彩。而且你几乎可以听见局长的性格成长起来时发出的研磨声，就在那一刻，你知道这个局长不会被吃掉。

……为什么？他太可爱了……

是的。有一种方式，我在和你看《断箭》时说起过——我的意思是说，因为我们有很多相似之处——我觉得我们在用一种别人都不会用的方式来看那部电影……或许朱莉也是这样的。但是，这就好比你玩的一种游戏，我们已经见识过很多了。我们在看电影时都知道，如果汤姆·塞兹摩尔出现了，这部电影就完了。这也是我们找到的看电影的另一些方法，有一种抵抗导演的意味。但是它会增加另一层面的悬念：导演会不会耍我们？他会如何——他是否会把这一点展现出来？就像我们都会去发牢骚，当最后一幕出现了二十美元的账单，出现互殴的场景时，你知道，我们就好像……

……顺便说一句，这就是我喜欢《七宗罪》的原因……最后半个小时……一种全新的风格。

是的。但布莱思·丹纳的部分完全没有必要出现。我知道，那时布莱思·丹纳正在与别人交谈——她快要死了，那个孩子也是。我的意思是说，这是一个感情上的综合体——

不，当然。但然后……电影突然像那样转变了方向，它所带来的惊讶让人兴奋。

是的。这很古怪，这部电影处理得不是很好，是吗？

不，它是重要的一笔。

是吗？

……《玩具总动员》。

（停顿片刻。）

还有，格里森姆写的东西叫什么来着？

《糖衣陷阱》。

是的。

……对我来说太宽泛了……

你是一个非常敏锐的电影观众。

（我们聊起了亚历克·鲍德温和詹妮弗·杰森·李在《迈阿密特别行动》中互相喜欢的方式，让我们也喜欢上了他们……）

《大白鲨》里……普通人遭遇了鲨鱼……这一点我很喜欢。

这和原著有着很大的不同。你有没有看过这本书？这本书有非常浓厚的《白鲸》的印记。

……他不得不放弃英雄主义，这让我几近落泪……他讨厌水域……

但这一点非常悲伤，因为看见施奈德在《大白鲨2》中重蹈覆辙了一遍之后，我不知道该怎么说，这让人非常扫兴。当看到斯皮尔伯格在《蜘蛛恐惧症》中又故技重施了一番之后，你也会感到非常扫兴。或者，在《夺宝奇兵》中，当你看到哈里森·福特讨厌蛇这一幕之后，你又会产生这样的感受。

……他有那种重复地自我戏谑的姿态……（在《大白鲨》里）**人们彼此伸出双手……**

伸出双手指的是什么？

……当有人要跌落时……

哦，没错。

……《第三类接触》……从山崖上坠落……梅林达·狄龙跑下来……拉住他……我觉得非常打动我……

这个画面是被裁剪过的，所以我们只能看到救他起来的那双手。这让我们心里一惊，意识到原来那是她的手。你为什么——因为你了解这些东西——斯皮尔伯格为什么有让其他导演参演他的电影的癖好？特吕弗和——《侏罗纪公园》里的那个人叫什么来着？理查德·阿滕伯勒？

……阿滕伯勒也总会演……

所以你觉得阿滕伯勒是在练习演技？他还演过什么？

……《雨天祭神》……

你有没有看过一部叫《打击惊魂》的电影？约翰·赫特和非常年轻的蒂姆·罗斯演的。还有特伦斯·斯坦普。这部电影有多老？约翰·赫特为什么朝我们眨眼睛？

……特伦斯·斯坦普……不想面对死亡……

是的，这很古怪。我喜欢那个女人活下来了这一点。蒂姆·罗斯演得不错——蒂姆·罗斯是另一种状态，这个角色有一点儿讨人厌。我觉得我是美国唯一一个喜欢《四个房间》的人，仅仅因为蒂姆·罗斯参演了其中一个角色。他可以说无可挑剔，站在巅峰之上，以至于无法朝下看，并且也看不到巅峰。这部电影我看了两次。第二次看时，我甚至找不到其他人和我一起去看，因为差评已经满天飞了。我不知道我喜欢的是什么，很难说清楚我为什么会喜欢它。

……聪明的导演……《落水狗》里有和《真实罗曼史》中一样的泄气和提气的笑话……蒂姆·罗斯……即将以卧底的身份与罪犯接触……他伪造自己的信誉，编好自己的化名，走下楼来，看着海报……

他盯着什么海报看?

《银色冲浪者》。随后他看了看镜子，对自己说不用担心……说完穿过街道，画外音……

我们看着他走过警察们的视线，而后者在——

没错，就在后面的车里。一个警察说："脑子里有直布罗陀这么大的岩石的人才能来当卧底。你想来一块吗？""算了吧，我宁愿被熊挠死。"这非常破坏英雄主义……

但这也还原了——电视剧里有一整套幽默设置，其中包括这样的人："天哪，我永远不会这么便宜就把自己给卖了。哦，十美元?好吧。"随后观众就会觉得——你知道，这样的桥段在每一部情景喜剧里都会演上十次。

……别的角色也会这么做……

是的。

关于自我戏谑，拿塔伦蒂诺举个例子……随后他拿到了二十万美元……重写《红潮风暴》……他所做的只是……添加了流行文化和漫画相关的材料：对《银色冲浪者》展开的争论。

那里面还有一个演员，说了一句《真实罗曼史》中的台词："你真有种，孩子。"他演的这个角色——这部电影古怪的地方在于，这是一部原本可以非常伟大的电影。如果丹泽尔·华盛顿演的这个角色在影片最后能更模糊一点儿，而不是对令人心潮澎湃的事情如此慷慨激昂地辩护的话，那就更好了。但如果那样做的话，就会非常真实地展现出那个情景其实有多混乱。

我不知道……丹泽尔·华盛顿是又一个我不知道我是否非常喜欢的演员。但是，天哪，如果要论明星气质，你的眼睛就会……无论他处在银幕的何处，他都会占据你的双眼。

我曾读到，他们说他们无法在一部电影中寄希望于他……

等一下。他曾在许多电影中担任主角，并且演得非常好。哦，得了，那个时代已经过去了，人们再也不看他演的那些历史题材的电影了，人们不再看那种黑人是英雄的黑色电影了。我的意思是说，这非常冒险。

……《光荣战役》……

《光荣战役》是一部伟大的电影。

那个片段：马修·布罗德里克对他的马说再见……

是的。这部电影原本可能会非常廉价，但他们就是有种，拍这种可能会非常俗气的电影。而成片从很多方面来看都是非常灵巧的。费利斯·布依勒本质的木讷在一个年轻人身上完美地展现出来了，你知道吧，提前提高到了一种极具力量的层面。

涉世未深。

涉世未深的年轻人，你说得没错。他身上具有涉世未深的一面。

最佳的打斗场景……在安提塔姆的第一个场景……人们说这是最佳的打斗场景……

《勇敢的心》里有一些打斗场景，简直太他妈的棒了。

……里面的布罗德里克是一个胆小鬼，他晕了过去……

这赋予了他——这也是非常灵巧的设定。因为如若不然，对瓦格纳堡的袭击就缺少了动机，你知道吗？“长官，请赐予我们光荣战死的机会。”如果我们没有看到他在安提塔姆的经历，这就会……这就只会流于表面。

……非常感人……

是的，它非常感人。

……音乐……

哦——（哼唱起来：他知道《光荣战役》这部电影的主题曲，了不起。）这是非常扰人的背景音乐，但是很符合主题。有很多非常有趣的文章写的就是这部电影中情节发展的心理动机，并探讨了这部电影为何会允许情节那样表现——我的意思是说，严肃艺术从未有过对情节剧如此敌意的时刻。

……对待主题理应这样夸张。

是的。并且，把这个故事设置在如此遥远的过去，这样做也是非常安全的，你知道吗？那是一个神话化的美国时代。

……摩根·弗里曼……走过查尔斯顿……“没错，我们以奴隶的身份逃走了，却以战士的身份重回战场……”

他演得非常好。我不怎么喜欢他演的别的角色，但他在这部电影中演得非常出色。

他扮演过“好好读”先生。

在《电力公司》里吗？好吧。我们能把空调开热一点儿吗？我也——我们得靠得非常近，才不会觉得冷。

……我也很担心你养的那两条狗。是不是很有趣？我们是两个喜欢独自工作的人，我们聊天时望向窗外的黑暗，要比面对面坐在桌子前更感到惬意。这并不让人意外，但是很有趣。

我们俩是那种趋于相似但还是有不同之处的人，这在我来看非常有趣。能听你说说你喜欢哪些演员，不喜欢哪些演员，以及关于读书的一切，我觉得真的非常有趣。我不经常——我有好几个我非常熟悉的作家朋友，我与他们相交多年了。但是我们俩之间很奇怪，因为我只认识你没几天。这种感觉很强烈。我也会抱着极大的兴趣去了解你的职业生涯。但愿只是因为，我现在已经稍微了解到你是怎样的一个人了。

我们聊一会儿音乐吧。你喜欢什么类型的音乐？

我对音乐的品位和十三岁的女孩子一样。

我的意思是说，我会找一两首歌——我曾经在整个夏天，一遍遍地重复听《奇怪的货币》。现在我正在听——

我们能把灯打开了吗？

当然可以。我就知道你会提起音乐，因为这是《滚石》杂志的分内事。我只是——我从广播里录了两首布什乐队的歌。一首是《甘油》，我不知道另一首歌叫什么，只记得它是这样唱的："我不想从云端回来。"顺便说一句，《甘油》这首歌的低音线，完完全全是对布莱恩·伊诺的那首《大船》的剽窃。我回去后，会先给你播放《大船》，再给你放《甘油》。这就像埃里克·克莱普顿的《可卡因》完全是对汤米·波林的《急行祝酒人》的剽窃一样。这事儿还打了官司。（我事后核实了，他说得没错。）

我了解一些内行人才懂的东西，这很古怪。我读高中期间听了很多融合风格的东西，听了一大堆类似平克·弗洛伊德乐队这样的怪异的迷幻音乐。随后我也了解了一大堆神秘的澳大利亚音乐，因为我妹妹在澳大利亚待了两年，给我寄了点儿磁带。但我不是那种无所不听的人，你知道……比如说，我会去阅读*Spin*或者其他杂志写的乐评。然后我会发现，他们谈论的专辑有四分之三是我不知道的。

随后，我偶然间听到了艾拉妮丝·莫莉塞特。我是在收音机里听到的。你知道，出于某种原因，她那种尖厉的令人兴奋的音色击中了我。我在此后的两个月里只听艾拉妮丝·莫莉塞特。

为什么？我看到你把她的海报贴在了墙上。

（他忘了提艾拉妮丝的海报和《时尚》杂志，我提起了。）

我不知道为什么。她集情色和人性于一体，她唱得并不完美，她的声音短促尖厉。我很难说清，但是我觉得其中——我无法用有趣的方式表达出来。

你喜欢这首歌吗？

哪首？《我想对你说》吗？

不，现在放的这首歌是O.J.辛普森的《审判书上的我》……如果O.J.辛普森唱过《你应该知道》就太棒了……

《我想要知道》，是的，这首歌很棒。你知道吗？我唯一不喜欢的那首歌是这么唱的："我欣喜若狂，但脚踏实地，我……"你听过吗，X一代的垃圾颂歌。艾拉妮丝的那首新歌，那一首，那一首有点儿……但古怪的地方在于，如果是别人唱的，那我就不会饶恕。我喜欢她尽力演唱的样子。比如，雪儿·克罗一开口唱，就让我想吐。那其实并非那么——她们具有同一种角色的某种功能。你可以看到琼安·奥斯朋站在甲板上，挥舞着两根棒球棒，准备在艾拉妮丝·莫莉塞特之后开始她的表演。

她们在表演时有什么相同的特点？

我猜……我猜是某种愚蠢的用力过度的品质，我们可以拿这一点来讥笑一会儿。我们从她们那里听到的东西，如果出自那种更为硬朗的摇滚乐队之口，那我们绝对会受不了的。因为这其中有一种类似格兰诺拉脆饼的品质，"嘎吱嘎吱"……比如，那个严肃的半吊子政治歌曲创作歌手，她叫什么来着，娜塔莉·莫尔钱特。她曾经和一万个疯子待在一起。这样一来，她的生涯轨迹就完全不同了。我指的是，她……她一次次获得了成功。但她们是不同的人。我想想，首先是雪儿·克罗……好吧，琼·艾玛崔汀在前——不是琼·艾玛崔汀，是特蕾西·查普曼。最近则先是有雪儿·克罗，然后是艾拉妮丝·莫莉塞特，再然后是琼安·奥斯朋——

还有伊迪·布里克尔。

好吧，你看，这就是怪异的地方：我真的不是谈这个问题的合适人选。因为就我来说，你知道，我会花一整年的时间听广播里的乡村音乐，再花一年时间听劣质的另类音乐。因为我现在正处在听劣质的另类音乐的阶段，所以我对这种音乐更为敏感些。这些音乐更为——

……更为老练……他们都唱些什么？

我想一下。我的意思是说，想象一下，如果——我不知道，他们唱的都是“上帝”，类似《如果上帝就是我们的一员》这样的歌。想象一下这样的歌被R.E.M.这样活泼、谦逊的乐队唱出来会是怎样的情况。但他们的音乐有一种流浪的感觉。并且我们知道他们的职业生涯都很短暂，我们知道他们就像1996年的“10CC”或者诸如此类的乐队。这让他们有一种古怪的自由感。

我会很乐意——也许已经有类似的文章了——我会非常乐意写一写这些人，以及他们那种不仅要唱片合同，也要做一些严肃的广播剧的决心，你知道吗？因为很明显，唱《我只想住在洛杉矶》的雪儿·克罗，以及艾拉妮丝，其实都是媒体包装出来的。我可以想象得到，五六个戴着雷朋眼镜、穿着西装的男人认定她们不仅非常好，而且非常有卖点。更何况她们有市场。是否有这样的文章了，只是我太无知，根本没有看到过？

应该没有……但是，不仅仅是那些穿西装的人……当《我唯一想做的事》发行时……你心中会觉得有人在某个地方说着：“我们成功了。”（停顿）**不妨以电视剧为例，你在电视上看到的不是角色，而仅仅是一些演员，他们在尽力地贴近他们自己理解的角色和情节……**

这就是一直以来《周六夜现场》令人感到痛苦的原因。

……你听音乐有过这样的感受吗？比如在艾拉妮丝·莫莉塞特的歌里……

不，我不觉得有。再说一遍，我对音乐其实挺无知的。我的音乐品位非常杂乱，也非常复杂。我甚至在涅槃乐队的主唱自杀后才去听他们的歌。

你怎么评价这个乐队？

我觉得完全不可思议，但又十分痛苦。我指的是，如果你懂得我是在暗中探索该用什么样的方式来描述我们这一代人的话，那么，科本……科本就找到了一种令人沮丧和难以置信的方式完成了描述。

你写过一整本讨论说唱音乐的书。为什么会写这样一本书？

不，我——马克和我写了一篇长度可以构成一本书的文章，这篇文章最初打算发表在一本叫作《安泰》的杂志上。最后，这篇文章成了一本书。（*大卫写的第三本书——《重要的说唱歌手》。*）这本书讨论的是，我们以及许多和我们类似的白人为什么会沉迷于听黑人演唱的政治说唱歌曲。那些歌曲其实到处弥漫着对白人的一切东西的憎恨。然后写了这些乐队如何被白人的唱片公司所控制，继而整个说唱现象如何被麦迪逊大道所蚕食。这不是有关说唱的书。我对说唱音乐不是很了解。

再加上，那时我对写小说很恐慌。马克说他想和我合作写这个。我是如此渴望那种当作家的感觉，可无论何时试图去写一部小说，总是写得乱七八糟。所以我想，那就试着写写这个吧。

……再多说点儿与音乐有关的东西吧……

但别因为我对这种东西几乎一无所知而生气。我指的是，我是一个整天听电台的傻瓜。

（*停顿片刻。*）

（*谈起作为一名作家*）……企图捕捉作家的发展轨迹。我不确定我们是否更好，但是我们能用别人能够认同的方式，去描述那种想要捕捉我们的徘徊不前的发展轨迹的企图。我不觉得作家比其他人聪明。我觉得他们的愚笨或者疑惑更为强烈。

……说得好……

我现在把它当成一个声音片段来对待，这一点，我觉得更接近我所想的。

你曾说当一个普通人给作为作家的你注入了非凡的力量，我觉得这么说很聪明，但是什么意思？

我在二十岁出头时有过许多严重的问题。我指的是，我一度是非常优秀的学生。我曾是一个出色的逻辑学家、语义学家和哲学家。我真正的问题在于，我觉得我比其他所有人都聪明。（伪善的原因）并且我觉得，如果你抱着自己比任何人都要聪明的想法去写东西，你要么会屈尊于读者，要么就居高临下地与他们交谈，要么就会和他们耍花招，再不然就会认为写作的目的是向他们展示你有多聪明。

就我来说，我二十多岁时发生了一系列糟糕透顶的事情，这些事情让我意识到我其实一点儿都不聪明。我意识到我根本没有我想象的那么聪明。并且，我意识到许多人，包括没怎么受过教育的人，都他妈比我料想的要聪明太多。我就变得——那个词怎么说来着——谦卑起来，我觉得从某种程度上来说是这样的。此外，啊，古怪的事情是，我发现——我指的是，如果我越是关注内在的东西，比如这篇散文更美，或者没有那么冷酷什么的……我——

我就越是关注一个人的个体经验……

我怀疑我与那些受教育程度很高、非常聪慧的孩子并没有什么不一样。我真的有过——我曾经很难去相信其余人都和我一样，很难相信他们和我一样聪明。

不过，拜托了，如果你想把这段写进去，那得说清楚，我所谈论的是我在十二或者十五年前的样子。我的意思是说，我现在对这段经历感到非常尴尬，你知道吗？我之所以说出来，是因为我企望别的人有同样的经历。

在我把这些写进去之前……你在《哈泼斯杂志》的一篇文章里说，你曾经有过一种头皮被掀掉的感觉。

是的。你知道，欢迎你来参观我的大脑写二十页内容的过程。透过我的眼睛，你可以看见周围全是法式卷发和疯狂的圆圈。写作的技巧在于，真诚地将这些东西展现出来，同时让它们变得更有趣一些。我的意思是说，我们的大多数思绪并没那么有趣。它们多半只是一团乱麻。这些东西从修辞学层面来看是非常有趣的，因为这和如何保证动机的真诚有关，你知道吗？

……这卷磁带只够录两分钟了。这句话说得很好：如何保证动机的真诚……

关掉录音机。（间断）……而不是去关注它是否是真实的。你都用不着去——我的意思是说，只管写下去，最初的二十页就是这个样子的。《地狱来鸿》真的很……很怪，因为它写得非常稚气，是一本浅显的书。但刘易斯非常聪明。

我注意到一件很奇怪的事，我不是在关注你借用类比什么的来作论述，但是这就好比，如果某人对你说了些什么，你通常都会拿一些类似的引文来回应，或者谈论这句话是否说得好。我觉得这一点之所以没有激怒我，我反而感觉和注意到了它，是因为我也有相似的部分。这是非常典型的作家会干的事儿。

但是我猜，我之所以提起这一点，唯一一个正当的理由在于，我真的还有……还有一些不一样的东西。除了共通点之外，还有别的东西。还有一个事关真实与否的问题。也就是说，它给你的感觉是真实的吗？它看上去是真实的吗？又或者是，它是聪明的吗？是否说得很好？是否是新鲜的？这些问题只是其中一部分。这就像——啊，我不知道该怎么说。就像……我无法清楚明白地表达出来。

我认为，你会觉得那是一本非常有趣的书。我三十岁时才第一次读这本书，这一点很怪。我发誓，如果你去读这本书，那我一定会去读雷纳塔·阿德勒的书，以及纳博科夫的信件。我觉得你会很喜欢这本书的。

（磁带录满了。）

◆◆◆

驾车从机场回家
从明尼阿波利斯到芝加哥
去往伊利诺伊州立大学的路上

（他身材魁梧，不仅魁梧，而且头戴印花头巾。他就像一个来邀请你玩沙包球的人，如果你拒绝，他说不定会打你一顿。）

社交策略的一部分。你的某些观点基本上是错误的，从某种程度上来看。也就是说：我认为你依旧觉得你比其他人聪明。你的表现就像，一个大约三十一二岁的人在玩孩子玩的垒球运动，正试图收住击球的力度，调整挥舞球棍的摇摆程度，或多或少有这种感觉。

你指书中的内容？

不，我指的是你的社交表现。你是那种会奋力去——

你真是一个难缠的人。

你总是会抑制住——在某个时刻，当你和某方面比你稚嫩的人在一起时，你在某种程度上会很明显地用一种轻柔的方式抑制住自己的聪明才智……

老天，这样做会让我变成十足的浑蛋，是不是？

（他在开车。）

不，不会的，这会让你成为一个革新了的人……

部分的我曾经认为我是一个与众不同的人，比别人聪明，或者怎么样，这一点几乎要了我的命。

我懂。

（他还有中西部人不愿显山露水的害羞的一面。）

我觉得还有一点，我变得更为明智的其中一个真正的方面是，我意识到了我不比其他人聪明多少。或者说，别的人总有一些方面比我更聪明。此外，啊，老天。但是我，尤其是在明尼阿波利斯市，和你、朱莉、贝茜在一起时，我就不会太过放肆。有一部分的我在抑制自己，尽可能确保我不会对任何公众人物说一些你可能会写下来的刁钻刻薄的话。或者说，假如我问了贝茜或者朱莉一些个人的问题，你就可能……诸如此类。这一部分让我感觉非常疲惫。

但是，这，嗯——我不知道，如果你觉得，你觉得我……我就会感到有点儿孤独。从某种古怪的方面来说，这有点儿像《莱特曼秀》里面的那个太太和她的丈夫的谈话。（他的短篇小说《我的外表》。）就好比，我告诉了你一些东西，这些东西都是无比真实的，这表明我很勇敢。并且这也是一种信任的姿态，因为如果你想要——有关这些东西，我写得足够多了，作为一个作家，我有足够的能力看出来你有一百种方式来呈现我的形象。而我在其中九十种里都会是一个十足的浑蛋。但是，貌似你是这样看待的："哈，大卫为了达到这次采访的目的，竟然摆出了这样一副有趣的样子来。"这就像……啊。我是有好几次想要试着有趣一点儿，但每一次你似乎都看穿了，然后我们俩就会笑起来。我忘了具体情况是怎样的，但是……（奉承）

我觉得与真实生活相比，纸上的人更具有特色。我无论写什么，总会打六到八遍的草稿。嗯，我也许不是最聪明的作家，但是我同时——我知道，没错，这和我表现出来的样子非常搭调——我工作起来非常非常努力。我真的——比如，如果你给我二十四个小时呢？如果我们通过邮件来完成这次采访呢？那我就会变得非常非常非常聪明。在现在这种采访方式下，我反应得不会那样快。我会有一种很强的自我意识，并且很容易犯迷糊。但当我独处一室，时间充裕时，我就会变得才思敏捷起来。在那种情况下，人们会变得不一样。你知道我的意思吗？我也许不会——我不觉得我在和人一对一时会表现得同样才思敏捷，当我有自我意识时，我就会变得非常非常糊涂。这就是为什么我的梦想是你来写这些，写完把它寄给我，然后我把所有引用我的话重写一遍。当然你绝不会这样去做……

所以，对，我觉得我很聪明，我觉得我很有才华。但是我也足够清醒，知道……这就是我对这类采访感到不安的原因之一。也就是说，我知道我独自一人，时间充裕时，相比像这样来回折腾来说，会显得更有才华。

但我不是一个傻子。我知道，你懂吧，我的意思是说，我可以在谈话时表现得很有才智。但是我跟不上你的节奏。（屈尊俯就？还是奉承？）反之，如果我们通过邮件展开采访，我就可以去图书馆，查阅你谈论的东西。这样一来你我就是平等的。以上就是我能给你的最清晰、最诚恳的解释。

（也许只是痛苦的、能力范围之内的诚恳。

随后，我们沉默了。）

这不是在说“噢，见鬼，我刚从乡下来的。其实我不是一个作家，我只是一个普通人”。我不想说一些类似这样的鬼话。我——

但是你刚又说了一遍。你又对我强调了一遍，我的意思是说……

（我们关掉了录音机。他让我别说了。大卫在开车。我开始自顾自哼唱起R.E.M.的歌来，外面太黑了，我忘了我不是独自一人。随后我感到尴尬，朝他那里望去，大卫也在自顾自哼歌，我们朝车前延伸的路开去。）

◆◆◆

回到布卢明顿
钥匙插入门里
狗疯狂地摇着尾巴，叫着
大卫扔下背包，放松下来

（他向他的那两条狗打招呼。两条狗一见到大卫进门便疯狂起来。他跪在地上，它们俩就像我爸爸拍摄的广告里的狗一样跟着他，蹭来蹭去，舔来舔去，扑上扑下，嗅来嗅去。）

（模仿猫王的声音）我再也不会离开你了，宝贝。我发誓，我发誓。

（他环顾四周，稍稍看了一眼地毯，有一点儿狗留下的污秽。）

（对两条狗）伙计们，在地板上拉屎一点儿问题也没有。再优秀的家伙也会遇到这种问题，嘿，伙计们听到没？

（他说能听到水管里有冰块滑动的声音。他在房间里走来走去，查看水管。他打开水龙头，防止水管结冰开裂。

“《洛杉矶时报》来过电话……”便笺上这样写着。

“你对毛线了解多少？”他问我。结果，我一点儿也不了解毛线。

我们去街上遛狗，街上空无一人，微风阵阵，街面结了冰，街景空旷。大卫把双手插在口袋里。我们在等吉夫斯和雄蜂撒欢完。）

吉夫斯会有瞬间的乱来。雄蜂则更难对付。

（说起他的邻居）人们会在需要时焚烧树叶，附近有一家屠宰场，真是一块野蛮之地。周围停着一些房车。

（他在邮箱里找邮件。邮箱上写着：DFW。）

在雪地里撒尿，这是好事。（我们回到屋内。在坐了这么久的车以后，穿着球鞋走路，我感到腿部有点儿怪异。）我现在得把狗拉的屎清理一下。清理粪便我还是能做的。上帝啊，回家的感觉真好。没有什么事情堪比清理排泄物了……

（他听到了录音机里的声音。我正在检查最后一卷磁带，想看看我们是在哪里停止谈话的。）

天哪，我的声音听上去是这样的吗？

（网球箱：装满了奖杯。拆开行李。他那老旧的剃须包。

就像许多独居的男人一样，他的坐便器放在浴室的垂直位置。坐便器上装着垫子。）

我应该收一下我的电子邮件。我能……？

我的电话随便用。我的冰箱随便用。我多余的毯子你拿去随便用。

（我说了这句话之后，感到有些尴尬，因为我们不会用电邮进行采访。我想起了我刚刚到达这里时，我们说的有关电子邮件的话。他解释了他的房子里没有路由器的原因："如果我能出去，他们就能进来。"完全不知道"他们"指的是谁。箱子旁放满了苏打饮料罐。他在旅途中吃了很多维生素药片。）

我一天要喝大约十到十二罐健怡莱特汽水，会把它们到处乱丢——我以前喝健怡可乐，但一个朋友说这种饮料中包含着大量的盐分，它会让你更渴，所以我改喝健怡莱特汽水了。这对我来说口味淡了一点儿，汽也过多了一些，但至少它不会让你——（有趣，他会一罐罐不停地喝，一天喝两包六罐装的饮料。）

（他觉得他应该接受每天要喝这么多饮料的事实，并且开始按量购买，而不是整日狂喝滥饮。）

我应该买六箱，而不是只买一箱，常常不够喝。我把它们到处乱丢，分不清哪些是喝过的，哪些没喝过。

（他告诉我，他十几岁时看过五遍《魔戒》。他突然想起了什么，朝厨房走去。"我们第一个晚上买的饼干还在这里。"）

你爱托尔金。像你读托尔金的书一样，你是不是很乐意把一本书写得很长，这样读者就能陷入你的世界中不能自拔？

但我觉得是不一样的，因为这是一本更难读的书，而且更厚。我指的是，托尔金写的书是长篇的线性叙事，你读这样的书会感到自己在旅行。我的书则更……

但是，从我访问过的网站来看，人们确实说这本书仿佛给人一种踏入了不同世界的感觉……

那可太好了。

（我们嚼着冷冰冰的饼干，饼干被放在一个塑料的打包盒里。吉夫斯蹑手蹑脚地走过来，就地蹲在了我们面前的地毯上。）

（说起吉夫斯来）你看，只要有食物，吉夫斯就会乖乖顺从。坐下，雄蜂。你知道吧，很显然你吃不到这个了。乖狗狗。

（我问他写这本小说时听了什么歌。）

在雪城时，我什么也不听，因为我没有录音机。当我来这儿后，我听涅槃乐队的歌，因为一个研究生学生给了我他们的歌。随后我听一个叫恩雅的女人的歌，她是苏格兰人。

（大卫找出磁带，打开立体声音响，坐在地板上。他首先放的是布什乐队的歌。《甘油》确实如他所说出自布莱恩·伊诺的歌。大卫跟着唱了起来。）

这首歌是《大船》，出自《另一个绿色的世界》这张专辑。

你会先研究大概一年半的时间，然后花一年半的时间来写吗？

不，我觉得我开始研究是在——有一件非常有趣的事情，我不知道，你有没有读过斯文·波克特写的那篇东西？斯文的主要观点是，他回头读了一遍我发表在《哈泼斯杂志》上的那篇有角色名字的文章，他感觉其中有确凿的证据可以表明，这本书中有关网球的事情出自我的个人经历。我无法理解斯文为什么会犯如此大的错误……

我们回过头去聊聊这个。你于1987年在《君子》杂志上名叫《文学宇宙》的文章中看到了你的名字。

那是那年夏天发生在雅多的事。也是在那个夏天，我——那是一个有趣的夏天，因为我写了那部叫作《向西行》的长篇小说的前半部分，这对我来说是件大事。不管怎么说，我写完这部小说的前半部分，随后去纽约给《我们》杂志补拍照片，我就在那里遇见了传说中的塔玛·雅诺维兹。我走出拍摄场地之后，发生了一件可怕的事情，最终在靠近华盛顿广场的我的朋友家过了一晚。

我的车被人打劫了。那半部小说可都是手写的。这前半部分很特别。我的箱子被撬开，手稿被偷了。这件事非常搞笑，因为他们显然把航空袋找了出来，里外里翻了翻，然后就把它丢了。我后来在两个街道以外的垃圾桶里还真找到了这个袋子。手稿不见了。我觉得他们用手稿点吸毒管或者别的什么东西了，我不知道。

所以，很糟糕——不管怎么说，我又回到了雅多。我把那部小说重新写了一遍。接下来两个月，我把手稿用打字机打了出来，一切都准备好了。随后，我在雅多谋到了一份差事。我得到一份教职，去我刚刚毕业的那所大学教一学期的课。于是那年秋天，我就住进了阿默斯特学院，在那里教书。这事儿非常怪诞，因为我教的学生里有我的同学，我读大四时，他们是大一新生。

这很奇怪。

是很奇怪。然后发生了什么来着？

等等，这怎么可能？他们难道休过学吗？

不，我是1985年春天毕业的，然后是在1987年秋天去那里教书的，所以只过了一年。

不，两年。

是的。所以我读大四的时候，他们大一，那时他们上大三第一个学期。

当你到处去找你的袋子时，你是不是在想：“×，就在我对自己很有信心，打算大展拳脚的时候，就摊上了这么件事儿？”暗示了某种东西。

天哪，不。我只是在想，我指的是，我得花三个月的时间才能重写完前半部分。很奇怪，我回到雅多，然后用大约一个礼拜的时间就把整部小说的初稿写完了。不，我不认为……我不认为那时我会对我的生活做出有效的解读。

好了，1988年，我住在家里，随后又在图森沙漠地区的一个小木屋里住了一段时间。我在那里重写——那本书（指的是《头发新奇的女孩》）里有三四篇小说需要重写。

随后发生了一件乱糟糟的事情，我不知道你是否清楚。那本书里有几篇短篇小说被刊登在了各种杂志上。其中一篇就是莱特曼的那个故事。这个故事，嗯，书里的那个版本和我交给杂志的版本有着很大的不同，与卖给艾丽斯——《花花公子》杂志的艾丽斯——的那个故事相比，也有很大的不同。在第一个版本中，整个素材取自一个叫作莱特曼的人的真实采访。随后，嗯，我从未把这一点告诉过他们，整篇故事经过架构，你无法说哪些是编撰的，哪些是真实的。但不管怎么说，就在《花花公子》打算刊登这个故事两个月前，他们又重新进行了一次采访。《莱特曼秀》经常会重新进行编排。这个垃圾节目真的很受粉丝欢迎。艾丽斯总觉得，某种程度上来说我是故意试图让她感到尴尬的。她真的会一直抱有这种神经质的幻想。而事实上，这篇故事还是被刊登了出来……与此同时，《花花公子》的律师打电话给维京出版社的律师，向他们说明了整件事的来龙去脉，随后他们就来看那篇叫作《危险！》的故事，以及《向西行》和《约翰逊》这两个短篇小说，发现有许多次要人物其实是真正存在的。

我也在图森住了好久——1988年的冬天我住在香槟市。随后我搬去图森住了四个月，然后又搬回香槟市住了五个月，在那里度过了1988年年末和1989年年初的时光。本质上来说，这本书胎死腹中。维京出版社把封面都放出来了——这很奇怪。这是一个收藏家告诉我的，此人收集了一大堆维京出版社出版的各类书籍。你知道，在这些收藏家眼里，这本书显然就像一张错印的邮票，值几千美元，因为维京出版社把这本书给毙了。这很怪，他们甚至不觉得会有什么损失，只是觉得他们会受到起诉。

嘿，雄蜂！你要把我的椅子吃了吗？

你的感受如何？

那时我的脑子一团糟。因为他们拿一种他们称之为宣传的权利的条款来压我。这个条款把隐私权搁置一边，只拥护宣传权，也就是说，出版《危险！》这部短篇小说，我从中获得的利润将和派特·萨杰克摆摆身段获得的一样多。就好比，我和派特·萨杰克一样在商场的开幕式上东奔西走，拿到的收入就会和他一样多。这在我看来完全不能理解。

但是当然，我写的那些信件从法律效应上来看纯粹是在胡扯。这些信全都写得又臭又长，激情洋溢，东拉西扯些文学原则和宽泛的社交之辞，比如："这些人将他们强加于我们的意识之上，却不允许我们改变他们……"

所以那是一段非常古怪的时光。就在那个时间段里，我真正意识到，就我个人而言，《向西行》是真正具有开创性意义的作品，我真切感受到我会耗尽我的一大部分能量来把它写完。

纳博科夫也说过一样的话：写一本书就是把你的那一部分给处理掉，摒除掉。

这和小说理论的整体方向有关。我总在想，如果巴斯能读到这部作品，会不会觉得这本书同时具备彻头彻尾的谋杀性和一种奉承的致敬感。

在那个时间段里，我真的，我的意思是说，我真的陷入了一种恐慌之中。因为我不认为我还会再写下去。我自学生时代起就有过这样的念头，所写的作品都是对学生时期的作品的再创作。而我能做的就是去普林斯顿和哈佛设法谋取和哲学相关的学位。哈佛给了我一份非常诱人的协议。所以我就在1989年年初搬了出去，随后去了波士顿，搬进了和我的朋友马克·科斯特洛一起住的公寓里。

我想想，好吧，我在那里做了一大堆事情。我们就是在那时写了《重要的说唱歌手》。我还写了——我从未发表过——一篇篇幅非常长的有关色情影像的文章。其实是《花花公子》这本杂志声称我是一名《花花公子》杂志的作家，才帮我开始了这一系列的工作。我还对某些色情片明星做了一些饶有趣味的录音采访。随后，啊，我还做了一大堆事情，写了一篇有关《维特根斯坦的情妇》的长文。

不管怎么说，我在哈佛大学读起了书。很明显，我当时离那个世界挺远的。他们认为一名研究生——我的意思是说，你是一名全日制研究生，你可没有时间来业余写点儿东西，你知道，每隔三天就有四百页的康德的理论要去啃。

（雄蜂的肚子发出了声音，动静很大。）

随后，《头发新奇的女孩》卖给了诺顿出版社？

促成这事儿的人是格里·霍华德，他本是维京出版社的一名编辑，因为与此事无关的种种理由辞职了，随后去了诺顿出版社。他不知怎么的，对这本书非常有信心，说服诺顿出版社把这本书买了下来，然后让维京出版社——让我改掉了一些类似利奥·博耐特这样的名字。随后这本书就以诺顿出版社的名义出版了。所以，这很怪。我的意思是说，诺顿没能很好地宣传这本书，发生了一系列的事情，以至于没有多少人关注这本书。这更像是，老兄，如果不是因为他，这本书根本就不会出版。

这本书传阅很广。

（吉夫斯开始发脾气，扒东西，狂叫。）

是的，这本书在纽约暗中流传甚广。但也就只有这点儿成绩了，我的意思是说，《系统的笤帚》卖得比它多得多。《头发新奇的女孩》没有获得成功，就如同休姆评价自己的书所说的那样，胎死于出版社之腹了。

嘿，吉夫斯！我们正在谈话呢，我要把你关进箱子里去了。你给我安静。

《系统的笤帚》这本书卖得有多好?

我不知道。但我知道他们靠这本书赚回了本。而就我所知，诺顿出版社没有把本赚回来——不，诺顿出版社确实也赚钱了，因为埃文出版社付给了他们平装本的钱。但是到现在为止，埃文出版社还没有赚回本。

是的，诺顿出版社又出了一本新的平装本，这本书完全……我是白送给他们的，这样做仅仅是为了格里。因为他们其实没钱付给我。但我还是——这本书我和格里出的力一样多。所以，不管怎么说，就这样，在那个秋天，我可以去哈佛了，我在那年夏天戒了酒。

我在哈佛的经历惨淡得令人难以置信。（奇怪，他在他自己家的起居室里显得非常冷静，只想谈话，不玩套路，不绕圈子，而是直白地将他的故事讲出。）就在那个学期，我进了麦克莱恩医院。就在那个学期，我非常担心我会自杀。

所以，这对我来说意义重大，因为我过得非常难受。但我觉得那是我第一次把自己当一个有点儿价值的人物来对待。当时，我的意思是说，我不得不去找哈佛大学的心理医生，说："你看，我觉得我有个问题，你知道吗？我没有什么安全感。"

她让我调整一下，这意味着我得从哈佛辍学，这意味着我得去找沃伦·戈德法布聊一聊，他是哈佛大学的系主任。这让我非常窘迫。而我愿意这样去做，为了活下去。现在回想起来，这个举动或许给了我希望感。

这是……

这是发生在1989年晚秋的事儿。随后我就再也没有回去过。我的意思是说，我很快就离开了麦克莱恩医院，并且，嗯，再也不会回去了。

《头发新奇的女孩》是什么时候出版的？就在那个时候？

是的。但是我没有留心它出版了。我的意思是说，我记得我曾在，曾在剑桥大学的公共图书馆举办过一场朗读会。一共来了十三个听众，其中有一个患精神分裂症的女士，我在朗读作品时，她一直在尖叫。（笑了笑，又摇了摇头）真惨淡啊，那是一个惨淡的时期。

但是这本书收到的评论非常好。

我只记得某个人写的评论说，这本书展现了一种表现癖。他们觉得这本书是在炫技。我不记得——我甚至都没有去想——《纽约时报》有没有评论过这本书。那是一段惨淡的时期。我觉得当时除了我自己以外，我没有对其他事情上过心。

但你还是很开心看到它出版了，对吗？那一段时间你在烦恼什么呢？是想通过写作获得某种认可吗？

我当时只是觉得非常难过，每时每刻都很难过，并且觉得我再也不会去写什么了。我认为那本书的出版就像，更像是某种从宇宙中迸发出来的难以抑制的尖笑。就类似于，你知道，我写完了，现在这东西像什么？就像奇臭无比的屁，一直逗留在我身后。你知道吗？就像一个——你知道，如果这本书卖得很好，那么它就像一个时效更久的提醒，提醒我，我完蛋了。

因为你觉得你已经失去了写作的能力？

是的，我一度以为我已经失去了写作的能力，以为一切再也没有意义了。我的意思是说，我所感兴趣的那些事——我指的是，我真的觉得《向西行》，至少在我看来，就像是被打包起来装入了一个狭小而无比紧密的东西之中。然后，这个东西爆炸了。

但是，这样说听起来像是在过度粉饰这件事。这更像是，嗯，有一部分是这样的。部分原因在于，我有两到三年的时间一直依靠……一直依靠酗酒来应对一切。这真的很奇怪，你那样做了，随后你戒了——就是这样。事情变得越来越密集，随后，你知道，我犯了很多错误。

现在想来，去哈佛就是一个巨大的错误。我当时年纪已经很大了，已经不适合读研究生了。我那时也不想当一个学院派的哲学家了。但是，我对当时的辍学有一种难以承受的……嗯，惭愧感。别忘了，我父亲可是个哲学教授，有很多哲学教授都很崇敬他。他也认识其中一些人。（某种程度上来说，《白鲸》这样的故事又发生了。）当时有许多糟糕的事情。但是我离开了那里，再也没有回去过。

我记得我母亲给我寄来了一台蔬菜榨汁机，我非常尴尬。包裹是在我离开那里不久后寄到的。不知怎么的，他们把它带到了公寓办公室里。我一直想去把这台蔬菜榨汁机给取回来。但我再也没有胆量去了，因为我不知道该如何面对那些人。

随后，马克在纽约的一家法律咨询公司谋到了一份差事，所以他搬走了。我独自在公寓里住了一阵子。嗯，就是这样。那年春天，我谋得了一份教职，开始——不，对不起，那一年春天我在莲花软件公司当起了保安。这段经历非常奇怪。

你都做些什么呢？

我依旧无法把这当成我的经历的一部分。我之前从未有过连续三个月每天穿涤纶衣服的体验。（有趣的是，几周以后，我和他妹妹艾米通了一个电话，艾米口中的版本是：大卫喜欢穿羊毛衫。他会拿她的衣服穿，如果他喜欢某件衣服的编织，哪怕款式女孩子气，他也会拿去穿。）而我不得不穿涤纶衣服。我手上拿着那种被称为服务指挥棒的东西。另一个保安给我演示了，你知道，就是那些警察惯用的伎俩。各种招数——我一开始并不擅长，但之后我就玩得很溜了。我记得我在闲逛——我值班的时间是，啊，这很奇怪，凌晨2点上班，上午10点下班，所以我大晚上就得上班，一直干到快到中午光景。一大早一个人也没有，我就会在那些荧光灯底下晃悠，手里转着指挥棒，脑子里几乎什么也没想。

你那时觉得你已经完蛋了？

是的，我很确定，我的一生就这样结束了。

这是发生在自杀监护之后的事儿？（邦妮告诉我，她去麦克莱恩医院拜访他时，所做的第一件事就是找来剪刀把他的头发给剪了，她觉得那头头发糟糕透了。）

嗯，嗯。那段经历非常残酷——我记得我在麦克莱恩医院总共待了八天。而我去那里，只是因为我怕我会做出蠢事来。我读高中时有一个朋友，他在车库里，发动汽车，想靠尾气憋死自己。结果他没有死成，但是脑子受到了严重的损害。这损害了他脑中用来表达情感的那一部分。所以他显然无时无刻不在遭受可怕的痛苦。我知道，如果有谁注定连自杀也会搞砸，那人就是我。

这就会一直给你灌输一种思维定式：我连自杀都会搞砸，然后我肯定会成为一个四肢瘫痪者。

（我和他讲了梵·高的故事。梵·高走进一片田野里，想用一把单发手枪，对准胸膛，开枪自杀。但他射偏了。于是他不得不再次穿过城镇，城镇里的人们都觉得他已然成了一个傻蛋：重伤在身，但没有死。）

我之前没有听说过这个故事。（他起先并不觉得好笑，随后笑了起来。）是啊，我仿佛可以松一口气了。

你会不会因为想成为某种成功的文学人士而感到些许痛苦呢？

会的，但这也是一种意识。我的意思是说，我那时正处在二十多岁的末端。你知道，我意识到这个年纪非常空虚。但是，另有一件事情似乎在不断地拉扯我，亦即对小说强烈的理论上存在的兴趣。随后，这似乎也变得空虚了。

元小说。后现代主义。那元小说之后呢，也就是说，元—元小说会是怎样的呢？用怎样的方法才能成为通俗文化的代表呢？这很难解释。我觉得对此或许不那么专业的诊断是，我只是感觉到了压抑而已。

你觉得1986年和1987年的你会不会不喜欢你发表在《哈泼斯杂志》上的文章？因为它过于直白了？

这个嘛，我不觉得他会不喜欢——我只觉得他不会读这篇东西。我觉得他会看完前两页，然后就把它放在一边："哈！真不知道有谁会喜欢这种东西！"随后去找别的东西来看。

那他会怎样看待《无尽的玩笑》呢？

老天，这真是个好问题。我觉得他会崇拜其中的许多东西：花里胡哨的技巧和幽默元素，还有某些散文段落。但是，我不觉得他能读懂多少。我不觉得他能读到我希望读者能够读到的信息。

因为他觉得诸如角色这样的东西是没有意义的？

不是没有意义，而是非常简单。你知道，深邃难懂的东西会让人更费脑筋。有意义或者没有意义向来不构成主要问题。问题在于，你知道，什么是有趣的，什么是高级的，接下来会发生什么？这才是——对吧？什么是真实的不重要，重要的是什么是新鲜的、新颖的，诸如此类。很难说得清楚。

（他又把我的问题轻描淡写地带过，想让我把这个话题搁下不谈。）

不管怎么说，接下来的几年过得非常沉闷。我终于在第二年的秋天找到了一份工作——

我们慢慢聊。保安这份屎一样的工作非常有趣……

我后来找到了一个更好的工作，你不知道我要说的是什么，老兄。

好了，我在莲花软件公司当了一阵子保安，随后出于一个难以辩驳的原因辞了职：我已经厌倦这么早起床了。

你干了多久？

三个半月。

福克纳也干过类似的工作。他在写《我弥留之际》时，晚上……

你是怎么知道这些东西的？你是不是看过作家传记的精华读本之类的……

是啊，有一套类似棒球明星卡这样的东西……背面有描述……你得订购……

好吧，那段工作经历不怎么好，因为你每过十分钟就得去检查一遍，然后给出没有意义的报告。“隔间一切正常！”（他模仿对讲机的声音。）你知道吗，莲花软件公司对商业间谍有着令人难以置信的猜疑。我那时是新来的，还不准进入那些可供自由出入的区域。所以我就不得不说类似于“过道看起来没问题”这样的话。他们还令人难以置信地——他们总担心你不会准时打卡。我不知道该怎么说，这像什么？这就像，嗯，20世纪60年代任何一部讲述无意义的权力的小说。这就像……

你在那里晃悠的时候，会不会想：“我的天哪，我是那个年轻时出版过两本书的人吗？”

不会。其实，我记得我之所以喜欢这份工作，其中一个原因在于，我可以瞎晃悠，什么也不去想。你知道吗？只会想类似“哈，这里有一块天花板的碎片”“哈，这里有一个隔间”的事情。

（吉夫斯哀嚎起来，我轻轻拍了拍它的鼻子，想让它安静下来，大卫的表情看上去仿佛在说我做的事情过界了。他收了声。）

对不起。

实际上，它需要这个。吉夫斯，你看，你让客人都看不下去了。连客人都要来拍你。刚刚雄蜂啃了它的骨头，它只是有些不爽了。雄蜂在欺负它。

（但我也是。）

好了，不管怎么说，我之所以会辞掉那份工作，根本原因还在于我再也不想一大早就起床了。

安静一点儿，坐下。坐下，坐下，坐下。听话，坐好，安静点儿。

随后我又找了一份工作——这份工作糟透了——我在沃特敦的一个

叫作“奥本代尔养生俱乐部”的地方当起了递毛巾的小工。这个小工有个非常时髦的名字……他们不管干这个的叫递毛巾的小工，但其实我就是一个递毛巾的。干这个的人时不时地还得去管客人的登记工作，让他们出示手牌，随后在一台极其粗俗和笨拙的电脑里统计今天来了多少顾客。

不管怎么说，我之所以又辞去了这份工作，原因在于，有一次我坐在那里办公，有一个人走进来拿毛巾，那人是迈克尔·里恩。现在迈克尔·里恩——他以一本叫作《私密生活》的书闻名，这是一本看了令人毛发直立的回忆录。但是在那时——好吧，在我们抚摸狗的时候还是别提起为好（在《私密生活》开篇的一长串对话中，十多岁的迈克尔·里恩打算和狗性交。大卫和我当时都在抚摸雄蜂）——但在那时，嗯，嗯……

不管怎么说，迈克尔·里恩在两年前，也就是1987年，和我一起获得了怀廷作家奖。所以，我在那个该死的演讲台上和这个家伙站在一起，尤朵拉·韦尔蒂给我们颁了奖。两年以后，我……我记得，我记得很清楚，这是我平生第一次真的找了个地方钻进去了，为了不让某个人见到我。他进来后，我假装稍稍滑了一下，随后钻到了柜子下面，当时有个女士在场……我忘了，我觉得我低头把脸藏了起来，并没有回应。有客人在，她当然不会说：“大卫，怎么啦？”于是她把毛巾递给了他。

我记得，我那天剩余的时间都在工作。我朝角落里悄悄看，想要搞清楚（小声笑了笑）他进了哪间房间，随后迅速冲进去把毛巾放在毛巾桶里。我记得那一天我就离开了，再也没有回去。

那是在，让我想想，那是发生在六月的事情。随后我过了两个月节衣缩食的日子。但最终，我的几个朋友——我甚至想不起来他们是谁了，玛丽·卡尔和黛博拉·斯巴克——你知道黛博拉·斯巴克是谁吗？她曾写过一本叫作《献给圣徒的椰子》的书，这本书去年秋天由费波和费波公司出版了，写得非常精彩。她现在在科尔比学院教书。她们给我介绍了一份工作，我和《犁头》的编辑德怀特·亨利一起在爱默生学院做兼职。随后我就在那里干了两年半——是的，是从1990年的秋天开始的。不，确切来说，是两年。总共四个学期。我在那里的工作内容好像是，哦，天哪，我做了什么？我给评论杂志写研究电视的文章。我靠那个过活。

哦！我后来搬来了布卢明顿。哦！对！我后来搬来了布卢明顿，就住在福斯特街的福斯特公园对面。那家过渡教习所就在附近，我不记得它的名字了。我在福斯特街对面认识了几个人，他们貌似可以自由出入这家教习所。我记得我是在健身房遇见他们的，你知道吗？我记得最初是因为，那时健身房里都是一些大块头，我卧推时加的杠铃片太多了，杠铃压住我的胸，我无法把它推起来。于是我叫了几个彪形大汉来帮忙。就是这样，我记得就是这样和他们相识的，他们就告诉了我有关那家教习所的事。我记得那时我什么也没有做，只是想："嗯，这或许是可以写进小说里的一件有趣的小事。"随后，就在那个秋天——1991年的冬天——大约有三个和我相处甚密的朋友进了戒酒互助会。其中有一个人住在波士顿。我记得和他们一起喝了很多咖啡，似乎听他们说起过戒酒会的事情。随后，嗯——

哦，那时我已经好久没有打过网球了，于是我就和几个人打了网球。他们见我打得还不错，就介绍我认识了和他们一起打网球的人。嗯，就在温切斯特或者列克星敦的一家俱乐部里。这个家伙之前在长岛的一家网球学校里当了几年的教师。

（从某种程度来说，这段话听起来过于简洁明快了点儿。）

啊！对了。是的，我记得，当我在麦克莱恩医院时，他们打算让我再吃些什么药，而我已经决定类似的东西都不碰了，我只是不想吃任何药了。他们开的都是些抗抑郁药。他们一而再，再而三地来劝说，但我什么也不想吃。而我记得当时我正在详细研究三环抗抑郁药、单胺氧化酶抑制剂、四环抗抑郁药之类的东西。随后另一个朋友——不是进了戒酒互助会的那个，而是某些东西上瘾了的那个，我忘了具体的情况是怎样的。他那时一直在服用氟西汀，也谈论起了氟西汀，我记得我也研究过氟西汀。所以那时候我了解到了许多类似的药物。但是我——啊！对了，我在哈佛大学时曾上过斯坦利·卡维尔讲电影的课。斯坦利·卡维尔是一位美国哲学家，是研究爱默生和梭罗的专家。但是他有点儿——他写过一本论电影的书，叫作《追求幸福》，他对美国电影真的非常有研究。

马克·克里斯平·米勒。

我认为他是存世的电视评论家当中最好的一个。不管怎么说，所有这些——我指的是，我总是……当我在爱默生学院时，那里有一间藏书室，我总是在里面待着。我不知道要做什么，大多数时候就在里面晃悠。最后一年，我开始写作两篇不同的长篇故事，但这两本书都没能写下去。于是我就停笔了。哦，随后我就给迈克尔·马通写起了东西——迈克尔·马通打来电话，想要我写一点儿有关我出生和成长的家乡的事。他想要一篇有关中西部不同的城镇生活的文章。随后我写了一篇有关网球和数学的文章。而后，嗯——（大脑思索时发出轻柔的声音：嘁嘁嘁嘁！）我觉得那是我再度写作之后的事了。我不知道，我只记得我针对不同的主题读了很多书，在达到某一点之后……

（纳博科夫说："不声不响地为小说增添羽翼。"）

当然，那也是我真正意义上获得成长的一段时间。我甚至再也不觉得写小说是一件压抑的事了。我更像是……达到某一程度之后，我的阅读似乎就有了一种体系。

我认定那段经历是非常悲伤的，真的有一种无方向的感觉，而不仅仅是我被搞得一团糟那么简单。也许有一种……也许从某种程度上来说这是有趣的。我无法如实告诉你细节是怎样的，我那时有许多朋友，他们的生活和我的一样，其艰难的程度又是如此多样。他们当中有许多人看上去似乎承受了相当多的重担。所以我觉得——

怎么样的人？

哦，天哪。有律师、股票经纪人、年轻有为的学者、诗人，喊喊喊喊。嗯……还有一个给电视台天线做广告的人。

就像《城市乡巴佬》里的比利·克莱斯托。

这部电影我没有看过。杰克·帕兰斯吓到我了。杰克·帕兰斯演的东西我一部也没有看过。

你看过《原野奇侠》?

是的，这就是他吓到我的缘由。就是那些面颊骨，你知道吧？不管怎么说，就是非常……

那些很有前途的人，他们——

他们只是，卡特怎么说的来着？萎靡不振。那种气质非常忧伤，有种透不过气来的感觉。达到某种程度之后，我的意思是说，我总在写，几乎每天都在写。写到一定程度之后，我还记得我写的第一章的初稿，写的是某个无法让人们理解他的人。（吉夫斯哀嚎起来。）那一章写了十五或者二十稿。

我对我的女友大声朗读过这一段。

哇哦！！

非常有趣，一个伟大的开头。

这其中有一点儿我在大学城时的经历。

吉夫斯，你给我听好了，我要把你关进柳条箱里去了。给我安静地坐好，吉夫斯老爷……雄蜂：乖狗。（拍拍它们俩）现在，吉夫斯，你可以退下去啃那玩意儿了，别再沾沾自喜了。你看，它要把那玩意儿丢下了，一秒钟之后就会暴怒。（*大卫非常了解狗的心理：一秒钟之后就会——*）我说的吧。

那一部分是在1991年感恩节和圣诞节之间写的，我记得那会儿我和父母一起待在家里。我甚至不觉得他们能经常见到我，因为就在那个时候，我写了许多非常短小的开头部分。当我回来之后，我只是，我不知道，我就变得非常勇敢了。我开始去很多地方，深入其中，做了很多研究。

古怪的是，好吧，我在布卢明顿、萨默维尔、梅德福的那些过渡教习所里待过。我们就在那里坐着——非常奇怪，在那些地方，他们不会问你为什么来这里，他们根本不关心你为什么来。你就在那里坐着，咖啡要喝多少有多少。随后我就有点儿喜欢上那些人了。我听说了许多有关他们生平的事，其中有一些我掐头去尾写进了书里。我非常喜欢他们，所以把很多地方都进行了改动。

（*狗——吉夫斯——又狂叫起来。*）

我不喜欢写过渡教习所的那几个部分。

这很古怪，因为所有人都是要么更喜欢那些部分，要么更喜欢有关网球的部分。他们这样说时，当然设想这两个部分是相互分离的。

我觉得或许在第二次读这本书时……

（*磁带录满了。*）

（*他看着磁带的空段，饶有趣味地看着它录过去。*）你得往上面录一点儿东西——哦，不，已经转过去了。

我差不多就是从那个时候再度开始写的。那时——与此同时，那个我不能和你说的人身上还发生了一些别的事情。而我最终——这是我不能提起的事，但是最终我去了雪城。

一段不幸福的关系？

不是不幸福。他们搬走了，我错过了他们，我想要见他们，我想要去那里。只不过有关这个的事，老兄，我真的不能透露任何一点儿，因为我们不能提到名字的那个人……

好吧……

（关掉了录音机。）

从某种程度上来说，我意识到这些将被写进一本书里，而我无法一边教书，一边写这本书。这样太耗费时间了。住在波士顿太费钱了，我在雪城有些朋友，在那里——我记得乔·弗兰岑和我开车去那里看了看，因为他那时也想搬过去。我喜欢那片区域，并且我觉得那里的花费非常低，于是最终就搬去了那里。这本书的大部分内容就是在那里写的——我没有工作，什么活儿也没有干。

我拿了预付款，住在一个非常狭小的地方，其大小就像，嗯，普通房屋的一个门厅。不知道为什么，我真的很喜欢那里。那里实在小得离谱。前厅小得只能放进一个衣柜，你知道吧？我的意思是说，那里非常酷，因为它真的——我指的是，我放了很多书，根本没地方挪。我要写作时，就把桌上的一切东西放到床上去；待要睡觉时，就把所有的一切放到桌子上去。

但是一切东西都很紧凑，又那样井然有序。而这本书——我指的是，情况是，我脑袋里从未有过这样不同的信息。住在这个狭小、拘囿的房间里非常惬意，而且室外积着雪，那一年下了史上最大的一场雪。基本上哪儿都不能去。但是附近有一家离得很近的杂货店，此外，我还有一个住得很近的朋友，我可以去他那里消磨时光。

我是在1992年4月或者5月的样子搬到雪城的。我想说——不，我当时写完了二百五十页，因为我刚刚把最初的二百五十页打出来，让邦妮寄了出去，看看能不能换点儿钱来。因为我……我在搬去雪城时花光了最后一笔钱。这让我非常兴奋，我的意思是说，我平生第一次沦落到了一贫如洗的地步。一连几个月，要想吃饭，我只能坐等邦妮先把它卖出去。比如吃晚饭，人们真的很好，会说："我们很喜欢你的陪伴，你过来一起吃晚饭吧。"事实上，他们知道我……你知道的……

出于某种原因，我不能问我父母要钱。因为我已经二十七八岁了——不，我三十岁了。而我……那样做，那样做是下流的。

你的兴奋是不是因为——那是怎样的一种预付款形式？

这个嘛，我的意思是说，我已经说了——不，我说的不是亚当·贝格利。迈克尔不想让我把预付款的情况告诉任何人。总数不到六位数。

是不是远远不到？

差得远呢。他们给的价格非常丰厚，但不是一次性给我。他们将款项进行了拆分，比如，第一年给我一部分，第二年再给我一部分，这样就容易一些。嗯，就是这样，嘁嘁嘁嘁。

一半一半给？

（大口地吐烟渣）比那给得多。所以，我们又逼近那个数字了。价格总体不错，但是一年一年拆分后，其实就没有多少了。

我其实急切想要知道的是：当你身心俱疲，不能再当作家时，却得知你能得到一笔足以保障你写完小说的预付款，这样难道不好吗？

（他又关掉了录音机。）

事实上，这并不能让人感觉兴奋。这种感受很真切，就像，我在写完这部小说之前就能拿到钱。我感觉这就像从桥上跳下去一样。因为我一旦拿了钱，就得硬着头皮把它写完。

此外，嗯，情况是，我觉得这是我于1989年进麦克莱恩医院之后做的最为勇敢的事情了。我体内的每一个细胞都不想让我去做这件事，但是我同时也——我知道我会完成这本书的。我的意思是说，自那一刻起，这本书就在我体内活了过来。但是，整件事，嗯——这会让你去想，我还可以拿另外一本书来获得预付款。但是现在情况不一样了，我有了教书的收入。这是一笔额外的收入。（干净利落地打了一个响嗝。）

总之（他现在已经完全放松下来了，说起了另一件事），随后，你知道，这本书的大部分内容都是在……

哦，哇哦……

（雄蜂扑倒了我。我一边在地上打滚，一边大笑，两条狗都来舔我，来回地拍打着我。我躺在地毯上大笑……）

你享受了全套服务——你想要知道我的生活是怎样的？这就是我的生活。

我笑是因为我现在成了我爸爸拍的广告里的那个孩子。

没错。不管怎么说，我就在那里住下了。我立刻收下了部分的预付款。他们直接给了我一半，随后把另一半分成两年，定期给我。我在雪城的那一年以及第二年的一部分时光就是靠这笔钱过活的。然后我就离开了。我在1993年的春天获得了伊利诺伊州立大学提供的一份工作，我之所以接受这份工作，原因有许多——其中一点在于，我没有医疗保险。我当时已经厌倦了一小时开十英里路在雪城转悠的生活，我担心我会遭遇车祸，这样的话，我的家庭就毁了。所以，我就搬到了这里——

完美的细节。

我搬到这里——这一点是毫无疑问的——我是在1993年的夏天搬到这里的。我记得当时这本书已经写完了四分之三。写完了四分之三意味着……离结束不远了，其中包含了一大段有关网球比赛的情节，对阵双方是奥索和哈尔，盖特利中了枪，但没有住进医院。这本书已经写完了四分之三，我在这期间抽空（为《哈泼斯杂志》）写了一篇有关州立博览会的文章。这是我搬到这里大约两个礼拜之后做的事情。我是在那年的秋天写这篇文章的，又在那年秋天开始教书，并完成了这本书。我竟然在另一间教室里教起了研究生，这一点非常有趣。

谁是你在当地的接待员？

哦，这个啊，地陪是——对，金伯利和我一起逛博览会。如果你能了解我写的大概意思，就会发现这篇文章里并不全是她的声音，其实还有另一个人的声音。但是，嗯，是的，她不喜欢文章中出现另一个人的声音。但一切都是真实发生过的，比如她确实坐进了那个被称为“铰链”的游乐设备里。这篇文章中没有什么是瞎编出来的。这很奇怪，我从未做过什么——好吧，也许晃一晃指挥棒并不是一场大屠杀……但在那时，这在我看来非常危险。

这些和质感相关的东西是你之前写的文章中从未有过的……

这个嘛，我从未说过这些很棒。我的意思是说，我不知怎么的，觉得这很好玩，你知道吗？比如：“到处弥漫着牛粪的味道。但是粪便很重要，因为粪便很难闻……”

好吧，我就那样写了。其中非常了不起的细节是，嗯，我对这样的事情进行了进一步的发挥，我觉得这始于“莲花”公司时期。我无法忍受荧光灯。就如同你在伊利诺伊州立大学看到的那样，那里简直就是荧光灯节。这种情况始于“莲花”公司时期，但是，即便当我还是个小孩时……

不管怎么说，因为某种原因，那是令人疲软的一年，所以我只能待在屋子里上课。课上完之后，我就在起居室里工作，因为我养了吉夫斯。

就在这里？

不。这是发生在……我是在去年春天买下这所房子的。这其实是发生在我搬来这里之前通过邮件租来的一所房子里，那所房子在伊利诺伊卫斯理工会旁边。那所房子很舒适，但真的很小，嗯。我们会在那里上课，而且人们真的会把诸如《药物治疗纲要》《精神病护理》，还有《法国艺术电影的诞生》这样的书挪开。在那里教书非常古怪。

这种感觉真的很像是，我可以说我已经在崩溃的边缘了，因为所有人都会涌进来，坐在书本上。他们都在开玩笑，你知道，都是一些有关堆得山一样高的手稿的玩笑。

你能说说为什么你会感觉在崩溃的边缘吗？

因为……也许你也是一样的，就好像，当别的人能……老兄，我会说清楚的。因为我当时知道，我当时知道会发生什么。我知道这样的生活会以怎样的方式结束。这和是否有人来到堆满东西的房间无关，因为这当中没有什么会让人感到惊恐。我倒不是在担心——好吧，我不担心别的人来这里打乱我正在做的事情……而在雪城时，我真的，若不是有那么一两个人来，我真的就无法……

（狗在用后背打滚。）

……想要有谁来陪伴你？

好吧，事实上，没人能走进来。我指的是，当时的情况似乎是，你知道，我觉得我的女朋友也许总共只会在公寓里待两个小时，因为只要多一个人在公寓里，我就难以待下去。但不管怎么说，这种感觉很爽。在那里上课，别的人进来，然后上课，在同一个地方做所有的事情。

随后，啊，你知道，我有了吉夫斯，并且在小说的最后一部分，我写了一大堆手写的草稿，我也有一大堆打字机打出来的手稿。随后，我最终坐下来，把所有手稿打了出来，我也有了吉夫斯。

吉夫斯在隔壁有它专属的房间。我整日整夜和吉夫斯待在一起，它会把爪子放在狗窝前朝我吼叫。我要么戴个耳机在头上，要么就塞耳塞，就是那种泡沫耳塞，你知道吗？随后，我的一个朋友给了我——因为我用的那些东西并不能屏蔽声音——我的一个朋友给了我一个，你知道，飞行员用的那种耳罩。我塞好耳塞，再把耳罩戴上去。

打字时听不见键盘的声音，这种感觉真的很奇怪，这给了你某种尘埃落定的古怪感觉，所以非常梦幻。而且，嗯，我延迟交稿了。我本该在1994年的1月1日交稿的。而我却在1994年的6月18日才交稿。我记得我当时很担心他们会因为延迟交稿——多么天真——而起诉我。最终，我要感谢邦妮告诉我，这个星球上有一半的人总会延迟交稿，或者拖着做事情。

还有什么呢？所以，我在那年夏天交了稿，随后去参加了我妹妹的婚礼。我记得，我有六个月的时间没有收到迈克尔的消息，我真的快疯了，因为他曾说“快交稿，快交稿，快交稿”。

然后呢，我就收到了他的消息。他写了大概二十五页长的邮件来。

邮件里说了什么？

他说他一直在读稿子，前半部分很显然就是他想要的。随后他又说，嗯，说起了删节，说起了要顺应读者的需求。哦，不，还有一些有趣的细节。

（他现在有一种想要配合我写一篇文章的感觉了，他打算与我步调一致。）

当我第一次把它打印出来时，我就觉得篇幅太长了。我指的是，整本书总共有一千多页。

你们第一次讨论这个时……

他知道整本书会很长。但是，我的意思是说，我本该每隔几个月就和他商讨一次的。我当时真的有点儿把他给拖死了。我没有告诉他这本书有多长，我记得我当时想骗骗他——我是用九号字体、单倍行距把它打印出来的。这样一来，整本书就只有大概一千零七十页长了。

但是，他后来打电话过来，那是迈克尔唯一一次对我大动肝火。他说他试着读了前五十页，眼睛受不了，不知道我在做什么，并对我说，难道他不会注意到这本书实际上有多长吗？

所以他——这是唯一一次，你知道吗，他朝我甩了一些权威的狗屁腔调。他让我回家，把整本书用双倍行距、常规字体打印出来。

而我记得，那三天时间里，我一直在为这本书最终会有多长而担惊受怕。一直在打印。可怜的打印机，我买这台打印机已有八年时间了。我把手稿打出来，我想说，我用这台打印机打了这本书大概五千页不同版本的稿子。当我最终把它打完之后，有一千七百多页，你知道，事情就变得很糟糕了。随后，他给我寄来了那封信。而我得知，有好几百页内容要删除。但我所做的每一处删节——就比如，我在寄给他之前本来已经删了两百页的内容，但是，我记得，删除这两百页之后，我又写了一百五十多页的内容。你知道这是什么感觉吧，你删除了一点儿东西，它又在一百多处别的地方得以运用，你还得把那个删除了内容的地方给补上……

总之，他给我写了这封信。你知道，这之后几个月我过得非常难，要想明白真的很难。我担惊受怕了一段时间——他犯了一个大错误，他提到："我们想把这本书的价格定在三十美元。"这句话让我怒火中烧。"哦，不，删节这些是为了商业目的。如果我这样做，我就是个妓女。"那时刚好是1994年的平安夜。我记得，我觉得我和你说起过，我当时正好在某个聚会上撞见了理查德·鲍尔斯，他给我提供了巨大的帮助。

他把书交给了斯蒂夫·摩尔，而摩尔……摩尔给我提供了一些结构上的帮助。我和一些人讨论过，收到了几封信。

其实，我有一些年纪更大的、更有经验的作家朋友，我和他们建立了类似笔友那样的联系。我记得我给他们写信，向他们讨教，并且获得了许多非常管用的建议。我于是就去做——也就是在那时，我戒了烟。1994年的12月和1995年的1月、2月，也就是1994年年末和1995年年初，我重新修改了一遍小说，删除了大概三百五十页，随后把稿件再寄了过去。那年春天我写了各种各样不同的东西，非虚构的文章，还有短篇小说。

随后，在那年春天，我收到了迈克尔寄来的另一封信。是的，就在春天刚过的时候。大约是在五月份。他在信上说："你知道吗？我只觉得，我有一种感觉，我们还得删除一些东西。我又逐字逐句地编辑了一次。"他又删了大概两百页。大多数删减的内容是脚注。我没有照他说的那样全部改掉，最终只改了其中的一半。所以，这本书又删了一百页。

所以，那一年的大多数时间里不是那样顺——我的意思是说，我写了一篇有关游艇的文章，那算是某种类型的假期吧。但是那一年的大多数时间里，我很难把东西写出来，因为我感觉这本小说总在我身后跟着我。

（**两条狗在嚼东西，它们咬得骨头发出噼啪的声音。**）

但是，我知道，我知道……迈克尔是个精明的人。如果我相信他，我就会非常认真地参考他的建议。想要搞清楚该怎么做真的很难，我得删除这部分吗？如果我不删——如果我删了，那我在这里做什么？

我记得，我那时的电话账单大概有四百美元。我几乎总在给迈克尔打电话，在家里。他在回家的火车上时，我和他的妻子聊了聊，也结识了她。这很酷。我指的是，我之前从未想过我能和别人合作，只有这一次不一样。与马克在一起做的事情就像是笑话。但是与迈克尔一起做事，我由衷地觉得，我不仅要感谢他的帮助，而且他还让我变得精明起来。有许多事情非常艰难，是没有必要这样艰难的。或者是一些冷冰冰的、理性的狗屎。而迈克尔真正精明的地方在于："好了，也许你不会把这个片段删除，但是你得删掉这五页，这样一来就会降低百分之三十的阅读难度，就会减少你和读者之间百分之十的隔阂。否则，为了达到这些目的，你需要在后面增加三十页的内容。"你知道我说的意思吗？这就是精明。这就是精明。

随后，这本书花了我五月、六月和七月的时间——不，五月和六月——才多多少少改到接近现在的样子。我指的是，我整个夏天都在写别的东西，我受《细节》杂志之邀去看了网球锦标赛，去看了美国网球公开赛。哦，我为《乡村之声》写了很长一篇有关陀思妥耶夫斯基的文章，这篇文章几乎耗费了我七月的大部分时间。所以我整个夏天都在忙着写东西。

随后，排版、校对接踵而至。

这项工作简直就他妈的是该死的噩梦。那是八月里的事情。

告诉我：你有时是否会讨厌排版编辑？

这一点，我和你说，利特尔＆布朗出版社非常好。因为我对迈克尔说过，我之前和那些排版编辑有过非常糟糕的经历，他们会像修改大一学生的文章那样对我写的东西进行排版编辑。我还告诉他，如果发生了类似的情况，那事情就会变得一团糟。

所以他们指派他们的首席排版编辑来为我工作，并且给了我他的电话号码。他和我会来来回回地打电话商量。他们还给我——当需要长条校样时，他们又雇了一个外面的排版编辑，给了我他的电话号码。他和我一起进行长条校样，确保重要的那些玩意儿能够进行交叉检查，因为书里有一大堆重要的细节需要核实。但不管怎么说，我的理解是不标准的。他们不仅给你雇了另外一个人，而且还给你提供了一种方法。

我指的是，他们好得令人难以置信，我之前从未——我知道这听起来很像是在说："我要感谢电影艺术与科学学院给我颁奖。"但是我从未有过这样的体验。我非常喜欢格里，但是就排版编辑而言，我从未有过上至迈克尔，下至利特尔&布朗出版社所有公关人员给我的体验，这些人一来非常精明，二来，他们对我真的非常好。你知道吗？而且，我觉得，当我搞清楚了我想要的那些东西，并和排版编辑沟通后，这些想法最终都会以更好的样貌呈现在书本中——他们能办到。

这本书并没有附“致谢”的部分，因为致谢的名单会很长。我在《系统的笤帚》中列过一个很长的名单，这在我看来是枯燥无味的。我写了几封信给——有大约十个人对这本书起到了关键作用，我在信中告诉他们，我根本无法在书里感谢他们。还有那些居住在波士顿的人，比如待在过渡教习所里的人，他们给了我很大的帮助，但是他们，你知道，是不能公开感谢的。

大致的情况就是这样。

长条校样就他妈的是一场噩梦。

随后，你让你妹妹校样了最终的部分。

她——就我所知，我妈妈是全世界最好的校样读者，艾米紧随其后，我排行第三。并且，嗯，艾米每读一页我就付给她一美元，这很值。事后，她买了一辆车。

没有付钱给她做整件事吗？

她读了精装本的校样，然后来纠正平装本里的错误。她想这么做，我付钱让她做的就是这个。我是一笔给她算清的。你不能亏待校样读者。

邦妮花了多少时间来读这本书？她花了很多时间吧。

我不知道，我也从未打算去问她，因为我知道她会感到尴尬，或者会觉得她得把读这本书的时间说得更短一些。这很奇怪——邦妮是一个非常出色的助手，但她的品位和我不对路。我不觉得她的频率会和我保持一致。她会说：“哦，我不知道大卫想的是什么，让他按照他想的做就行了。”

我给邦妮寄过短篇小说——我信任她对短篇小说的看法。

我把这本书寄给了查理斯·康恩，也寄给了乔·弗兰岑和马克·科斯特洛。不过，我也把它寄给了他们——我的意思是说，迈克尔是这本书的读者。他做了一些非常精明的事，他不知怎么的就博得了我的信任。

宣传呢？

（大卫现在完全进入了合作模式，想要把这件事做好。他把录音机开开关关，以配合记忆在他脑海中浮现。）

有很多事情，如果让我来负责，那么有可能就办不成。我没有去做一些用来宣传的明信片。我也没有在书的后面放上一些白种男人写的话。我也没有在书的后面拼错沃尔曼的名字，这会是令人尴尬的错误。

但是，你知道这些是怎么运作的。也就是说，一旦你把这件事托付给别人，他们就会按照他们的想法去做。但是，嗯，我记得我当时的感觉非常古怪，因为我似乎——我有一个原则，我不会给朋友写推荐语。推荐语我本来就不怎么会写，而我也绝不会给朋友们写推荐语。当乔说起迈克尔送了他一本装订本时，我告诉他，如果他不想给这本书写推荐语，我绝对不会记恨于他。我也不会给他的书写推荐语。所以，有关书后面的东西，只有这件事让我觉得不舒服。就是说，这种形式理应被理解成相互吹捧的模式，可事实上并不是那样。

就好像他们在追逐我们这个年龄段里的知名人士，而他……

马克·奇尔德里斯——邦妮也是马克的助手。还有里克·穆迪，他是被迈克尔编辑的对象。我指的是沃尔曼，沃尔曼和我相互写推荐语已经很多年了。这很奇怪，因为我们之间的差别很大，并且我们被归为一类人。好吧，我们的处女作都是同一年出版的。

我们往回说说，在等消息的那六个月里，你感到紧张吗？还是说对这本书非常有自信？抑或担心它不够好？

正如我所说的：我写得真的很努力，当这本书有了结果之后，我有一种古怪的冷静感。我感到紧张，是因为我知道，这本书是需要被删节的。我害怕的是，这本书最终会表明，他想要做出的那些删节毁了书的内在。我对此感到紧张不安。但奇怪的是，在去过麦克莱恩医院之后的那一年里，我养成了一个习惯，那就是至少每隔几个月就会有一段时间，我不去理会这些事情。

我的意思是说，我真的可以做到，比如，一旦想起这本书已经开始编辑了——你会发现你的裤子上有一个有趣的小污点。它尤其擅长做这件事。（大卫笑了起来。雄蜂把鼻子搁在了我的大腿上。）它尤其擅长让你看上去像经历了可怕的事故。通常你会在你出门约会前发现这个污点。你坐在那里读书，然后就注意到了。

（雄蜂现在舔起了我的口袋。）

但那是一个艰难的夏天，对我来说非常难熬，因为我曾想要婚姻，我曾想要孩子。当比我年轻的妹妹结婚时，我感到非常难受。家里有一大堆事情要处理，我也为此感到疲惫，再加上还有许多非虚构的文章要写。

不过，是在什么时候，某人来到你面前说“大卫，你真的成功了”的呢？

这很古怪，因为迈克尔会说一些非常好听的话给我听，并且他是夹杂在一些批评性建议的语境中说的。所以我就会如你所知的那样把这些话全都销毁。好吧，对他而言，这些好话只不过是让药能够吞下去的糖而已。

查理斯喜欢这本书，不过我做什么查理斯都喜欢。有一些东西——马克是南安·格拉汉姆的挚友，有关出版工业的事，后者知道的比谁都多。我觉得她非常在行。她曾是德里罗的编辑，这是她来帮我忙时我所知道的全部信息。所以我记得——当他们开始着手做那些明信片时，当他们准备发行一些签名珍藏版，并寄给我几箱纸时——我就在想，我不知道该怎么去做。然后我给马克打电话，让马克想想办法。我不知道依据谁的经验，大概是依据南安的经验，推测这一切意味着他们将给这本书提供帮助，他们已经在着手做这本书的宣传之类的了。他们的工作赋予了这本一千多页的书以意义，这让我觉得他们认为这是一本非常好的书。

重温了过去？记住，这仅仅是自麦克莱恩医院以来的四年时光。

我其实并不想把这些全都说出来。这会让我感到非常窘迫，这会让整件事看起来完全是一种情绪失控，并且许多事情也与这本书相关。我猜只要你不会……

嗯，这很难解释。但我似乎觉得，嗯，写这本书的缘由是写其他书所不具备的。我的意思是说，我决定试着把自己当一个作家，这意味着无论这本书会不会出版，我都会去写。

有关这一点，四年前，我满脑子都在想：“哦，不，万一下一本书不如……”我指的是，这一度是难以想象的。从某种程度上来说，我那时真的有点儿想全盘放弃了。放弃许多……闭嘴，吉夫斯……

那时想一边写这个一边成为作家？

是的。我是这么想的，是的。我的意思是说，这本书从许多方面来说都是不一样的。我平生第一次说这样的话：“好了，我要尽自己最大的努力去写这本书。”而不是，“好了，我将以全速的四分之三来写这本书，这样一来我就总能发现我是否搞得一团糟了，这样一来这本书就会写得非常好了。”你知道那种防御系统吗？你前一晚写的那页纸，如果拿不到高分，你就不得不写得更好。

而写这本书时，我尽了全力。但从某种古怪的角度来看，你也许会觉得，那会让我更担心人们是否会喜欢这本书。古怪的地方在于，你知道吗，就好比，当你非常认真地写一本书时，你会感到疲惫，它会给你带来非常愉悦的体验，这样你就真的会产生一种平和感……

（引用哈姆雷特有关嗡嗡声的台词……）**“我头脑中有一种嗡嗡声，让我无法安宁……”**

我猜……是的。所以，不会的，我还没有那么紧张。

就像我说的，这本书从未有过完结的感觉。因为每当我觉得它已经完成了，就得重改一次。当我觉得它已经完成了，就得花数月时间等待迈克尔的删节，然后对删节部分做出修改。随后，我觉得差不多完成了，但是几个月后又听说还要改很多地方。搞定这些删节之后——我的意思是说，版本编辑一定在加速编辑，因为一个月之后，书就出来了。即便这样，我依旧感觉它还没有编辑完。这本珍藏版简直一团糟。

关键在于，这就是我想要结束这个阶段的一个原因。这个阶段过完之后，我就会有完结的感觉。因为整个过程就像无止境的细流，它自我动手写作这本书起就开始涌动。现在这个访谈就是其中的一部分。当你离开后，我要拔掉电话线过两天，这样这个阶段才算过完了。随后，我觉得我得花一天的时间让某种类似颤抖的感受停息下来。

你能给我说说你有过的某种兴奋的时刻吗？

我不确定。（停顿许久）

我知道我们也许不会达成共识——我觉得，西文非常精明，而我则非常紧张。当时还有两个月的时间，但是那篇评论的最后一段，那是关于……我当时仅仅意识到，对我来说西文是个大人物，而我非常害怕。我记得最后一段让我觉得，我不得不上楼走到那堆杂志前，把那本杂志找出来，随后一边读，一边下楼，在走动中感受这种美妙……是的，那时会感到……

（西文·伯克茨：“华莱士毅然决然地迈出了小说领域的另一步。在一个平坦如电路板的世界里，他以叛徒之魂发扬了品钦式的庆典，他将丰富的喜剧风格进行裁剪，以用于新的千禧之年……他的写作才思敏捷，逗人发笑，充满智慧且独一无二。与之相伴的人会发现，整个世界被照亮了，即使这种光亮是黑色的。”）

（大卫检查了一下磁带。）老兄，我们的写作情况非常不一样——我永远不能把作品简单归纳。也许我是某种奇怪的极简主义者。

我们的磁带快用完了。你这里有空白带吗？

（我看了看我的手表。）

12点10分了。

你手表上是这个时间吗？现在已经2点20分了，呆瓜。

（我给他读了读这本书的几个片段：拉蒙特·楚和莱尔。）

你知道这些是怎么写出来的，当然是用某种方法。当然还可以用五十种别的方式。

“沉迷于将来时的名声，让一切变得惨淡。”这句话……

这句话是谁说的？

叙事者。你想起什么来了吗？

我觉得这句话让我想起了1989年秋天的感受……这种感觉就像，我感觉我已经被掏空了，痛苦到觉得再也没有机会了，你知道吗，感受到拉蒙特对那些选手的感觉了。并且我意识到了这么觉得有多可悲。

“与最近去世的张德培进行比较（他把老一代的明星都给写死了）**……他对莱尔坦白：他想要天花乱坠的宣传……这一年里有好几次，这种紧紧攥住他的对失去的冰冷的恐惧本身，让他失去了……”**

我很难条理清楚地解释我是怎样孕育出这段话的。在十二、十三、十四岁时，我还很年轻，刚刚出道，信心满满，仿佛我可以打得非常非常非常出色。并且其中的某种东西我可以如实地感受到。我记得我从网球杂志上把那些球员的照片剪下来，妒忌他们。你知道，这其中有许多并不那么有趣的……

在我看来，每个十八岁的医学预科生，当处在郁闷情绪之中时，多少都会觉得，他们会在三十岁时成为拔尖的医生，一年赚个二十万，抱得娇妻归，养个九岁大的孩子，溜溜冰，随意看看《飞跃比弗利》，以此来锻炼他们坚忍不拔的品质。这是美国人心中真实的想法。

把那玩意儿关上一会儿……

（在进行推广的过程中，他的恐惧——大卫：“我所获得的那些花里胡哨的回馈和你给我的一样，比如，一个扬起嘴角的嘲弄……”假设这本书以那样的方式，附带明信片寄给他。）

没有所谓恶意的关注，对这种观点我非常反对。这就是塔玛·贾诺维兹的战斗口号——“没有所谓恶意的关注”。那种对作为作家的你视而不见的关注就是恶意的关注，不是吗？这是被包裹在你逢场作戏的关注里的关注。

（继续读）**“你非常渴望杂志能刊登你的照片……”**

其实，我有点儿觉得，那或许是无尽的悲伤的主题的一个侧面。

“在第一张照片过后……名人们不再那么欣赏他们的照片了，因为他们担心他们的照片不会再出现在杂志上。他们被困住了，就像你此刻一样。”

在我看来，这一小段话太他妈棒了。

非常有智慧。

我和你说，这提醒了我，我花了好长一段时间才搞清楚这次巡回宣传当中什么才是悲伤的。你有没有读过有关这次巡回宣传的报道？

当然读过。

这趟巡回宣传之旅中，乐趣足够多，别人也都在拼命地巴结你，这样的弥天大谎会降低你的不满足感。其实，他们这样做也仅仅是各取所需罢了。整件事似乎就是那样的。是的，我对这种体验的一点儿困扰，有一部分是与写作有关的。我记得我二十四岁时，你知道，《纽约时代周刊》上面刊登了一张印有我的笑脸的照片，这让我足足开心了十秒钟。

杂志？

对不起，是《纽约时代周刊书评》，或者同样大牌的一些杂志。有一些点彩画家画了一幅我的画像，放进了《华尔街周刊》里，还有一些以类似“能人的古怪新小说”这样的话为标题的文章。这些东西出来时，我记得我刚好待在雅多（“雅哈多”）。（他编撰了那些人显在的职责，以此来表达他对当时遇到的人的轻蔑。）

你会感觉这很酷，因为你知道他们都是在客厅或者别的地方阅读这本书的。这种快感非常强烈，也许并不像吸食大麻后的飘飘欲仙。你知道吗？这种强烈的快感持续了三十秒，随后你就会想要更多。这样一来，很明显，我指的是，如果你不是个傻瓜，你就会发现问题的实质在于不满足本身。你对这些东西的思索会持续大概一秒钟，随后就会产生一种想要得到更多更好的东西的饥渴感。

这种事情让我感到非常有趣，至少在这本书中是这样的。我知道对你写这篇文章的目的而言，这就不那么有趣了。（*他现在把这篇报道称为“文章”，他也写各种各样的文章。有趣。*）也就是说，至少在你的文化环境中，对那种衣食无忧的中产阶级文化中的一部分来说，这种常见的场景和种种表现，一遍又一遍地在上百万不同的场地里重复着。而我们似乎没有意识到这一点。我们确实没有意识到。

这不过是表面现象，事实是，你在二十好几岁时已经获得了你想要的读者群……引用《自我意识》里的话：厄普代克在他母亲的房间里看到了他自己的照片，那是一张他五岁时的照片，现在看上去有一点儿邪恶。他写道：“我就是你当时想要成为的人。”你懂我的意思吗？“是你让我变成这样的。现在我要怎么做？我等着他对我发号施令。”我的意思是说，从某种意义上来说，你已经实现了你二十五岁时的雄心壮志，这一点会成为某种影响，让你去做出……

你知道，也许那些雄心壮志就是你去写作，获得曝光率，同时意识到最初的雄心壮志是被误导的源头。对吗？所以这就成了一种古怪的悖论联系。如果你没有这些雄心壮志，你就永远不会了解到你被欺骗了。

但是，你说得没错，一旦你确认了这些幻想是虚无的，你就会惹上大麻烦，因为就如同你说的（*三天前，在机场时说的*），你无法把你身上的那一部分去除。你必须得建立起一种机制，让它与你自身的其他部分脱节，但是……那一部分不会乖乖听话的，你知道吗？

你是多大开始写小说的？

二十一岁。

之前从未写过吗?

我记得九岁时写过一篇有关第二次世界大战的小说。(我笑了起来。)

没写下去吗?

是的，好吧，这部小说写的是一些拥有古怪超能力和古怪技能的人，他们打算在“二战”期间入侵希特勒的堡垒。我记得我是在看了某部叫作《凯利的英雄们》或者《十二金刚》这样的电影之后开始写的。这部小说深受我观看的类似的电影的影响。一旦……我的意思是说，是的，我是二十一岁开始写小说的，我开始写小说是因为——其实是马克让我去写的。

好吧，我写了一些东西出来——当我还在读大学时，我给别人写了几篇东西。因为当时有很多学生……这样说有点儿直白。

他们付钱让你帮忙写文章吗?

好吧，我并不打算含糊其词。但是，我得说，回报的机制非常复杂。但是，也不是，也不是总是那样的。我记得很有趣的一点在于，你通过读他们的两三篇文章，就会知道他们说话的方式是怎样的。

我记得那时我意识到:“老天，我很擅长干这个。我就是那种古怪的伪造者。我的意思是说，我可以用任何人的语气写作。”或者，我会戏仿那些教授的语气替他们写文章——我的意思是说，语气非常像他们，甚至有过之而无不及。

纳博科夫把这称为实施蓝色魔法的能力。

是的。这很古怪，因为我记得我总想成为一个声音上的滑稽模仿者。但是我办不到，我没有足够灵巧多变的声音，以及面部表情来进行表演，尽管我能办到。

马克和我重拾了一本沉睡了多年的幽默旧刊物——

你能模仿些什么？

我能，嗯，我能模仿史努比，我能模仿骑警杜德雷，并且，我能惟妙惟肖地模仿詹姆斯·卡特。

给我模仿一段？

这如何在文章中展现呢？

（他模仿了一段，但不怎么好。）

你帮别人写了多少文章？

我不是迈克尔·帕慕里斯。我做这种事情的次数，你一只手就可以数得过来。

赚到钱了吗？

得了吧……

所以说，我们办了一份幽默杂志，我们都很喜欢它，随后马克……

（磁带录满了。

我们的磁带都用完了，大卫给了我一卷他前女友的磁带。这是一卷老式的有氧走步操混合磁带，上面写着“走步！”。我们把它覆盖了。）

在研究生班上，我们读了《阿达》，还有《万有引力之虹》，我们还读了一大堆巴塞尔姆的书，总之都是类似这样的书。

当然，我们在学校里也见识过一些文化人，但他们都是些敏感的人，他们都是些，你知道，对政治正确性非常敏感的人——是的，就是那种头上顶一坨屎的家伙。

而我只是——老兄，我记得，我之所以仍旧不喜欢称自己是一个作家，其中一个原因在于，我不想被误认为是那样一种人……哈哈哈！是的，我觉得东海岸的大学，连带那些校园杂志，以及争夺谁来办这种杂志的小内讧，真是让人……哈哈！这样说起来真是太自负了。

（他较有力量的一面：他的判断和言谈像一个中西部人，会像孩子那样用傲慢的俚语，这些包裹在智慧之中，是它的根基。）

嗯，不管怎么说，这本杂志我办得很认真，而后马克……马克总在写小说。他还写论文，他在英语系写了一篇创意论文。到目前为止，他领先我一年时间，因为我辍学一年，去开校车了。

为什么？

天哪。我不是很开心，我待在那里时不是很开心。我有一种不充实的感觉。除去阅读课上的内容，我还有一大堆要读的书。我妈妈和爸爸非常酷，事态表明我还没有完蛋。他们让我休学了一年，住在家里，开开校车，读读书。我读过的绝大部分书都是在那一年读的。

总之，这样说吧，我当时正在攻读哲学专业。这个专业非常严肃，我的意思是说，我当时正处在职业展望中。

（要是能通过这份手稿，回到那所房子里，告诉他换一种活法，向他解释这一切将会往何方发展，那样该多好啊！我突然意识到这已经不可能了，感到很怪异。）

总之，马克比我早读一年书，并且为了应付英语课的论文写了一部小说，我当时都不知道还能这样应付，不知道这么做原来是可以得到批准的。当时学校里有一些大作家。布拉德·莱特毫瑟当时就在学校里。玛丽莲·罗宾逊也在。你可以找这些人来读你的作品，给你提供帮助。马克似乎就是这样为自己开辟道路的。

就在那年春天，我参加了一个讲习班，这是我在研究生期间参加的唯一的一个讲习班。主讲的是一个叫作阿兰·勒恰克的人。没错，《美国恶作剧》的作者。客观地说，我和他并没有擦出火花来。总之，我参加了这个班，并且我确实喜欢班上的其他学生。有几个学生非常好，他们现在在诸如纽约和洛杉矶的教会学校里教书。所以，我就那样小心翼翼地参与其中。

随后，我开始动手写论文了。我想写的哲学论文看起来非常头疼，我当时非常怕写这样的论文。自那之后，我觉得我就可以毫无障碍地写这种东西了。我把它当作某种副业来做——我预计这篇东西大概有一百页这么长。《系统的笤帚》的第一稿大概有七百页长。我写了大约五个月的时间，写作的过程非常古怪，似乎……我写的时候……

有许多东西凑到了一起。我的意思是说，第一稿中有很多理论性的东西，还有那种模仿的东西，以及诸如，某种我觉得是对阅读班上的那些人进行谄媚的东西。哦，有一个叫作安迪·帕克的教授，他是理论方面的专家，我们很多人都受到了他的影响。他答应做我的答辩委员会成员。就是他把我引荐给曼努埃尔·普伊格的。

当时真是……一大堆稀奇古怪的事情都凑在了一起。对我来说那是非常重要的，因为我当时真的在认真考虑去读哲学研究生。我家人对此没有说过什么。我父亲……我父亲要给他的孩子施压的话，或许会先在不打麻醉的情况下把四肢给截了吧。我知道我一定会去读研究生，我的家庭没有说："你不能去读研究生。"但我最终还是选择了那些英语课程。我没有把这件事告诉任何人。那是那年春天的事。

事情变得很奇怪，因为那篇哲学论文事实上写得出奇地好。我们一直在和一位来自汉普郡的教授合作。他真心地对我说："你疯了吗？你把这篇论文拿去出版，完全可以在读研究生期间得到一份教职。你真是一个傻瓜。"这么说我听起来感到很怪，因为我竟然真心喜欢这篇论文。我的意思是说，写作《系统的笤帚》的感觉就像使出了百分之九十七的力气，而写作这篇论文则用了我百分之五十的力气。这真的……

你竟有能力将它转变成一本小说，你对此感到惊讶吗？

是的，我写得很快，教授们都非常喜欢这本小说。你就这样略微地跳过了平稳阶段。我的意思是说，我在毕业前的那年夏天获得了突飞猛进的进步。进步很大，我不知道是怎么办到的。在那之前，我已经好多年没有获得任何进步了。

啊，有些东西你或许会感兴趣。1989年，我所感受的绝望从某种方面来说与我的网球生涯有映照关系。也就是说，我是十二岁开始打网球的，这个年龄着实迟了一些，但我的技巧呈指数增长。所以，十三四岁时，我已经可以不出意外地取得好成绩，从区域选拔赛一直打到国家赛了。你知道，都到了打少年表演赛的地步了。不过，就在这种状态达到对我非常重要的程度后，我开始停滞不前了。

就这一点来说，我不知道你做的运动是否足够多，是否能理解。在某一些运动项目中——或许在网球、篮球，以及投射、高尔夫球等项目中——停滞不前的状态会产生一个非常明显的悖论，你越是提心吊胆，打得就越差。我总觉得，美式橄榄球是一项你可以用睾丸素激发怒气的运动。你知道吗，如果你是一个重达三百磅的前锋，你会有时上场，有时不在场上，对吧？但是诸如台球、网球，或者那些需要专注度的运动，你是不是得时不时地关注比赛，无暇顾及其他？没有什么能让你从这种担惊受怕中转移出来。对我来说，这种恐惧带来的结果或许会重要到能影响我的身份或者诸如此类的东西。我在1989年领悟到的是："天哪，这样的事情又发生了。"我又起步晚了……对吧？二十一岁才开始写东西。我之前并不知道我想要成为一个作家。我对网球表现出了极为强烈的愿望。但到了那时，就在我感觉这种愿望即将付诸实践之际，它崩塌了。我在此类事件中看到了某种循环。每当你感觉童年所遭受到的创伤回荡在成年生活中时，你总会这样想："我被困住了，我无法脱身。"所以……

读到《系统的笤帚》的评论后感到兴奋吗？

这种感觉……你知道吗，这种感觉令人毛骨悚然。仅仅因为，关键在于，我什么感觉都没有，只感觉到……往回看，这些都是有目的的。因为我当时抽了很多大麻。我当时——我平生也只有在那段时间里会去酒吧找一个我根本不认识的女人，并且……这一点非常不像我。诸如此类的许多事情我觉得只不过是……我当时有很多事情要忙，所以我没有……这让人感到奇怪。那时我对所有人说这种感觉棒极了，我兴奋极了。但实际上我非常郁闷。非常郁闷。

那是1987年春天的事情。

是的。在那之前，我就开始了那种怪异的生活。

亚利桑那大学给你的反馈是不是很差？你那时给《系统的笤帚》找出版社了吗？

我给他们寄去了一个文件包，里面装的是实打实的一大沓文件和另外两篇非常长的文章。《系统的笤帚》的大部分内容写于1984年9月到1985年2月期间。所以……

我重新写了一遍，重新写了其中一部分……

我在研习班上讨论了很多故事，其中的三四篇确实有令人兴奋的感觉。我记得我写了一篇名为《此处和彼处》的故事，写得其实并没有那么好。在第一期讲习班上，潘纳简直恨透了这篇东西。随后我记得，这篇东西最终获得了欧·亨利奖。（《此处和彼处》，获得1988年欧·亨利短篇小说奖。）我只能忍住，你知道，不给他寄去这本书。我的意思是说，我会做类似的事情，因为他伤害到了我的感情。

我也有相似的经历……

（教授不喜欢我写的某篇故事，我就寄给《纽约客》，随后获得了美国最佳短篇小说奖。）

这是发生在你读书时期的事情吗？那你还来问我做什么？只要把你的经历移植到我身上就行了。因为这其中一定有完全相似的东西……

这篇东西写的不是我。

是的。但是，你对这件事有什么感觉呢？我很好奇。

这让我觉得又兴奋又害怕。

你看，如果我刚刚给你答案，你就会摆出那种受伤的表情，仿佛在说："哦，天哪，你什么都没有说。"谈论这些很难。谈论这些很难。

潘纳的回信是怎么写的？

"我希望……我希望你的文件包里还有别的东西，我希望你打算提交的不是这些，我们讨厌对你感到失望。"

原话就是这样说的吗？

"我们很高兴你能寄来文件包。我希望这不是你想让我们看的代表作。我们讨厌对你感到失望。"（他对这句话记得相当清楚。）我所记恨的是这句话竟然如此不真诚。你知道吗，如果你受到威胁，比如："如果你继续这么干，我们就把你踢出去。"这样会好一些。但是，这一整句复杂的、为自己开脱的话"我们讨厌对你感到失望"，只不过是那帮人的惯有伎俩。那些人尖酸刻薄，一点儿也不真诚。他们对我的帮助非常古怪。我的意思是说，他们有好话可以说，但是他们……等等，我想起了一句名言。我觉得这是爱默生说的："大声喧哗反倒难以入耳。"你知道吗？

你那时写作的《系统的笤帚》——你是怎么找到代理人，然后把这本书兜售出去的？

亚利桑那大学有个家伙叫罗伯特·鲍斯威尔。好吧，鲍斯威尔和我结识的缘由是，我当时疯狂地追求着他的前女友。他那时已经结婚了，他把我当成他的女朋友难以拒绝的一个人。（他多么年轻，多么具有中西部人的特点——这就是他身上有趣的地方，他又将这种有趣展现了出来。）我告诉他，我把这本书写完了。他说："你应该做的是，嗯，你应该去图书馆，找到代理商名册。"因为图书馆里有某种代理商的姓名集。随后，我把这本书寄给了集子里的二十个代理商。就这样，弗莱德·希尔成了我的代理商。我找不到那本书，所以他就把他手上那本给了我。于是我就给代理商写信，我记得，当时还有……

另一些作家：就读的研究生、法律生、拿到助学金的学生，还有那些拿到国家教育部奖学金的人——

你会觉得，既然有这么一份东西，如果不去申请，那就有点儿傻了。我申请了好几次古根海姆奖学金，我一度狂热地希望这个奖学金能够给我提供帮助。

鲍斯威尔就像那里的一尊神……罗伯特是一个非常成功的学生，他成功到还可以……

所以，我就把其中一章寄了出去。非常有趣的是，我收到了各种各样的回复。提克诺和菲尔兹出版社回复说："我觉得一篇故事要么靠情节，要么靠人物才能取胜。你的书这两个因素皆不具备，所以我不会把它交给……"考克·斯密斯，是不是叫这个名字？有许多代理商寄来的信件都是类似"祝你的看门生涯愉快"，或者"很想读到接下来的内容。当然你得知道，我们的劳务费用是××"。但我非常清楚，他们只是笼统地浏览了一下。

最终，我收到了两家机构的邀请，正式的邀请。其中有一个人我很喜欢，他就在亚利桑那大学。他建议我去找西海岸的代理商，因为我住在图森，他说东海岸的这些代理商全都是婊子。所以我找弗莱德·希尔一起吃了一顿午饭，这个人我已经有大约八年时间没有见到了。在用餐期间，弗莱德才搞清楚我的名字是“大卫·福斯特·华莱士”，因为有一个给《纽约客》杂志写稿的人叫“大卫·瑞尼斯·华莱士”。但是，我真正的代理商是邦妮，她在我离开阿默斯特大学的前一年离开了威廉姆斯大学，并且我们有一些共同认识的人。

她就这样，在电话那头像一个犹太老妈那样对我。我是这样觉得的，她就像一个最可亲可敬的犹太母亲，我只须跑过去，双手抱住她的裙子，把自己贴在她身上就行了。我不知道这意味着什么，盎格鲁撒克逊清教徒的节俭还是什么，那时的情况就是这样。随后邦妮就和格里共事了。

然后有一场拍卖会，我记得维京出版社赢得了一大堆类似赠品券这样的东西。但……斯克里布纳出版社的汤姆·杰肯斯，我觉得他非常酷，魅力十足。他非常招女人喜欢。我之前从没见过哪个人在任何议程中都可以表现得那样友好。

所以他们买下了这本书？

他们买下了它，然后这本书就出版了。格里向我提了一系列非常有用的编辑建议，但我统统没有采纳。

这本书的版权卖出去以后，你的感受如何？

兴奋得不能自已。我的意思是说，你知道，这本书卖了几千美元。我买了一辆车，我当时就好像……

不会是那辆车吧？

事实上，就是那辆，没错。

（我笑了起来。）

花了六千美元，从“预算租赁”那里买的。这辆车……我记得我慢慢有一种非常不好的状态，我指的是，我正从一种“马上就要被踢出边界”的状态，过渡到面对一些会说这种话的人：“很高兴见到你，你来一起吃晚饭吧。”而晚餐又非常好吃。我对他们有一种十足的讨厌感，他们给我展现他们喜欢的东西。但他们对讨厌的东西连真诚的讨厌感也没有。所以……

◆◆◆

早上

我们在遛狗

他带我看了看周围的环境，并告诉我他喜欢这里的原因

（他家周围的风景：一望无际的田野。）起风时，你可以看到草木起了涟漪，就像水一样。那里就像海洋，只不过是非常绿的一片。我的意思是说，那里就是绿色的海洋。这里倒不那么明显。如果你再往南走一千米，那里就只有无垠的农田和座座农舍，令人感到安详，美极了。

那儿设有三菱的工厂，还有许多农耕设备。那里有许多类似“RO—科技”和“安德森种子厂”的公司。还有农产品保险公司。

我小的时候，曾写过一篇有关吸血鬼的故事。有一部分是从有关鲨鱼的故事中嫁接过来的。（他喜欢那部叫作《丢失的男孩》的电影。）你无法搞清楚……他会来来回回地改，这让我非常没有自信……

◆◆◆

他饿了

我们回到租来的车里
喝了一罐沃尔格林苏打饮料，然后打算吃早饭
他不想去餐馆吃早饭，想去吃麦当劳

（他是那种凡事都靠自己的固执的人，哪怕记者的花费可以报销，他还是强烈要求自己掏钱买苏打饮料。）

（对着萨伐仑罐子一通赞美）它们用来做镇纸非常不错，还可以装硬币。盖子在室内可以当飞盘和狗玩，就像奥多乔布的帽子。（他作为一个“有爆炸场景的电影”的粉丝，自顾自地说着。）

◆◆◆

在麦当劳

（我们点了一大堆吃的，他对女服务员说：“我们是坐同一辆公交车来的。”他正在开一个无关痛痒的玩笑。

她朝我们笑笑，问我们是否要把这么一大堆东西打包走。回到车上，他深情地回忆起昔日麦当劳的双层培根芝士汉堡里的培根来：“咬起来非常有弹性，一点儿肥肉也没有。”）

我总会忘记他们家的薯条有多好吃……

我不太在那里吃东西。

（我们坐在车里，从袋子里捞薯条吃。）

必须把酸黄瓜挑出来：我母亲以前把我当成一个挑食的人来对待。

（我把这些写下来时是经过筛选的。）

回到他家
吃早饭

（他喂狗吃食物，提醒我不要随意把盘子和袋子放在一边）你不能把这些东西就这么放在桌子上，狗会来吃的，必须得在桌子上吃。

我担心我看上去像那种对狗说话的神经病老女人。（当我把他和狗的事情写下来时，他向我抱怨。“这样的话，两条狗会被冒犯的。”“你的狗怎么会受到冒犯呢？你的狗又读不懂这些。”）

（他问我要了一半的纸杯蛋糕。）

（他用《圣经传奇》里的声音说）“它们吃过。味道很好。味道很好。”坐下。坐下。

（他说起麦当劳）这东西不好，但真的很好吃。

（国家广播电台里说乔治·彭斯今天去世了。）

我在想乔治·彭斯是怎么死的。也许是某人用球棒把他打死的，一边打一边认为这或许是唯一的手段。

我在洗澡时，广播里播送了一长串的悼词。

我在酒店房间里看到你要吃很多维生素药片。吃这些干吗？

我会吃大剂量的维生素C和维生素B。有人和我说，如果我经常抽烟，或者摄入过多的尼古丁，就得吃大剂量的维生素。我会吃3000—5000毫克的维生素C，为了让我拉出的小便的颜色和拍纸本的颜色一样，这样我就知道我是安全的。我会服用100毫克的维生素B_{-6}。我也服用维生素A，因为我的皮肤很差。我也吃锌元素。我觉得差不多就是这样。

这些是急救储备用药，有大概500毫克。它们会让你屁股疼，你得喝下大概一整罐苏打饮料才能服下一颗。（对两条狗说）我们现在就给他吃点儿，因为他看起来有点儿可怜。

你给狗吃维生素？

不，给你吃。你得悠着点儿，别太累了，老兄。你睡眠不足，吃也吃不好，工作太用力了，总忙个不停。（笑了起来）20世纪90年代的大忙人。

我要把这些全吃了吗？

是的。不过不是一次性都吃了，不然你要噎住的。一次吃一片，用一种准确的、略带洁癖的、哲学的方式。

你一天会吃很多吗？这么多药片？

是啊。吃多了也不会伤身子。别管它有没有用，都会随着尿液排出去的。

你这本书为什么会写了一千多页？

我不知道。我想写一整部有许多不同的人物的书，它会以某种古怪的、语焉不详的、缓慢的速度向前推进。我一开始没有设定写一千页的目标。

不过，你还是知道你会写得很长的。

哈哈。你会不会去想你要写多长的东西？我从来不会。

我知道你的意思了。但是，这就像你在垒上时，你知道你在朝什么方向挥舞球拍。

确实如此。是的，我一开始就知道这本书会超过五百页。这在我看来——我之前还从未写过超过五百页的东西。

为什么？

（他洗好澡，头发还湿着。我想起他在圣保罗的国家广播电台的播音室外面抽烟时，头上还冒着热气。）

我之所以会觉得这本书不会受到好评，其中一个原因就在于这本书的长度。我想要表现出美国当下精神生活的肌理来。也就是说，会有一股巨大的海浪向你涌来。同时，这本书对读者其实还算友善。除了中间某些部分估计会有些难读之外，其余部分被分成了一块块的，有许多明显的结尾提示或者结尾句。这会让你非常清楚地意识到，你可以放下书去抽根雪茄或者做点儿别的什么事情了，一会儿再回来。

那些短篇幅的章节的功能也是如此。

没错。尤其是在开篇处。许多章节非常非常短。

读者上班本来就很累了。忙了一整天之后，回到家里，打开门，一本长达千页的难啃的读物、一本大部头还在家等着读。

就如同我所说的，这本书的预期目标很古怪。这本书意在展现某个非常难懂，同时足够好、足够有趣的东西，意在让你愿意去领会。在这样做的过程中，这本书会教你认识到，你会……比你设想的还要有动力？

我所说的是这本书设定的目标，而不是最终带来的结果。

不过，从策略上来说，你说得没错。我指的是，迈克尔所指出的我也同意，这是肯定会的，也就是说，这本书肯定会狠狠地踩评论者的脚，成为他们的眼中钉，惹毛他们。因为我之前也写过评论，我知道你会拿多少稿费，我知道你该什么时候交稿。

你觉得这是一本容易读的书还是难啃的书？

我觉得两者皆有吧。我觉得这本书可以用某种轻松的方式来阅读，尽管中间的有些部分会非常有挑战性，几乎要逐字阅读。我想，这本书原本就是为了兼顾难读和易读而写的。正因为这种结构方式，所以——你读脚注还是不读脚注，不同的选择意味着你读到的完全是两本书。抑或说，你是按照目录编号读下去，还是按照正常顺序读下去，读到的也完全是两本书。如果你不去读脚注，书中有许多情节是不清晰的。

这种阅读体验是轻松的还是艰难的？

我不知道。就我个人而言，最后两次读这本书简直无聊透顶。但是这两次分别读的是排印版本和长条校样，这是其中一个原因。我指的是，我给一些人送去了最初的校样。我真心觉得，那都是我非常要好的朋友，如果他们不喜欢这本书，会如实告诉我的。你知道吗？我这样做是为了听听意见。他们给的意见事实上非常鼓舞人心。他们会针对某些页面上的内容给我打电话，和我谈笑风生。但对有些人来说，这本书则不那么有趣。（*声音低沉下来*）比如查理斯、马克·科斯特洛、乔·弗兰岑。

而这本书是关于“有趣”这一话题的。

所以说，它原本打算兼顾有趣和无趣两个方面。比如说，我会说一个让你大笑的笑话，但也会让你觉得有些不安，这样你就会稍作停留，思考一下。它和黑色幽默还有点儿不一样，它是一种……一种令人毛骨悚然的幽默。

这本书里有一些内容是按照高级坎普写成的，比如共同领救济金的年代。但是，这一部分内容原本打算写得似是而非一点儿，不越出各种救济品起作用的逻辑，或者以一种方式来满足那些需求高标准服务、但不愿意付钱的投票者。

或者派发国债？

我觉得与之对抗的那些东西，比如说抗议某些药物的合法化的东西……我们是否愿意迎来把我们的时代出卖给集团公司的社会？我觉得如果事情变得足够糟了，那这样做就会是必要的。嗯，麻烦和危机会以另外一种方式率先发难。

你能想象到你的读者是怎样的一群人吗？你是如何想象他们的呢？

我觉得在我的想象中，他们是一群非常年轻的人，年轻到能领会当代的黑话和俚语——某些对当下的语言起作用的方式来说是真实的的东西，就好比对20世纪50年代的某些类型的语言来说，《小餐馆》是真实的一样。此外，我料想，我想象中的读者要么学历很高，要么就是读过很多书的人。因为我觉得书中的有些部分你得知道一些，你得有一定的阅读艰涩读物的实践积累，这样才会有所收获。

（他妹妹艾米提出的问题和迈克尔提出的差不多：你这本书打算激怒多少读者？因为你会……）

我不觉得那些阅读长篇小说的经验只局限于安妮·莱斯或者斯蒂芬·金的读者会发现——我觉得他们从一开始就会发现，这本书对他们的要求是他们根本无法达到的。我对这本书能受到广泛的欢迎并不抱有任何期望。

那么此刻呢?

好吧。这本书，怎么说呢？达到了《纽约时代周刊》畅销书排行榜的第十五位？我不觉得这本书的印数会超过六万册。

《阿达》想要达到畅销榜第一的位置……

德里罗的《拉特纳之星》对这种排名写过一种狡猾的映射体系，这个体系最初是有关数学的，但最终没有起到作用。我觉得你或许会喜欢德里罗。

幻想读者是……大学生？一个或许会突然为此感到兴奋的人？

我觉得有可能吧。我在朗读会上注意到，那些更为这本书感到狂热或者更被它感动的都是年轻人。这一点我觉得我可以理解。我觉得这是一本非常男性化的书，并且书呆子气十足，它写的是孤独。我在大学时读的那一大堆让我感到兴奋的实验性作品，我之所以会感到兴奋，是因为我在那些书中重新发现了我曾拥有的某种感觉、思想或者感受力，并且因为我不是唯一一个这样的人而感到释然，你知道吗？我的读者也是如此。你知道，他们一直担心妄想症的反面或许是真的：万事万物都不是相联系的。我记得《万有引力之虹》一开始就表现出了这种担心，并且读者可以从中获取大量的指示。

而我觉得，对于人们来说，如果这本书中有一种悲伤的东西的话——我不知道具体在哪里出现，大概在第四十五页左右——那它也和乐趣、成就和娱乐有关。如果他们能感到有一种盘踞在心里的虚无感正在蔓延，那么我希望这本书的某些部分可以稍许打动他们的神经末梢。

（停顿片刻。）

上述话如果你想引用，请务必帮我一个忙，指明我对这本书的希望，或者说明这本书想要的是什么。我不会假装认为这样做……

（手表又响了起来。）

那么，与读者见面让你感到奇怪吗？你之前从未举办过巡回宣传，对吗？

没有。我曾经感到奇怪。不过，当然，我之前也见过几个读者，他们会冒冒失失地出现。

都是些最富有激情的读者？

是的。嗯，是这样的，我觉得，有一种古怪的现象，也就是说，如果你写的东西是亲切的和古怪的，古怪的人就会觉得他们与你亲近。你知道吗？面对这些人，我会对某些人的说法感到厌倦。他们会说：“我真的真的真的很喜欢这样。”在一微秒的时间里，这种话会让你感觉很好。但是之后，你除了说“谢谢”之外，就不知道该说什么了。随后就遁入某种他们感受到的亲密的节奏中了。当然，这其中并没有亲密感。而且，这让人觉得悲伤和不安。并且，嗯……

这种感觉非常古怪，因为他们从很早开始就迷恋你了。

我不认为这种迷恋对作者有什么作用。我是说，我觉得我们或许会去迷恋……电影明星或者成功人士。

（吉夫斯看着我们俩吃东西，呜咽起来：他正和读者一起进餐，两条狗伸长着脖子观看。它们就像在观看网球比赛。薯条送到嘴边，汉堡送到嘴边，它们看得非常仔细。）

我觉得在写作时，我会真切地感受到，他们脑袋中的声音会在某一刻变成你头脑中的声音。然后你会感受到——那种伏尔甘式的心灵融合或许是更合适的类比。

从某种方面来说，他们会感觉与你亲近。或者，你或许……不仅仅因为你或许是一个能成为很好的朋友的人，而且还因为他们是你的朋友。而且，你知道，我之所以会屏蔽电话号码，并且拒收邮件，其中一个原因在于，这类事情很难处理。因为我不想伤害任何人的感情。但是，这同时也是一种幻觉，一种具有侵蚀力的幻觉。不过，之后我意识到，我恰恰是因为做了这些事才会有这样的幻觉，所以这就变得非常……

你屏蔽电话号码多久了？

这得从四五年前说起了。我曾有三到四个朋友——我觉得当时的事情是这样的，我忘了和我父母说，让他们别把我的电话号码给别人。所以这群人就找到了我的父母，并且，嗯——是的，他们都很不错。但是这其中有许多人让人感到烦恼和不安，他们想要我事无巨细地回答他们的问题。比如，想让我像对待一些非常要好的朋友那样去和他们交谈。而我有一个非常严重的问题……嗯，我真的非常讨厌伤害别人的感情。所以我做起有些事来会畏首畏尾。我的意思是说，我就试着去换电话号码，然后把电话线给拔了，这样一来，那些人就再也找不到我了。

都是同样一伙人一遍又一遍地打来电话吗？

有大概五个或六个人会打来电话，并且非常频繁。

一个礼拜一次，还是一个月一次？

两者之间吧。

大学生，还是成年人？

都有。其中有一个人，他是一个电脑操作员，住在温哥华的一个地下室里。嗯，这个人让我非常感动。他当时正在遭受非常非常剧烈的痛苦。但是我不清楚他究竟想要从我这里得到什么，而我问起他时，他就变得非常愤怒，让我觉得非常可怕。

他就是那种非自愿结交的病友吧？

我觉得多少算是吧。我认为，我认为事情或许是这样的，如果你期盼有谁能够来阅读一本难读的、长达一千多页的书，那么这个人一定伴有某些孤独的状况。或者这个人看上去就如同我，或许也包括你一样，他一直无法获得一种所需的亲密感。你知道，就是那种普通的日常交际。所以，他们才会来读这本书。这样一来，情况更像是，他们只是在找一个人当朋友，而不在乎成为谁的朋友。但这样去交朋友有一个较高的底线。怪就怪在，他们来找你所依据的原则是不对等的。

他们有一种感觉，仿佛他们了解你——但事实上他们并不了解你。他们只是了解书中的你，这一点真的让人受不了。明尼阿波利斯的朱莉是为数不多的我与之结交的读者之一，她曾给我写过一封粉丝信。你知道吗？以《城市篇章》的编辑的身份给我写的信。不过，朱莉也和许多别的作家合作，并且知道这其中的差别。随后我和她发现，我们就算没有这本书，也会真心喜欢上彼此。

但是你从未举办过这样的巡回宣传。你有这么多粉丝。

没错。

人们排起了长队，有些人还想给你留下深刻的印象，你不知道他们看你的眼神是怎样的，或者是如何来来回回踟蹰不前的。你感觉如何？

（停顿）我的感受很复杂。一方面，这种感受非常好，令人欣慰。另一方面，这让人感到紧张，因为你会感受到要被迫与他人交换意见，与此同时别的人还在等着你。还有一种情况是，有人想要签四本书，但这就意味着其他人又得等着了。你是得罪签名的人好呢，还是去得罪其他人好呢？而让我想抱怨的是，书店并没有帮多大的忙。他们不会建议你怎么去处理此类事情，你仿佛被抛入其中，然后被迫把这件事给做完。

这倒没有让人不快，而是令人感到疲惫。

（我起身去洗手间。）

现在只有我和录音机在这里，雄蜂趴在地板上看我，我在抽烟。我说过不再抽烟了，但我现在还是在抽烟。我现在正对着你的录音机说话。

在那些没有那么多人来听的朗读会之前，你就举办过一些朗读会，而你读得非常好。去一个人们挤破头来参加的朗读会感受如何？

我试着把这些内容压缩成你能够用的材料。

从某方面来说，这让人感到心满意足。我知道这话听起来像是陈词滥调，但是确实让人感到心满意足。事实是，我很怕朗读会。因为我是一个自我封闭的人，只在意我自己。有两次朗读会因故没有办成，而我记得我当时有一种如释重负的感觉，你知道吗？

整个程序古怪的地方在于，前期的准备工作非常可怕，随后，嗯——吉夫斯，闭嘴！而大多数有趣的时候是在朗读过程中。这种乐趣会在朗读会进行到一半时产生。

好的，得了，得了。柳条箱里去。柳条箱里去。（最终，将威胁付诸行动，把吉夫斯关进了柳条箱里。）

我知道你会给我美言几句的，我不知道该如何压缩，用酷的方式把这件事说出来。

巡回宣传活动中的哪个部分是有趣的，是人人来读这本书，还是等着听你朗诵？

（他看上去就像一个命中注定无法享受额外乐趣的人，就像一个原本打算秘密参加派对，却最终带了妻子一起来的人。他是一个注定无法享受到成为名人的过程的人。）

巡回之旅是2月18号开始的，书的出版日期是2月19日。花买几个甜甜圈的钱就能参加，而房间里有百分之九十的人来这里不是因为他们读过书了，而是因为这种天花乱坠的宣传套路。所以，嗯，这种兴奋感就因为意识到他们在动用一个和我无关的机制而被冲淡了。

但是，我得和你说——我想说，读者当中有一些长得非常好看的姑娘，她们对我很感兴趣，你刚刚是怎么说的来着？我觉得仅仅在哺乳动物的层面感到欣喜。

为什么？

哦，因为拥有漂亮的姑娘，或者她们来关注你，这是让你梦寐以求又失望透顶的事情。

我想要找到你巡回宣传各站的名字，但找不到。你没有……

你倒是提醒我了。（他笑了起来，指了指厨房边上那堵墙，上面挂着电话。）我把地点列在那上面了。

介不介意我去把它们抄下来？

请便。我觉得就算你不去把它们抄下来，我也会去的。

（吵闹的拆磁带的声音。）

当你听说要去这么多城市时，你的感受如何？

情况远比那复杂得多。我其实打电话给马克和南安核实过——我不想败坏利特尔 & 布朗出版社的名声，但我也不想去参加这么长的巡回宣传。随后，我得知一趟小规模的巡回宣传会去八到十个城市，我就告诉他们我愿意参加。

他们想要你去几个城市？

这件事甚至都没有到那一步。

我的意思是说，他们谈起过想要组织一次新颖的宣传——公关部其实和别的人一样，他们也会对一些事情打草稿。他们最初的想法是，我和我的几个研究生驾车去中西部转转，去和书店的店主谈谈，试着说服他们进这本书来卖。我听说后，就不得不打电话给邦妮，让她跟他们解释，我也许是地球上唯一一个无法成为推销自家产品的优秀推销员的人。

好吧，在波士顿发生了什么事情？（这是列表上的第一座城市。）**有好玩的事情吗？有趣的事儿，特殊的事儿？**

波士顿是个有趣的地方，因为我在那里认识很多人，包括一些在公开会上认识的人——你知道吗，他们帮助过我。我最要好的朋友的父母在那里，他们一直都是与我相交甚密的朋友。因为我的照片登在了《时代周刊》上，他们就开心得不能自已。《时代周刊》上的图片在他们看来是一种回归的信号。

任何人都这样觉得。

你是这么想的吗？我不知道。我记得马克的母亲湿润着双眼。这对我来说意义重大。我的朋友吉娜从普罗维登斯远道赶来。

我是这么想的：最酷的事情，嗯，是以灾难开始的。因为我去了波士顿之后，还得回来。而后一切东西就会掺杂进来。他们雇了一辆车来接送我——这让我感到惊奇，因为对我来说，在别的情况下，我会去赶公交车。我之前也坐过从波士顿到纽约的长途汽车，整趟旅程耗费了一整个下午，并且不怎么愉快。他们雇了一辆车，这辆车花了大概五秒钟的时间才从头到尾完全显现出来。刹车声非常尖锐。那天是圣灰星期三，开车来接我的人是一个老派的爱尔兰天主教徒，他在送我的时候，一直在布道天主教的过失行为。这一点非常有趣。

这种奢华感吓到你了吗？

我倒是对找来这么个人感到惊讶。这不是一辆豪华轿车。我倒没觉得那种背后拖着回旋镖一样的天线的车有多么让人惊讶，而是对那种所谓的汽车服务感到惊讶。

那是一辆林肯车。

这让我觉得我受到了重视，因为我还得回来参加朗读会。就好像，我受到了他们足够的重视——租这辆车得花大概几百美元——这让我感觉受到了重视。

在此之前，你有没有辗转各处住不同酒店的经历？

没有。

这种感觉如何？

还不错。但这种感觉很像参加巡回赛。我注意到我很快就习惯了这种奢华，很快那种极度奢华的酒店就变成了……而且我注意到，即便到了现在，每当想到我得被迫去杂货店买东西时，我还是会感到生气。

此外，我已习惯了把东西堆得到处都是，因为知道别人会来打扫的。（在惠特尼酒店，我确实看到他替女工清理了房间。）还有一些别的事情——这和常规的酒店体验不一样，利特尔＆布朗出版社之前就支付过房费了，我要做的只不过是，你知道，确保自己不会产生特别夸张的费用。

我和贝茜谈起过这件事，你要写文章，我也不介意和你说说：我曾有过很深的妄想，嗯，想要搞清楚是否要去看那种在额外收费频道放的较为隐晦的色情电影。但是，一旦意识到这笔费用的名目会出现在寄给利特尔＆布朗出版社的账单上，我就感到非常焦虑。就好比“《热辣咸湿》，8.95美元”这样的消费名目出现在房间服务表上。也许在利特尔＆布朗出版社的财务处会有一些一本正经的老处女，她们就会知道我看了《热辣咸湿》这部电影。于是，我就退缩了，没敢去看。

其实可以分开付的。

你说得没错，我本该这样去做的。但是这样一来，你就得去核实他们是否把这条账目从电脑上抹除了。这意味着你得和那个坐在桌子后的人打交道，他很快就会意识到你为什么这么紧张。克制和观看的乐趣，这两者之间的博弈显然是不对等的。（他那包“美国之魂”香烟抽完了，开始抽起了我的“万宝路”。）

那纽约呢？

纽约之行很有趣，因为在那里我遇到了我的朋友厄温，她是我一个好朋友的妻子，是一个已经八十四岁高龄的门诺派信徒，是她陪我度过了最初的两天。所以——我的意思是说，她陪我去KGB酒吧朗诵，而她之前从未去过朗读会。她，在我看来，把朗读会当成了MTV不插电演唱会，你知道，类似会遇上在门口排着的队伍，等等。

我会通过她的双眼感受这一切。她和我一起住在酒店里。有一件很好玩的事，我们遇上了一个疯狂的出租车司机。你知道吗，就是一个患有精神分裂的人。他一路上把车开得横冲直撞的，所以我们就不得不从出租车上下来。我对他说："差不多到了，就这里吧。"——我的意思是说，这个家伙就是个疯子。而且，他的驾照第二天就要到期了。显然，当时都是一些凶险的报应。

此外，她差一点儿就被人抢了项链。你知道，当时有个人冲了出来，对她说了句类似"你最好小心你的项链，有人要将它夺走了"的鬼话。随后我就摆出一副纽约人的样子，一个健步上前，挡在他俩之间。就类似，没有对视，直接大步上前。关键在于，我觉得我非常酷，因为有一个比我还没有经验的人在我旁边，这让我……

你之前在纽约办过朗读会吗？

办过。

怎么样？

我去过许多地方。我举办过几次没有人来参加的朗读会。我在"92号Y大街社区"和T.C.博伊尔、弗兰克·康罗伊一起举办过朗读会——这是我的第一场朗读会。那时我二十四岁。我在灵泊咖啡馆举办过朗读会，那一次还行，但我在朗读时，人们就在那里一边吃东西，一边交谈。

KGB酒吧，你是什么时候到那里的？

我们到那儿时已经很迟了。我们是在朗读会原定开始时间前十分钟到那里的。

你在那里见到了谁？

丽萨·辛格，她大概只有52英寸高，90磅重。还有厄温。我完全被吓住了。我们都觉得这幢楼里有酒吧，因为人们在街上排队等待。丽萨则被吓坏了。

你瞧，这是件好事：他们和你在一起，他们替你感到了惊吓。你知道我的意思吗？保镖也是来做这事儿的。你就可以被撂在一边，因为他们会去做那些麻烦的事。

这太好玩了，我们进不去。我头上戴着头巾，所以某一刻，人们就觉得站在楼梯上戴着头巾的那个人一定就是那个作者。所以，这就像《旧约》里的场景一样，你知道吗，各个点都打开了缺口。这一点，老实说，非常古怪，因为这既让人有非常强烈的自我满足感，又让人觉得可怕。

为什么会觉得可怕呢？

我感到可怕是因为房间里被围得水泄不通，所有人都只盯着我看。很显然，如果我搞砸了哪怕一丁点儿地方，如果我无法……你知道我的意思吗？它给我社交上处处受敌的感觉。那里有一个来自《纽约时代周刊》的女士在用闪光灯拍照，让我很难朗读下去。我不得不停下来，让她别这样做，并担心我看上去会像一个蠢货。

那次朗读会你也去了吗？那里的场景就像5点钟的地铁。我说的是，那里到处都站满了人……在我之前朗诵的是一个酒吧侍者，他读了一个有关纳粹密谋刺杀肯尼迪的故事。

事实上，这场朗读会原本只被当作一次热场——我指的是，正式的朗读会原本打算放在高塔（*高塔书店现在也不复存在了*），而这一场原本只被当成……我当时觉得这是一次不错的练习机会。我觉得这次朗读会原本不应该公开的，只是一次酒吧朗诵之类的事情……

来的都是文学圈里的人吗？

是的，我认得许多人。

你叫停了拍照?

是的，我在朗诵时没让他们拍照。你有没有遇到过——当你试图朗诵时，你眼前出现了一个紫色的点，随后你就看不清字句了。

感到满足吗?

一大堆人聚集在这里，因为你……并且你知道，这些人都是因你而来的。此外，你还看到有许多重量级的人物到场。

有谁?

我记不清了。有一些面孔我模模糊糊地记得在一些大型的派对和出版物上见过。而且你可以从人们的穿着上看出点儿什么来。我显然是那间屋子里穿着最为随便的一个人。

出版聚会?

我无法和我的朋友交谈。

照镜子吗? 规定自己不去照镜子吗?

在这些场合里，你被迫成为关注的焦点，很容易焦虑你在别人眼中的样子。随后你就会快速进入……检查一下，然后试图装扮出一个自我形象来。这会让你发疯——最终只会让你发疯。我不确定我给自己承诺了什么。但我知道，我去了好几次厕所，到那里去抽烟——我当时连一件干净的衣服也没有，刚刚从波士顿来的车上下来。我是说，我当时看上去简直一团糟，我知道如果我开始担心我的外表，那会让我像个傻子。

通常最佳的装扮：冷酷的外表，绿色的针织马球衫，白色的牛仔裤。

如果我看起来还像样子，那这就是我所知道的我人生中最大的讽刺之一。我能花时间去准备——当我把大把时间放在打扮上时，最终打扮出来的样子会看上去荒唐透顶。你知道吗？这样做，我觉得，至少可以把胳肢窝的发硬程度降到最低。

（谈起列表上的城市。）

西雅图？

我在想最为精彩的部分。

旧金山？

洛杉矶那次比较大。

洛杉矶？

洛杉矶那次安排在多顿书店（这家书店也不在了），这场朗读会还不错，只是那里没有座位，所以人人都站在过道里。我不得不站在一个盒子上。我在朗诵时，通常会——我知道他们吹嘘的是什么，我又做了一些脚注，所以根本没有办法拿住书。

还有一个严重的问题在于——签名时最糟糕的部分是要面对那些书商，你或许也遇到过——你知道我的意思吧。他们走上前——我记得书商第一次走到我面前时，我心想："哇哦，这个家伙真心喜欢我的作品。"这就像厄普代克那本《贝蒂归来》（中的那个家伙）——这些书都用塑料小心地包裹着。但是他们不会和你打招呼，他们就想你把名字签在书上。没过多久，你就会搞明白，他们这样做仅仅是为了提升他们手上这些书的价值罢了。

但是这些人会排在队伍里——队伍中总会有一类人，你可以想象到队伍里总会有这么一类人，有点儿像收藏家，心神不宁，有洁癖，不开心，不发一言。他们的手上通常会拿着十本书……我觉得我是在旧金山时搞清楚他们的规则的。也就是说，我一次得签两本书，等到队伍排完了，我就会给他们的那些书签名，但是有人在等的时候我是不会签的。

不错。

是不错，也很精明，因为这样做可以避免遇上巨大的混乱。但是，在洛杉矶遇到的那个家伙……那个书商走上前来时手上拿着的东西足有一百份。书籍、杂志文章之类的东西。很显然，他找我签这些的时候一点儿乐趣也没有。邦妮在那里，她对我说要不签个二十份就得了，他听后就有点儿躁动。随后我就发火了，我说如果他再多说一个字，我就什么也不签。之后，我体内愤怒的肾上腺素就涌了起来。

艾奥瓦呢？

艾奥瓦城那次糟透了，因为我把钱花完了，而西联不给我钱。那个家伙，在艾奥瓦城公交站的那个人——有点儿像侏儒，一头红发——就是个恶魔，应该被铲除。他——我叫了一辆出租车在外头等我。他一开始声称没有接到订单，过了一会儿又说接到过订单。随后他给了我一张支票，然后让我去银行，并说他没有足够的现金了。银行关门了。我的意思是说，随后我……他就……如果我现在有他的一撮头发的话，他说不定会感到屁股有绞痛感。

你怎么会把钱给花完了？

我带了很多现金。我指的是，我带了大概五百美元，我把钱都花在了出租车和小费上。酒店在城镇之外，我无法睡觉，因为休斯敦太热了。

在朗读会上，书店店主在我开始朗诵的两分钟前给我看了杰伊·麦克伦尼的评论。而这场朗诵会在广播里播出，他们之前都没有告诉我。这场朗读会又充满了谩骂之词，你知道，结果我就在公共广播上说了不能说的话。随后还有问答环节，这一点他们也没有事先告诉我。再然后，签售开始时，一位看过我写的书目推荐的女士声称，我对畸形儿非常无情。

是《毛二世》里的话，对吗?

[“我觉得对于成为一个小说家而言，”大卫写道，“最好的隐喻莫过于唐·德里罗的《毛二世》里的说法。在这本书里，他把出书的过程描述成一个受到重创的婴儿，他跟着作家转悠，永不停歇地在作家的身后爬行（换言之，在餐馆的地板上拖动自己的身体，作家则试图去吃东西……抑或是像早晨首个出现在床脚边的东西一样，等等）……”]

（不开心）是的。我花了一个小时写这篇东西，论述的是德里罗的类比为何是精准的。这很有趣，但最为关键的是，我当时几乎要哭出来了。这似乎是整趟旅程中的低谷。自那之后，一切就变得异常顺利。芝加哥之行很好。明尼阿波利斯之行也很好。

洛杉矶和纽约比起来呢?

就书本世界而言，这两座城市更像是过客。我指的是，它俩穿着毛衣和拖鞋，你知道我说的是什么意思吗?在纽约举办朗读会，你可以发现，那里的人已经习惯把这些当作公共活动，他们去那里抛头露面，也去那里被人观察。

这一点着实扑灭了你对读者的些许热情，因为你会觉察到人们在互相打量——也就是说，他们也在展现自己。所以，说实话，我现在觉得，比起其他地方来说，我更喜欢在纽约朗诵作品。

（我们听到哀嚎声，但不知道是哪只狗发出的。）

哦——吉夫斯还待在柳条箱里呢！我们把吉夫斯老爷给忘了！

（我们走过去，大卫把吉夫斯放了出来。）

在那里遇见了电影界的朋友吗？

没有，一个也没有。

在邦妮家吃的晚饭？

我在写林奇那篇文章时结识了一个朋友，她是一个联合出版人，当时在那里。斯特雷特也在那里。

（吉夫斯晃了晃身子，耳朵发出了晃动的声音。）

……我并没有含糊其词，也没有藏着掖着，只是我之前没有听说过这类事情。

（磁带这一面录满了。）

你是否想过书籍会过时？你是否会对此感到疑惑？就如同昨天我们谈起过的，《滚石》杂志在过去十年里还从未报道过你这个年纪的作家。

我觉得书籍曾经是文化交流中真正重要的部分，但从某方面来说，它们再也不那么重要了。《滚石》杂志是一本非常重要的主流杂志，它再也没有报道过这类作家，这本身就说明了许多。这和《滚石》杂志没有太大的关系，而是说明了文化对书籍的关注程度。

于我而言——你懂这些，你经常和作者打交道，这是交流的重要话题，因为我们都在抱怨和呻吟。我们会说起教育的式微，以及人们关注的事物越来越少，并说这是电视的责任。在我看来，真正有趣的问题是，究竟是什么使得书籍成为文化交流中不那么重要的一部分？

一种小众的品位？

是的，某方面来说是的。我们大多数人忘记的一点是，造成这种过失的一部分原因恰恰在于书籍。也就是说，原因或许在于，你知道——你可以看到其中有个循环，亦即，书籍在商业和主流中变得不那么重要了，然后他们开始越来越多地通过互相谈论来保护他们的自我，随后把它们打造成那种修道院般与真正普通的读者隔绝的世界，你知道吗？

并且，啊，所以，所以，不会的，我不认为它们会过时。我觉得它们会找到全新的方式行使它们的使命。我觉得就我们这一代来说，我们在这方面做得不够好。

嘿，吉夫斯，给我消停一会儿。（吉夫斯呜咽着，坐了下来。）

必须找到做书的全新方式——新的方式是什么呢？

你知道吗？我其实并不了解。我猜想，它应该包含某种能创造出老旧而永恒的事实和可被理解的问题的方式——我无法用不学术的语言将它说清楚。

你能深入浅出地说说吗？

（用无言表达愤怒）好吧，这不是一个可以深入浅出的问题。这个问题非常难回答，也非常复杂，把要说的压缩成几句话会……

（关掉录音机，停顿。）

（我们对此谈论了几分钟，随后，当他觉得准备好了之后——这一定和他打草稿差不多，正如他在车里说的那样，他通过开关录音机，找到了一个能立即打出应对草稿的方式，这么做很聪明——他又把录音机打开了。）

我不确定“拍电影”（给观众）是怎样的一种情况，但是你说得对，你想要让我再说一遍吗？是的，有一些东西只能由真正好的小说给予，别的艺术形式办不到。

重要的事情，重要的事情似乎会越过自我的壁垒，描绘内在的体验。随后，我觉得，会在两种良知之间建立一种亲密的对话。

其中的技巧在于，逐步找到一种方法来实现它。并且对于一整代人来说，他们与长期存在的线性词汇表达的关系有着本质上的不同。我的意思是说，我这本书的结构之所以如此怪异，其中一个原因在于，它至少是一种结构上对内在体验的模拟。而我知道，我们对莫尼卡尔有关这种体验是否真的能如此感受到有分歧。我的意思是说，我不知道我是否做到了，这是我在意的地方，也是我正在尝试的。

主旨性的题材也没有解决掉？

是的，我猜想是这样的。

（对录音机说）**大卫现在谈的是现今人们观看MTV、电影和电视的次数越来越多，以至于这个世界和我们的父母所处的那个世界相比有着巨大的不同，因为他们各自在其中受到的感动不同。**

我猜是这样的。是的，我猜我最初的设想是，创造出某个能映照这个世界给予我们的神经性的感受的东西。

（两条狗在呜咽。）

（打响指）嘿，过来！过来，吉夫斯。

但是你说得对，事实是——

我其实只是在重复你的话。

难怪这些话听上去这么讨巧。

过来！你知道吗？你让我手足无措。坐下！坐下，你这样叫的时候我无法思考。

但是我想，其中有一部分同样也影响了某种内在的体验。并且你知道小说给予人的感受是怎样的。现今的人们会把更多的时间花在荧幕前。他们会待在荧光灯照明的房间里，身居斗室，处在电子数据传送的这一端或者那一端。在这种交互模式中，又怎能体现你作为人的属性和活力，又怎能彰显你的人性呢？相比五十年前，当时最重要的事情我不知道具体是什么，但大概就是拥有一座房屋、一座花园，开十英里的车，去从事轻工业的活儿，并且生在这座城镇，也死在这座城镇里，只能从照片和偶然看到的电影胶片里了解别的城镇是怎样的。我指的是，有那么多东西看上去已经不同了，其中伴随的速度感也完全不一样了……

在我看来，小说的技巧在于创建某种结构和语言，用来展示……创造出足够逼真的模拟，以此来展现其实没有什么改变了，我是这么觉得的。（*这和我五天前对他进行的第一次采访时他所持有的立场非常不一样，当时我为了“人们的一切都没有改变”而据理力争。*）那些一直重要的东西现在依旧重要。关键在于在一个质地和感官体验已经完全不一样的世界里找到处理这些东西的方法。

而真正重要的——你之前一直对我说——是某种基本道德人性。

是的……类似于，嗯，我活着是为了什么？我相信什么？我想要什么？我的意思是说，这些问题都如此深邃，如此深刻，以至于你大声将它们念出来时，听起来像是陈词滥调。

我觉得每一代人在回答为什么人们会有本质上非常丑陋的举止行事时，都会找到新的借口。唯一不变的是恶劣的行为。我觉得，我们现在找到的借口是媒介和技术。

我觉得人们之所以用丑陋的举止行事，原因在于存活于世、生而为人是非常惊悚的，人们真的非常非常害怕。而那些原因……

（当我靠近这两条狗时，大卫喜欢我这样做，他身上有狗主人对狗的品位的那种无法抑制的、自然的、不可避免的信念。

两条狗一直在呜咽个不停，大卫开玩笑说，他嚼烟草后长出了“教父般的道德下巴”。也因此，他总在唾弃一些东西……）

那种恐惧才是最根本的状况，而我们为什么会害怕也有各种各样的理由。但事实是，我们在此展开的工作是想在我们整日惶恐不安的情况下学会如何活着，而不是利用各种不同的东西，利用人们将这种陷入绝境的恐惧保持下去。这是我个人的观点。

对于我这样一个美国男性来说，我所面临的恐惧在于，逐渐意识到没有什么是能满足我的，你知道吗？没有哪种欢愉是能满足我的，没有哪种成就是能满足我的。占据自我核心地带的是一种难以被外在的事物平息的古怪的不满和空虚感。依据我的猜测，这就是我们现在的境遇，人们利用各种各样的俱乐部来相互了解，尽管许多言辞和文化黑话可以将此描绘出来。而我们面临的最为明显的挑战是，外界再也不会提供更多和更好的东西了，我们要么短暂地填满洞穴，要么就短暂地被淹没在洞穴外面。

可不可以通过内在的方式平息这种恐惧？

就我个人而言，我相信如果有某种方式可以平息恐惧，那么这种方式一定是内在的。我不知道这种方式是什么。我觉得某些方式还不错。（再一次关掉录音机，每当他要打腹稿以及为作答预先打草稿时，我们就会把录音机关掉。）我觉得用内在的方式或许可以平息恐惧。我觉得那类内在的方法必须靠积累和发展，这和类似于，嗯，嗯，流行的心灵鸡汤所说的爱你自己无关。

这更像是，你可以设想，在你的生活中，你仅仅出于他人作为人类的价值，而用极为庄重的礼仪和爱，以及纯粹的非利益的态度来对待他们的那些时刻。用对待自己的方式来对待他们。用对待我们的方式来对待一个非常友善、非常珍贵的朋友。或者将其视为我们的孩子，我们会将超越生活本身的爱百分百地献给他。我觉得做到这一点还是有可能的。我觉得我们在此所做的事情当中，有一部分就是学会如何做到这一点。（大声地把嘴里的烟渣吐到杯子里。）我知道这样听起来会有一点儿伪善。

（我们停了一会儿。）

那女人呢？

我只是偶尔约会。我不知道该怎么说。

很难？

我觉得，如果你全身心地扑在某样东西上，嗯，其中一个特质在于，那会让你变得非常非常自私。然后，当你想去工作时，你就会去工作。最终你就是在利用别人。你想要有人陪伴时就会去找她们，但之后你就会把她们送走。并且你无法顾及她们的感受。这是我这一生非常严重的问题。因为，我的意思是说，我原本打算要孩子。但是，我意识到我过的生活是非常自私的，也是非常冲动的。我知道有一些我崇拜的作家是有孩子的。我也知道怎么做才能有孩子。我为此感到担忧。我不知道我是否想对此再说些什么——我的意思是说，在巡回宣传中找人上床或者诸如此类的事情曾经闹过一些笑话。

有别人来分享这一切难道不好吗？

是的。我在过去几周里曾真心希望我已经结婚了。因为，是的，能有另一半来，嗯——你知道，因为没人能真心懂得这一切。你那些非写作圈的朋友都会因为你的照片登上了《时代周刊》而惊讶，你的经纪人和编辑都是很好的人，但是他们也有自己需要去做的事。你知道吗？能和你聊这些让我觉得很有趣，但是你有需要去忙的事，并且你我的兴趣又是如此不同。我会有一些念头，或许会有找一个人共赴此生的念头，并且，嗯，这样一来我就会允许自己去开心、去疑惑。

回到酒店里给某人打电话难道不好吗？

是的，这很古怪。你知道——

我已经好几个月没有女友相伴了，我也并不想念那样的陪伴。我几周前还曾怀念过，但是我同样——我的意思是说，我意识到你并不是才结交的女朋友，所以你可以试试。（保持亲近关系，从酒店打个电话。）我的意思是说，让某人处在那样的位置上需要花费一点儿心思，你得牺牲你自己的事情，才能与她们保持足够亲密的关系，这样她们才能做到我所说的。所以我不为那样的事而感到遗憾。但这确实是一个问题。

不过，通过与别人的实体性接触，重新定义你的界限，这一点很棒……我不仅仅是焦虑和野心的集合。我是一个把自己限定在某个有限的范围中的人，并且意识到你的头脑只是一个半尺长的地方，等等。

是的，还有别的方式，我的意思是说，那种类型的经验可以通过许多别的方式获得。通过非常刻苦的努力，你会一遍遍地了解到一个实体是怎样的存在。在一首极为优美，会让你忘了你是谁以及身处何方的乐曲中，你也能获取这样的感受。

但是，就如同别的事情一样，这需要用合适的心灵和合适的头脑才能办到。从某种方面来说，这会让你变得更为孤独。说不定这更像是：

“哦，你知道，如果我这样做了，会不会对这个人施加这样的影响？”

我记得在纽约听到过这样一则笑话，我忘了是谁说的，也忘了说的是谁，它是这么说的：作家在做爱之后会说什么——你是否像我一样感到很爽？

（我们笑了起来，随后我发现我并非百分百确定他说的是什么。）

这句话的笑点在哪里？

好吧，那你为什么笑得这么起劲？我觉得，在写作中，有某种混杂着完全赤裸的真诚和伪造的成分。总会有某种方式可以用来预估某样东西可能带来的特殊效果是什么。

有时真的需要将这种极为精准的品质关闭掉。你知道，我之所以觉得我很难与异性相处，其中一个原因在于，当我在写类似这本书这样的长篇作品时，我的头脑就会一直思考，嗯……我会处在既抱有自发性，又抱有非常非常非常强烈的自我意识的状态中。

那你是否觉得作家通常是糟糕的床伴？

我觉得在一个普通公民眼中，作家相比别人来说，或许会是一个非常有趣、技巧精湛、令人满意，并且看上去非常体贴的床伴。但对于作家们而言，这种体验非常孤独。如果你能稍稍想想书中奥瑞因的情况，那就说得通了。

和我说说昨天我们谈过的有关头巾的事情吧。

我是在图森的时候开始戴头巾的，因为那里的温度一直在一百华氏度左右。那时真的太热了，我会不停地流汗，汗水会滴在纸张上。于是，我就在那一年戴上了头巾。1987年，当我在雅多时，头巾帮了我大忙，因为不戴的话，我说不定会把汗水滴入打字机里，我当时担心我会触电。

随后我发现，戴着头巾让我觉得舒服多了。再然后，我和一个女人约会过一阵子，她是……她其实是一位苏菲派的穆斯林。她知道得很多，她就像一个20世纪60年代的女性，她知道所有不同的事物。她说世上存在各种各样的查克拉，有一个非常重要的查克拉被她称作喷涌之口，它就处在你的头盖骨上方。（他演示了一下它所在的位置，也就是海豚和鲸鱼换气的位置。）在许多文化中，人们认为最好还是把你的头给遮盖起来。于是，我就想到了那句话：永葆头脑清醒。你知道吗？

我并不是总戴着头巾。我只要感到紧张，就会戴上它——我知道这对我来说就是一张保护毯。或者，当我觉得我必须做好准备、保持清醒时，我就会去戴它。这让我——就如同昨晚我们嘲笑的那样……但是，一旦意识到人们把它视作一种爱好或者某种标志性的东西，我就会感到有些毛骨悚然。这不仅仅是我的又一个小癖好，也是我对脆弱的认知。正因为如此，我担心我的头脑会爆炸。

人们觉得这是你用来和年轻读者沟通的一种手段。

在X一代里，我认识的人没有几个戴头巾的。此地最糟糕的事情是——我指的是西南部——最糟糕的是人们总会戴着头巾。而在纽约，有某种时髦的打扮方式，其中就包含佩戴头巾。我之所以在此地戴纯白色的头巾，其中一个原因在于，人们会觉得我是一个自行车手。在此处，这样的打扮能透露出与哈利俱乐部的亲缘性。而我根本不需要这玩意儿，你知道吗？这样的打扮根本无法打到出租车。

但是人们觉得这是一种商业宣传般的姿态……

不。我不知道该说什么。我猜，从某种方面来说，我甚至不想你提起这个话题来。（就像《博尔赫斯和我》这则短篇小说。）因为此刻，我担心这会成为国际性的打扮。仿佛如果我不戴头巾，如果我之后不再戴头巾，就是因为在别人看来，这是一个为了商业宣传而选定的打扮，我是因为屈服于这种认识才不再戴头巾的。或者，我就这样我行我素，尽管这被人当作一种商业宣传——这就好比去参加另一个疯狂的圈子。

另一个疯狂的圈子……这其中有许多疯狂的圈子吗？

我猜是这样的。有一次，一个舞会持续了两个小时，然后结束了。我回来后，你知道，认识了大概二十个人。

你感受到你在这里的名声了吗？我的意思是说，忘记我在这里，我确定你在纽约和洛杉矶都感受到了——当你和你的两条狗坐在这里时，你感受到了吗？

我觉得，当这里有别的人来区别对待你的时候，就会让你感受得更为强烈些。就像一个联邦快递小哥来到你的门前，一个完全不同的联邦快递小哥。你或许还没有起床。然后，他交给我一份《乡村之声》。他会说："所以，成名之后感受如何？"这样会让我一下子陷入窘境。因为我会这样想——这个地方可不是用来处理这种事情的。所以几个月内，这样的事情会让人觉得尴尬。

这里的人都知道了？联邦快递小哥也知道了吗？

我和你说，老兄，这可是《时代周刊》和《新闻周刊》。这，这——我还没搞懂这些，但这完全是他妈的另一个级别的东西。这不是文学世界的事情了，而是——你知道吗，我不知道上一个被《时代周刊》提及的布卢明顿人是谁，总之这事儿就像野火一样迅速在城里蔓延开来了。你知道吗，我那些学生的家长打电话给学生们，告诉了他们这件事……我指的是，这就像你的封面完全被毁了一样。

（他的手在桌子上不断敲击，说起这个让他感到紧张。）

麦当劳和瓦尔格林餐厅里的人不认识你，反倒是联邦快递小哥认识你。你是否感到有点儿被侵犯了？

是的，这是一种让人毛骨悚然的感觉。

那你是如何回应他的呢？

我说："你比我的狗还要尊重我。"每当遇到这样的事情，当有人像那样说的时候，你总需要给出及时又机智的回答，就像此刻和你在一起一样。就好比，嗯——人们会期待一种睿智的能化解尴尬的回答，这样回答就会让人愉快地离开。而这其中……这其中有一些让我感到愤怒的东西，你知道吗？也就是说，我得做出选择，什么时候应该去回答，什么时候不应该去回答。就好比，和你在一起时，我不会去想这种问题，因为这一切都是安排好的。而对于那种事，我是会介意的。我猜解决之道仅仅在于系统性地让别人感到失望，次数越多越好，这样他们就不会来问你问题了。

当时是几点？

大概10点15分。这个家伙四十岁。他还说他想去参加在边界书店举办的朗读会，我一听就恐慌起来了，因为我还没有听说过任何要在边界书店举办朗读会的事情。不过，他说的是这个月快结束时在巴恩斯和诺布尔举办的那次。

他笑了吗？

他笑了，但我们俩都看不起我要去签名这件事。

你现在的状态是曾经的你想要的吗？

比预计的还要好。

你的书收到了不错的评价，你也出门进行了推广。你又签了另一本书。你现在回到了布卢明顿。你的狗陪伴在你身边，你回到了家里，那本散文集也快要完成了。你写出的文字——我的意思是说，这些文字在这么多年里一直被严肃地对待着……现在它有了保障，将会一直……

我觉得我现在所处的地方就是我想要的，因为我需要这样——我们昨晚谈论过这个话题了。与之有关的一些事情是好的。但还有一些事情是艰难的，还有一些事情是危险的。我不得不去把这种事情给解决掉。我将靠我自己把这些事情给解决了。你知道，除我之外，没有人能够帮助我。而这里是个处理这些事情的好地方。因为，因为我在这里孤身一人。我还有一些朋友，他们喜欢我，但喜欢我的原因与我是否成名无关。这是弥足珍贵的又一点。是的，除了待在这里之外，我别无所求。

你对你现在的职业状态感到开心吗？

我不知道，不，我还没有达到富有创造力的地步。我想要——我感觉我之前就应该达到，我应该在去年写一些更具原创性的作品，这些东西会一直照耀我前进。我现在有点儿担心这本散文集，其中有好几篇还需要重新写一写，要不然迈克尔就会提一些非常精明的编辑建议了。

整本书你一共打了三次？

是的。只不过前两次打字时有过大改动，我往里面加了很多内容。

你在做这一切的时候，并不知道它们会怎样被接受。随后一切就按照它自身的轨迹发展下去了。

好吧，《时代周刊》对此撒了谎。

好吧，忘了《时代周刊》吧，《时代周刊》是不会对一些东西表示在意的，这就是其中一件。

我猜——再说一次，这是我较为担心的一点，我的意思是说，我有一个问题，也就是说，我享受正在进行的事物的能力在逐渐减小。我较为担心的是，我不会享受这件事。但是这会达到我对自己的预期。就这一点来说……我们对自己的期待是一条精妙的线。达到某一点，这些期待就会激发出积极的因素，就会鼓舞我们，就会成为某种火焰喷射器，对准我们的屁股猛喷，逼我们前进。一旦达到这个点，它们就会成为毒药，让人瘫痪。而且，这也是我住在这里感到非常惬意的另一个原因。因为，在纽约生活并不会帮我把这个问题给解决了。你知道，你无法把这件事给解决掉，没有人可以。

等我打包好行李，走出这里之后，你就又和狗待在一起了，不再有巡回宣传——

好吧，我会给你打电话核对事实的，但本质上来说，这一切都已经结束了。

（我想从他口中听到一些积极的东西，听到他的某种成就感：他从美式橄榄球转攻网球，然后开始写作，去了麦克莱恩医院，又开始写作，重塑自己，成功完成了一件巨大的事情，他现在成了从今往后都会是这样的一个人。但我找不到这些东西。他在用一个网球运动员的眼光打量整件事：比赛还没有结束，这只不过是一节比赛的后半阶段，他的双眼正盯着球场上的狭长地带看，阳光洒在球场上，他的发球失败了，他正盯着球网的另一边看。）

我觉得这会变得非常吓人。我觉得在过去三周里，我有一种游离自我的感觉。我得坐下来，细细感受一下。问题在于我是否有勇气去面对它。我指的是，我也许会去电影院待上三天，仅仅是坐在那里。我也许会那样做一阵子。居住在这里意味着糟糕的事情一定会来找你的。

这依旧是一个适宜居住的地方，不是吗？我指的是，这所房子是你的，还有你的这两条狗……

这是一个好地方。这是一个好地方。只不过我好久没有兴奋的感觉了——就像昨晚我们坐在车里，把车停在城镇里，或者在回布卢明顿的飞机上发生的那些重要的事情。我记得，自我学生时代回家度假以来，回家所带来的古怪的、温暖的、十足的兴奋感就再也没有了。我感觉这个地方就是家。并且我知道，我从许多方面来看都是一个非常幸运的人。我指的是，如果这件事，如果这一切发生在五年或者六年前，那这一切会把我撕成碎片的。

为什么？

因为那时我还没有家。并且那时我还没有……没有能力把自己当成一个朋友来对待，哪怕勉强为之也不行。抑或说，我没有一丁点儿能力去善待自己。至少现在我看到那样去做的曙光了。

（他点了点头，关掉了录音机。）

◆◆◆

打包行李

在他的房子里转悠
对华莱士住所周围进行博物馆式的参观
墙上的装饰、书籍
起居室

Spin 杂志上刊登着艾拉妮丝·莫莉塞特的照片，这张照片是在一家杂货店的过道上拍的。嗯，美国国旗。一些古怪的超现实主义海报。客房像一个摆放奖杯的房间，或者一座孤绝的堡垒：翻译成各种语言以及各种版本的他的书。刊有他写的文章的杂志随处可见。一本瑞士语版本的《系统的笤帚》。许多本大部头的、铸铁般大小的《无尽的玩笑》。

卧室里挂着一条印有恐龙巴尼的浴巾。

给狗用的东西。两条狗到处咬东西，把桌子和椅子的边角啃得一塌糊涂。地毯上沾着狗毛和狗屎留下的污渍，还有关狗用的柳条箱。到处可见啃咬下来的东西。书橱上放着一个鲨鱼玩偶——他是大白鲨乐队的粉丝。依照某种古老的制图法制作出来的地球仪。一共有三个书架。嗯……一盏低矮的枝形吊灯，当他忘记俯下身子时，这盏灯就会不断地敲击他的脑袋。几秒钟之前，他在电话中提到我时把我称为"这个家伙"，这太伤我的心了。

（他甚至不把我称作"《滚石》杂志的记者"——"这个家伙现在还在我这里"。）

狗的照片。印有苏格兰骑士冲锋图案的明信片挂在墙上：毕竟，他有高傲的苏格兰血统。这是他父亲给他的。

起居室里有一个烧炭的壁炉。砖墙。仿实木镶板。苏打饮料的罐子。这里就像大学生联谊会的一楼：读书联谊会。帘子。这是一幢一层楼高的房子，总共有五六个房间，连带一间地下室。厄普代克的明信片。一幅卡通画：比较解剖图，大脑——男性的，女性的，狗的。菲利普·利比的绘画。《母牛杀手的印记》的卡片挂在墙上。

随处可见给吉夫斯买的逗狗玩具。起居室：除了三个堆满东西、塞满书的书架和给狗用的东西之外，什么也没有。这是给爱书人的狗准备的地方。

印有恐龙巴尼图案的浴巾是他房间里一扇窗户的窗帘。他的头上方贴着几张德国哲学家的照片——他祖上有德国人。“这些人大都挺着啤酒肚，留着胡子，闷闷不乐，糊里糊涂的，这些特点我最终也会有的，会让我的身体变得非常糟糕。”他的餐柜上，他的房间里，都挂着他家人的照片拼贴出来的一组照片，就像那种在寝室的墙上拼贴出来的各个孩子的照片。墙上还贴着他妹妹的照片和诸如此类的东西。

[他的房子是展示他人生各个不同阶段的展览馆：住宿舍的阶段、工作阶段、伊利诺伊阶段、获得成功的阶段（最为古怪的是，这个阶段是在客房里展示的）。只有书籍和狗。他妹妹长得很好看，就像一个女版的他。]

衣服堆得到处都是。衣橱就像宿舍里常见的那种：很多双球鞋。地板上堆满了东西，热身用的东西、卷起来的东西。厨房就像经过周五一整个晚上的忙碌后的餐馆后厨。一扇移动门，几乎塞满东西的水池，老旧的锅子，地上有切成片的洋葱。东西堆东西。有许多堆在一起的东西——他处理东西、摆放衣物的方式用“堆”来形容最准确不过了。水绿色的灯：蓝灰色的灯光。室外的光线从半透明的窗户射进来，让一切有一种冬日午后的感觉。

厕所。

（他对我说：“你不会想进去的，我刚刚在里面制造了一起小破坏。”）

盖上盖子的坐便器。明信片：爬行的几只狒狒。克林顿一家。圣依纳爵的祈祷文，看上去就像戒酒协会的祷告词（“主啊，引领我慷慨为人……给予但不权衡得失，苦耕但不求休憩，辛勤但不求报酬……”）。有一个婴孩正往祷告词上面爬。

音响边上放着磁带和CD、一本印有波提切利的《维纳斯的诞生》的日历。一套金色和银色的国际象棋。

（我走到车库里。他又成了那个来自伊利诺伊的大卫——手上经常拿着刮刀的中西部人。他正从他那辆车上把整个南极洲给铲掉。车完全包裹在冰霜里，就像从制造车间里刚刚打包好的某个货物。我的意思是说，它完全被冰包住了。）

这就是那辆可怜巴巴的烂盒子车。

这辆车是什么牌子的？尼桑吗？

（像一个犯人重复他的编号那样说）这是1985年产的尼桑森特拉。我不知道它看上去有没有这么老，老兄，但这玩意儿的劲儿可足了。这玩意儿一刻也不停，总那么有劲儿。这是个非常棘手的问题，因为我得换一辆新的了，而我又不能随便把它丢了。

为什么？

因为它就像我的一个朋友。我与它风风雨雨一路……但是我又不能把它丢在车库里，我的意思是说，这样做会很病态。

驾乘这辆车——（他指了指我那辆森林绿的庞蒂亚克大艾姆车——就像高塔书店、多顿书店、巡回宣传、惠特尼酒店一样，这辆车也已经停产了）——让我意识到，还有许多值得展望的驾车体验我还没体验到。

（回家路上以及去麦当劳的路上是他开的车。）

开你的车时，有一种滑翔般的体验，而不像……我指的是，我的车并没有减震器，驾驶它就像在开一架动力强劲的除草机。

窗前放着一包烟草……（他望了我一眼，我依旧在对着录音机说话。他笑了起来，随后我也笑了起来。）

这幅涂鸦是谁画的？就是架子上放着的那幅：《蠢蛋大卫·华莱士》。

嗯，我一个朋友的女儿叫我蠢蛋，我也叫她蠢蛋。这幅画就是那场嘴仗过后她留下的反击。

（有一张去东欧——上面写着日期安排——的告示。）

你去过东欧？

没有。我父母现在在那里。

他们把行程告诉你了？很不错。

是啊。

（超现实主义者的画作：飘浮在空中，吹笛子；弯着身子，留着塔法里教的头发，拿着长笛。）

那是霍皮人的笛神。嗯，我父母有这尊神的神像。我的一个朋友送了这张明信片给我。我一直想让《哈波斯杂志》把这幅画刊登出来。我觉得它看上去很美。

悖论：你认为这种关注会对那些非常想要关注的人起作用，还是当你不再想要这些关注时，这些关注反而会起作用？

我不知道，因为有一些真正的好作家总会想要——我的意思是说，我觉得梅勒想要变得超级有名。他确实做到了……这个，我觉得，这种事情部分与你的心理素质有关。我觉得，如果你不是一个真正坚强的人，当你想要出名时，你就什么事也做不好，你知道吗，因为这样一来你就装不下其他东西了。我想说的是，你想要出名吗？

（他把车打理好了。我们走回他的房子。）

我想要最广泛的读者群。

好吧，这倒算是一个聪明的回答。但是，如果是你向我提问，我的答案会非常糟糕。

（我关掉了录音机。此举让大卫笑了出来。

我比他年轻，这在我看来是我脑中最为重要的一件事。也就是说，他在此时一定有一种成就感，他会在这次采访中获得成功感。我依旧想要他把我想象中必然会有的感觉说出口。）

你说过你害怕露出真面目或者诸如此类的事情。那些经常阅读你的作品并说他们喜欢这本书的人，会觉得你是一个强有力的作家，这样想会不会移除你的恐惧——

几年之后我会很有兴趣和你聊聊这个话题的。我自己的经验告诉我，事情恐怕不是这样的。越多人觉得你是一个真正不错的作家，嗯，事实上，你担心自己是一个骗子的恐惧就会越强烈。它带来的后坐力和缓冲会更强烈。你知道吗？若你想博得大量的关注，其中最糟糕的一点在于你会担心给别人留下不好的印象。如果这些不好的印象伤害到了你，那你就会意识到对准你的那把枪的口径变大了，从.22扩展到.45。你知道吗？但我依旧觉得这是恐怖的，因为问题要复杂得多——其中也有好的一面。是的，我就像你一样，部分的我想要很多人来关注我。这样会让我觉得我真的很好，想要另一些人看到我。并且……其中有一种混合着羞涩和暴露狂的古怪感。就这一点来说，我觉得我们有很多地方是很像的，你知道吗？

因为你……你会把你没有浪费时间这件事展现给别人。日日夜夜，经年累月，你还是这个样子。

抑或说，从文化视野来看，当你在做某种古怪而沉迷于自我的事情时，你就没有浪费时间。而这一点是非常悖于常理的，你知道吗？我们本应该，你知道，我们本应该去读医科大学的预科生，或者去华尔街，这样做更具有美国特色。这一切，这一切都极其复杂。

这一点非常有趣，在你离开之前，我真的想……比如说，交换一下地址。因为，我会在读完海因莱因的作品后去读读《艺术展》，然后我会给你寄读书笔记。我真的很好奇你头脑中的想法究竟是怎样的。

来看看艾拉妮丝·莫莉塞特的海报：我只是觉得这很有趣，而我想要……（最终，我办到了，成功了：我们找到了这次采访中的一件好事，都对一个中等接受程度的明星表示了认可。）

这张海报很傻，但你来的时候我还是保留了下来。

在我来之前你想过把它揭下来？为什么这么想呢？我觉得她很美。

她是很美，但那是一种邋遢的美，非常具有人情味儿。有一些情况是——有许多刊登在杂志上的女人，从某种方面来说一点儿也不会给人色情的感觉，因为她们长得……她们长得一点儿也不像你熟悉的人。你无法想象她们把硬币塞入停车计时表或者吃灌肠三明治的样子。而她——尽管我非常敏锐，知道这张画像的一部分是刻意摆出来的，这种邋遢感——尽管如此，我还是能在其中发现一种性感非常的……我不知道该怎么说。我就是觉得她非常撩人心弦。

走进你的房子时，我有许多想要看到的东西，但是我一样也没有看到。

好吧，我想说，我就如同所有人一样，该有的都有。

我一直在听低俗的布卢明顿广播节目，然后听到了《我想让你知道》这首歌。我甚至不知道唱这首歌的女歌手是谁。我的女友，她曾在这里住过一整个夏天，非常喜欢听安妮·迪芙兰蔻和P.J.哈维的歌，还有那个叫什么的来着？多莉·艾莫丝。这些歌手——你知道，她们都挺好的。只不过她们……除了艾拉妮丝·莫莉塞特之外。说得似是而非一点儿，我获得的这些名声，如果可以让我花上五分钟和她喝一杯茶，那会比任何回报都要好。

尽管，当然，我永远不会那样做。我会吓得要死。我会说："所以，成为你是怎样的一种体验？"她会说："我不知道——闭嘴。给我滚开。"

如果她打电话约你，你还是会去的，对吗？她会说："我们一起喝杯茶吧，我在芝加哥的德雷克酒店。"

是的，只不过，这会让人觉得非常荒诞。别人会觉得……如果你把这件事写进文章里，会让人觉得我在利用这篇文章来——但你知道，我会毫不犹豫地去赴约，一路上汗流不止，不停地往嘴里塞薄荷糖。像个傻子一样。这会让人难受得一整个礼拜都缓不过来，但我还是会毫不犹豫地去赴约。

（停顿。）

（他脑子里不知怎么总会想到孩子：他拿抚养孩子和写书进行对比，你应该为家里的事情，而不应该为外部世界的东西而感到骄傲。"期盼孩子能表现得好，这点很好，但是想把这种荣耀映射在你自己身上，这就不好了。"这是他的原话。

随后，我们又聊回艾拉妮丝。我说利用这本书去见他喜欢的人，这样做并不会很糟糕，这就像一种白魔法，而不是黑魔法。）

我的观点是，这很奇怪，因为我觉得，我想说的是，我觉得我会担心白魔法变质，施展白魔法——能这样来打比方真的很棒。我总觉得，这有点儿像被命运牵着鼻子走。你知道，把自己弄得一团糟。

不过，这真的很奇怪。比如和艾拉妮丝·莫莉塞特约会，就这一点来说，我显然会处在权力动能的下方，大多数时候只能呆呆地望着，偷偷瞄几眼。那样做——和骨肉皮上床——不会让我觉得兴奋。这就是我可以拿这个和你开玩笑的原因之一，哪怕情况迫不得已，我也……也不会那样做的。

从现实的维度去想艾拉妮丝，这是件好事：处在真实的维度中，就某一个特定的人群来说，你尤其重要。在她眼中，或者在她粉丝的眼中……

但是，这不完全是一件好事。我的意思是说，你知道，当我们在类似HBO这样的频道中看到我的学院同事时，我之所以会感到兴奋，原因在于，我意识到，看到他在做这件事的人数可能比读我的作品的人数加起来……还要多。

这可不一定。

HBO有多少订阅者，五百万，六百万？

这或许是《滚石》杂志真正有趣的地方。你得去看看这个机制。你得去看看真实的情况是怎样的。我不知道他们的立场是什么。我不知道他们是如何看待好的一面和坏的一面的。我想，情况大概是，读者大概会有三位数吧。你知道吗，难怪这个销量让他们发疯。

（他撕下行程表，将它扔掉。）

你用过厕所了吗？我在那里制造了一点儿灾难。

（某件事让他感到兴奋。今晚，在我开车离开这所房子的几小时之内，我会先经过马戏团录音带店，然后经过一家叫作“牛排和奶昔”的牛肉连锁餐馆，随后在浏览广播电台时听到菲尔·科林斯依旧那么正直，并唱起了另一首歌，再经过一个列着布卢明顿姐妹城市的标牌——通过国务院一个叫作“互助”的项目设立的——比如有英国的坎特伯雷市、俄罗斯的弗拉基米尔市、日本的旭川市，经过一个叫作“钱溪”的镇子，仿佛给镇子定名的人想不出什么名字了，就直截了当地取了这么个名字。而大卫会独处一会儿。然后他会换好衣服，去浸礼会教堂，参加一个舞会。）

那是一座黑人的浸礼会教堂，但会有很多人来，因为黑人的浸礼会教堂能用来跳舞。

你会跳舞？

我在几年前才发现我会跳舞，并且发现我真的很喜欢跳舞，尽管我跳得还不怎么好。我会跳踏步舞和摇摆舞。如果你会跳这样的舞蹈，会让人觉得非常时髦，这是生活在布卢明顿的一件美好的事情。我不跳Vogue舞。这是我拒绝去做的一件事。我不会去跳Vogue舞。

教堂在哪里？

舞会在一个听起来非常像农场的地方举行。那里有个“管道工大厅”，其实离我们吃饭的地方不远。那里还有一个叫作“机械工大厅”的地方。那里大极了，铺着那种光滑的瓷砖地板，非常酷。所有人都会来，他们都会穿着跳舞鞋之类的装备来。

（他的一个朋友刚刚打电话来邀请他，他答应赴约。这样想来让人开心，因为他总会说起孤独。自我看到他以来，他就一直没有独自待着过，这种状态已经有一个礼拜了，我感觉他或许还没准备好独自待着。毕竟，对他来说，书的事情已经结束了。）

他们会用怎样的音乐来伴舞？

都是些从乱糟糟的20世纪70年代迪斯科音乐和乱糟糟的从20世纪90年代的榜单前四十名里选取出来的音乐。你不是去那里听音乐的。

那里的人都是从国家农场来的吗？

不是。这不是给白领准备的舞会。在这个城镇里，不同种族的人们相处得还没那么融洽，但一旦他们相处融洽起来，就会变得很好。只有我们几个白人会去那里，校园附近有几座类似的教堂，那种教堂和这类黑人的浸礼会教堂保持着友好的关系。

所以，你会在那里交到朋友吗？

当然。那里就是用来交朋友的，我忘了它叫什么名字，布卢明顿某某号浸礼会教堂。他们……非常好。基本上每个人或多或少都会让别人保持孤独。

本文涉及的文化周边产品

《欢乐酒店》，NBC出品，1982—1993年。（“我不得不说，这则故事有点儿像山姆和戴安的经历。”）

《当哈利遇到莎莉》，罗伯·莱纳执导，1988年。

《妖夜慌踪》，大卫·林奇执导，1996年。

在之后的一次NPR电台采访中，大卫曾表示这部电影其实并不怎么好，他称这部电影“有点儿小打小闹”。有关林奇的文章，以《不动声色的大卫·林奇》为名，收录在1996年出版的散文集《所谓好玩的事，我再也不做了》中。他曾对NPR电台说：“林奇身上有一种冷漠和刻薄是我不喜欢的，但这两点同样让我着迷。你知道，我们喜欢拉开一段距离之后观看施虐的快感。”

《米勒的十字路口》，柯恩兄弟执导，1990年。

埃德加·赖斯·巴勒斯的火星系列丛书（比如《火星公主》等），1917—1964年。该系列的小说讲述的是一个内战退役老兵在红色星球找寻爱和六只胳膊的外星人的故事。

与网球相关的作品

发表在《哈泼斯杂志》上的文章——《网球、三角学和飓风》——重新以《飓风谷的延伸运动》为名，收在《所谓好玩的事，我再也不做了》中。

有关迈克尔·乔伊斯的文章，它的题目很长：《网球运动员迈克尔·乔伊斯的职业艺术性堪称有关选择、自由、局限、愉悦、怪诞以及人类完整性的典范》,《君子》杂志以两个词进行了浓缩，取名为《玄理论》——同样收在《所谓好玩的事，我再也不做了》中。

有关特蕾西·奥斯汀的文章，以《特蕾西·奥斯汀如何伤透了我的心》为名收在大卫于2005年发行的散文集《谈谈龙虾》中。大卫在这篇文章中想要谈论的是，在球场上百分百的注意力“究竟是一种天赋还是一种愚蠢”:“那些具有运动天赋，并能将它展现出来的人，一定且势必会对此视而不见，保持默然。这倒不是因为视而不见和保持默然是这种天赋的代价，而是因为这两点是构成这种天赋的本质。”

他在《头发新奇的女孩》中谈论到的故事——那篇在华盛顿广场遭窃又在雅多重写的故事——叫作《沿着帝国的道路向西行》。大卫说:“这篇故事也可视作对约翰·巴斯的小说《迷失在游乐场》的续写。”

《迷失在游乐场》，约翰·巴斯著。收录在同名短篇小说集《迷失在游乐场》中，同时也收在四分之三的大学短篇小说选集中。

《小偷》，迈克尔·曼执导，1981年。

《虎胆龙威》，约翰·麦克蒂尔南执导，1998年。

大卫曾在1995发表的一篇论述陀思妥耶夫斯基的文章中论述过宗教问题:“在陀思妥耶夫斯基之后，任何书都很难谈清人们和任何类型的神的关系。我的意思是说，现今的文化对待此问题的方式是大错特错的。”这篇文章名为《约瑟夫·弗兰克笔下的陀思妥耶夫斯基》，收在散文集《谈谈龙虾》中。

《末日逼近》、《凶火》、电影《伴我同行》(小说名为《尸体》，收在短篇小说集《不同的季节》中)，斯蒂芬·金著，分别发表于1978年、1980年以及1982年，这几部作品似乎是金的最佳作品。

大卫写的那篇有关游轮的文章是《所谓好玩的事，我再也不做了》中的同名作品。

当大卫在1995年将这篇文章交给《哈泼斯杂志》时，他的编辑科林·哈里森回忆说："我们都很清楚，我们手上拿着的是纯度很高的可卡因。"

《气球》是唐纳德·巴塞尔姆的短篇小说。它收在《六十个故事》中，1988年。在《沙龙》杂志的访谈中，大卫曾对劳拉·米勒说，这篇故事"是我读到的第一篇激发我去当一名作家的短篇小说"。

大卫曾说："我一分钟接一分钟地把时间花在那些其实并没有那么有趣但是能在我作为一个成熟的人和作为人类的身体里构建起某种肌肉的事上，我究竟像这样花了多少时间？"这番话听起来像他最后一部小说《苍白的国王》的主题，这部小说随后将由利特尔＆布朗出版社出版。

《大都会》，弗里茨·朗执导，1927年。

大卫谈起过的那张想要用作《无尽的玩笑》封面的图片，可以在http://farm4.static.flickr.com/3271/2692735429_fa52fdda7e.jpg.找到。

马克·雷纳的《我的弟弟，我的胃肠病医生》《你也一样，宝贝》，分别发表于1990年和1992年。

在《我的弟弟，我的胃肠病医生》中，雷纳描述了横穿大卫的故乡的场景："玉米、玉米、玉米、玉米，斯塔基的玉米，玉米、玉米、玉米、玉米，斯塔基的玉米。"

《飙风战警》，CBS出品，1965—1969年。

《蝙蝠侠》，ABC出品，1966—1968年。

《勇敢的心》，梅尔·吉布森执导，1995年。

《辛德勒的名单》，史蒂文·斯皮尔伯格执导，1994年。

《直到永远》，史蒂文·斯皮尔伯格执导，1989年。

《哈迪男孩》，富兰克林·W.狄克逊著，1927—2005年。《南茜·朱尔》，凯若琳·基恩著，1930年—2004年。这两部作品有两个非常不错且令人宽心的封面：神秘的画作配黑体字，暗示旧作不久将翻拍。

大卫·林奇作品

《双峰》，ABC出品，1990—1992年。

《蓝丝绒》，1986年。（大卫在这本书中谈论的“弗兰克·布斯”是由丹尼斯·霍珀扮演的一个非常吓人的反派。他一再谈起达斯·维德——在做堕落的事情之前，达斯会把一张和他的脸差不多大的氧气面罩戴在头上。）

《橡皮头》，1978年。

《妙想天开》，特瑞·吉列姆执导，1985年。

在谈论没有电视机的时候，他曾说：“去朋友家看电视挺好的。这种情况非常像服用安塔贝司什么的。我的意思是说，此举降低了我观看电视的总量。”大卫曾在一篇名为《辛普森夫人的看法》的文章中写过他去一名教友家里观看2001年9月11日发生的新闻的经历，这篇文章收在《谈谈龙虾》中。

波琳·卡尔，《纽约客》杂志前电影评论家。她的两部选集分别为《在电影院度过的5001夜》（1991年）和《永远》（1994年）。

《真实罗曼史》，昆汀·塔伦蒂诺著（托尼·斯科特执导），1993年。大卫谈起的那个片段——克里斯托弗·沃肯对变得英勇无比的丹尼斯·霍珀展开言语上的攻击——开始于第45分40秒，结束于第56分钟。

《艾丽斯的终结》，A.M.福尔摩斯著，1996年。

《天使》，丹尼斯·约翰逊著，1981年。

《红潮风暴》，托尼·斯科特执导，1995年。

大卫提到的那个说“你真有种，孩子”的演员——《真实罗曼史》和《红潮风暴》中一个可有可无的角色——是一个名叫詹姆斯·甘多费尼的年轻演员，他那时还未出演电视剧《黑道家族》。

《光荣战役》，1989年。

《广播新闻》，詹姆斯·L.布鲁克斯执导，1986年。

《打击惊魂》，斯蒂芬·弗雷斯执导，1984年。

《四个房间》，昆汀·塔伦蒂诺等执导，1995年。

《银冀杀手》，雷德利·斯科特执导，1981年。

《地狱来鸿》，C.S.刘易斯著，1942年。

《奇怪的货币》，R.E.M.乐队，1994年。（出自专辑《怪物》。）

《如果上帝就是我们的一员》，琼安·奥斯朋，1995年。（出自专辑《美味》。）

《甘油》，布什乐队，1995年。（出自专辑《十六号石头》。）

《大船》，布莱恩·伊诺，1975年。（出自专辑《另一个绿色的世界》。）

有关莱特曼的故事——《我的外表》——收在大卫的那本《头发新奇的女孩》中。它讲述的是，一个女演员为她的丈夫安排了一场脱口秀节目，她通过一个隐藏的听筒给他提供回答，她为此感到非常紧张。名为《危险！》的短篇故事、“无表情的小动物”以及约翰逊的故事《我和莱登》都收在同一部小说集中。

有关电视的文章——《众目窥一》，收在《所谓好玩的事，我再也不做了》中。

有关博览会的文章——《渐行渐远》——最初刊登在《哈泼斯杂志》上，收在《所谓好玩的事，我再也不做了》中。

《十二金刚》，罗伯特·奥尔德里奇执导，1967年。

《凯利的英雄们》，布莱恩·G.赫顿执导，1970年。

《万有引力之虹》，托马斯·品钦著，1973年。

《阿达》，弗拉基米尔·纳博科夫著，1967年。

大卫于1999年出版的《与丑陋人的简单访谈》里的第二篇故事：《死亡并非结局》。在这篇故事中，他谈起过古根海姆奖。这个故事的主角是美国最为成功的一名诗人，“在美国文学圈中有着‘诗人的诗人’的美誉”，此人平生获奖无数，其中包括诺贝尔文学奖。引文如下：

“他永远也得不了约翰·西蒙·古根海姆奖，不过，他在生涯早期曾三次拒绝过这个奖，他有理由相信古根海姆奖的评委会中已渗透了许多个体性以及政治性的东西。他一直认定自己遭到了严厉的批评，他本该一次次地雇一个刚大学毕业的助手来填写古根海姆奖烦琐的申请表格，并且一遍遍地克服那些‘客观’顾虑所引发的烦琐而轻蔑的闹剧。”

《拉特纳之星》，唐·德里罗著，1976年。

《小餐馆》，巴瑞·莱文森执导，1982年。

《此处和彼处》，一篇拿欧·亨利奖的故事，大卫的指导教授不喜欢，它收录在1989年的《头发新奇的女孩》中。大卫曾在剑桥公共图书馆里把这个故事大声朗诵给十三个人听，其中包括一个不断发出尖叫的家伙。

《私密生活》，迈克尔·里恩著，1995年。

大卫曾对格里·霍华德说起过在奥本代尔打工的经历。“我鄙视现在的环境，竟让美国最出色的年轻作家在养生俱乐部里递毛巾，”霍华德说，“太他妈的可悲了。”

《贝蒂归来》，约翰·厄普代克著，1981年。（第一章的前几页里谈起过书籍收藏家的事。）

《毛二世》，唐·德里罗著，1991年。

大卫曾有过几年访谈的经历，所以他1999年出版的集子《与丑陋人的简单访谈》非常出色。在《好人尼尔松》这篇短篇小说里，他写了一个反复斟酌的情况：既盼望人们将会说起的内容，又想引领着他们去适应自己的语境，这样做会有怎样的利弊？（“对我而言，羞涩的一部分功能在于，它能让我轻松地思考——你想要什么？这对你会产生怎样的影响？等等。你知道吗？这是一种头脑中的国际象棋。在人际交往的时候，它会让事情变得非常复杂，但是用在写作上……”）这篇故事收在2004年出版的《遗忘》之中，是一篇特别好的故事。

文中涉及如何将人们请出房子的那一大段引文摘录自《权威和美国习俗》，收在《谈谈龙虾》当中。

《你应该知道》，艾拉妮丝·莫莉塞特，1995年。

◆ 致谢

本书几乎可以算作大卫·华莱士慷慨、坦率地透露有关他的思绪、他的作品、他的体验的产物。他是一位热情、和蔼的主人，即便有时（由于他的狗以及车）我作为客人表现得不尽如人意。能够写作此书，我受宠若惊，十分感激。

大卫的父母吉姆·华莱士和萨利·华莱士，还有他的妹妹艾米，向我分享了他富有魅力、热情洋溢和智慧出众的品质。他们以极强的忍耐力和宽广的心胸陪我一起度过了一段难以忍受的时间。就如同大卫一样，没有他们的帮助，这本书是根本无法面世的。

大卫的经纪人和朋友邦妮·纳德尔，还有他的朋友马克·科斯特洛、乔纳森·弗兰岑，他们都在极为困难的情况下，给予了我热情而有益的帮助。查理斯·康恩、科林·哈里森、格里·霍华德、玛丽·卡尔，以及乔治·桑德斯，这些作家和编辑同样以精致而优雅的语言展现出了无比的善意，回答了我提出的一个个长长的问题。

兰登书屋的苏珊·卡米尔和蒂姆·巴特莱特给予了我一如既往的支持。百老汇出版社的出版人戴安娜·塞尔瓦托以其智慧、热情和干劲体现出了极高的水准。编辑此书的查理·康拉德以其一定程度的专注度和犀利的见解，促成了此书的出版。大卫·德里克、凯瑟琳·珀洛克、瑞切尔·罗基奇，还有朱莉·赛普勒——他们都是大卫口中用智慧来担忧后果的领域，亦即负责营销和宣传的领域中的人士——以上诸位以行动证明了他们都是该领域你渴求与之合作的人。在“国际创作管理”中心，丽莎·班科夫一如既往地是一位出色的顾问和良友。

这本书始于《滚石》杂志。詹恩·温纳和威尔·达娜一直以来都是非常棒的同事。（威尔在早些时候就曾向大卫约过网球方面的稿件，他曾告诉过我这本杂志的读者对非虚构类文章的提议：“每一天都会有类似‘我多想让大卫·福斯特·华莱士来写有关××的文章’这样的请求。”）西恩·伍兹、艾瑞克·巴特兹、安娜·兰策尔、菲比·圣·约翰以及寇寇·麦克弗森给我提供了无价的帮助。伊凡·怀特曾在1998年成人影片奖的颁奖典礼上做过大卫的地陪（也许这个词并不恰当），他知无不言，生动有趣地谈论了与大卫相处的经历。

曾有一句话说，书籍在遇到读者之前首先会交上朋友。这本书交上的朋友是瑞恩·萨瑟兰德、达瑞恩·施特劳斯、艾伦·席尔瓦、艾薇·沙皮诺、伊丽莎白·帕瑞拉、尼克·玛尼亚提斯、帕特·利普斯基、德博拉·蓝道尔、里奇·柯恩、简纳·琼戈利、马特·布切尔。还有拉切利·曼蒂克，作为皇冠出版社的资深编辑，她为校订这本书花费了不少心血，通过电话和我一起校改，常常一工作就耗费几乎一整天的时间，也正是因为此人，我依旧愿意在2010年1月（这个电子信息交流的时代）与之见面。拉切利对此书的善意与我无关，而与她对大卫·华莱士的作品的喜爱息息相关。从某种方面来说，她参与了整本书的出版过程。人们与我相处时，之所以会那么不厌其烦，慷慨大度，是因为大卫的天赋之一就是激发强烈的情感——这是我感激大卫的又一件事。

图书在版编目（CIP）数据

尽管到最后，你还是成为你自己：与大卫·福斯特·华莱士的公路之旅 /（美）大卫·利普斯基著；林晓筱译. — 北京：北京联合出版公司，2018.12
ISBN 978-7-5596-2670-7

Ⅰ. ①尽…　Ⅱ. ①大…　②林…　Ⅲ. ①访问记－美国－现代　Ⅳ. ①I712.55

中国版本图书馆CIP数据核字（2018）第218318号

北京市版权局著作权合同登记号：01-2018-6496

尽管到最后，你还是成为你自己：与大卫·福斯特·华莱士的公路之旅

作　　者：（美）大卫·利普斯基
译　　者：林晓筱
产品经理：张其鑫
责任编辑：龚　将　夏应鹏
特约编辑：王周林

北京联合出版公司出版
（北京市西城区德外大街83号楼9层　100088）
北京联合天畅文化传播公司发行
天津光之彩印刷有限公司印刷　新华书店经销
字数 308千字　710mm×1000mm　1/16　印张 23.25
2018年12月第1版　2018年12月第1次印刷
ISBN 978-7-5596-2670-7
定价：69.00元